苏氏易传·东坡书传·论语说

蘇東坡全集

七

曾枣庄 舒大刚 主编

中华书局

第七册目录

苏氏易传

苏氏易传叙录

  《苏氏易传》是三苏父子合力完成的一部易学专著,凝聚了三苏的智慧和心血。苏洵二十七岁始发愤读书,继而因科举失利,"益闭户读书,绝笔不为文辞者五六年,乃大究六经、百家之说"[①],对六经进行了深入研究,写成《六经论》,《易论》就是其中的一篇。《易论》比较全面地论述了《周易》的性质、作用等问题,初步奠定了苏洵的《周易》观。

  在从事"文辞"创作过程中,苏洵发现先儒解经的弊端,逐渐由文入道,立志撰写《易传》来系统表达自己的易学思想。欧阳修《苏君墓志铭》说他:"晚而好《易》,曰:'《易》之道深矣,汩而不明者,诸儒以附会之说乱之也。去之,则圣人之旨见矣。'"他自己则说:嘉祐五年(1060),"始复读《易》,作《易传》百余篇"[②],并以"十年读《易》费膏火"[③]的努力,对《周易》进行更深层次的系统研究,写下了数量多达"百余篇"凡"十卷"的《易传》[④],为构建苏氏易学体系做出了开拓性努力,也为《苏氏易传》的完成奠定了坚实基础。苏洵认为自己的工作乃是"拨雾见日",重现易道,自信"此

---

①《欧阳修全集》卷三五《故霸州文安县主簿苏君墓志铭》(下称《苏君墓志铭》),李逸安点校本,中华书局2001年。

②《嘉祐集》卷一三《上韩丞相书》,曾枣庄等笺注本,上海古籍出版社1993年。

③宋残本《类编增广老苏先生大全集·送蜀僧去尘》。

④《乐全集》卷三九《文安先生墓表》,文渊阁《四库全书》本。

书若成,则自有《易》以来未始有也"①。只惜《易传》未成身先死。在弥留之际,苏洵将《易传》的续写留给了苏轼、苏辙兄弟。苏辙《亡兄子瞻端明墓志铭》载:苏洵"作《易传》未完,疾革,命公(苏轼)述其志,公泣受命,卒以成书。"②而苏籀《栾城遗言》又谓:"先曾祖(苏洵)晚岁读《易》,……作《易传》未完,疾革,命二公述其志。东坡受命,卒以成书。初,二公少年皆读《易》,为之解说。各仕它邦,既而东坡独得文王、伏羲超然之旨,公乃送所解于坡,今《蒙卦》犹是公解。"可见苏轼、苏辙两兄弟都不负父望,共同为《易传》的完成做出了努力。

苏轼、苏辙兄弟在父亲的教诲下,早年就对《周易》进行了研究。嘉祐二年(1057)苏轼二十岁、苏辙十九岁,兄弟俩同举进士,苏轼作有《御试重巽申命论》,对《周易》作了局部但却是精辟的论述。六年(1061),苏轼、苏辙兄弟同应制科,苏辙在《进论》中有《易论》一篇③,明刻《三苏文粹·苏轼文粹》中也载有此篇文章,大概此文是兄弟俩共同写成的。上引《栾城遗言》表明轼、辙兄弟当年读《易》时已各"为之解说";苏洵卒后,苏轼"泣受命",在父亲遗作基础上,修订完成了《苏氏易传》;而苏辙也将自己的研《易》心得奉献出来,故今传《苏氏易传》的《蒙卦》犹是苏辙所解。因此,《四库全书总目》说"此书实苏氏父子兄弟合力为之"是有依据的。书名应以《苏氏易传》更为准确,而称《东坡易传》,题"苏轼撰",是因苏轼总其成的缘故。

苏轼、苏辙兄弟进行系统的经学研究,大致在两个时期:一是

---

① 《上韩丞相书》。
② 《苏辙集·栾城后集》卷二二,陈宏天、高秀芳点校本,中华书局1990年。
③ 《苏辙集·应诏集》卷四。

元丰年间，二是绍圣年间。后人所辑印的《两苏经解》，其主要著作的撰定，也与这两个时期相始终，《苏氏易传》当然也不例外。元丰二年（1079）的乌台诗案，苏轼被贬黄州，作团练副使；苏辙被贬筠州，监盐酒税。仕途的失意，反倒促成了他们学术生涯的正式开始。苏辙以其独有的深沉走在了前面。苏轼在黄州《与滕达道（二一）》说："某闲废无所用心，专治经书。一二年间，欲了却《论语》《书》《易》，舍弟已了却《春秋》《诗》。虽拙学，然自谓颇正古今之误，粗有益于世，瞑目无憾也。"①这里所提诸书，即是后来完成的《易传》《书传》《春秋集解》《诗集传》《论语说》五部经解。不过，苏轼《黄州上文潞公书》说："到黄州，无所用心，辄复覃思于《易》《论语》，端居深念，若有所得，遂因先子之学，作《易传》九卷。又自以意作《论语说》五卷。"②又《与王定国（一一）》说："某自谪居以来，可了得《易传》九卷，《论语说》五卷。今又下手作《书传》。迂拙之学，聊以遣日，且以为子孙藏耳。子由亦了却《诗传》，又成《春秋集传》。闲知之，为一笑耳。"③这说明，在此期间，苏轼、苏辙兄弟已完成《易传》《春秋集解》《诗集传》《论语说》的写作。并已着手撰写《书传》，但未完成。

　　绍圣元年（1094），苏轼以诋斥先朝罪，贬岭南，惠州安置。四年（1097），又被责授为琼州别驾，移昌化军安置。苏辙则贬筠州，再迁雷州。直到元符三年（1100）为止，二苏兄弟都在贬所过着极其艰苦的流放生活。这时苏辙作有《老子解》，而苏轼则奋力撰写《书传》，并对已成的《易传》《论语说》作了修订和补充。《文集》

①《苏轼文集》卷五一，孔凡礼点校本，中华书局1986年。下称《文集》。
②《文集》卷四八。
③《文集》卷五二。

卷五二《答李端叔（三）》："所喜者，海南了得《易》《书》《论语传》数十卷，似有益于骨朽后人耳目也。"据《双溪集》卷一一《跋摹连昌宫辞》记载，当时，苏轼在"海外"以真草写成《易传》，颇能代表苏轼晚年书法风格，这都表明《苏氏易传》的最后定稿是在海南时期。

苏辙不仅是《苏氏易传》的作者之一，而且是《苏氏易传》的早期评论者。苏轼仙逝后，苏辙撰《亡兄子瞻端明墓志铭》，积极肯定了《苏氏易传》的学术价值，认为《易传》的"成书"足以使"千载之微言焕然可知"！后来他又撰《易说》三篇，比较系统地表达了自己的易学观点。在《易说》三篇中，苏辙大胆地批评了老兄的不妥之说。这两位被宋元人说成是"出处进退无不相同"的患难兄弟，实际上性格、政治主张、文艺思想、诗文风格都不尽相同，学术观点也有分歧。这一现象曾引起南宋学者陈善的注意，他说："东坡兄弟，文章议论，大率多同。惟子由文字，晚年屡加刊定，故时与子瞻有相反处，盖以矫王氏尚同之弊耳。至子瞻《易传》，论天地之数五十有五，而太衍之数五十者，土无成数、无定位、无专气者，故不特见。而子由遂曰'此野人之说也'，则似矫枉太过。"[1]但他对苏轼的批评也仅此而已，这正是他们"和而不同"的正常表现，无伤大雅。美籍学者包弼德先生认为在宋代首先对《苏氏易传》进行评论的人是苏辙，也是基于这一事实而发的。

苏轼去世之前，将《易传》托于钱济明保存。由于政局日非，党禁益严，苏轼死后，苏学遭到朝廷禁止。苏辙在晚年便命其子辈，将自己和亡兄的学术著作以抄录的方式予以保存。不过，朝廷

---

[1]《扪虱新话》卷六，《全宋笔记》本，大象出版社2012年。

无法禁绝人们对苏学的爱好。就在北宋晚期，《苏氏易传》便有刊本出现了。南宋陆游作《跋苏氏易传》称："此本，先君宣和中入蜀时所得也。方禁苏氏学，故谓之毘陵先生云。"[①]宣和乃宋徽宗年号（1119—1125），是《苏氏易传》已于此前刊行于世，而刊行地和刊刻者正是苏轼日夜眷念的故乡四川和四川的父老乡亲。当时的四川为全国著名的刻书中心，所刻之书号称"蜀本"，质量上乘。这个蜀本《苏氏易传》巧妙地避开时讳，以苏轼仙逝之地毘陵为称，改题《毘陵易传》以行世。袁本《郡斋读书志》卷一著录"《毘陵易传》十一卷"，正是《苏氏易传》刊刻的这一历史隐情的真实记录。晁氏自北来川，其藏书多为四川转运副使井度所赠，他的《读书志》多为私人藏书的记录，自序作于绍兴二十一年（1151）元日，时在宣和蜀本刊刻之后，那么《读书志》所著录的《毘陵易传》与陆游父亲所收藏者或出自同一版本。南宋末年的冯椅说："《读书志》云《毘陵易传》，当是蜀本。"[②]此说是有依据的。

南宋初尤袤（1127—1194）作《遂初堂书目》，其中亦有《苏文忠易传》。这一著录名称的变化，表明《苏氏易传》在南宋有了新的雕印。随着苏轼名誉的恢复，他的《易传》得到更多人的重视，这是十分自然的。冯椅介绍《苏氏易传》时，先称引《中兴书目》，后又指出晁氏所记"当是蜀本"，则除晁氏的"蜀本"外，别有《中兴书目》所著录的"非蜀本"可知。《苏氏易传》在宋代曾受到学人的特别关注，杨时给予过批评，朱震也在《周易丛说》里有所评论。更有甚者，理学大师朱熹专门兴起批苏浪潮。他不但著《杂学辨》，首列《苏氏易传》，而且在《文集》《语类》中也多次涉及。

①《渭南文集》卷二八，文渊阁《四库全书》本。
②《厚斋易学》附录一《先儒著述上》。

此后,黄震、洪迈、王应麟等人都曾论及。宋代直接引用《苏氏易传》的人也不少,如李衡《周易义海撮要》、冯椅《厚斋易学》、丁易东《周易象义》等,都大量采用《苏氏易传》的说法。

《苏氏易传》在元代同样颇流行,胡一桂《周易启蒙翼传·中篇》对它作了记载。此外,元初马端临《文献通考》有载,俞琰《周易集说》《读易举要》也谈及。而李简《学易记》、董真卿《周易会通》等书对之则多有引录、评点。

到了明代,《苏氏易传》并未因理学的昌明而太受冷落。其突出表现是明修《周易大全》并未舍弃《苏氏易传》不用。永乐年间修撰《永乐大典》时,更将《苏氏易传》全文载入。今天,我们仍能从残存的《永乐大典》中找到数段《苏氏易传》原文。据钮石溪所撰《会稽钮氏世学楼珍藏图书目》记载,洪武年间也曾刊刻过八卷本《苏氏易解》,不过,将著者误为苏辙。因为科举考试的缘故,《苏氏易传》确实在明代未能引起广泛重视。时人焦竑为《两苏经解》作序,说《苏氏易传》因"世方守一家言,目为文人之经而绌之,而传者稀矣",即是证明。万历二十二年(1594),陈所蕴为《苏氏易传》作序,称此书"旧藏中秘,未授厥剞,岂非旷然缺典乎?因与同舍郎黄君继周辈商略是正,爰命梓人布策,俾读《易》者有所参考,不为暖暖姝姝学一先生之言"。此后,明代还出现了多种《苏氏易传》刻本。有吴之鲸万历二十四年刻本、万历二十五年焦竑序毕氏刻《两苏经解》本、万历三十九年焦竑序顾氏刻《两苏经解》本、毛晋汲古阁刻《津逮秘书》本、闵齐伋刻朱墨套印本、崇祯九年顾宾刻《大易疏解》本等等。此外,现在还存有《苏氏易传》的明抄本数种。

在明代,各种书目一般都对《苏氏易传》有著录。引用并评论《苏氏易传》的更不在少数。如邓梦文《八卦余生》、沈一贯《易学》、潘士藻《读易述》、逯中立《周易札记》、李贽《九正易因》、方孔炤《周易时论合编》等。僧人释智旭作《周易禅解》也将《苏氏易传》部分地引入。

　　在清代,《苏氏易传》也引起不少人的注意。王夫之肯定其论有合于"治理"。顾炎武作《日知录》,在其卷一也言及苏轼《易》。李光地等奉敕撰《周易折中》,其中对《苏氏易传》的引用比《周易大全》还多。查慎行作《周易玩辞集解》不但引录《苏氏易传》,而且多有论断。著名易学家陈梦雷在作《周易浅述》时,更是参考了《苏氏易传》,对其中不少见解表示了赞同。皮锡瑞作《经学通论》,其中言《易》时也引及《苏氏易传》。如此之类,不一而足。清代刊刻、抄录《苏氏易传》的并不是少数。主要有《四库全书》本(包括《摛藻堂四库全书荟要》本)、《青照堂丛书》本、张海鹏《学津讨原》本等。其他藏书家也多有藏本。

　　清代以后,《苏氏易传》不大受关注,通行本只有《丛书集成》(初编)本。

　　这次对《苏氏易传》的整理,主要基于陈所蕴冰玉堂刻本(简称陈本)、焦竑序毕氏刻《两苏经解》本(简称经解本)、闵齐伋刻朱墨套印本(简称闵本)、文渊阁《四库全书》本(简称库本)、张海鹏《学津讨原》本(简称学津本)以及《青照堂丛书》本(简称青本)。此外,也参考过吴之鲸刻、冯贲重校本、毛晋汲古阁《津逮秘书》本(简称津逮本),以及《丛书集成》(初编)本、《永乐大典》残卷等。

　　张海鹏所刻《学津讨原》本是在精校的基础上付梓的,从其卷后所附跋文即可见一斑。《丛书集成》(初编)即据此本重排,故本次整理也以此本作底本,参校陈本、经解本、闵本、库本、青本。

今存各本《苏氏易传》中,陈本是最早的本子,共四册八卷,每页八行,行十七字,白口,左右双边,版心有"冰玉堂"三字。此本以《系辞传下》《说卦》《序卦》《杂卦》为第八卷,并删去《说卦》之名,与九卷本以《说卦》《序卦》《杂卦》为第九卷不同。前有陈所蕴万历甲午序。其刊刻工整,现存数本。陈本虽然讹误严重,然不失其校勘价值,故此次以之为校本。

吴之鲸刻、冯贲重校本名为《苏长公易解》,时间为万历二十四年,是现存仅次于陈刻《苏氏易传》本。共八卷,四册,九行,行十九字,左右双边。此本为朱墨套印本,朱印是对本书的评语,未署名,一般均在版匡之上。墨印为原文。本人所见为北京师范大学藏本,惜其略有残损,目录书称其有序文而此本却无。此次未以之作校本使用。

关于《两苏经解》本,今存毕刻、顾刻两种本子。张海鹏以《两苏经解》本为底本校《津逮秘书》本。其跋文所言津逮本的错误,在现存的焦序毕刻本中同样存在。因此,周中孚在《郑堂读书记·补逸》卷一所言张海鹏以毕刻《两苏经解》本"校正毛氏之脱误"并不正确。张氏所据之本应当是焦竑序顾氏刻本。顾刻本笔者未能一见,实为遗憾。而顾刻本的焦序也与毕刻本不一样,耿文光在《万卷精华楼藏书记》中尚引有焦序的部分文字,有"是时周、程之说未行,而得意忘言,爽然四解……非训诂家所能及也"之语。毕氏刻《两苏经解》本共九卷,五册,一函,其名为《东坡先生易传》。十行,行二十一字,白口,左右双边。前有焦竑所作的《两苏经解序》。张海鹏指陈的《津逮秘书》本的不足之处,此本同样存在。以其刊刻时间早,又较为有名,此次作为校本使用。

《四库全书总目》称:"明焦竑初得旧本刻之,乌程闵齐伋以朱墨板重刻,颇为工致,而无所校正。"则闵本本自《两苏经解》本,但闵本实与毕氏刻本不同,故当据顾刻《两苏经解》本重刊。闵本书名单称《易解》,乃朱墨套印本,朱印为批语,引用有自汉至明杨慎等人的论《易》之语,但不针对《苏氏易传》,一般在版匡之上。墨印为《易传》原文。共八册八卷,分卷与陈本同,保留有《说卦传》名。八行,行十八字,白口,四周单边。前有《苏文忠公本传》(节自《宋史·苏轼传》)及朱印《易考》,书后附有王辅嗣《易总论》一卷。其中虽有错讹,但可补陈本、经解本之脱误,亦可聊补未见顾刻《两苏经解》本之憾。

《津逮秘书》本,《四库全书总目·东坡易传提要》指其讹舛尤甚,张海鹏也称其讹、脱、倒等现象严重,经本人反复核对,确非虚语,缺乏校勘价值。

《四库全书》本《东坡易传》校勘精细,不失为今天较好的一种本子,其讹误亦较少。

《青照堂丛书》本经过重校后勘刻,其上附有李元春(时斋)的评语,虽晚于《四库》本,但在一些有脱文处未依《四库》本补上,当另有所本,兹仍据以校勘。

由于版本众多,且多数本子笔者只能就地借阅,限于时日和学力,校点中不当之处肯定还不少,敬请识者指正。

苏氏易传卷之一

上经

䷀乾下乾上　乾,元、亨、利、贞。

初九,潜龙勿用。

　　乾之所以取于龙者,以其能飞能潜也。飞者其正也,不得其正而能潜,非天下之至健,其孰能之?

九二,见龙在田,利见大人。

　　飞者龙之正行也,天者龙之正处也。见龙在田,明其可安而非正也。

九三,君子终日乾乾,夕惕若厉,无咎。

　　九三非龙德欤?曰:否,进乎龙矣。此上下之际,祸福之交,成败之决也。徒曰"龙"者不足以尽之,故曰"君子"。夫初之所以能潜,二之所以能见,四之所以能跃,五之所以能飞,皆有待于三焉。甚矣,三之难处也!使三不能处此,则乾丧其所以为乾矣。天下莫大之福、不测之祸,皆萃于我而求决焉。其济不济,间不容发。是以终日乾乾,至于夕而犹惕然,虽危而无咎也。

九四,或跃在渊,无咎。

　　下之上、上之下,其为"重刚而不中,上不在天,下不在田"者,均也。而至于九四独跃而不惕者,何哉?曰:九四既进而不可复反者也。退则入于祸,故教之跃。其所以异于五者,犹有疑而已。三与四皆祸福杂,故有以处之,然后无咎。

九五,飞龙在天,利见大人。

> 今之飞者,昔之潜者也,而谁非大人欤?曰见大人者,皆将有求也。
> 惟其处安居正,而后可以求得。九二者龙之安,九五者龙之正也。

上九,亢龙有悔。

> 夫处此者,岂无无悔之道哉?故言有者,皆非必然者也。

用九,见群龙无首,吉。

> 见群龙,明六爻皆然也。蔡墨云:其《姤》曰'潜龙勿用',其《同
> 人》曰'见龙在田',其《大有》曰'飞龙在天',其《夬》曰'亢龙有
> 悔',其《坤》曰'见群龙无首,吉'。"古之论卦者以定,论爻者以变。
> 《姤》者,初九之变也,《同人》者,九二之变也,《大有》者,九五之变
> 也,《夬》者,上九之变也,各指其一,而《坤》则六爻皆变,吾是以知
> 用九之通六爻也。用六亦然。

《彖》曰:大哉乾元,万物资始,乃统天。

> 此论元也。元之为德,不可见也。其可见者,万物资始而已。天之
> 德不可胜言也,惟是为能统之。此所以为元也。

云行雨施,品物流行。

> 此所以为亨也。

大明终始,六位时成。

> 此所以为利也。生而成之,乾之终始也。成物之谓利矣。

时乘六龙以御天。

> "飞""潜""见""跃",各适其时以用我刚健之德也。

乾道变化,各正性命。

> 此所以为贞也。

保合大和,乃利贞。

> 通言之也。贞,正也。方其变化,各之于情,无所不至。反而循之,

各直其性以至于命,此所以为贞也。世之论性命者多矣,因是请试言其粗。曰:古之言性者,如告瞽者以其所不识也。瞽者未尝有见也,欲告之以是物,患其不识也,则又以一物状之。夫以一物状之,则又一物也,非是物矣。彼惟无见,故告之以一物而不识,又可以多物眩之乎?古之君子,患性之难见也,故以可见者言性。夫以可见者言性,皆性之似也。君子日修其善,以消其不善,不善者日消,有不可得而消者焉。小人日修其不善,以消其善,善者日消,亦有不可得而消者焉。夫不可得而消者,尧、舜不能加焉,桀、纣不能亡焉。是岂非性也哉?君子之至于是,用是为道,则去圣不远矣。虽然,有至是者,有用是者,则其为道常二。犹器之用于手,不如手之自用,莫知其所以然而然也。性至于是,则谓之命。命,令也。君之令曰命,天之令曰命,性之至者亦曰命。性之至者非命也,无以名之,而寄之命也。死生祸福,莫非命者。虽有圣智,莫知其所以然而然。君子之于道,至于一而不二,如手之自用,则亦莫知其所以然而然矣。此所以寄之命也。情者,性之动也。溯而上,至于命;沿而下,至于情,无非性者。性之与情,非有善恶之别也。方其散而有为,则谓之情耳。命之与性,非有天人之辨也。至其一而无我,则谓之命耳。其于《易》也,卦以言其性,爻以言其情。情以为利,性以为贞。其言也互见之,故人莫之明也。《易》曰:"大哉乾乎,刚健中正,纯粹精也。"夫刚健中正、纯粹而精者,此《乾》之大全也,卦也。及其散而有为,分裂四出而各有得焉,则爻也。故曰:"六爻发挥,旁通情也。"以爻为情,则卦之为性也明矣。"乾道变化,各正性命,保合大和,乃利贞",以各正性命为贞,则情之为利也亦明矣。又曰:"利贞者,性情也。"言其变而之乎情,反而直其性也。

首出庶物,万国咸宁。

至于此,则无为而物自安矣。

《象》曰:天行健,君子以自强不息。

> 夫天岂以刚故能健哉? 以不息故健也。流水不腐,用器不蛊,故君子庄敬日强,安肆日偷。强则日长,偷则日消。

"潜龙勿用",阳在下也。"见龙在田",德施普也。"终日乾乾",反复道也。

> 王弼曰:"居上不骄,在下不忧,反复皆道也。"

"或跃在渊",进无咎也。"飞龙在天",大人造也。"亢龙有悔",盈不可久也。用九,天德不可为首也。

《文言》曰:元者,善之长也。亨者,嘉之会也。

> 阴阳和而物生曰嘉。

利者,义之和也。贞者,事之干也。君子体仁足以长人,嘉会足以合礼,利物足以和义,贞固足以干事。君子行此四德者,故曰:"乾,元、亨、利、贞。"

> 礼非亨则偏滞而不合,义非利则惨洌而不和。

初九曰"潜龙勿用",何谓也? 子曰:"龙德而隐者也,不易乎世,

> 王弼曰:"不为世所易。"

不成乎名,遁世无闷,不见是而无闷。乐则行之,忧则违之。确乎其不可拔,'潜龙'也。"九二曰"见龙在田,利见大人",何谓也? 子曰:"龙德而正中者也。庸言之信,庸行之谨,闲邪存其诚,善世而不伐,德博而化。《易》曰'见龙在田,利见大人',君德也。"

> 尧、舜之所不能加,桀、纣之所不能亡,是谓诚。凡可以闲而去者,无非邪也。邪者尽去,则其不可去者自存矣。是谓"闲邪存其诚"。
>
> 不然,则言行之信谨,盖未足以化也。

九三曰"君子终日乾乾,夕惕若厉,无咎",何谓也? 子曰:"君子进

德修业。忠信,所以进德也。修辞立其诚,所以居业也。

　　修辞者,行之必可言也。修辞而不立诚,虽有业不居矣。

知至至之,可与几也。知终终之,可与存义也。

　　至之为言,往也。终之为言,止也。乾之进退之决在三,故可往而

　　往,其几;可止而止,其义。

是故居上位而不骄,在下位而不忧,故乾乾因其时而惕,虽危无咎

矣。"九四曰"或跃在渊,无咎",何谓也? 子曰:"上下无常,非为

邪也;进退无恒,非离群也。君子进德修业,欲及时也,故无咎。"

九五曰"飞龙在天,利见大人",何谓也? 子曰:"同声相应,同气相

求。水流湿,火就燥,云从龙,风从虎,圣人作而万物睹,

　　燥湿不与水火期,而水火即之。龙虎非有求于风云,而风云应之。

　　圣人非有意于物,而物莫不欲见之。

本乎天者亲上,本乎地者亲下,则各从其类也。"

　　明龙之在天也。

上九曰"亢龙有悔",何谓也? 子曰:"贵而无位,高而无民。

　　王弼曰:"下无阴也。"

贤人在下位而无辅,

　　夫贤人者,下之而后为用。

是以动而有悔也。""潜龙勿用",下也。"见龙在田",时舍也。

　　时之所舍,故得安于田。

"终日乾乾",行事也。"或跃在渊",自试也。"飞龙在天",上治也。

"亢龙有悔",穷之灾也。乾元用九,天下治也。

　　王弼曰:"夫能全用刚直,放远善柔,非天下至治,未之能也。"

"潜龙勿用",阳气潜藏。"见龙在田",天下文明。

　　以言行化物,故曰"文明"。

"终日乾乾",与时偕行。"或跃在渊",乾道乃革。"飞龙在天",乃位乎天德。"亢龙有悔",与时偕极。乾元用九,乃见天则。

> 天以无首为则。

乾元者,始而亨者也;利贞者,性情也。乾始能以美利利天下,不言所利,大矣哉! 大哉乾乎,刚健中正,纯粹精也。六爻发挥,旁通情也。"时乘六龙",以御天也。"云行雨施",天下平也。君子以成德为行,日可见之行也。

> 君子度可成则行,未尝无得也。故其行也,日有所见,日可见之
> 行也。

潜之为言也,隐而未见,行而未成,是以君子弗用也,君子学以聚之,问以辨之,宽以居之,仁以行之。《易》曰"见龙在田,利见大人",君德也。九三重刚而不中,上不在天,下不在田,故乾乾因其时而惕,虽危无咎矣。九四重刚而不中,上不在天,下不在田,中不在人,故或之。或之者,疑之也,故无咎。

> 或者,未必然之辞也。其跃也未可必,故以"或"言之,非以"或"为
> "惑"也。

夫大人者,与天地合其德,与日月合其明,与四时合其序,与鬼神合其吉凶。先天而天弗违,后天而奉天时。天且弗违,而况于人乎,况于鬼神乎。"亢"之为言也,知进而不知退,知存而不知亡,知得而不知丧。其唯圣人乎! 知进退存亡而不失其正者,其唯圣人乎!

☷坤下坤上　坤,元、亨,利牝马之贞。

> 龙变化而自用者也,马驯服而用于人者也。为人用而又牝焉,顺之
> 至也。至顺而不贞则陷于邪,故利牝马之贞。

君子有攸往,先迷后得主。利西南得朋,东北丧朋,安贞吉。

《彖》曰:至哉坤元,万物资生,乃顺承天。坤厚载物,德合无疆。含弘光大,品物咸亨。牝马地类,行地无疆。柔顺利贞,君子攸行。先迷失道,后顺得常。"西南得朋",乃与类行。"东北丧朋",乃终有庆。安贞之吉,应地无疆。

> 坤之为道,可以为人用,而不可以自用;可以为和,而不可以为倡。故君子利有攸往,往求用也。先则迷而失道,后则顺而得主,此所以为利也。西与南则兑也离也,以及于巽,吾朋也;东与北则震也坎也,以及于乾与艮,非吾朋也。两阴不能相用,故必离类绝朋而求主于东北。夫所以离朋而求主者,非为邪也,故曰安贞吉。

《象》曰:地势坤,君子以厚德载物。

> 坤未必无君德,其所居之势,宜为臣者也。《书》曰:"臣为上为德,为下为民。"

初六,履霜,坚冰至。

《象》曰:"履霜坚冰",阴始凝也。驯致其道,至坚冰也。

> 始于微而终于著者,阴阳均也。而独于此戒之者,阴之为物,弱而易入,故易以陷人。郑子产曰:"水弱,民狎而玩之,故多死。"

六二,直、方、大,不习无不利。

《象》曰:六二之动,直以方也。不习无不利,地道光也。

> 以六居二,可谓柔矣。夫直方大者,何从而得之?曰六二,顺之至也。君子之顺,岂有他哉?循理无私而已。故其动也为直,居中而推其直为方。既直且方,非大而何?夫顺生直,直生方,方生大。君子非有意为之也,循理无私而三者自生焉,故曰"不习无不利"。夫有所习而利,则利止于所习者矣。

六三,含章可贞,或从王事,无成有终。

《象》曰:"含章可贞",以时发也。"或从王事",知光大也。

> 三有阳德,苟用其阳,则非所以为坤也,故有章而含之。坤之患,弱而不可以正也,有章则可以为正矣。然以其可正而遂专之,则亦非所以为坤也。故从事而不造事,无成而代有终。

六四,括囊,无咎无誉。

《象》曰:"括囊无咎",慎不害也。

> 夫处上下之交者,皆非安地也。乾安于上,以未至于上为危,故九三有夕惕之忧;坤安于下,以始至于上为难,故六四有括囊之慎。阴之进而至于三,犹可贞也,至于四则殆矣。故自括结以求无咎无誉。咎与誉,人之所不能免也。出乎咎,必入乎誉;脱乎誉,必罹乎咎。咎所以致罪,而誉所以致疑也。甚矣,无咎无誉之难也!

六五,黄裳元吉。

《象》曰:"黄裳元吉",文在中也。

> 黄,中之色也。裳,下之饰也。黄而非裳,则君也。裳而非黄,则臣尔,非贤臣也。六五,阴之盛而有阳德焉,故称裳以明其臣,称黄以明其德。夫文生于相错,若阴阳之专一,岂有文哉? 六五以阴而有阳德,故曰"文在中也"。

上六,龙战于野,其血玄黄。

《象》曰:"龙战于野",其道穷也。

> 至于此,则非阴之所能安矣。阴虽欲不战而不可得,故曰"其道穷也"。

用六,利永贞。

《象》曰:用六永贞,以大终也。

> 《易》以大小言阴阳。坤之顺,进以小也;其贞,终以大也。

《文言》曰坤至柔,而动也刚。

> 夫物非刚者能刚,惟柔者能刚耳。畜而不发,及其极也,发之必决,

故曰"沉潜刚克"。

至静而德方，

　　夫物圆则好动，故至静所以为方也。

后得主而有常，含万物而化光。坤道其顺乎？承天而时行。积善之家必有余庆，积不善之家必有余殃。臣弑其君，子弑其父，非一朝一夕之故，其所由来者渐矣，由辨之不早辨也。《易》曰"履霜坚冰至"，盖言顺也。

　　惟其顺也，故能济其刚。如其不顺，则辨之久矣。

直，其正也；方，其义也。君子敬以直内，义以方外，敬义立而德不孤。"直方大，不习无不利"，则不疑其所行也。

　　小人惟多愧也，故居则畏，动则疑。君子必自敬也，故内直。推其直
　　于物，故外方。直在其内，方在其外，隐然如名师良友之在吾侧也。

　　是以独立而不孤，夫何疑之有？

阴虽有美，含之以从王事，弗敢成也。地道也，妻道也，臣道也。地道无成而代有终也。天地变化，草木蕃；天地闭，贤人隐。《易》曰"括囊，无咎无誉"，盖言谨也。

　　方其变化，虽草木犹蕃。及其闭也，虽贤人亦隐。

君子黄中通理，正位居体。美在其中，而畅于四支，发于事业，美之至也。

　　黄，中之色也。通是理，然后有是色也。君子之得位，如人之有四
　　体，为己用也，有手而不能执，有足而不能驰，神不宅其体也。

阴疑于阳必战，为其嫌于无阳也，故称龙焉。犹未离其类也，故称血焉。夫玄黄者，天地之杂也，天玄而地黄。

　　嫌也，疑也，皆似之谓也。阴盛似阳，必战。方其盛也，似无阳焉，故
　　虽阴而称龙。然犹未离其阴阳之类也，故称血以明其杂。若阴已变

而为阳,则无复玄黄之杂矣。

☷震下坎上　屯,元亨利贞,勿用有攸往,利建侯。

因世之屯,而务往以求功,功可得矣。而争功者滋多,天下之乱愈甚,故"勿用有攸往"。虽然,我则不往矣,而天下之欲往焉者皆是也,故"利建侯"。天下有侯,人各归安其主,虽有往者,夫谁与为乱?

《彖》曰:屯,刚柔始交而难生,动乎险中大亨贞。雷雨之动满盈,天造草昧,宜建侯而不宁。

《屯》有四阴,屯之义也,其二阴,以无应为屯;其二阴以有应而不得相从为屯,故曰"刚柔始交而难生"。物之生,未有不待雷雨者。然方其作也,充满溃乱,使物不知其所从。若将害之,霁而后见其功也。天之造物也,岂物物而造之?盖草略茫昧而已。圣人之求民也,岂人人而求之?亦付之诸侯而已。然以为安而易之则不可。

《象》曰:云雷屯,君子以经纶。

初九,盘桓,利居贞,利建侯。

《象》曰:虽盘桓,志行正也。以贵下贱,大得民也。

初九以贵下贱,有君之德而无其位,故盘桓居贞,以待其自至。惟其无位,故有从者,有不从者。夫不从者,彼各有所为贞也。初九不争以成其贞,故利建侯,以明不专利而争民也。民不从吾,而从吾所建,犹从吾耳。

六二,屯如,邅如,乘马班如。匪寇婚媾。女子贞不字,十年乃字。

《象》曰:六二之难,乘刚也。"十年乃字",反常也。

志欲从五,而内忌于初,故屯邅不进也。夫初九,屯之君也,非寇也。六二之贞于五也,知有五而已。苟异于五者,则吾寇矣,吾焉知其德

哉？是故以初为寇,曰吾非与寇为婚媾者也。然且不争而成其贞,
则初九之德至矣。

六三,即鹿无虞,惟入于林中。君子几,不如舍,往吝。

《象》曰:"即鹿无虞",以从禽也。君子舍之,往吝穷也。

　　势可以得民,从而君之者,初九是也;因其有民,从而建之,使牧其民
者,九五是也。苟不可得而强求焉,非徒不得而已,后必有患。六
三非阳也,而居于阳,无其德而有求民之心,将以求上六之阴,譬犹
无虞而以即鹿,鹿不可得,而徒有入林之劳,故曰君子几,不如舍之。
几,殆也。

六四,乘马班如。求婚媾,往吉,无不利。

《象》曰:求而往,明也。

　　方未知所从也,而初来求婚,从之,吉可知矣。

九五,屯其膏,小贞吉,大贞凶。

《象》曰:屯其膏,施未光也。

　　屯无正主,惟下之者为得民。九五居上而专于应,则其泽施于二而
已。夫大者患不广博,小者患不贞一,故专于应,为二则吉,为五
则凶。

上六,乘马班如,泣血涟如。

《象》曰:泣血涟如,何可长也?

　　三非其应,而五不足归也。不知五之不足归,惑于近而不早自附于
初九,故穷而至于泣血也。

☶坎下艮上　　蒙,亨。匪我求童蒙,童蒙求我。初筮告,再三渎。
渎则不告。利贞。

《象》曰:蒙,山下有险,险而止,蒙。"蒙亨",以亨行,时中也。"匪

我求童蒙,童蒙求我",志应也。"初筮告",以刚中也。"再三渎,渎则不告",渎蒙也。蒙以养正,圣功也。

　　蒙者有蔽于物而已,其中固自有正也。蔽虽甚,终不能没其正。将战于内,以求自达。因其欲达而一发之,迎其正心,彼将沛然而自得焉。苟不待其欲达而强发之,一发不达,以至于再三,虽有得,非其正矣。故曰"匪我求童蒙,童蒙求我"。彼将内患其蔽,即我而求达,我何为求之? 夫患蔽不深,则求达不力;求达不力,则正心不胜;正心不胜,则我虽告之,彼无自入焉。故"初筮告"者,因其欲达而一发之也。"再三渎,渎则不告"者,发之不待其欲达,而至于再三也。"蒙亨,以亨行"者,言其一通而不复塞也。夫能使之一通而不复塞者,岂非时其中之欲达而一发之乎? 故曰"时中也"。圣人之于蒙也,时其可发而发之,不可则置之,所以养其正心而待其自胜也。此圣人之功也。

《象》曰:山下出泉,蒙。君子以果行育德。

　　果行者,求发也。育德者,不发以养正也。

初六,发蒙,利用刑人。用说桎梏,以往吝。

《象》曰:"利用刑人",以正法也。

　　所以发蒙者,用于未发,既发则无用。既发而用者,渎蒙也。桎梏者,用于未刑,既刑则说。既刑而不说者,渎刑也。发蒙者慎其初,不可使至渎,故于初云尔。

九二,包蒙吉,纳妇吉,子克家。

《象》曰:"子克家",刚柔接也。

　　童蒙若无能为也,然而容之则足以为助,拒之则所丧多矣。明之不可以无蒙,犹子之不可以无妇。子而无妇,不能家矣。

六三,勿用取女,见金夫不有躬,无攸利。

《象》曰："勿用取女"，行不顺也。

> 王弼曰："童蒙之时，阴求于阳。上不求三，而三求上，女先求男者
> 也。女之为体，正行以待命者也。见刚夫而求之，故曰'不有躬'
> 也。施之于女，行不顺矣。"

六四，困蒙，吝。

《象》曰：困蒙之吝，独远实也。

> 实，阳也。

六五，童蒙，吉。

《象》曰：童蒙之吉，顺以巽也。

> 六五之位尊矣，恐其不安于童蒙之分，而自强于明，故教之曰"童
> 蒙吉"。

上九，击蒙，不利为寇，利御寇。

《象》曰：利用御寇，上下顺也。

> 以刚自高而下临弱，故至于用击也。发蒙不得其道，而至于用击，过
> 矣，故有以戒之。王弼曰："为之捍御，则物咸附之；若欲取之，则物
> 咸叛矣。"

☰乾下坎上　需，有孚，光亨，贞吉，利涉大川。

《象》曰：需，须也。险在前也。刚健而不陷，其义不困穷矣。"需有
孚，光亨，贞吉"，位乎天位，以正中也。

> 谓九五也。乾之欲进，凡为坎者皆不乐也，是故四与之抗，伤而后
> 避。上六知不可抗，而敬以求免。夫敬以求免，犹有疑也。物之不
> 相疑者，亦不以敬相摄矣。至于五则不然，知乾之不吾害，知己之足
> 以御之，是以内之而不疑。故曰："有孚，光亨，贞吉。"光者，物之神
> 也，盖出于形器之表矣。故《易》凡言"光""光大"者，皆其见远知

大者也。其言"未光""未光大"者,则隘且陋矣。

利涉大川,往有功也。

见险而不废其进,斯有功矣。

《象》曰:云上于天,需。君子以饮食宴乐。

乾之刚,为可畏也。坎之险,为不可易也。乾之于坎,远之则无咎,
近之则致寇。坎之于乾,敬之则吉,抗之则伤。二者皆能相坏也。
惟得广大乐易之君子,则可以兼怀而两有之,故曰"饮食宴乐"。

初九,需于郊,利用恒,无咎。

《象》曰:"需于郊",不犯难行也。"利用恒,无咎",未失常也。

尚远于坎,故称郊。处下不忘进者,乾之常也。远之不惰,近之不
躁,是为不失常也。

九二,需于沙,小有言,终吉。

《象》曰:"需于沙",衍在中也。虽"小有言",以吉终也。

衍,广衍也。

九三,需于泥,致寇至。

《象》曰:"需于泥",灾在外也。自我致寇,敬慎不败也。

渐近则为沙,逼近则为泥。于沙则有言,于泥则致寇,坎之为害也如
此。然于有言也,告之以"终吉";于其致寇也,告之以"敬慎不败",
则乾以见险而不废其进为吉矣。

六四,需于血,出自穴。

《象》曰:"需于血",顺以听也。

"需于血"者,抗之而伤也。"出自穴"者,不胜而避也。

九五,需于酒食,贞吉。

《象》曰:"酒食贞吉",以中正也。

敌至而不忌,非有余者不能。夫以酒食为需,去备以相待者,非二阴

之所能办也。故九五以此待乾,乾必心服而为之用。此所以正而获吉也。

上六,入于穴,有不速之客三人来,敬之终吉。

《象》曰:"不速之客来","敬之终吉",虽不当位,未大失也。

乾已克四而达于五矣,其势不可复抗,故入穴以自固。谓之"不速之客"者,明非所愿也。以不愿之意,而固守以待之,可得为安乎? 其所以得免于咎者,特以敬之而已。故不如五之当位,而犹愈于四之大失也。

☰ 坎下乾上　讼,有孚窒,惕,中吉,终凶。利见大人,不利涉大川。

《象》曰:讼,上刚下险,险而健,讼。"讼,有孚窒,惕,中吉",刚来而得中也。"终凶",讼不可成也。

初六信于九四,六三信于上九,而九二塞之,故曰"有孚窒"。而九四、上九亦不能置而不争,此讼之所以作也,故曰"上刚下险,险而健,讼"。九二知惧,则犹可以免,故曰"惕,中吉"。"刚来而得中也",言其来则息讼而归矣。终之则凶。

利见大人,尚中正也。

谓九五也。

不利涉大川,入于渊也。

夫使川为渊者,讼之过也。天下之难,未有不起于争,今又欲以争济之,是使相激为深而已。

《象》曰:天与水违行,讼。君子以作事谋始。

王弼曰:"'听讼,吾犹人也,必也使无讼乎。'夫无讼在于谋始。契之不明,讼之所以生也。故有德司契,而讼自息矣。"

初六,不永所事,小有言,终吉。

九二处二阴之间，欲兼有之，初不予而强争焉。初六有应于四，不永事二而之四，以为从强求之二，不若从有应之四也。二虽有言，而其辩则明，故终吉。

《象》曰："不永所事"，讼不可长也。虽"小有言"，其辩明也。

若事二，则相从于讼无已也。

九二，不克讼，归而逋其邑人三百户，无眚。

《象》曰："不克讼"，归逋窜也。自下讼上，患至掇也。

初六、六三，本非九二之所当有也。二以其近而强有之，以为邑人力征而心不服，我克则来，不克遂往，以我卜也。故九二不克讼而归，则初六、六三皆弃而违之。失众知惧，犹可少安，故"无眚"。眚，灾也。其曰"逋其邑人三百户"者，犹曰亡其邑人三百户云尔。

六三，食旧德，贞厉，终吉。或从王事，无成。

《象》曰："食旧德"，从上吉也。

六三与上九为应，二与四欲得之，而强施德焉。夫六三之应于上九者，天命之所当有也，非为其有德于我也。虽二与四之德，不能夺之矣。是以"食旧德"，以从其配。食者，食而忘之，不报之谓也，犹曰"食言"云尔。与二阳近而不报其德，故厉而后吉。"或从王事无成"者，有讨于其旧，从之，可也，成之，过矣。

九四，不克讼，复即命，渝。安贞，吉。

《象》曰："复即命，渝安贞"，不失也。

九四命之所当得者，初六而已。近于三而强求之，故亦不克讼。然而有初之应，退而就其命之所当得者，自改而安于贞，则犹可以不失其有也。

九五，讼，元吉。

《象》曰："讼元吉"，以中正也。

处中得位而无私于应,故讼者莫不取曲直焉。此所以为"元吉"也。

上九,或锡之鞶带,终朝三褫之。

《象》曰:以讼受服,亦不足敬也。

> 六三,上九之配也,二与四尝有之矣。不克讼而归于上九,上九之得
> 之也,仇之鞶带,夺诸其人之身而己服之,于人情有赧焉,故终朝三
> 褫之。既服之矣,则又褫之,愧而不安之甚也。二与四,讼不胜者
> 也,然且终于无眚与吉也。上九,讼而胜者也,然且有三褫之辱,何
> 也?曰:此止讼之道也。夫使胜者自多其胜,以夸其能;不胜者自耻
> 其不胜,以遂其恶,则讼之祸,吾不知其所止矣。故胜者褫服,不胜
> 者安贞无眚,止讼之道也。

☷☵坎下坤上　师,贞。丈人吉,无咎。

> 丈人,《诗》所谓"老成人"也。夫能以众正,有功而无后患者,其惟
> 丈人乎?故《象》曰:"吉,又何咎矣。"

《象》曰:师,众也。贞,正也。能以众正,可以王矣。刚中而应,行
险而顺,以此毒天下而民从之,吉,又何咎矣?

> 用师犹以药石治病,故曰"毒天下"。

《象》曰:地中有水,师。君子以容民畜众。

> 兵不可一日无,然不可观也。祭公谋父曰:"先王耀德而不观兵。夫
> 兵,戢而时动,动则威;观则玩,玩则无震。"故"地中有水,师",言兵
> 当如水行于地中而人不知也。

初六,师出以律,否臧凶。

《象》曰:"师出以律",失律凶也。

> 师出不可以不律也,否则虽臧亦凶。夫以律者,正胜也;不以律者,
> 奇胜也。能以奇胜,可谓臧矣。然其利近,其祸远,其获小,其丧大,

师休之日,乃见之矣,故曰"凶"。

九二,在师中,吉,无咎,王三锡命。

夫师出不先得主于中,虽有功,患随之矣。九二有应于五,是以吉而无复有咎。

《象》曰:"在师中吉",承天宠也。"王三锡命",怀万邦也。

赏有功而万邦怀之,则其所赏皆以正胜者也。

六三,师或舆尸,凶。

《象》曰:"师或舆尸",大无功也。

九二体刚而居柔,体刚则威,居柔则顺,是以无专权之疑,而有锡命之宠。六三体柔而居刚,体柔则威不足,居刚则势可疑,是以不得专其师,而为或者之众主之也,故凶而无功。

六四,师左次,无咎。

《象》曰:"左次无咎",未失常也。

王弼曰:"得位而无应,无应则不可以行;得位则可以处,故'左次无咎'。行师之法,欲左皆高,故左次。"

六五,田有禽,利执言,无咎。长子帅师,弟子舆尸,贞凶。

《象》曰:"长子帅师",以中行也。"弟子舆尸",使不当也。

夫以阴柔为师之主,不患其好胜而轻敌也,患其弱而多疑尔,故告之曰:禽暴汝田,执之有辞矣,何咎之有?既使长子帅师,又使弟子与众主之,此多疑之故也。臣待命而行,可谓正矣。然将在军则不可,故曰"贞凶"。

上六,大君有命,开国承家,小人勿用。

《象》曰:"大君有命",以正功也。"小人勿用",必乱邦也。

夫师,始终之际,圣人之所甚重也。师出则严其律,师休则正其功,小人无自入焉。小人之所由入者,常自不以律始。惟不以律,然后能以奇胜。夫能以奇胜者,其人岂可与居安哉! 师休之日,将录其一胜之功而以为诸侯大夫,则乱自是始矣。圣人之师,其始不求苟胜,故其终可以正功。曰:是君子之功邪? 小人之功邪?

☷坤下坎上　比,吉。原筮,元永贞,无咎。不宁方来,后夫凶。
《彖》曰:"比吉"也,比辅也,下顺从也。"原筮元永贞无咎",以刚中也。

> 比吉,比未有不吉者也。然而比非其人,今虽吉,后必有咎。故曰"原筮",筮所从也。原,再也。再筮,慎之至也。元,始也。始既已从之矣,后虽欲变,其可得乎? 故曰"元永贞"。始既已从之,则终身为之贞。知将终身贞之,故再筮而后从。孰为可从者? 非五欤?
> 故曰"以刚中也"。

"不宁方来",上下应也。

> "不宁方来",谓五阴也。五阴不能自安,而求安于五。

"后夫凶",其道穷也。

> 穷而后求比,其谁亲之?

《象》曰:地上有水,比。先王以建万国,亲诸侯。
初六,有孚,比之无咎。有孚盈缶,终来有他吉。

> 五阴皆求比于五,初六最处其下,而上无应,急于比者也。夫急于求人者,必尽其诚,故莫如初六之有信也。五以其急于求人也而忽之,则来者懈矣,故必比之,然后无咎。是有信者,其初甚微且约也,其小盈缶而已。然而因是可以致来者,故曰"终来有他吉"。

《象》曰:比之初六,有他吉也。

> 言致他者,初六之功也。

六二,比之自内,贞吉。

《象》曰:"比之自内",不自失也。

　　以应为比,故自内。于二可谓"贞吉""不自失"者,于五则陋矣。

六三,比之匪人。

《象》曰:"比之匪人",不亦伤乎?

　　近者皆阴而远无应,故曰"匪人"。

六四,外比之,贞吉。

《象》曰:外比于贤,以从上也。

　　上谓五也。非应而比,故曰"外比"。

九五,显比。王用三驱,失前禽,邑人不诫,吉。

《象》曰:"显比"之"吉",位正中也。舍逆取顺,"失前禽"也。"邑人不诫",上使中也。

　　王弼曰:"为比之主,而有应在二,'显比'者也。比而显之,则所亲者狭矣。夫无私于物,惟贤是与,则去之与来,皆无失也。三驱之礼,禽逆来趋己则舍之,背己而走则射之,爱于来而恶于去也,故其所施,常'失前禽'也。以'显比'而居王位,用三驱之道者也。故曰'王用三驱,失前禽也'。用其中正,征讨有常,伐不加邑,动必讨叛,邑人无虞,故'不诫'也。此可以为上之使,非为上之道也。"

上六,比之无首,凶。

《象》曰:"比之无首",无所终也。

　　无首,犹言无素也。穷而后比,是无素也。

▤乾下巽上　小畜,亨。密云不雨,自我西郊。

《象》曰:小畜,柔得位而上下应之,曰小畜。

　　谓六四也,六四之谓小矣。五阳皆为六四之所畜,是以大而畜于小也。

健而巽,刚中而志行,乃亨。

　　未畜而亨,则巽之所以畜乾者,顺之而已。

"密云不雨",尚往也。"自我西郊",施未行也。

　　乾之为物,难乎其畜之者也。畜之非其人,则乾不为之用。虽不为之用,而眷眷焉,不决去之,卒受其病者,小畜是也。故曰:"密云不雨,自我西郊。"夫阳施于阴则为雨,乾非不知巽之不足以任吾施也,然其为物也,健而急于用,故进而尝试焉。既已为密云矣,能为密云而不能为雨,岂真不能哉? 不欲雨也。雨者,乾之有为之功也,不可以轻用。用之于非其人,则丧其所以为乾矣。乾知巽之不足以任吾施也,是以迟疑而重发之。欲之于巽而未决,故次于我之西郊,君子是以知乾之终病也。既已为云矣,则是欲雨之道也,能终不雨乎?既已次于郊矣,则是欲往之势也,能终不往乎? 云而不雨,将安归哉? 故卦以为不雨,而爻不免于雨者,势也。君子之于非其人也,望而去之,况与之为云乎? 既已为云矣,又可反乎? 乾知巽之不足与雨矣,而犹往从之,故曰"密云不雨,尚往也"。

《象》曰:风行天上,小畜。君子以懿文德。

　　夫畜己而非其人,则君子不可以有为,独可以雍容讲道,如子夏之在魏、子思之在鲁可也。

初九,复自道,何其咎,吉。

《象》曰:"复自道",其义吉也。

九二,牵复,吉。

《象》曰:"牵复"在中,亦不自失也。

九三,舆说辐,夫妻反目。

《象》曰:"夫妻反目",不能正室也。

　　阳之畜乾也,厉而畜之。厉而畜之者,非以害之也,将盈其气而作之尔。阴之畜乾也,顺而畜之。顺而畜之者,非以利之也,将即其安而縻之尔。故《大畜》将以用乾,而《小畜》将以制之。乾进而求用则可,进而受制则不可,故《大畜》之乾,以之艮为吉;《小畜》之乾,以之巽为凶。乾之欲去于巽,必自其交之未深也,去之则易。"初九,复自道,何其咎,吉"。进而尝之,知其不可,反循故道而复其所,则无咎。九二交深于初九矣,故其复也,必自引而后脱,盖已难矣,然犹可以不自失也。至于九三,其交益深而不可复,则脱辐而与之处。与之处可也,然乾终不能自革其健,而与巽久处而无尤也,故终于反目。

六四,有孚,血去,惕出,无咎。

《象》曰:"有孚""惕出",上合志也。

九五,有孚挛如,富以其邻。

《象》曰:"有孚挛如",不独富也。

凡巽皆阴也,六四固阴矣。九五、上九,其质则阳,其志则阴也。以阴畜乾,乾知其不可也易;以质阳而志阴者畜乾,乾知其不可也难。何则? 不知其志而见其类也。"六四有孚,血去,惕出,无咎"。六四之所孚者,初九也。初九欲去之,六四欲畜而留之。阴阳不相能,故伤而去,惧而出也。以其伤且惧,是以知阴之畜乾,其欲害乾之意见于外也如此。以其为害也浅,而乾去之速,故无咎。若夫九五之畜乾也则不然,所孚者既已去我矣,我且挽援而留之,若中心诚好之然。此乾之所以眷眷而不悟,自引而后脱。二者皆欲畜乾而制之,顾力不能,是以六四与上合志,而九五以其富附其邻,并力以畜之。邻,上九也。

上九,既雨既处,尚德载,妇贞厉,月几望,君子征凶。

《象》曰:"既雨既处",德积载也。"君子征凶",有所疑也。

小畜之世,宜不雨者也。九三之于上九,其势不得不雨者,以密云之不可反,而舍上九,则无与雨也。既已与之雨,则为其人矣,可不为之处乎? 乾非德不止。九五、上九,质阳而志阴,故能尚德以载乾。尚德者,非真有德之谓也。九五、上九知乾之难畜,故积德而共载之。此阳也,而谓之妇,明其实阴也。以上畜下,故贞。乾不心服,故厉。以阴胜阳,故月几望。君子之征,自其交之未合,则无咎。既已与之雨矣,而去之,则彼疑我矣。疑则害之,故凶。

☰ 兑下乾上　履虎尾,不咥人,亨。

《彖》曰:履,柔履刚也。说而应乎乾,是以"履虎尾,不咥人,亨"。刚中正,履帝位而不疚,光明也。

履之所以为履者,以三能履二也。有是物者,不能自用,而无者为之用也。乾有九二,乾不能用,而使六三用之。九二者,虎也。虎何为用于六三而莫之咥? 以六三之应乎乾也。故曰"说而应乎乾",是以"履虎尾,不咥人,亨"。应乎乾者,犹可以用二,而乾亲用之,不可,何哉? 曰:乾,刚也,九二,亦刚也。两刚不能相下则有争,有争则乾病矣。故乾不亲用,而授之以六三。六三以不按之柔,而居至寡之地,故九二乐为之用也。九二为三用,而三为五用,是何以异于五之亲用二哉? 五未尝病,而有用二之功,故曰"履帝位而不疚,光明也"。夫三与五合,则三不见咥而五不病;五与三离,则五至于危而三见咥。卦统而论之,故言其合之吉;爻别而观之,故见其离之凶。此所以不同也。

《象》曰:上天下泽,履。君子以辨上下,定民志。

初九,素履往,无咎。

《象》曰:素履之往,独行愿也。

《履》,六爻皆上履下也。所履不同,故所以履之者亦异。初九独无所履,则其所以为履之道者,行其素所愿而已。君子之道,所以多变而不同者,以物至之不齐也。如不与物遇,则君子行愿而已矣。

九二,履道坦坦,幽人贞吉。

《象》曰:"幽人贞吉",中不自乱也。

九二之用大矣,不见于二,而见于三。三之所以能视者,假吾目也;所以能履者,附吾足也。有目不自以为明,有足不自以为行者,使六三得坦途而安履之,岂非才全德厚、隐约而不愠者欤? 故曰"幽人贞吉"。

六三,眇能视,跛能履。履虎尾,咥人凶,武人为于大君。

《象》曰:"眇能视",不足以有明也。"跛能履",不足以与行也。咥人之凶,位不当也。"武人为于大君",志刚也。

眇者之视,跛者之履,岂其自能哉? 必将有待于人而后能。故言跛、眇者,以明六三之无能而待于二也。二,虎也。所以为吾用而不吾咥者,凡以为乾也。六三不知其眇而自有其明,不量其跛而自与其行,以虎为畏己而去乾以自用。虎见六三而不见乾焉,斯咥之矣。九二有之而不居,故为幽人。六三无之而自矜,故为武人。武人见人之畏己,而不知人之畏其君,是以有为君之志也。

九四,履虎尾,愬愬终吉。

《象》曰:"愬愬终吉",志行也。

愬愬,惧也。九二之刚,用于六三,故三虽阴,而九二之虎在焉,则三亦虎矣。虽然,非诚虎也。三为乾用,而二辅之,四履其上,可无惧乎? 及其去乾以自用,而九二叛之,则向之所以为虎者亡矣,故始惧终吉。以九四之终吉,知六三之衰也。六三之衰,则九四之志得行矣。

九五，夬履，贞厉。

《象》曰："夬履贞厉"，位正当也。

　　九二之刚，不可以刚胜也，惟六三为能用之。九五不付之于三，而自以其刚决物，以此为履，危道也。夫三与五之相离也，岂独三之祸哉？虽五亦不能无危。其所以犹得为正者，以其位君也。

上九，视履考祥，其旋元吉。

《象》曰："元吉"在上，大有庆也。

　　三与五，其始合而成功，其后离而为凶。至于上九，历见之矣。故视其所履，考其祸福之祥，知二者之不可一日相离也。而复其旧，则元吉旋复也。

苏氏易传卷之二

☰乾下坤上　泰，小往大来，吉亨。

《彖》曰："泰，小往大来，吉亨"，则是天地交而万物通也，上下交而其志同也。内阳而外阴，内健而外顺，内君子而外小人，君子道长，小人道消也。

> 阳始于《复》而至于《泰》，《泰》而后为《大壮》，《大壮》而后为《夬》。《泰》之世，不若《大壮》与《夬》之世，小人愈衰而君子愈盛也。然而圣人独安夫《泰》者，以为世之小人不可胜尽，必欲迫而逐之，使之穷而无归，其势必至于争。争则胜负之势未有决焉，故独安夫《泰》。使君子居中常制其命，而小人在外不为无措。然后君子之患无由而起，此《泰》之所以为最安也。

《象》曰：天地交，泰。后以财成天地之道，辅相天地之宜，以左右民。

> 财，材也。物至于泰，极矣，不可以有加矣。故因天地之道而材成之，即天地之宜而辅相之，以左右民，使不入于否而已。否未有不自其已甚者始，故左右之，使不失其中，则泰可以常有也。

初九，拔茅茹，以其汇，征吉。

《象》曰：拔茅征吉，志在外也。

> 王弼曰："茅之为物，拔其根而相连引者也。茹，相连之貌也。三阳同志，俱志于外，初为类首，举则类从，故曰'以其汇，征吉'。"

九二，包荒，用冯河，不遐遗，朋亡，得尚于中行。

《象》曰："包荒"，"得尚于中行"，以光大也。

　　阳皆在内，据用事之处，而摈三阴于外，此阴之所不能堪也。阴不
　　能堪，必疾阳。疾阳，斯争矣。九二，阳之主也，故"包荒，用冯河"。
　　冯河者，小人之勇也。小人之可用，惟其勇者。荒者，其无用者也。
　　有用者用之，无用者容之，不遐弃也，此所以怀小人尔。以君子而怀
　　小人，其朋以为非也，而或去之，故曰"朋亡"。然而得配于六五，有
　　大援于上，君子所以愈安也。虽亡其朋，而卒赖以安，此所以为"光
　　大"也。

九三，无平不陂，无往不复，艰贞无咎。勿恤其孚，于食有福。

《象》曰："无往不复"，天地际也。

　　乾本上也，坤本下也，上下交，故乾居于内而坤在外，苟乾不安其所，
　　而务进以迫坤，则夫顺者将至于逆，故曰"无平不陂"。坤不获安于
　　上，则将下复以夺乾。乾之往，适所以速其复也，故曰"无往不复"。
　　当是时也，坤已知难而贞于我，则可以无咎之矣。九三之所孚者，初
　　与二也。以其所孚者为乐，进以迫坤而重违之，则危矣。故教之以
　　"勿恤其孚"而安于食，是以有泰之福。

六四，翩翩，不富以其邻，不戒以孚。

《象》曰："翩翩不富"，皆失实也。"不戒以孚"，中心愿也。

　　王弼曰："乾乐上复，坤乐下复。四处坤首，六五、上六皆失其故处而
　　乐下者。故翩翩相从，不必富而能用其邻，不待戒而自孚。"

六五，帝乙归妹，以祉元吉。

《象》曰："以祉元吉"，中以行愿也。

　　妹，女之少者也。《易》女少而男长，则权在女。六五以阴居尊位，
　　有帝乙归妹之象焉。坤乐下复，下复而夺乾，乾则病矣，而亦非坤
　　之利也。乾病而疾坤，坤亦将伤焉。使乾不病，坤不伤，莫如以辅乾

之意,而行其下复之愿,如帝女之归其夫者。帝女之归也,非求胜其

夫,将以祉之。坤之下复,非以夺乾,将以辅之,如是而后可。

上六,城复于隍,勿用师。自邑告命,贞吝。

《象》曰:"城复于隍",其命乱也。

取土于隍而以为城,封而高之,非城之利,以利人也。泰之所以厚坤

于外者,非以利坤,亦以卫乾尔。坤之在上而欲复于下,犹土之为城

而欲复于隍也。有城而不能固之,使复于隍,非城之罪,人之过也,

故"勿用师"。上失其卫,则下思擅命,故"自邑告命"。邑非所以

出命也,然既以失之矣,从而怀之则可,正之则吝。

☰☷ 坤下乾上　否之匪人,不利君子贞,大往小来。

《彖》曰:"否之匪人,不利君子贞,大往小来",则是天地不交而万

物不通也,上下不交而天下无邦也。内阴而外阳,内柔而外刚,内

小人而外君子,小人道长,君子道消也。

《春秋传》曰:"不有君子,其能国乎?"君子道消,虽有国,与无同矣。

《象》曰:天地不交,否。君子以俭德辟难,不可荣以禄。

初六,拔茅茹,以其汇,贞吉,亨。

《象》曰:拔茅贞吉,志在君也。

自《泰》为《否》也易,自《否》为《泰》也难,何也?阴阳易位,未有

不志于复。而其既复,未有不安其位者也,故《泰》有征而《否》无

征。夫苟无征,则是终无《泰》也,而可乎?故坤处内而不忘贞于

乾,斯以为《泰》之渐矣,故亨。

六二,包承,小人吉,大人否亨。

《象》曰:"大人否亨",不乱群也。

阴得其位,欲包群阳,而以承顺取之。上说其顺而不知其害,此小人

之吉也。大人之欲济斯世也,苟出而争之,上则君莫之信,下则小人之所疾,故莫如否。大人否而退,使君子小人之群不相乱,以为邪之胜正也,常于交错未定之间,及其群分类别,正未有不胜者也,故亨。

六三,包羞。

《象》曰:"包羞",位不当也。

三本阳位,故包承群阳而知羞之矣。

九四,有命,无咎,畴离祉。

《象》曰:"有命无咎",志行也。

君子之居否,患无自行其志尔。初六有志于君,而四之应,苟有命,我无庸咎之矣。故君子之畴,获离其福。畴,类也。

九五,休否,大人吉。其亡其亡,系于苞桑。

《象》曰:大人之吉,位正当也。

九五大人之得位,宜若甚安且强者也。然其实制在于内,席其安强之势,以与小人争而求胜,则不可,故曰"休否,大人吉"。恃其安强之势而不虞小人之内胜,亦不可,故曰"其亡其亡,系于苞桑"。休否者,所谓"大人否"也。小人之不吾敌也审矣,惟乘吾急则有以幸胜之。利在于急,不在于缓也。苟否而不争以休息之,必有不吾敌者见焉,故"大人吉"。

上九,倾否,先否后喜。

《象》曰:否终则倾,何可长也?

否至于此,不可复因。非倾荡扫除,则喜无自至矣。

☲离下乾上　同人于野,亨。利涉大川,利君子贞。

《象》曰:同人,柔得位得中而应乎乾,曰同人。

此专言二也。

《同人》曰"同人于野,亨。

　　此言五也,故别之。

利涉大川",乾行也。

　　野者,无求之地也。立于无求之地,则凡从我者,皆诚同也。彼非诚
　　同,而能从我于野哉!同人而不得其诚同,可谓同人乎?故"天与
　　火,同人"。物之能同于天者,盖寡矣。天非求同于物,非求不同于
　　物也。立乎上,而天下之能同者自至焉,其不能者不至也。至者非
　　我援之,不至者非我拒之。不拒不援,是以得其诚同而可以涉川也,
　　故曰:"同人于野,亨。利涉大川,乾行也。"苟不得其诚同,与之居安
　　则合,与之涉川则溃矣。涉川而不溃者,诚同也。

文明以健,中正而应,君子正也。唯君子为能通天下之志。

《象》曰:天与火,同人。君子以类族辨物。

　　水之于地为比,火之与天为同人,同人与比相近而不同,不可不察
　　也。比以无所不比为比,而同人以有所不同为同,故"君子以类族
　　辨物"。

初九,同人于门,无咎。

《象》曰:出门同人,又谁咎也?

　　初九自内出同于上,上九自外入同于下。自内出,故言门;自外入,
　　故言郊。能出其门而同于人,不自用者也。

六二,同人于宗,吝。

《象》曰:"同人于宗",吝道也。

　　凡言媾者,其外应也;凡言宗者,其同体也。九五为媾,九三为宗。
　　从媾,正也;从宗,不正也。六二之所欲从者,媾也,而宗欲得之。正
　　者远而不相及,不正者近而足以相困,苟不能自力于难,而安于易,
　　以同乎不正,则吝矣。

九三，伏戎于莽，升其高陵，三岁不兴。

《象》曰："伏戎于莽"，敌刚也。"三岁不兴"，安行也。

九四，乘其墉，弗克攻，吉。

《象》曰："乘其墉"，义弗克也。其吉，则困而反则也。

六二之欲同乎五也，历三与四而后五，故三与四皆欲得之。四近于五，五乘其墉，其势至迫而不可动，是以虽有争二之心，而未有起戎之迹，故犹可知困而不攻，反而获吉也。凡三之于五也，稍远而肆焉。五在其陵，而不在其墉，是以伏戎于莽而伺之。既已起戎矣，虽欲反，则可得乎？欲兴不能，欲归不可。至于三岁，行将安人？故曰："三岁不兴，安行也。"

九五，同人先号咷而后笑，大师克相遇。

《象》曰：同人之先，以中直也。大师相遇，言相克也。

子曰："君子之道，或出或处，或默或语。二人同心，其利断金。同心之言，其臭如兰。"由此观之，岂以用师而少五哉？夫以三、四之强而不能夺，始于号咷，而卒达于笑。至于用师相克矣，而不能散其同，此所以知二、五之诚同也。二，阴也；五，阳也。阴阳不同而为同人，是以知其同之可必也。君子出处语默不同而为同人，是以知其同之可必也。苟可必也，则虽有坚强之物，莫能间之矣，故曰"其利断金"。兰之有臭，诚有之也；二、五之同，其心诚同也，故曰"其臭如兰"。

上九，同人于郊，无悔。

《象》曰："同人于郊"，志未得也。

物之同于乾者已寡矣，今又处乾之上，则同之者尤难。以其无所苟同，则可以无悔；以其莫与共立，则志未得也。

☲乾下离上　大有,元亨。

《彖》曰:大有,柔得尊位大中,而上下应之,曰"大有"。

　　谓五也。大者皆见有于五,故曰"大有"。

其德刚健而文明,应乎天而时行,是以"元亨"。

《象》曰:火在天上,大有。君子以遏恶扬善,顺天休命。

　　以健济明,可以进退善恶,顺天之休命也。

初九,无交害,匪咎,艰则无咎。

　　二应于五,三通于天子,四与上近焉。独立无交者,惟初而已。虽
　　然,无交之为害也,非所谓咎也。独立无恃而知难焉,何咎之有?

《象》曰:大有初九,无交害也。

　　明惟初九为然也。

九二,大车以载,有攸往,无咎。

《象》曰:"大车以载",积中不败也。

　　大车,虚而有容者,谓五也。九二足以有为矣,然非六五虚而容之,
　　虽欲往,可得乎? 积中,明虚也。

九三,公用亨于天子,小人弗克。

《象》曰:"公用亨于天子",小人害也。

　　九三以阳居阳,其势足以通于天子。以小人处之,则败矣。

九四,匪其彭,无咎。

《象》曰:"匪其彭,无咎",明辨晰也。

　　彭,三也。九四之义,知有五而已。夫九三之刚,非强也;六五之柔,
　　非弱也,惟明者为能辨此。

六五,厥孚交如,威如,吉。

《象》曰:"厥孚交如",信以发志也。威如之吉,易而无备也。

　　处群刚之间,而独用柔,无备之甚者也。以其无备而物信之,故归之

者交如也。此柔而能威者，何也？以其无备，知其有余也。夫备生于不足，不足之形见于外，则威削。

上九，自天祐之，吉无不利。

《象》曰：大有上吉，"自天祐"也。

曰"祐"、曰"吉"、曰"无不利"，其为福也多矣，而终不言其所以致福之由。而《象》又因其成文，无所复说，此岂真无说也哉？盖其所以致福者远矣。夫两刚不能相用，而独阴不可以用阳，故必居至寡之地，以阴附阳，而后众予之，《履》之六三，《大有》之六五是也。六三附于九五，六五附于上九，而群阳归之，二阴既因群阳而有功，九五、上九又得以坐受二阴之成绩，故《履》有不疚之光，而《大有》有自天之祐。此皆圣贤之高致妙用也。故孔子曰："天之所助者，顺也；人之所助者，信也。履信思乎顺，又以尚贤也，是以'自天祐之，吉无不利'。"信也，顺也，尚贤也，此三者，皆六五之德也。"易而无备"，六五之顺也；"厥孚交如"，六五之信也；群阳归之，六五之尚贤也，上九特履之尔。我之所履者，能顺且信，又以尚贤，则天人之助将安归哉？故曰："圣人无功，神人无名。"而《大有》上九不见致福之由也。

☷☶艮下坤上　谦，亨，君子有终。

《象》曰："谦亨"，天道下济而光明，地道卑而上行。

此所以为"谦亨"也。

天道亏盈而益谦，地道变盈而流谦，鬼神害盈而福谦，人道恶盈而好谦。谦尊而光，卑而不可逾，君子之终也。

此所以为"君子有终"也。不于其终观之，则争而得，谦而失者，盖有之矣。惟相要于究极，然后知谦之必胜也。

《象》曰：地中有山，谦。君子以衰多益寡，称物平施。

  衰，取也。"谦"之为名，生于过也。物过然后知有谦。使物不过，则谦者乃其中尔。过与中相形，而谦之名生焉。圣人即世之所名而名之，而其实则反中而已矣。地过乎卑，山过乎高，故"地中有山，谦"。君子之居是也，多者取之，谦也；寡者益之，亦谦也。

初六，谦谦君子，用涉大川，吉。

《象》曰："谦谦君子"，卑以自牧也。

  此最处下，是谦之过也。是道也，无所用之，用于涉川而已。有大难，不深自屈折，则不足以致其用。牧者，养之以待用云尔。

六二，鸣谦，贞吉。

《象》曰："鸣谦贞吉"，中心得也。

  雄鸣则雌应，故《易》以阴阳唱和寄之于鸣。谦之所以为谦者，三也。其谦也以劳，故闻其风、被其泽者，莫不相从于谦。六二其邻也，上六其配也，故皆和之而鸣于谦。而六二又以阴处内卦之中，虽微九三，其有不谦乎？故曰"鸣谦"，又曰"贞吉"。"鸣"以言其和于三，"贞"以见其出于性也。

九三，劳谦君子，有终，吉。

《象》曰："劳谦君子"，万民服也。

  劳，功也。谦五阴一阳，待是而后为谦，其功多矣。艮之制在三，而三亲以艮下坤，其谦至矣，故曰"劳谦"。劳而不伐，有功而不德，非独以自免而已，又将以及人，是得谦之全者也。故《象》曰"君子有终"，而三亦云。

六四，无不利，㧑谦。

《象》曰："无不利，㧑谦"，不违则也。

  是亦九三之所致也。二近其内，有配之象，故曰"鸣"；四近其外，三之所向,故称"扐"。以柔居柔,而当三之所向,三之所扐,四之所趋也。以谦扐谦,孰不利者? 故曰:"无不利。"

六五,不富以其邻,利用侵伐,无不利。

《象》曰:"利用侵伐",征不服也。

直者曲之矫也,谦者骄之反也,皆非德之至也。故两直不相容,两谦不相使。九三以劳谦,而上下皆谦以应之,内则"鸣谦",外则"扐谦",其甚者则"谦谦"相追于无穷,相益不已,则夫所谓"裒多益寡,称物平施"者,将使谁为之? 若夫六五则不然,以为谦乎? 则所据者刚也。以为骄乎? 则所处者中也。惟不可得而谓之谦,不可得而谓之骄,故五谦莫不为之使也。求其所以能使此五谦者而无所有,故曰"不富以其邻"。至于侵伐而不害为谦,故曰"利用侵伐"。莫不为之用者,故曰"无不利"。

上六,鸣谦。利用行师,征邑国。

《象》曰:"鸣谦",志未得也。可用行师,征邑国也。

其为"鸣谦"一也,六二自得于心而上六志未得者,以其所居非安于谦者也,特以其配之"劳谦"而强应焉。貌谦而实不至,则所服者寡矣,故虽有邑国而犹叛之。夫实虽不足,而名在于谦,则叛者不利。叛者不利,则征者利矣。王弼曰:"吉凶悔吝,生乎动者也。动之所起,兴于利者也。故饮食必有讼,讼必有众起。未有居众人之所恶而为动者所害,处不竞之地而为争者所夺,是以六爻虽有失位、无应、乘刚,而皆无凶、咎、悔、吝者,以谦为主也。"

䷏坤下震上　豫,利建侯行师。

豫之言暇也,暇以乐之谓"豫"。建侯所以豫,豫所以行师也。故曰:"利建侯行师。"有民而不以分人,虽欲豫可得乎? 子重问晋国之勇,栾铖曰"好以暇",是故惟暇者为能师。

《象》曰:豫,刚应而志行。顺以动,豫。豫顺以动,故天地如之。

言天地亦以顺动也。

而况建侯行师乎？天地以顺动,故日月不过而四时不忒。圣人以顺动,则刑罚清而民服。

上以顺动,则凡入于刑罚者,皆民之过也。

豫之时义大矣哉！

卦未有非时者也。时未有无义,亦未有无用者也。苟当其时,有义有用,焉往而不为大？故曰"时义",又曰"时用",又直曰"时"者,皆适遇其及之而已,从而为之说则过矣。如必求其说,则凡不言此者,皆当求所以不言之故,无乃不胜异说而厌弃之欤？盍取而观之,因其言天地以及圣人王公,则多有是言;因其所言者大而后及此者,则其言之势也,非说也。且非独此,"见天地之情"者四,"利见大人"者五,其余同者不可胜数也,又可尽以为异于他卦而曲为之说欤？

《象》曰:雷出地奋,豫。先王以作乐崇德,殷荐之上帝,以配祖考。

初六,鸣豫,凶。

《象》曰:"初六鸣豫",志穷凶也。

所以为《豫》者,四也,而初和之,故曰"鸣"。己无以致乐,而恃其配以为乐,志不远矣。因人之乐者,人乐亦乐,人忧亦忧,志在因人而已。所因者穷,不得不凶。

六二,介于石,不终日,贞吉。

《象》曰:"不终日,贞吉",以中正也。

以阴居阴,而处二阴之间,晦之极、静之至也。以晦观明,以静观动,则凡吉凶祸福之至,如长短黑白陈乎吾前,是以动静如此之果也。"介于石",果于静也;"不终日",果于动也,是故孔子以为知几也。

六三,盱豫悔,迟有悔。

《象》曰:盱豫有悔,位不当也。

以阳居阳,犹力人之驭健马也,有以制之。夫三非六之所能驭也,乘非其任,而听其所之,若是者,神乱于中而目盱于外矣。据静以观物者,见物之正,六二是也;乘动以逐物者,见物之似,六三是也。物之似福者诱之,似祸者劫之,我且睢盱而赴之,既而非也,则后虽有诚然者,莫敢赴之矣。故始失之疾,而其终未尝不以迟为悔也。

九四,由豫,大有得,勿疑,朋盍簪。

《象》曰:"由豫大有得",志大行也。

盍,何不也。簪,固结也。五阴莫不由四而豫,故"大有得"。豫有三豫二贞,三豫易怀,而二贞难致。难致者疑之,则附者皆以利合而已。夫以利合,亦以利散,是故来者、去者、观望而不至者,举勿疑之,则吾朋何有不固者乎?

六五,贞疾,恒不死。

《象》曰:"六五贞疾",乘刚也。"恒不死",中未亡也。

二与五皆贞者也。贞者不志于利,故皆不得以豫名之。其贞同,其所以为贞者异,故二以得吉,五以得疾也。二之贞,非固欲不从四也,可则进,否则退,其吉也不亦宜乎? 五之于四也,其质则阴,其居则阳也。质阴则力莫能较,居阳则有不服之心焉。夫力莫能较而有不服之心,则其贞足以为疾而已。三豫者,皆内丧其守,而外求豫者也,故小者悔吝,大者凶。六五之贞,虽以为疾,而其中之所守者未亡,则恒至于不死,君子是以知贞之可恃也。

上六,冥豫,成有渝,无咎。

《象》曰:"冥豫"在上,何可长也?

冥者,君子之所宜息也。豫至上六,宜息矣,故曰"冥豫"。"成有渝"

者,盈辄变也。盈辄变,所以为无穷之豫也。

☷震下兑上　随,元亨,利贞,无咎。

《彖》曰:随,刚来而下柔,动而说,随。大亨贞无咎,而天下随时。随时之义大矣哉!

　　大时不齐,故随之世,容有不随者也。责天下以人人随己而咎其贞者,此天下所以不说也。是故大亨而利贞者,贞者无咎,而天下随时。时者,上之所制也,不从己而从时,其为随也大矣。

《象》曰:泽中有雷,随。君子以向晦入宴息。

　　雷在泽中,伏而不用,故君子晦则入息。

初九,官有渝,贞吉。出门交有功。

《象》曰:"官有渝",从正吉也。"出门交有功",不失也。

　　物有正主之谓"官",九五者,六二之正主也。二以远五而苟随于初,五以其随初而疑之,则官有变矣。官有变,初可以有获也,而非其正,故官虽有变,而以从正不取为吉也。初之取二也,得二而失五;初之不取二也,失二而得五,何也? 可取而不取,归之其正主。初信有功于五矣,五必德之。失门内之配,而得门外之交,是故舍其近配,而出门以求交于其所有功之人,其得也必多,故君子以为未尝失也。

六二,系小子,失丈夫。

《象》曰:"系小子",弗兼与也。

　　小子,初也。丈夫,五也。兼与,必两失。

六三,系丈夫,失小子。随有求得,利居贞。

《象》曰:"系丈夫",志舍下也。

　　四为"丈夫",初为"小子",三无适应,有求则得之矣。然而从四正也。四近而在上，从上则顺，与近则固，故"系丈夫"而"利居贞"。

九四，随有获，贞凶。有孚在道以明，何咎？

《象》曰："随有获"，其义凶也。"有孚在道"，明功也。

六三固四之所当有也，不可以言"获"。获者，取非其有之辞也。二之往配于五也，历四而后至，四之势可以不义取之。取之则于五为凶，不取则于五为有功。二之从五也甚难，初处其邻而四当其道。处其邻不忘贞，当其道不忘信，使二得从其配者，初与四之功也，故皆言功。居可疑之地而有功足以自明，其谁咎之？

九五，孚于嘉，吉。

《象》曰："孚于嘉吉"，位正中也。

嘉，谓二也。《传》曰"嘉偶曰配"，而昏礼为嘉，故《易》凡言"嘉"者，其配也。随之时，阴急于随阳者也。故阴以不苟随为贞，而阳以不疑其叛己为吉。六二以远五而贰于初九，五不疑而信之，则初不敢有，二不敢叛，故吉。

上六，拘系之，乃从维之。王用亨于西山。

《象》曰："拘系之"，上穷也。

居上无应而不下随，故"拘系之"而后从。从而又维之，明强之而后从也。强之而后从，则其从也不固，故教之曰：当如王之通于西山。王，文王也。西山，西戎也。文王之通西戎也，待其自服而后从之，不强以从也。

䷑巽下艮上　蛊，元亨，利涉大川。先甲三日，后甲三日。

《彖》曰：蛊，刚上而柔下，巽而止，"蛊"。"蛊元亨"，而天下治也。"利涉大川"，往有事也。"先甲三日，后甲三日"，终则有始，天行也。

器久不用而虫生之，谓之蛊；人久宴溺而疾生之，谓之蛊；天下久安无为而弊生之，谓之蛊。《易》曰："蛊者，事也。"夫蛊，非事也，以天下为无事而不事事，则后将不胜事矣，此蛊之所以为事也。而昧者乃以事为蛊，则失之矣。器欲常用，体欲常劳，天下欲常事事，故曰："巽而止，蛊。"夫下巽则莫逆，上止则无为。下莫逆而上无为，则上下大通而天下治也。治生安，安生乐，乐生偷，而衰乱之萌起矣。蛊之灾，非一日之故也，必世而后见。故爻皆以父子言之，明父养其疾，至子而发也。人之情，无大患难则日入于偷。天下既已治矣，而犹以涉川为事，则畏其偷也。《蛊》之与《巽》，一也。上下相顺，与下顺而上止，其为偷一也。而《巽》之所以不为《蛊》者，有九五以干之，而《蛊》无是也。故《蛊》之《彖》曰："先甲三日，后甲三日，终则有始。"而《巽》之九五曰："无初有终，先庚三日，后庚三日，吉。"阳生于子，尽于巳。阴生于午，尽于亥。阳为君子，君子为治。阴为小人，小人为乱。夫一日十二干相值，支五干六而后复，世未有不知者也。"先甲三日，后甲三日"，则世所谓六甲也。"先庚三日，后庚三日"，则世所谓六庚也。甲庚之先后，阴阳相反，故《易》取此以寄治乱之势也。"先甲三日"，子、戌、申也。申尽于巳，而阳盈矣。盈将生阴，治将生乱，故受之以后甲。"后甲三日"，午、辰、寅也。寅尽于亥，然后阴极而阳生。《蛊》无九五以干之，则其治乱皆极其自然之势。势穷而后变，故曰"终则有始，天行也"。夫《巽》则不然，初虽失之，后必有以起之。譬之于庚，"先庚三日"，午、辰、寅也。"后庚三日"，子、戌、申也。庚之所后，甲之所先也。故先庚三日尽于亥，后庚三日尽于巳。先阴而后阳，先乱而后治，故曰"无初有终"，又特曰"吉"。不言之于其《彖》，而言之于九五者，明此九五之功，非《巽》之功也。

《象》曰：山下有风，蛊。君子以振民育德。

鼓之舞之之谓"振"。振民使不惰，育德使不竭。

初六，干父之蛊，有子，考无咎，厉终吉。

《象》曰："干父之蛊"，意承考也。

蛊之为灾，非一日之故也。及其微而干之，初其任也。见蛊之渐，子有改父之道，其始虽危，终必吉，故曰"有子，考无咎"，言无是子则考有咎矣。孝爱之深者，其迹有若不顺。其迹不顺，其意顺也。

九二，干母之蛊，不可贞。

《象》曰："干母之蛊"，得中道也。

阴之为性，安无事而恶有为。是以为蛊之深而干之尤难者，寄之母也。正之则伤爱，不正则伤义，以是为之难也。非九二，其孰能任之？故责之二也。二以阳居阴，有刚之实，而无用刚之迹，可以免矣。

九三，干父之蛊，小有悔，无大咎。

《象》曰："干父之蛊"，终无咎也。

九三之德，与二无以异也，特不知所以用之。二用之以阴，而三用之以阳，故"小有悔"而"无大咎"。

六四，裕父之蛊，往见吝。

《象》曰："裕父之蛊"，往未得也。

六四之所居，与二无以异也，而无其德，斯益其疾而已。裕，益也。

六五，干父之蛊，用誉。

《象》曰：干父用誉，承以德也。

父有蛊而子干之，犹其有疾而砭药之也，岂其所乐哉？故初以获厉，三以获悔。六五以柔居中，虽有干蛊之志，而无二阳之决，故反以是获誉。誉归于己，则蛊归于父矣。父之德惟不可承也，使其可承，则非蛊矣。蛊而承德，是以无《巽》九五"后庚"之吉也。

上九,不事王侯,高尚其事。

《象》曰:"不事王侯",志可则也。

> 君子见蛊之渐,则涉川以救之;及其成,则不事王侯以远之。蛊之成也,良医不治,君子不事事。

䷒兑下坤上 临,元亨利贞,至于八月有凶。

《彖》曰:临,刚浸而长,说而顺,刚中而应,大亨以正,天之道也。"至于八月有凶",消不久也。

> 《复》而阳生,凡八月而二阴至,则《临》之二阳尽矣。方长而虑消者,戒其速也。

《象》曰:泽上有地,临。君子以教思无穷,容保民无疆。

> 泽所以容水,而地又容泽,则无不容也。故君子为无穷之教,保无疆之民。《记》曰:"君子过言则民作辞,过动则民作则。""故言必虑其所终,而行必稽其所弊。"

初九,咸临,贞吉。

《象》曰:"咸临贞吉",志行正也。

> 有应为"咸临"。咸,感也。感以临,则其为临也易。故咸临,所以行正也。

九二,咸临,吉,无不利。

《象》曰:"咸临,吉,无不利",未顺命也。

> 二阳在下,方长而未盛也。四阴在上,虽危而尚强也。九二以方长之阳而临众阴,阴负其强而未顺命,从而攻之,阴则危矣,而阳不能无损。故九二以咸临之而后吉。阳得其欲而阴免于害,故"无不利"。

六三,甘临,无攸利。既忧之,无咎。

《象》曰："甘临"，位不当也。"既忧之"，咎不长也。

　　乐而受之谓之"甘"。阳进而阴莫逆，"甘临"也。"甘临"者，居于不争之地而后可。今居于阳，阳犹疑之。拒之固伤，不拒犹疑之。进退无所利者，居之过也。故六三之咎，位不当而已。咎在其位，不在其人，则忧惧可以免矣。

六四，至临，无咎。

《象》曰："至临无咎"，位当也。

　　以阴居阴，而应于初，阳至而遂顺之，故曰"至临"。

六五，知临，大君之宜，吉。

《象》曰："大君之宜"，行中之谓也。

　　见于未然之谓"知"。《临》之势，阳未足以害阴，而其势方锐，阴尚可以抗阳，而其势方却。苟以其未足以害我而不内，以吾尚足以抗之而不受，则阳将忿而攻阴。六五以柔居尊而应于二，方其未足而收之，故可使为吾用；方吾有余而柔之，故可使怀吾德，此所以为知也。天子以是服天下之强者则可，小人以是畜君子则不可，故曰"大君之宜，吉"，惟大君为宜用是也。大君以是行其中，小人以是行其邪。

上六，敦临，吉，无咎。

《象》曰：敦临之吉，志在内也。

　　敦，益也。内，下也。六五既已应九二矣，上六又从而附益之，谓之"敦临"；《复》之六四既已应初九矣，六五又从而附益之，谓之"敦复"，其义一也。

☰☷坤下巽上　观，盥而不荐，有孚颙若。

《象》曰：大观在上，顺而巽，中正以观天下。"观，盥而不荐，有孚颙若"，下观而化也。观天之神道而四时不忒，圣人以神道设教而天下服矣。

> 无器而民趋，不言而物喻者，观之道也。"圣人以神道设教"，则赏爵刑罚，有设而不用者矣。寄之宗庙，则"盥而不荐"者也。盥者以诚，荐者以味。

《象》曰：风行地上，观。先王以省方观民设教。

初六，童观，小人无咎，君子吝。

《象》曰："初六童观"，小人道也。

> "大观在上"，故四阴皆以尚宾为事。初六，童而未仕者也，急于用以自炫贾，惟器小而夙成者为无咎，君子则吝矣。

六二，窥观，利女贞。

《象》曰：窥观女贞，亦可丑也。

> 六二远且弱，宜处而未宜宾者也。譬之于女，利贞而不利行者也。苟以此为观，则是女不待礼而窥以相求，贞者之所丑也。

六三，观我生，进退。

《象》曰："观我生，进退"，未失道也。

> 六三，上下之际也，故当自观其生，以卜进退。夫欲知其君，则观其民，故我之生，则君之所为也。知君之所为，则进退决矣。进退在我，故未失道也。

六四，观国之光，利用宾于王。

《象》曰："观国之光"，尚宾也。

> 进退之决在六三，故自三以下，利退而不利进；自三以上，利进而不利退。进至于四，决不可退矣，故"利用宾于王"。

九五，观我生，君子无咎。

《象》曰："观我生"，观民也。

上九，观其生，君子无咎。

《象》曰:"观其生",志未平也。

此二观,所自言之者不同,其实一也。观我生,读如"观兵"之"观"。观其生,读如"观鱼"之"观"。九五以其至显观之于民,以我示民,故曰"观我生"。上九处于至高而下观之,自民观我,故曰"观其生"。今夫乘车于道,负者皆有不平之心。圣人以其一身擅天下之乐,厚自奉以观示天下,而天下不怨,夫必有以大服之矣。吾以吾可乐之生而观之人,人亦观吾生可乐,则天下之争心将自是而起。故曰:"君子无咎。"君子而后无咎,难乎其无咎也。

苏氏易传卷之三

䷔震下离上　噬嗑,亨,利用狱。

　　道之衰也,而物至于相噬以求合,教化则已晚矣,故利用狱。

《彖》曰:颐中有物,曰“噬嗑”。

　　所以为《噬嗑》者,四也,否则为《颐》矣。

噬嗑而亨,刚柔分,动而明,

　　噬嗑之时,噬非其类而居其间者也。阳欲噬阴以合乎阳,阴欲噬阳

　　以合乎阴,故曰“刚柔分,动而明”也。

雷电合而章,柔得中而上行,虽不当位,“利用狱”也。

　　谓五也。

《象》曰:雷电,噬嗑。先王以明罚敕法。

初九,屦校灭趾,无咎。

《象》曰:“屦校灭趾”,不行也。

　　居《噬嗑》之时,六爻未有不以噬为事者也。自二与五,反覆相噬,

　　犹能戒以相存也。惟初与上,内噬三阴而莫或噬之,贪得而不戒,故

　　始于小过,终于大咎。圣人于此两者,寄小人之始终;于彼四者,明

　　相噬之得丧。

六二,噬肤灭鼻,无咎。

《象》曰:“噬肤灭鼻”,乘刚也。

　　以阴居阴,至柔而不刚者也,故初九噬之若噬肤然,至于灭鼻而不知

　　止也。夫灭鼻而不知止者,非初之利也。非初之利,则二无咎矣。

六三,噬腊肉,遇毒,小吝,无咎。

> "腊肉""干胏""干肉",皆难噬者也。凡《易》以阴居阳,则不纯乎柔,中有刚矣,故六三、六五皆有难噬之象。夫势之必不能拒也,则君子以不拒为大,六二是也。六三之于九四,力不能敌,而怀毒以待之,则已陋矣,故曰"小吝"。出于见噬而不能堪也,故非其咎。

《象》曰:"遇毒",位不当也。

> 若以阴居阴,则无复有毒矣。

九四,噬干胏,得金矢。

> 取其坚而可畏。

利艰贞,吉。

《象》曰:"利艰贞,吉",未光也。

六五,噬干肉,得黄金。

> 取其居中而贵。

贞厉,无咎。

《象》曰:"贞厉无咎",得当也。

> 九四居二阴之间,六五居二阳之间,皆处争地而致交噬者也。夫不能以德相怀,而以相噬为志者,惟常有敌以致其噬,则可以少安。苟敌亡矣,噬将无所施,不几于自噬乎? 由此观之,无德而相噬者,以有敌为福矣。九四"噬干胏,得金矢",六五"噬干肉,得黄金",九四之难噬,是六三、六五之得也;六五之难噬,是九四、上九之得也。得之为言,犹曰赖此以存云尔。"利艰贞吉","贞厉无咎",皆未可以安居而享福也。惟有德者为能安居而享福,夫岂赖有敌而后存邪? 故曰"夫光"也。"得当"者,当于二阳之间也。

上九,何校灭耳,凶。

《象》曰:"何校灭耳",聪不明也。

"灭趾"者,止其行而已。不行犹可以无咎,灭耳则废其聪矣,无及也,故凶。

　　☲ 离下艮上　贲,亨,小利有攸往。

《彖》曰:"贲,亨",柔来而文刚,故亨。分刚上而文柔,故"小利有攸往",天文也。文明以止,人文也。

　　刚不得柔以济之,则不能亨;柔不附刚,则不能有所往。故柔之文刚,刚者所以亨也;刚之文柔,小者所以利往也。乾之为离,坤之为艮,阴阳之势数也。"文明以止",离、艮之德也。势数推之天,其德以为人。《易》有刚柔往来上下相易之说,而其最著者《贲》之《彖》也。故学者沿是争推其所从变,曰《泰》变为《贲》,此大惑也。一卦之变为六十三,岂独为《贲》也哉? 学者徒知《泰》之为《贲》,又乌知《贲》之不为《泰》乎? 凡《易》之所谓"刚柔相易"者,皆本诸乾、坤也。乾施一阳于坤,以化其一阴,而生三子,皆一阳而二阴。凡三子之卦,有言"刚来"者,明此本坤也,而乾来化之。坤施一阴于乾,以化其一阳,而生三女,皆一阴而二阳。凡三女之卦,有言"柔来"者,明此本乾也,而坤来化之。故凡言此者,皆三子三女相值之卦也。非是卦也,则无是言。凡六:《蛊》之《彖》曰"刚上而柔下",《贲》之《彖》曰"柔来而文刚,分刚上而文柔",《咸》之《彖》曰"柔上而刚下",《恒》之《彖》曰"刚上而柔下",《损》之《彖》曰"损下益上",《益》之《彖》曰"损上益下"。此六者,适遇而取之也。凡三子三女相值之卦十有八,而此独取其六,何也? 曰:圣人之所取以为卦,亦多术矣。或取其象,或取其爻,或取其变,或取其刚柔之相易。取其象,"天水违行,讼"之类是也;取其爻,"六三,履虎尾"之类是也;取其变,"颐中有物曰噬嗑"之类是也;取其刚柔之相易,《贲》之类是也。夫刚柔之相易，其所取以为卦之一端也。遇其取者则言，不取者则不言也，又可以尽怪之欤？

观乎天文以察时变，观乎人文以化成天下。

《象》曰：山下有火，贲。君子以明庶政，无敢折狱。

明庶政，明也。无敢折狱，止也。

初九，贲其趾，舍车而徒。

《象》曰："舍车而徒"，义弗乘也。

"文刚"者，六二也。初九、九三，见文者也。自六二言之，则初九其趾，九三其须也。初九之应在四，六二之文，初九之所不受也。车者所以养趾，为行文也。初九为趾，则六二之所以文初九者为车矣。初九自洁以答六四之好，故义不乘其车而徒行也。

六二，贲其须。

《象》曰："贲其须"，与上兴也。

六二施阴于二阳之间，初九有应而不受，九三无应而内之。无应而内之者，正也，是以仰"贲其须"。须者，附上而与之兴也。

九三，贲如濡如，永贞吉。

《象》曰：永贞之吉，终莫之陵也。

初九之正配，四也，而九三近之。九三之正配，二也，而初九近之。见近而不贞，则失其正。故九三不贞于二，而贰于四，则其配亦见陵于初九矣。初九亦然。何则？无以相贲也。自九三言之，贲我者二也，濡我者四也，我可以两获焉，然而以永贞于二为吉也。

六四，贲如皤如，白马翰如。匪寇，婚媾。

《象》曰：六四当位，疑也。"匪寇婚媾"，终无尤也。

六四当可疑之位者，以近三也。六二以其贲贲初九，而初九全其洁，皤然也。初九之所以全其洁者，凡以为四也，四可不以洁答之乎？

是以洁其车马，翼然而往从之。以三为寇，而莫之媾也。此四者，危疑之间，交争之际也。然卒免于侵陵之祸者，以四之无不贞也。

六五，贲于丘园，束帛戋戋，吝，终吉。

《象》曰：六五之吉，有喜也。

丘园者，僻陋无人之地也。五无应于下，而上九之所贲也，故曰“贲于丘园”。而上九亦无应者也。夫两穷而无归，则薄礼可以相縻而长久也。是以虽吝而有终，可不谓吉乎？彼苟有以相喜，则吝而吉可也。戋戋，小也。

上九，白贲，无咎。

《象》曰：“白贲无咎”，上得志也。

夫柔之文刚也，往附于刚，以贲从人者也；刚之文柔也，柔来附之，以人从贲者也。以贲从人，则贲存乎人；以人从贲，则贲存乎己，此上九之所以得志也。阳行其志而阴听命，惟其所贲，故曰“白贲”。受贲莫若白。

☷坤下艮上　剥，不利有攸往。

《彖》曰：剥，剥也，柔变刚也。“不利有攸往”，小人长也。顺而止之，观象也。

见可而后动。

君子尚消息盈虚，天行也。

《象》曰：山附于地，剥。上以厚下安宅。

身安而民与之，则剥者自衰，不与之校也。

初六，剥床以足，蔑贞凶。

《象》曰：“剥床以足”，以灭下也。

六二，剥床以辨，蔑贞凶。

《象》曰："剥床以辨"，未有与也。

> 阳在上，故君子以上三爻为己。载己者，床也，故下为床。阴之长，犹水之溢也，故曰"蔑"。辨，足之上也，床与足之间，故曰辨。君子之于小人，不疾其有丘山之恶，而幸其有毫发之善。"剥床以足"，且及其辨矣，犹未直以为凶也，曰蔑贞而后凶。小人之于正也，绝灭无余，而后凶可必也。若犹有余，则君子自其余而怀之矣，故曰"剥床以辨，未有与也"。小人之为恶也，有人与之，然后自信以果。方其未有与也，则其愧而未果之际也。

六三，剥之，无咎。

《象》曰："剥之无咎"，失上下也。

> 王弼曰："群阴剥阳，己独协焉。虽处于剥，可以无咎。上下各有二阴，应阳则失上下也。"

六四，剥床以肤，凶。

《象》曰："剥床以肤"，切近灾也。

> 剥床以肤，始及己矣。虽欲怀之，而不可得矣，故直曰"凶"。

六五，贯鱼，以宫人宠，无不利。

《象》曰："以宫人宠"，终无尤也。

> 《观》之世，几于《剥》矣，而言不及小人者，其主阳也。六五，《剥》之主，凡剥者皆其类也。圣人不能使之无宠于其类，故择其害之浅者许之。四以下，贯鱼之象也。自上及下，施宠均也。夫宠均则势分，势分则害浅矣。以宫人之宠宠之，不及以政也。不及以政，岂惟自安？亦以安之，故"无不利"。圣人之教人也，容其或有，而去其太甚，庶几从之。如责之以必无，则彼有不从而已矣。

上九，硕果不食，君子得舆，小人剥庐。

《象》曰："君子得舆"，民所载也。"小人剥庐"，终不可用也。

果未有不见食者也。硕而不见食，必不可食者也。智者去之，愚者
眷焉。上九之失民久矣，五阴之势，足以轹而取之。然且独存于上
者，彼特存我以为名尔。与之合则存，不与之合则亡。君子以为是
不可食之果也，而亟去之。彼得志于上，必食其下，故君子去其上而
出其下，可以得民。载于下谓之"舆"，庇于上谓之"庐"。庐者，既
剥之余也，岂可复用哉？

☷☳震下坤上　复，亨。出入无疾，朋来无咎。反复其道，七日来复。
利有攸往。
《彖》曰："复亨"，刚反动而以顺行，是以"出入无疾，
　　自《坤》为《复》谓之"入"，自《复》为《乾》谓之"出"。疾，病也。
朋来无咎"。"反复其道，七日来复"，天行也。
　　坤与初九为七。
"利有攸往"，刚长也。复，其见天地之心乎？
　　见其意之所向谓之心，见其诚然谓之情。凡物之将亡而复者，非天
　　地之所予者不能也。故阳之消也，五存而不足。及其长也，甫一而
　　有余，此岂人力也哉？《传》曰："天之所坏，不可支也。"其所支，亦
　　不可坏也。"违天不祥"，"必有大咎。"
《象》曰：雷在地中，复。先王以至日闭关，商旅不行，后不省方。
　　《复》者，变易之际也。圣人居变易之际，静以待其定，不可以有为
　　也，故以至日闭关明之，下至于"商旅不行"，上至于"后不省方"。
初九，不远复，无祗悔，元吉。
《象》曰：不远之复，以修身也。
　　去其所居而复归，亡其所有而复得，谓之"复"。必尝去也，而后有
　　归；必尝亡也，而后有得。无去则无归，无亡则无得，是故圣人无复。

初九未尝见其有过也,然而始有复矣。孔子曰:"颜氏之子,其殆庶几乎? 有不善未尝不知,知之未尝复行也。"

六二,休复,吉。

《象》曰:休复之吉,以下仁也。

休,初九也。以阴居阴,不争之至也。退而休之,使复者得信,谓之休复。

六三,频复,厉,无咎。

《象》曰:频复之厉,义无咎也。

以阴居阳,力不得抗,而中不愿,故频于初九之复也。外顺而内不平者,危则无咎。频,蹙也。

六四,中行独复。

《象》曰:"中行独复",以从道也。

独与初应。

六五,敦复无悔。

《象》曰:"敦复无悔",中以自考也。

忧患未至而虑之,则无悔。六五,阴之方盛也,而内自度其终不足以抗初九,故因六四之"独复"而附益之,以自托焉。

上六,迷复,凶,有灾眚。用行师,终有大败。以其国君凶,至于十年不克征。

《象》曰:迷复之凶,反君道也。

乘极盛之末,而用之不已,不知初九之已复也。谓之"迷复""灾眚"者,示天之罚也。初九之复,天也,众莫不予,而己独迷焉。用之于敌,则灾其国;用之于国,则灾其身。极盛必衰,骤胜故败。在其终也,国败君凶,至于十年而不复者,明其用民之过,而师竞之甚也。

䷘震下乾上　无妄,元亨,利贞。其匪正有眚,不利有攸往。

《彖》曰:无妄,刚自外来而为主于内,

　　谓初九。

动而健,刚中而应,

　　谓九五。

大亨以正,天之命也。

　　无妄者,天下相从于正也。正者,我也。天下从之者,天也。圣人能

　　必正,不能使天下必从,故以无妄为天命也。

"其匪正有眚,不利有攸往",无妄之往,何之矣? 天命不祐,行

矣哉!

　　无故而为恶者,天之所甚疾也。世之妄也,则其不正者容有不得已

　　焉。无妄之世,正则安,不正则危。弃安即危,非人情,故不正者,必

　　有天灾。

《象》曰:天下雷行,物与无妄。

　　妄者,物所不与也。

先王以茂对时育万物。

　　茂,勉也。对,济也。《传》曰:"宽以济猛,猛以济宽。"天下既已无妄

　　矣,则先王勉济斯时,容养万物而已。

初九,无妄,往吉。

《象》曰:无妄之往,得志也。

　　所以为《无妄》者,震也。所以为震者,初九也。《无妄》之权在初

　　九,故往得志也。

六二,不耕获,不菑畬,则利有攸往。

《象》曰:"不耕获",未富也。

六三,无妄之灾,或系之牛。行人之得,邑人之灾。

《象》曰：行人得牛，邑人灾也。

九四，可贞，无咎。

《象》曰："可贞无咎"，固有之也。

九五，无妄之疾，勿药有喜。

《象》曰：无妄之药，不可试也。

善为天下者，不求其必然。求其必然，乃至于尽丧。无妄者，驱人而内之正也。君子之于正，亦全其大而已矣。全其大有道，不必乎其小，而其大斯全矣。古之为过正之行者，皆内不足而外慕者也。夫内足者，恃内而略外，不足者反之。阴之居阴，安其分者也，六二是也。而其居阳也，不安其分而外慕者也，六三是也。阳之居阳，致其用者也，九五是也。而其居阴也，内足而藏其用者也，九四是也。六二安其分，是故不敢为过正之行。曰"不耕获，不菑畬，则利有攸往"，夫必其所耕而后获，必其所菑而后畬，则是拣发而栉，数米而炊，择地而蹈之。充其操者，蚓而后可，将有所往，动则踬矣。故曰：于义可获，不必其所耕也；于道可畬，不必其所菑也。不害其为正，而可以通天下之情，故"利有攸往"。所恶于不耕而获者，恶富之为害也。如取之不失其正，虽欲富可得乎？故曰："不耕获，未富也。"六三不安其分而外慕其名，自知其不足而求详于无妄，故曰："无妄之灾，或系之牛。行人之得，邑人之灾。"或者系其牛于此，而为行道者之得之也。行者固不可知矣，而欲责得于邑人，宜其有无辜而遇祸者，此无妄之所以为灾也。失其牛于此，而欲必求之于此，此其意未始不以为无妄也。然反至于大妄，则求详之过也。九五以五用九，极其用矣。用极则忧废，故戒之曰"无妄之疾，勿药有喜"。无妄之世而有疾焉，是大正之世而未免乎小不正也。天下之有小不正，是养其大正也，乌可药哉？以无妄为药，是以至正而毒天下，天

下其谁安之？故曰"无妄之药，不可试也"。九四内足而藏其用，诎
其至刚而用之以柔，故曰"可贞无咎"。可以其贞正物而无咎者，惟
四也。其《象》曰"固有之"，固有之者，生而性之，非外掠而取之也。

上九，无妄，行有眚，无攸利。

《象》曰：无妄之行，穷之灾也。

无妄之世有大妄者，六三也，而上九应之。六三外慕于正而窃取其
名，三以苟免可也，至于上九，穷且败矣。

乾下艮上　大畜，利贞。不家食，吉。利涉大川。

《彖》曰：大畜，刚健、笃实、辉光，日新其德。

"刚健"者，乾也。"笃实"者，艮也。"辉光"者，二物之相磨而神明
见也。乾不得艮，则素健而已矣；艮不得乾，则徒止而已矣。以止厉
健，以健作止，而德之变不可胜穷也。

刚上而尚贤，能止健，大正也。

大者，正也，谓上九也，故谓之贤。贤者见畜于上九，所以为大畜也。

"不家食吉"，养贤也。"利涉大川"，应乎天也。

乾之健，艮之止，其德天也，犹金之能割，火之能热也。物之相服者，
必以其天。鱼不畏网而畏鹈鹕，畏其天也。故乾在艮下，未有不止
而为之用也。物之在乾上者，常有忌乾之心，而乾常有不服之意，
《需》之上六，《小畜》之上九是也。忌者，生于不足以服人尔。不足
以服人而又忌之，则人之不服也滋甚。今夫艮自知有以畜乾，故不
忌其健而许其进。乾知艮之有以畜我而不忌，故受其畜而为之用。
"不家食"者，以艮为主也。"利涉大川"者，用乾之功也。

《象》曰：天在山中，大畜。君子以多识前言往行，以畜其德。

孔子论《乾》九二之德曰"君子学以聚之，问以辨之"，是以知乾之

健,患在于不学,汉高帝是也。故《大畜》之君子,将以用乾,亦先厚其学。

初九,有厉,利已。

《象》曰:"有厉利已",不犯灾也。

《小畜》之畜乾也,顺而畜之,故始顺而终反目;《大畜》之畜乾也,厉而畜之,故始利而终亨。君子之爱人以德,小人之爱人以姑息。见德而愠,见姑息而喜,则过矣。初九欲进之意无已也。至于六四,过厉而止。六四之厉,我所谓德也。使我知戒而终身不犯于灾者,六四也。

九二,舆说輹。

《象》曰:"舆说輹",中无尤也。

《小畜》之"说輹",不得已也,故"夫妻反目"。《大畜》之"说輹",其心愿之,故"中无尤也"。

九三,良马逐,利艰贞。日闲舆卫,利有攸往。

《象》曰:"利有攸往",上合志也。

三乾并进,故曰"良马逐"。马不忧其不良,而忧其轻车易道以至泛轶也,故"利艰贞"。九三,乾之殿也,故相与饬戒,闲习其车徒,则"利有攸往"。上,上九也。上利在不忌,三利在必戒。

六四,童牛之牿,元吉。

《象》曰:六四元吉,有喜也。

六五,豮豕之牙,吉。

《象》曰:六五之吉,有庆也。

童牛,初九也。牿,角械也。童牛无所用牿,然且不敢废者,自其童而牿之,迨其壮,虽不牿可也。此爱其牛之至也。豮豕,羠豕也,九二之谓也。有牙而不骘者,羠豕也,不骘则可畜矣。《大畜》之畜乾也,始厉而终亨。初九,阳之微者也,而遂牿之,故至于九二,虽有牙而可畜也。其始牿之,其渐可畜,其终虽进之天衢可也。童而牿之,爱以德也,故"有喜"。不恶其牙而畜之,将求其用也,故"有庆"。凡物有以相德曰"喜",施德获报曰"庆",孔子曰:"积善之家,必有余庆。"

上九,何天之衢,亨。

《象》曰:"何天之衢",道大行也。

天衢者,上之所履而不与下共者也。德有以守之,虽以予人,而莫敢受。苟无其德,虽吾不予,天将有取之者。上九之德,足以自固,是以无忌于乾而大进之。其曰"何天之衢"者,何天之衢,有而不汝进也。夫惟以天衢进之,而乾大服矣。

☰☷震下艮上　颐,贞吉。观颐,自求口实。

《象》曰:"颐,贞吉",养正则吉也。"观颐",观其所养也。

谓上九。

"自求口食",观其自养也。

谓初九。

天地养万物,圣人养贤以及万民。颐之时大矣哉!

《象》曰:山下有雷,颐。君子以慎言语,节饮食。

上止下动,有《颐》之象,故君子治所以养口者。人之所共知而难能者,慎言语、节饮食也。言语一出而不可复入,饮食一入而不可复出者也。

初九,舍尔灵龟,观我朵颐,凶。

《象》曰:"观我朵颐",亦不足贵也。

尔,初九也。我,六四也。龟者不食而寿,无待于物者也。养人者,阳也;养于人者,阴也。君子在上足以养人,在下足以自养。初九以一阳而伏于四阴之下,其德足以自养而无待于物者如龟也。不能守之而观于四,见其可欲,朵颐而慕之,为阴之所致也,故凶。所贵于阳者,贵其养人也。如养于人,则不足贵矣。

六二,颠颐,拂经于丘颐,征凶。

《象》曰:六二征凶,行失类也。

从下为颠,过击曰拂。经,历也。丘,空也。《豫》之六五失民,而九四得之,则九四为"由豫"。《颐》之六五失民,而上九得之,则上九为"由颐"。六五有养人之位,而无养人之德,则丘颐也。夫由、丘二者,皆匪相安者也。丘以其位,由以其德,两立而不相忌者,未之有也。六二、六三之求养于上九也,皆历五而后至焉。夫有求于人者,必致怨于其所忌以求说,此人之情也。故六二、六三之过五也,皆击五而后过。非有怨于五也,以悦其所求养者也。由颐者,利之所在也。丘颐者,位之所在也。见利而蔑其位,君子以为不义也。故曰:"颠颐,拂经于丘颐,征凶。"六二可以下从初九而求养也。然且不从,而过击五以求养于上九。无故而陵其主,故"征凶"。征凶者,明颠颐之吉也。二,阴也,五亦阴也,故称"类"也。

六三,拂颐,征凶。十年勿用,无攸利。

《象》曰:"十年勿用",道大悖也。

"拂颐"者,"拂经于丘颐"也,六二已详言之矣。因前之辞,故略,其实一也。拂颐之为不义,二与三均也。然二有初可从,而三不得不从上也,故曰"贞凶"。虽贞于其配,而于义为凶。"由颐"之兴,"丘颐"之废,可坐而待也。其势不过十年,盍待其定而从之? 故戒之曰"十年勿用"。用于十年之内,则大悖之道也。夫击其主而悦其配,虽其配亦不义也,故"无攸利"。

六四,颠颐,吉。虎视眈眈,其欲逐逐,无咎。

《象》曰:颠颐之吉,上施光也。

四于初为上,自初而言之,则初之见养于四为凶。自四言之,则四之得养初九为吉。初九之刚,其始若虎之耽耽而不可驯也。六四以其所欲而致之,逐逐焉而来。六四之所施,可谓"光"矣。

六五,拂经,居贞吉。不可涉大川。

《象》曰:居贞之吉,顺以从上也。

六五既失其民,为六二、六三之所拂而过也。惕而起争之,则亡矣。故以顺而从上,居贞为吉。失民者不可以犯难,故曰"不可以涉大川"。

上九,由颐,厉吉,利涉大川。

《象》曰:"由颐厉吉",大有庆也。

莫不由之以得养者,故曰"由颐"。有其德而无其位,故厉而后吉。无位而得众者,必以身犯难,然后众与之也。

☰☴巽下兑上　大过,栋桡,利有攸往,亨。

《象》曰:"大过",大者过也。"栋桡",本末弱也。刚过而中,巽而说行,利有攸往,乃亨。

二、五者,用事之地也。阳自内出,据用事之地而摈阴于外,谓之"大过,大者过也"。阴自外入,据用事之地而囚阳于内,谓之"小过",小者过也。"过"之为言,偏盛而不均之谓也。故大过者,君骄而无臣之世也。《易》之所贵者,贵乎阳之能御阴,不贵乎阳之陵阴而蔑之也。人徒知夫阴之过乎阳之为祸也,岂知夫阳之过乎阴之不为福也哉?立阴以养阳也,立臣以卫君也。阴衰则阳失其养,臣弱则君弃其卫。故曰:"大过,大者过也。栋桡,本末弱也。"四阳者,"栋"也;初、上者,"栋"之所寄也。弱而见摈,则不任寄矣。此栋之所以桡也。栋桡将压焉。故《大过》之世,利有事而忌安居。君侈已甚而国无忧患,则上益张而下不堪,其祸可待也。故"利有攸往",所利于往者,利其有事也。有事则有患,有患则急人。患至而人急,则君臣之势可以少均。故曰:"刚过而中,巽而说行,利有攸往,乃亨。"

大过之时大矣哉!

《象》曰:泽灭木,大过。君子以独立不惧,遁世无闷。

初六宜不惧,上六宜遁。

初六,藉用白茅,无咎。

《象》曰:"藉用白茅",柔在下也。

白茅,初六也,所"藉"者九二也。茅之为物,贱而不足收也。然吾有所甚爱之器,必以藉之,非爱茅也,爱吾器也。初之于二,强弱之势固相绝矣,其存亡不足以为损益。然二所以得安养于上者,以有初之藉也。弃茅而不收,则器措诸地;弃初而不录,则二亲其劳矣。故孔子曰:"茅之为物薄,而用可重也。"

九二,枯杨生稊,老夫得其女妻,无不利。

《象》曰:老夫女妻,过以相与也。

卦合而言之,则《大过》者君骄之世也;爻别而观之,则九五当骄,而九二以阳居阴,不骄者也。盛极将枯,而九二独能下收初六以自助,则生稊者也。老夫,九二也。女妻,初六也。凡人之情,夫老而妻少,则妻倨而夫恭。妻倨而夫恭,则臣难进而君下之之谓也,故"无不利"。《大过》之世,患在亢而无与,故曰"老夫女妻,过以相与也"。

九三,栋桡,凶。

《象》曰:栋桡之凶,不可以有辅也。

九四,栋隆,吉,有他吝。

《象》曰:栋隆之吉,不桡乎下也。

卦合而言之，则"本末弱，栋桡"者也；爻别而观之，则上六当栋桡，初六弱而能立以遇九二，不桡者也。初、上非栋也，栋之所寄而已。所寄在彼，而隆桡见于此。初六不桡于下，则九四栋隆。上六不足以相辅，则九三之栋桡，以其应也。九四专于其应则吉，有他则吝矣。栋之隆也，非初之福，而四享其利。及其桡也，上亦不与，而三受其名。故《大过》之世，智者以为阳宜下阴，而愚者以为阴宜下阳也。

九五，枯杨生华，老妇得其士夫，无咎无誉。

《象》曰："枯杨生华"，何可久也？老妇士夫，亦可丑也。

盛极将枯，而又生华以自耗，竭而不能久矣。稊者，颠而复孽，反其始也。华者，盈而毕发，速其终也。九五以阳居阳，汰侈已甚，而上六乘之，力不能正，只以速祸，故曰"老妇得其士夫，无咎无誉"。老妇，上六也。士夫，九五也。夫壮而妻老，君压其臣之象也。故教之以"无咎无誉"，以求免于斯世。咎所以致罪，誉所以致疑也。

上六，过涉灭顶，凶，无咎。

《象》曰：过涉之凶，不可咎也。

过涉至于灭顶，将有所救也。势不可救而徒犯其害，故凶。然其义则不可咎也。

坎下坎上　习坎，

坎，险也。水之所行而非水也，惟水为能习行于险。其不直曰"坎"，而曰"习坎"，取于水也。

有孚，维心亨，行有尚。

《象》曰："习坎"，重险也。水流而不盈，

险故流，流故不盈。

行险而不失其信。

> 万物皆有常形，惟水不然，因物以为形而已。世以有常形者为信，而以无常形者为不信，然而方者可斫以为圜，曲者可矫以为直，常形之不可恃以为信也如此。今夫水虽无常形而因物以为形者，可以前定也，是故工取平焉，君子取法焉。惟无常形，是以遇物而无伤。惟莫之伤也，故行险而不失其信。由此观之，天下之信，未有若水者也。

"维心亨"，乃以刚中也。

> 所遇有难易，然而未尝不志于行者，是水之心也。物之窒我者有尽，而是心无已，则终必胜之。故水之所以至柔而能胜物者，维不以力争而以心通也。不以力争，故柔外；以心通，故刚中。

"行有尚"，往有功也。

> 尚，配也。方圜曲直，所遇必有以配之，故无所往而不有功也。

天险不可升也，地险山川丘陵也。王公设险以守其国。

> 朝廷之仪，上下之分，虽有强暴而莫敢犯，此王公之险也。

险之时用大矣哉！

《象》曰：水洊至，习坎。君子以常德行，习教事。

> 事之待教而后能者，"教事"也。君子平居，常其德行，故遇险而不变；习为教事，故遇险而能应。

初六，习坎，入于坎窞，凶。

《象》曰：习坎入坎，失道凶也。

> 六爻皆以险为心者也。夫苟以险为心，则大者不能容，小者不能忠，无适而非寇也。惟相与同患，其势有以相待，然后相得而不叛。是故居坎之世，其人可与同处患而不可与同处安。九二、九五，二险之不相下者也。而六三、六四，其蔽也。夫有事于敌，则蔽者先受其害，故九二之于六三，九五之于六四，皆相与同患者也，是以相得而

不叛。至于初、上,处内外之极,最远于敌而不被其祸,以为足以自用而有余,是以各挟其险以待其上,初不附二,上不附五,故皆有失道之凶焉。君子之习险,将以出险也。习险而入险,为寇而已。

九二,坎有险,求小得。

《象》曰:"求小得",未出中也。

险,九五也。小,六三也。九二以险临五,五亦以险待之,欲以求五,焉可得哉?所可得者,六三而已。二所以能得三者,非谓其德足以怀之,徒以二者皆未出于险中,相待而后全故也。

六三,来之坎坎,险且枕,入于坎窞,勿用。

《象》曰:"来之坎坎",终无功也。

之,往也。枕,所以休息也。来者坎也,往者亦坎也。均之二坎,来则得生,往则得敌,遇险于外而休息于内也,故曰"险且枕"。六三知其不足以自用,用必无功,故退入于坎,以附九二,相与为固而已。

六四,樽酒簋贰,用缶,纳约自牖,终无咎。

《象》曰:"樽酒簋贰",刚柔际也。

"樽酒簋贰,用缶",薄礼也。"纳约自牖",简陋之至也。夫同利者不交而欢,同患者不约而信。四非五无与为主,五非四无与为蔽。馈之以薄礼,行之以简陋,而终不相咎者,四与五之际也。

九五,坎不盈,祇既平,无咎。

《象》曰:"坎不盈",中未大也。

祇,犹言适足也。九五可谓大矣,有敌而不敢自大,故"不盈"也。不盈所以纳四也。盈者人去之,不盈者人输之,故不盈适所以使之既平也。

上六,系用徽纆,置于丛棘,三岁不得,凶。

《象》曰:上六失道,凶三岁也。

夫有敌而深自屈以致人者,敌平则汰矣,故九五非有德之主也。无德以致人,则其所致者,皆有求于我者也。上六维无求于五,故徽纆以系之,丛棘以固之。上六之所恃者,险尔,险穷则亡,故"三岁不得,凶"也。

☲离下离上　离,

火之为物,不能自见,必丽于物而后有形,故离之象取于火也。

利贞,亨。畜牝牛,吉。

《彖》曰:离,丽也。日月丽乎天,百谷草木丽乎土。

言万物各以其类丽也。

重明以丽乎正,乃化成天下。柔丽乎中正,故亨。是以"畜牝牛,吉"也。

六丽二、五,是柔丽中正也。物之相丽者,不正则易合而难久,正则难合而终必固,故曰"利贞,亨"。欲知其所畜,视其主。有是主,然后可以畜是人也。有其人而无其主,虽畜之不为用。故以柔为主,则所畜者惟牝牛为吉。

《象》曰:明两作,离。大人以继明照于四方。

火得其所附,则一炬可以传千万。明得其所寄,则一耳目可以尽天下。天下之续吾明者众矣。

初九,履错然,敬之,无咎。

《象》曰:履错之敬,以辟咎也。

六爻莫不以相附离为事,而火之性,炎上者也,故下常附上,初九附六二者也。以柔附刚者,宁倨而无谄;以刚附柔者,宁敬而无渎。渎其所以附,则自弃者也,故初履声错然敬二,以辟相渎之咎。

六二,黄离,元吉。

《象》曰："黄离元吉"，得中道也。

　　黄，中也。阴不动而阳来附之，故元吉。

九三，日昃之离，不鼓缶而歌，则大耋之嗟，凶。

《象》曰："日昃之离"，何可久也？

　　火得其所附则传，不得其所附则穷。初九之于六二，六五之于上九，皆得其所附者，以阴阳之相资也。惟九三之于九四，不得其传而遇其穷，如日之昃，如人之耋也。君子之至此，命也。故"鼓缶而歌"，安以俟之。不然，咨嗟而不宁，则凶之道也。

九四，突如其来如，焚如，死如，弃如。

《象》曰："突如其来如"，无所容也。

　　九三无所附，九四人莫附之，皆穷者也。然九三之穷，则咨嗟而已。九四见五之可欲，而不度其义之不可得，故其来突如，其炎焚如。其五拒而不纳，故穷而无所容。夫四之欲得五，是与上九争也。而上九，离之王公也，是以死而众弃之也。

六五，出涕沱若，戚嗟若，吉。

《象》曰：六五之吉，离王公也。

　　王公，上九也。六五上附上九，而九四欲得之，故出涕戚嗟，以明不贰也。六五不贰于四，则上九勤之矣，故吉。

上九，王用出征，有嘉折首，获匪其丑，无咎。

《象》曰："王用出征"，以正邦也。

　　凡在下者，未免离于人也。惟上九离人而不离于人，故其位为王，其德可以正人。各安其所离矣，而有乱群者焉，则王之所征也。嘉者，六五也。非其类者，九四也。六爻皆无应，故近而附之者得称嘉也。其嘉之所以能克其非类者，以上九与之也。

苏氏易传卷之四

下经

☷艮下兑上　咸,亨,利贞。取女吉。

《彖》曰:咸,感也。柔上而刚下,二气感应以相与。止而说,男下女,是以"亨,利贞,取女吉"也。

　　下之而后得,必贞者也。取而得贞,取者之利也。

天地感而万物化生,圣人感人心而天下和平。观其所感,而天地万物之情可见矣。

　　情者,其诚然也。"云从龙,风从虎",无故而相从者,岂容有伪哉?

《象》曰:山上有泽,咸。君子以虚受人。

初六,咸其拇。

《象》曰:"咸其拇",志在外也。

　　外,四也。"咸其拇"者,以是为咸也。咸者以神交。夫神者,将遗其心,而况于身乎?身忘而后神存。心不遗则身不忘,身不忘则神忘。故神与身,非两存也,必有一忘。足不忘屦,则屦之为累也甚于桎梏;要不忘带,则带之为虐也甚于缧绁。人之所以终日蹑屦束带而不知厌者,以其忘之也。道之可名言者,皆非其至。而咸之可分别者,皆其粗也。是故在卦者咸之全也,而在爻者咸之粗也。爻配一体,自拇而上至于口,当其处者有其德。德有优劣,而吉凶生焉。合而用之,则拇屦、腓行、心虑、口言,六职并举而我不知,此其为卦也。

离而观之,则拇能履而不能捉,口能言而不能听,此其为爻也。方其为卦也,见其咸而不见其所以咸,犹其为人也,见其人而不见其体也。六体各见,非全人也。见其所以咸,非全德也。是故六爻未有不相应者,而皆病焉,不凶则吝,其善者免于悔而已。

六二,咸其腓,凶。居吉。

《象》曰:虽凶居吉,顺不害也。

顺,九三也。

九三,咸其股,执其随,往吝。

《象》曰:"咸其股",亦不处也。志在随人,所执下也。

执,牵也。下,二也。体静而神交者,咸之正也。艮,止也。而所以为艮者,三也。三之德固欲止,而初与二莫之听者,往从其配也。见配而动,虽三亦然。是故三虽欲止,而不免于随。附于足而足不能禁其动者,拇也;附于股而股不能已其行者,腓也。初与二者,艮之体而艮不能使之止也。拇虽动,足未必听,故初之于四,有志而已。腓之所以无不随者,以动静之制在焉,故可以凶,可以吉也。股欲止而牵于腓,三欲止而牵于二,不信己而信人,是以"往吝"也。

九四,贞吉,悔亡。憧憧往来,朋从尔思。

《象》曰:"贞吉悔亡",未感害也。"憧憧往来",未光大也。

九四之所居,心之所在也。方其为卦也,四隐而不见,心与百体并用而不知,是以无悔无朋。及其表之以四也,而心始有所在。心有所在而物疑矣,故憧憧往来以求之。正则吉,不正则不吉。既感则悔亡,未感则害我者也。其朋则从,非其朋则不从也。

九五,咸其脢,无悔。

《象》曰:"咸其脢",志末也。

拇之动,腓之行,股之随,心之憧憧往来,皆有为之病也。惩其病而举不为者,以无为之病也。五之所在,脢也。而脢者,体之不动而无事者也。畏其有事之劳,而咸于无事,求无悔而已,志已卑矣。

上六,咸其辅、颊、舌。

《象》曰:"咸其辅、颊、舌",滕口说也。

上六之所在者,口也。夫有以为咸者,口未必不用,而恃口以为咸则不可。

䷟巽下震上　恒,亨,无咎。利贞,利有攸往。

《象》曰:恒,久也。刚上而柔下,雷风相与,巽而动,刚柔相应,恒。"恒亨无咎,利贞",久于其道也。

所以为恒者,贞也;而贞者,施于既亨无咎之后者也。上下未交,润泽未渥,而骤用其贞,此危道也。故将为恒,其始必有以深通之,其终必有以大正之。方其通物也,则上下之分有相错者矣。以错致亨,亨则悦,悦故无我咎者。无咎而后贞,贞则可恒,故恒非一日之故也,惟久于其道而无意于速成者能之。

天地之道,恒久而不已也。"利有攸往",终则有始也。

物未有穷而不变,故恒非能执一而不变,能及其未穷而变尔。穷而后变,则有变之形;及其未穷而变,则无变之名,此其所以为恒也。故居恒之世而利有攸往者,欲及其未穷也。夫能及其未穷而往,则终始相受,如环之无端。

日月得天而能久照,

照者,日月也;运之者,天也。

四时变化而能久成,

将明恒久不已之道,而以日月之运、四时之变明之,明及其未穷而变也。阳至于午,未穷也,而阴已生;阴至于子,未穷也,而阳以萌,故寒暑之际人安之。如待其穷而后变,则生物无类矣。

圣人久于其道而天下化成。观其所恒,而天地万物之情可见矣。

非其至情者,久则厌矣。

《象》曰:雷风,恒。君子以立不易方。

雷风非天地之常用也,而天地之化所以无常者,以有雷风也,故君子法之,以能变为恒,立不易方,而其道运矣。

初六,浚恒,贞凶,无攸利。

《象》曰:浚恒之凶,始求深也。

恒之始,阳宜下阴以求亨;及其终,阴宜下阳以明贞。今九四不下初六,故有浚恒之凶;上六不下九三,故有振恒之凶。二者皆过也,易地而后可。下沉曰“浚”,上奋曰“振”。初六以九四不见下,故求深自藏以远之。使九四虽田而无获,可谓贞矣。然阴阳否而不亨,非所以为恒之始也,故凶。始不亨而用贞,终必两废,故“无攸利”。夫恒之始,宜亨而未宜贞。

九二,悔亡。

《象》曰:“九二悔亡”,能久中也。

艮、兑合而后为《咸》,震、巽合而后为《恒》。故卦莫吉于《咸》《恒》者,以其合也。及离而观之,见己而不见彼,则其所以为《咸》《恒》者亡矣。故《咸》《恒》无完爻,其美者不过“悔亡”。恒之世,惟四宜下初,自初以上,皆以阴下阳为正,故九二、九三、六五、上六皆非正也。以中者用之,犹可以悔亡;以不中者用之,则无常之人也,故九三“不恒其德”。

九三,不恒其德,或承之羞,贞吝。

《象》曰:“不恒其德”,无所容也。

《传》曰:“人而无恒,不可作巫医。子曰:不占而已矣。”夫无常之人，与之为巫医且不可，而况可与有为乎？人惟有常，故其善恶可以外占而知。无常之人，方其善也，若可与有为；及其变也，冰解潦竭，而吾受其羞。故与是人遇者，去之吉，贞之咎。善恶各有徒，惟无常者无徒。故曰："不恒其德，无所容也。"

九四，田无禽。

《象》曰：久非其位，安得禽也？

九四怀非其位，而重下初六。初六其所欲得也，故曰"无禽"。上亢而下沉，欲以获初，难矣！

六五，恒其德，贞。妇人吉，夫子凶。

《象》曰：妇人贞吉，从一而终也。夫子制义，从妇凶也。

恒以阴从阳为正。六五下即二，则妇人之正也；九二上从五，则夫子之病也。

上六，振恒，凶。

《象》曰：振恒在上，大无功也。

恒之终，阴宜下阳者也。不安其分而奋于上，欲求有功，而非其时矣，故凶。

☰☶ 艮下乾上　遁，亨，小利贞。

《象》曰："遁亨"，遁而亨也。

阴盛于《否》而至于《剥》，君子未尝不居其间也。《遁》以二阴而伏于四阳之下，阴犹未足以胜阳，而君子遂至于遁，何也？曰：君子之遁，非直弃去而不复救也，以为有亨之道焉。今夫二阴在内，遁之主也。其势至锐，而其朋至寡。锐则其终必胜，寡则其心常欲得众。君子及其未胜而遁，则阴无与处而思求阳。阴思求阳，而后阳可以处，故曰"遁亨，遁而亨也"。

刚当位而应,与时行也。

时当遁,虽有应,不得不逝也。

小利贞,浸而长也。遁之时义大矣哉!

浸而后长,则今犹微也,微而忘贞则废矣。

《象》曰:天下有山,遁。君子以远小人,不恶而严。

山有企天之意而不可及,阴有慕阳之志而不可追,遁之象也。

初六,遁尾,厉。勿用有攸往。

《象》曰:遁尾之厉,不往何灾也?

遁者皆外向,故初六为尾。首之所趋,尾所不能禁也。遁而不能禁,逝者众矣。众逝则我无与处,故危。势不能禁而往迫之,则阳怒而为灾,故"不利有攸往"。

六二,执之用黄牛之革,莫之胜说。

《象》曰:执用黄牛,固志也。

六二,遁之主,而与五为应,则有以固执之矣。方阳之遁,其所以执而留之者,非出于款诚至意,阳不顾也。故必有如牛革之坚者,而又用其黄焉,则忠确之至也。

九三,系遁,有疾,厉。畜臣妾,吉。

《象》曰:系遁之厉,有疾惫也。"畜臣妾吉",不可大事也。

九三虽阳,而与阴同体,是为以阴止阳。徒欲止之而无应于上。止之不由其道,盖系之而已。彼欲去矣,而以力系之,我惟无疾而后可。一日有疾,则彼皆舍我而去尔。何则?所以系之者,恃力也,故曰"畜臣妾,吉"。系者,畜臣妾之道,而非所以畜君子也。

九四,好遁,君子吉,小人否。

《象》曰:君子好遁,小人否也。

九四有初六之好,舍其好而遁,则君子吉而小人否也。

九五,嘉遁,贞吉。

《象》曰:"嘉遁贞吉",以正志也。

六二,九五配也。合其配而遁,故曰"嘉遁"。犹惧其怀也,故戒之以"贞吉"。

上九,肥遁,无不利。

《象》曰:"肥遁无不利",无所疑也。

无应于下,沛然而去,遁之肥也。夫九三牵于二阴而为之止,我不知势之不可以不遁而止之,非其利也。然则上九之遁,非独以利我,亦以利三也。

☰☳乾下震上　大壮,利贞。

《象》曰:大壮,大者壮也,刚以动,故壮。"大壮利贞",大者正也。正大而天地之情可见矣。

以大者为正,天地之至情也。

《象》曰:雷在天上,大壮。君子以非礼弗履。

所以全其勇壮也。

初九,壮于趾,征凶,有孚。

《象》曰:"壮于趾",其孚穷也。

乾,施壮于震者也。壮者为羊,所施为藩,故五以二为羊,三以六为藩。以类推之,则初九之壮施于九四。九四藩决不羸,则初九亦触四之羊也。以其最下而用壮,故曰"壮于趾"。自下之四,故曰"征"。众皆触非其类,已独触其类。触其类,则有孚于非其类矣。不孚于方壮之阳,而孚于已穷之阴,故虽有孚而不免于凶者,其孚穷而不足赖也。

九二,贞吉。

《象》曰:"九二贞吉",以中也。

> 初九以触阳凶,九三以触阴厉,皆失中者也。九二之于五也,进不触之,退不助之,安贞而已,中也。

九三,小人用壮,君子用罔,贞厉。羝羊触藩,羸其角。

《象》曰:"小人用壮",君子罔也。

> 羊,九三也;藩,上六也。羸,废也。九三之壮,施于上六。上六,穷阴也;九三,壮阳也。以壮阳触穷阴,其势若易易然。而阳壮则轻敌,阴穷则深谋。故小人以是为壮,而君子以是为罔己也。以阳触阴,正也,而危道也,是以君子不触也。

九四,贞吉,悔亡。藩决不羸,壮于大舆之輹。

《象》曰:"藩决不羸",尚往也。

> 九四有藩,是以知初九之触也,欲进而消二阴者,九四之贞吉也。外有二阴之敌,而内有初九之触,此九四之所以有悔也。忿其触而羸其角,则是敌未亡而内自战,四以是为病也。故见触不挍,即而怀之,以为其徒,则可以悔亡,故曰"藩决不羸,壮于大舆之輹。九四自决其藩,而不以羸初九之角,则向之触我者止而为吾用,适所行以壮吾輹尔。临敌而輹壮,可以往矣。

六五,丧羊于易,无悔。

《象》曰:丧羊于易,位不当也。

> 羊,九二也。六五者,九二施壮之地也。以阴居阳,则不纯乎阴,有志于助阳矣,是以释九二之羊而纵之。故曰:"丧羊于易,位不当也。"人皆为藩以御羊,而己独无有,岂非易之至也欤?有藩者羸其角,而易者丧之。羸其角者无攸利,则丧之者无悔,岂不明哉?

上六,羝羊触藩,不能退,不能遂。无攸利,艰则吉。

《象》曰:"不能退,不能遂",不详也。"艰则吉",咎不长也。

羊,九三也。藩,上六也。自三言之,三不应触其藩;自上言之,上不应赢其角。二者皆不计其后而果于发者。三之触我,我既已罔之矣。方其前不得遂而退不得释也,岂独羊之患,虽我则何病如之?且未有羊赢角而藩不坏者也,故"无攸利"。均之为不利也,则以知难而避之为吉。

☷坤下离上　晋,康侯用锡马蕃庶,昼日三接。

《彖》曰:晋,进也。明出地上,顺而丽乎大明,柔进而上行,是以"康侯用锡马蕃庶,昼日三接"也。

　　《晋》以离为君,坤为臣。坤之为物,广大博厚,非特臣尔,乃诸侯也,故曰"康侯",君以是安诸侯也。夫坤顺而离明,以顺而进趋于明,无有逆而不受者,故曰"锡马"。马所以进也,锡之马而使蕃之,许其进之甚也。一日三接,喜其来之至也。

《象》曰:明出地上,晋。君子以自昭明德。

初六,晋如摧如,贞吉,罔孚,裕无咎。

《象》曰:"晋如摧如",独行正也。"裕无咎",未受命也。

　　三阴皆进而之离,九四居于其冲,欲并而有之,众之所不与也。初六有应于四,将以众适四,故进而众摧之也。夫初六之适四,正也。其以众适四,不正也。己独行而不以众,则得其正矣,故曰"贞吉"。我虽正矣,而众莫吾信,故裕之而后无咎。裕之而后无咎者,众未肯受吾命也。

六二,晋如愁如,贞吉。受兹介福,于其王母。

《象》曰:"受兹介福",以中正也。

　　将进而之五,而四欲得之,故"晋如愁如"。我守吾正,虽四为拒,不能终闭也,故受福于"王母"。六五之谓"王母"也,以其为王母,故二虽阴,亦可得而归之矣。

六三,众允悔亡。

《象》曰:"众允"之志,上行也。

将适上九而近于四,悔也。虽与之近,而众信其不与也,故悔亡。

九四,晋如鼫鼠,贞厉。

《象》曰:"鼫鼠贞厉",位不当也。

求得而未必能者,鼫鼠也。六二、六三,非其所当得也,因其过我,欲兼有之而众不听,故曰"晋如鼫鼠"。九四之有初六,正也。非其正者,固不可得矣。而正者犹危,则位不当之故也。

六五,悔亡,失得勿恤。往吉,无不利。

《象》曰:"失得勿恤",往有庆也。

四夺其与,悔也。然而众不与四,是以"悔亡"。夫以五之尊,而下与四争,其所附则陋矣。故虽失所当得,勿恤而往,则吉。夫下与四争必来,来者争也,则往者不争之谓也。五犹不争,而四何敢不置之? 故其所失,终亦必得而已矣。苟终于得,则其不争,非独四之利也。

上九,晋其角,维用伐邑,厉吉无咎,贞吝。

《象》曰:"维用伐邑",道未光也。

刚之上穷者,角也。"晋其角"者,以是为晋也。以角为晋,必有所用其触。三,吾应也,而四闭之,则上九之所伐者四也。四与上同体,故为邑也。邑人而闭吾应,无以容之,而至于用兵,道不光矣。此正也,而吝道也。故知戒于危,然后其吉可以无咎。

䷣离下坤上　明夷,利艰贞。

《象》曰:明入地中,明夷。内文明而外柔顺,以蒙大难,文王以之。

"利艰贞",晦其明也。内难而能正其志,箕子以之。

《象》曰:明入地中,明夷。君子以莅众,用晦而明。

> 王弼曰:"显明于外,乃所辟也。"

初九,明夷于飞,垂其翼。君子于行,三日不食。有攸往,主人有言。

《象》曰:"君子于行",义不食也。

> 《明夷》之主在上六,二与五皆其用事之地,而九三势均于其主,力足以正之。此三者,皆有责于明夷之世者也。夫君子有责于斯世,力能救则救之,六二之"用拯"是也;力能正则正之,九三之"南狩"是也。既不能救,又不能正,则君子不敢辞其辱以私便其身,六五之"箕子"是也。君子居明夷之世,有责必有以塞之,无责必有以全其身而不失其正。初九、六四,无责于斯世,故近者则入腹获心于出门庭,而远者则行不及食也。明夷者,自夷以全其明也。将飞而举其翼,必见縻矣,故"垂其翼",所以示不飞之形也。方其未去也,"垂其翼",缓之至也;及其去也,三日不遑食,亟之至也。是何也? 则惧不免也。明夷之主既已失其民矣,我有所适,所适必其敌也。去主而适敌,主且以我为谋之,故曰"主人有言"。主人,上六也。

六二,明夷,夷于左股,用拯马壮,吉。

《象》曰:六二之吉,顺以则也。

> 爻言左右,犹言内外也。在我之上,则于我为左矣。明夷之世,坤,君也,而将废也;离,臣也,而方壮也。自离言之,坤之废,左股之伤也。六二忠顺之至,故往用拯之。爱其忠而忧其不济也,故戒之曰:徒往不足拯也,马壮而后吉。马,所以载伤者也。

九三,明夷于南狩,得其大首,不可疾贞。

《象》曰:南狩之志,乃大得也。

六二所居,顺而不失人臣之则,故可以拯不明之君。有功而不见疑,是以吉也。至于九三,其势逼矣,虽欲拯之而不可得,故南狩以正之。明夷始自晦也。南狩,发其明之地也。以阳用阳,戒在于速,故大首既获,则不可疾贞。

六四,入于左腹,获明夷之心,于出门庭。

《象》曰:"入于左腹",获心意也。

近不明之君,而位非用事之地,虽以逊免可也。是故入其左腹,获其心意。而君子莫之咎者,以去其门庭之速也。君子之居此,惧不免尔。既免,未有不去者。既免而不去,怀其门庭,将以有求,则吾罪大矣。

六五,箕子之明夷,利贞。

《象》曰:箕子之贞,明不可息也。

六五之于上六,正之则势不敌,救之则力不能,去之则义不可,此最难处者也,如箕子而后可。箕子之处于此,身可辱也,而明不可息者也。

上六,不明晦。初登于天,后入于地。

《象》曰:"初登于天",照四国也。"后入于地",失则也。

六爻皆晦也,而所以晦者不同。自五以下,明而晦者也。若上六,不明而晦者也,故曰"不明晦",言其实晦,非有托也。明而晦者,始晦而终明;不明而晦者,强明而实晦,此其辨也。

☲离下巽上　家人,利女贞。

《象》曰:家人,女正位乎内,

谓二也。

男正位乎外。

谓五也。

男女正,天地之大义也。《家人》有严君焉,父母之谓也。父父、子子、兄兄、弟弟、夫夫、妇妇,而家道正,正家而天下定矣。

《象》曰:风自火出,家人。君子以言有物而行有恒。

> 火之所以盛者,风也,火盛而风出焉;家之所以正者,我也,家正而我与焉。

初九,闲有家,悔亡。

《象》曰:"闲有家",志未变也。

> 家人之道,宽则伤义,猛则伤恩,然则是无适而可乎?曰"君子以言有物而行有恒",至矣,言之有物也,行之有恒也!虽有悍妇暴子弟,莫敢不肃然,而未尝废恩也。此所以为至也。曾子曰:"君子所贵乎道者三:动容貌,斯远暴慢矣;正颜色,斯近信矣;出辞气,斯远鄙倍矣。"如是,何闲之有?初九用刚于家之始,九三用刚于家之成,是以皆有悔也。夫所以至于闲者,惟德不足故也。德既不足,而又忘闲焉,则志变矣。及其未变而闲之,故"悔亡"。

六二,无攸遂,在中馈,贞吉。

《象》曰:六二之吉,顺以巽也。

> 有中馈,无遂事,妇人之正也。

九三,家人嗃嗃,悔厉,吉。妇子嘻嘻,终吝。

《象》曰:"家人嗃嗃",未失也。"妇子嘻嘻",失家节也。

> 以阳居阳,过于用刚,故悔且危也。人见其悔且危也,而矫之以宽,则家败矣。故告之以斯人之终吉,戒之以失节之终吝。

六四,富家,大吉。

《象》曰:"富家大吉",顺在位也。

> 《家人》有四阳二阴,而阴皆不失其位以听于阳。阳为政而阴听之,

家欲不治，不可得也。富者，治之极也，故六二"贞吉"，其治也；六四"富家"，其极也。以治极致富，则其富可久，此之谓"大吉"。

九五，王假有家，勿恤，吉。

《象》曰："王假有家"，交相爱也。

假，至也。王至有家，则是家也大矣，王者以天下为一家。家人之家，近而相渎；天下之家，远而相忘。知其患在于相渎也，故推严别远，以存相忘之意；知其患在于相忘也，故简易勿恤，以通相爱之情。《家人》四阳，惟九五有人君之德，故称其德，论天下之家焉。君臣欲其如父子，父子欲其如君臣，圣人之意也。

上九，有孚威如，终吉。

《象》曰：威如之吉，反身之谓也。

上九之所信者，三也。《家人》之无应者，惟三与上而已。人皆刚柔相与，而己独两刚相临，是以终身不忘畏也。畏威如疾，民之上也。故畏人者，人亦畏之；慢人者，人亦慢之，此之谓"反身"。凡言终者，其始未必然也。"妇子嘻嘻"，其始可乐。"威如之吉"，其始苦之。

䷥兑下离上　睽，小事吉。

《象》曰：睽，火动而上，泽动而下。二女同居，其志不同行。说而丽乎明，柔进而上行，得中而应乎刚。

谓五也。

是以小事吉。

有同而后有睽，同而非其情，睽之所由生也。说之丽明，柔之应刚，可谓同矣。然而不可大事者，以二女之志不同也。

天地睽而其事同也，男女睽而其志通也，万物睽而其事类也。睽之时用大矣哉！

人苟惟同之知，若是必睽；人苟知睽之足以有为，若是必同。是以自其同者言之，则二女同居而志不同，故其吉也小；自其睽而同者言之，则天地睽而其事同，故其用也大。

《象》曰：上火下泽，睽。君子以同而异。

"同而异"，晏平仲所谓和也。

初九，悔亡，丧马勿逐，自复。见恶人，无咎。

《象》曰："见恶人"，以辟咎也。

《睽》之不相应者，惟初与四也。初欲适四，而四拒之，悔也。四之拒我，逸马也，恶人也。四往无所适，无归之马也。马逸而无归，其势自复，马复则悔亡矣。人惟好同而恶异，是以为睽。故美者未必婉，恶者未必狠，从我而来者未必忠，拒我而逸者未必贰。以其难致而舍之，则从我者皆吾疾也，是相率而入于咎尔，故见恶人，所以辟咎也。

九二，遇主于巷，无咎。

《象》曰："遇主于巷"，未失道也。

主，所主也，有所适必有所主。九二之进，则主五矣。巷者，二、五往来相从之道也。使二决从五，则见主于其室；五决从二，则见主于其门。所以相遇于巷者，皆有疑也。何疑也？疑四之为寇也。然而犹可以无咎者，皆未失相从之道也，特未至尔。

六三，见舆曳，其牛掣，其人天且劓。无初有终。

《象》曰："见舆曳"，位不当也。"无初有终"，遇刚也。

三非六之所宜据，譬之乘舆而非其人也。非其人而乘其器，无人则肆，有人则怍矣。故六三见上九，曳其轮而不进，掣其牛而去之。夫六三配上九而近于九四，九四其寇也，无所应而噬之，未达于配而噬于寇，是以"天且劓"也。乘非其位，而污非其配，可以获罪矣。然上九犹脱弧而纳之，上九则大矣。有是大者容之，故"无初有终"。

九四,睽孤,遇元夫,交孚。厉无咎。

《象》曰:交孚无咎,志行也。

> 睽之世,阳惟升,阴惟降。九二升而遇五,故为遇主;九四升而无所
> 遇,故为睽孤。元夫,初九也。夫两穷而后相遇者,不约而交相信,
> 是以虽危而无咎也。

六五,悔亡。厥宗噬肤,往何咎?

《象》曰:"厥宗噬肤",往有庆也。

> 六五之配九二也,九二之宗九四也,二与四同功,故亦曰"宗"。肤,
> 六三也。自五言二之宗,故曰"厥宗"。六五之所以疑而不适二者,
> 疑四之为寇也。故告之曰:四已噬三矣。夫既已噬三,则不暇寇我。
> 我往从二,何咎之有?

上九,睽孤,见豕负涂,载鬼一车。先张之弧,后说之弧。匪寇婚
媾,往遇雨则吉。

《象》曰:遇雨之吉,群疑亡也。

> 上九之所见者,六三也。污非其配,负涂之豕也;载非其人,载鬼之
> 车也,是以张弧而待之。既而察之曰:是其所居者不得已,非与寇为
> 媾者也,是以说弧而纳之。阴阳和而雨也,天下所以睽而不合者,以
> 我求之详也。夫苟求之详,则孰为不可疑者? 今六三之罪,犹且释
> 之。群疑之亡也,不亦宜哉?

☰☷ 艮下坎上　蹇,利西南,不利东北。利见大人,贞吉。

《象》曰:蹇,难也,险在前也。见险而能止,知矣哉!"蹇利西南",
往得中也。"不利东北",其道穷也。

> 艮,东北也。坎,北也。难在东北,则西南者无难之地也。君子将有
> 意乎犯难以靖人,必先靖其身,是故立于无难之地,以观难之所在,

势之可否。见可而后赴之,是以往则得中也。难之所在,我亦在焉,则求人之不暇,其道穷矣。然此非为大人者言也。初六、九三、六四、上六,皆因其势之远近、时之可否,以断其往来之吉凶。故西南之利,东北之不利,为是四者言也,若九五之大人则不然。

“利见大人”,往有功也。当位贞吉,以正邦也。

当位而正,五也,五之谓“大人”。“大人”者,不择其地而安,是以立于险中而能正邦也。是岂恶东北而乐西南者哉?得见斯人而与之往,其有功无疑也。上六当之。

蹇之时用大矣哉!

《象》曰:山上有水,蹇。君子以反身修德。

初六,往蹇来誉。

《象》曰:“往蹇来誉”,宜待也。

九五以大蹇为朋来之主,以中正为往来之节,未及于五,难未艾也,犯之有咎。过五以上,难衰而可乘矣。故上六“往蹇来硕”,而六四以下皆以往蹇为病,而其来有先后之差焉。见难而往,难不可犯;穷而后反,人不以穷而后反者为有让,以其不得已也。惟初六涉难未深而遽反,不待其穷,是以有誉也。

六二,王臣蹇蹇,匪躬之故。

《象》曰:“王臣蹇蹇”,终无尤也。

初六、九三、六四、上六,彼四者或远或近,皆视其势之可否以为往来之节。独六二有应于五,君臣之义深矣。是以不计远近,不虑可否,无往无来,蹇蹇而已。君子不以为不智者,以其非身之故也。

九三,往蹇来反。

《象》曰:“往蹇来反”,内喜之也。

六四,往蹇来连。

《象》曰:"往蹇来连",当位实也。

夫势不可往者,非徒往而无获,亦将来而失其故也。何则?险难在前,不虑可否,而轻以身赴之,苟前不得进,则必有议吾后者矣。九三"往蹇",而其来也,得反其位,则内喜之也。内之二阴,不能自立于险难之际,待我而为捍蔽,是故完位以复我,我之所以得反者,幸也。至于六四,则九三蹑而袭之矣。外难未夷,而归遇难,故曰"往蹇来连"。连者,难之相仍也,实阳也。九三以阳居阳,其有乘虚而不敢者乎?故曰:"当位实也。"

九五,大蹇,朋来。

《象》曰:"大蹇朋来",以中节也。

险中者,人之所避也,而己独安焉,此必有以任天下之在大难也,是以正位不动,无往无来,使天下之济难者,朋来而取节焉,谓之大人,不亦宜乎!

上六,往蹇来硕,吉。利见大人。

《象》曰:"往蹇来硕",志在内也。"利见大人",以从贵也。

六爻可以往者惟是也,故独享其利。天下有大难,彼三人者皆不能济,而我济之。既济而天下不吾宗者,未之有也,故曰"往蹇来硕"。"利见大人"者,明上六之有功,由九五为之节也。"内"与"贵",皆五之谓也。

坎下震上　解,利西南。无所往,其来复吉。有攸往,夙吉。

《象》曰:解,险以动,动而免乎险,解。"解利西南",往得众也。"其来复吉",乃得中也。"有攸往夙吉",往有功也。

所以为《解》者,震也,坎也。震,东也。坎,北也。解者在此,所解在彼。东北解者之所在,则西南所解之地也。在难而思解,处安而恶扰者，物之情也。方其在难，我往则得众，故"利西南"。及其无难，我往则害物，故"来复吉"。"复"者，复东北也。东北有时而当复，是以不言其不利也。来复之为吉者，夙所往之时也。苟有攸往，非夙不可。有攸往而不夙，则难深而不可解矣。

天地解而雷雨作，雷雨作而百果草木皆甲坼。解之时大矣哉！

《象》曰：雷雨作，解。君子以赦过宥罪。

初六，无咎。

《象》曰：刚柔之际，义无咎也。

《解》有二阳，九二有应于六五，而九四有应于初六，各得其正而分定矣。惟六三者，无应而处于二阳之间，兼与二阳，而《解》始有争矣。故《解》之所疾者，莫如六三也。六三欲以其不正乱人之正，故初与五皆其所疑而咎之。以其疑而咎之也，故特明其无咎，曰此与九四刚柔之际也，于义无咎。

九二，田获三狐，得黄矢，贞吉。

《象》曰：九二贞吉，得中道也。

九二之所当得者，六五也。近而可取者，初六、六三也。此之谓"三狐"。"三狐"皆可取，而以得六五为贞吉也。此之谓"黄矢"。"黄"，中也。"矢"，直也，直其所当得也。是以六五为黄矢。释其所不当得之三狐，而取其所当得之一矢，息争之道也。

六三，负且乘，致寇至，贞吝。

《象》曰："负且乘"，亦可丑也。自我致戎，又谁咎也？

三于四为"负"，于二为"乘"。乘而不负，若负而不乘，犹可以免于寇。寇之所伐者，负且乘也。夫三苟与四而不与二，则四不伐；与二而不与四，则二不攻。所以致寇者，由兼与也。二与四皆非其配，虽贞于一，犹吝也，而况兼与乎？丑之甚也。

九四,解而拇,朋至斯孚。

《象》曰:"解而拇",未当位也。

> 拇,六三。朋,九二也。三来附己,解而不取,则二信之。"未当位"
> 者,明势不可以争也。

六五,君子维有解,吉。有孚于小人。

《象》曰:君子有解,小人退也。

> 六五,九二之配也,而近于四。六三欲附于二与四,故疑而疾之。夫
> 以六五之中直,岂与六三争所附者哉?而六三以小人之意度君子之
> 心,故六五"维有解,吉"。"维有解"者,无所不解之谓也。近则解
> 四,远则解二,是以六三释然而退也。

上六,公用射隼于高墉之上,获之无不利。

《象》曰:"公用射隼",以解悖也。

> "隼"者,六三也。"墉"者,二阳之间也。"悖"者,争也。二阳之所以
> 争而不已者,以六三之不去也。孰能去之?将使二与四乎?二与四
> 固欲得之。将使初与五乎?则初与五,二阳之配,三之所疑也。夫
> 欲毙所争而解交斗,惟不涉其党者能之。故高墉之隼,惟上六为能
> 射而获也。隼获争解,二与四无不利者。

䷨ 兑下艮上　损,有孚,元吉,无咎,可贞,利有攸往。曷之用?二
簋可用享。

《象》曰:损,损下益上,其道上行。

> 自阳为阴谓之"损",自阴为阳谓之"益"。兑本乾也,受坤之施而
> 为兑,则损下也;艮本坤也,受乾之施而为艮,则益上也。惟《益》亦
> 然。则《损》未尝不益,《益》未尝不损。然其为名,则取一而已。何
> 也?曰:君子务知远者大者。损下以自益,君子以为自损;自损以益

下，君子以为自益也。

损而有孚，元吉，无咎。

> 损下而下信之，必有道矣。孟子曰："以佚道使民，虽劳不怨；以生道杀民，虽死不怨杀者。"使民知所以损我者，凡以益我也，则信之矣。损者，下之所患也，然且不顾而为之，则其利必有以轻其所患者矣。利不足以轻其所患，益不足以偿其所损，则损且有咎。是故可以无咎者，惟"元吉"也。上之所以损我者，岂徒然哉？盖吉之元者也。如此而后无咎。

"可贞，利有攸往。曷之用？二簋可用享"，二簋应有时。损刚益柔有时，损益盈虚，与时偕行。

> "有孚，元吉，无咎"，为上卦言也。"可贞，利有攸往。曷之用？二簋可用享"，为下卦言也。"损下益上，其道上行"，然而下不可以无贞也。以损之道为上行，而举不可贞，则过矣。故损有可贞之道，九二是也。皆贞而不往，则无上；皆往而不贞，则无下。故"可贞，利有攸往"。有"往"者，有"贞"者，故曰"曷之用"。"曷之"者，择之也。"二簋"，兑之二阳也。兑本乾也，而六三以身徇上，故自阳而变为阴。初九、九二，意则向之，而身不徇，故自如而不变也。祭祀之设簋也，亦以其意而已，我岂予之？神岂取之哉？君子之益人也，盖亦有无以予之而人不胜其益者也。然此二阳，皆有应于上者。初九"遄往"，而九二"征凶"，故曰"二簋应有时"，言虽应而往有时也。

《象》曰：山下有泽，损。君子以惩忿窒欲。

初九，已事遄往，无咎。酌损之。

《象》曰："已事遄往"，尚合志也。

> 《象》曰"损益盈虚，与时偕行"，则损、益视盈虚以为节者也。初九，阳之未损，则方盈也。六四，阴之未益，则犹虚也。下方盈而上犹

虚，则其往也不可后矣。故我虽有事，当且已之而遄往也。其往也自我，则损之多少，我得酌之。若盘桓不进，迫于上之势而后往，则虽欲酌之，不可得矣，其损必多。故势不可以不损者，惟遄往可以无咎。

九二，利贞，征凶，弗损益之。

《象》曰："九二利贞"，中以为志也。

初九已损矣，六四已益矣，九二之于六五，不可复往，故"利贞，征凶"。其迹不往，其心往也，故"弗损益之"，言九二以无损于己者益六五也。兑之三爻，未有不以益上为志者。初九迹与心合，故曰"尚合志也"。九二则其心向之而已，故曰"中以为志也"。夫以《损》己者益人，则其益止于所损；以无损于己者益人，则其益无方。故《损》之六三，《益》之六四，皆以损己者益人；而《损》之九二，《益》之九五，皆以无损于己者益人。以其无损于己，故受其益者，皆获十朋之龟也。

六三，三人行则损一人，一人行则得其友。

《象》曰：一人行，三则疑也。

兑之三爻，皆以益上为志，故曰"三人行"。卒之损己以益上者，六三而已，故曰"损一人"，且曰"一人行也"。友，九二也。六三以身徇上，使九二得以不征，此九二之所深德也，故曰"一人行，则得其友"。以心言之，则三人皆行；以迹言之，则一人而已。君子之事上也，心同而迹异，故上不疑。苟三人皆行，则上且以我为有求而来，进退之义轻矣。

六四，损其疾，使遄有喜，无咎。

《象》曰："损其疾"，亦可喜也。

"遄"者，初九也。下之所损者有限，而上之求益者无已，此下之所病也。我去是病,则夫遄者喜我矣。自初言之,"已事遄往",则四之求我也寡,故"酌损之";自四言之,"损其疾",则初之从我也易,故"遄有喜"。

六五,或益之十朋之龟,弗克违,元吉。

《象》曰:六五元吉,自上祐也。

六五者,受益之主,而非受益之地也。以受益之主,而不居受益之地,不求益者也。不求益而物自益之,故曰"或"。"或"者,我不知其所从来之辞也。"十朋之龟",则九二弗损之益也。龟之益人也,岂有以予人?而人亦岂有所取之?我亦效其智而已。六五之于九二,无求也,"自上祐"之。而二自效其智,虽欲避之而不可。以其不可以避,知其非求也,故"元吉"。

上九,弗损益之,无咎,贞吉。利有攸往,得臣无家。

《象》曰:"弗损益之",大得志也。

上九者,受益之地,不可以有损。而六三之德,不可以无报也。故以无损于己者益之,则大得其志矣。六三忘家而徇我,我受其莫大之益。苟安居而无所往,则是以其益厚己而已。故"利有攸往",然后有以受之而无愧也。

☲ 震下巽上　益,利有攸往,利涉大川。

《象》曰:益,损上益下,民说无疆。自上下下,其道大光。"利有攸往",中正有庆。"利涉大川",木道乃行。

六四自损以益下,巽之致用,未有如《益》者也,故曰"木道乃行"。

涉川者,用木之道也。

益动而巽,日进无疆。天施地生,其益无方。

天施,乾为巽也。地生,坤为震也。

凡益之道,与时偕行。

> 君子之视民,与己一也。益者要有所损尔,故时然后行。

《象》曰:风雷,益。君子以见善则迁,有过则改。

> "惩忿窒欲",则上之为损也少。改过迁善,则下之蒙益也多矣。

初九,利用为大作,元吉,无咎。

《象》曰:"元吉无咎",下不厚事也。

> 《益》之下,《损》之上也,故知《损》则知《益》矣。逆而观之,《益》之
> 初九,则《损》之上九也。自初已上,无不然者。惟其上下、内外不
> 同,故其迹不能无少异。若所以益初之情,处事之宜,则《损》《益》
> 一也。《损》之上九,《益》之初九,皆正受益者也。彼之所以自损而
> 专以益我者,岂以利我哉?将以厚责我也,我必有以塞之。故上九
> "利有攸往",而初九"利用为大作"。上之有为也,其势易,有功则
> 其利倍,有罪则其责薄。故《损》之上九,仅能无咎而已,正且吉矣。
> 下之有为也,其势难,有功则利归于上,有罪则先受其责。故《益》
> 之初九,至于元吉然后无咎。何则? 其所居者,非厚事之地也。

六二,或益之十朋之龟,弗克违,永贞吉。王用享于帝,吉。

《象》曰:"或益之",自外来也。

> 《益》之六二,则《损》之六五也。六五所获之龟,则九二弗损之益
> 也;六二所获之龟,则九五惠心之益也。是受益者,臣也则以永贞于
> 五为吉,王也则以享帝为吉,皆受益而不忘报者也。

六三,益之用凶事,无咎。有孚中行,告公用圭。

《象》曰:益用凶事,固有之也。

> 《益》之六三,则《损》之六四也。"或益之"者,人益我也。"益之"
> 者,我益人也。六四之于初九,"损其疾"以益之;六三之于上九,"用
> 凶事"以益之,其实一也。君子之遇凶也,恶衣粝食,致毁以自贬。

上九虽吾应，然使其自损以益我，彼所不乐也。故六三致毂以自贬，然后能固而有之。彼以我为得其益而不以自厚也，则信我而来矣，故曰"有孚中行"。《益》以六二为主，则初与三皆得为公。告者，有以语之，益之也。礼之用圭也，卒事则反之，故圭非所以为贿，所以致信也。上九之益六三，以信而已，非有以予之。而六三亦享其信而无所取也，则上九乐益之矣。

六四，中行，告公从，利用为依迁国。

《象》曰："告公从"，以益志也。

《益》之六四，则《损》之六三也。皆以身为益者也。"六四中行"，而《益》初九，岂特如上九用圭而已哉？非徒告之，乃以身从之。夫能损身以徇人者，此以益为志也。初九本阴也，六四本阳也，而相易也，故初九为"迁国"也。六四自损，而初受其益。初九之迁，六四资之，故初九"利用"，依我而迁也。

九五，有孚惠心，勿问元吉。有孚，惠我德。

《益》之九五，则《损》之九二也。惠之以心，则惠而不费。九二益之以弗损之益，而九五惠之以不费之惠，其实一也。夫不费之惠，其有择哉？故"勿问元吉"。我惟信二也，故二信我；我惟德二也，故二德我。"有孚，惠我德"，永贞之报也。

《象》曰："有孚惠心"，勿问之矣。"惠我德"，大得志也。

大得六二之志也。

上九，莫益之，或击之。立心勿恒，凶。

《象》曰："莫益之"，偏辞也。"或击之"，自外来也。

《益》之上九，则《损》之初九也。二者皆不乐为益者也，故"损其疾""用凶事"，而后能致之。初九在下，势不得已，故"已事遄往"。而上九则益不益在我者也。且损上益下，君子之所乐而小人之所戚也。故至于上九,特以"莫益""勿恒"之凶戒之。"莫益之"者,非无以益,我固曰"莫益";"勿恒"者,非不可恒,我固曰"勿恒"。莫与勿者,我之偏见不广之辞也。众莫不益下,所谓恒也。我特立是心而勿恒之,凶其宜矣。上者,独高之位,下之所疾也。而莫吾敢击者,畏吾与也。莫益则无与矣。孔子曰:"无交而求,则民不与。"莫之与,则伤之者至矣,故或击之。上九之致击,如六二之致益,徒有是心,而物自有以应之,故皆曰"或","或"者,物自外来而吾不知也。

苏氏易传卷之五

䷪乾下兑上　夬，扬于王庭，孚号有厉。告自邑，不利即戎，利有攸往。

《彖》曰：夬，决也，刚决柔也。健而说，决而和。"扬于王庭"，柔乘五刚也。"孚号有厉"，其危乃光也。

> 五阳而一阴，阴至寡弱，而皆重于决者，以其得所附也。上六之所乘者，九五之刚，所谓"王"也。欲决上六，必暴扬之于王之庭。此其势有不便者，故五阳虽相信，而不忘警，以为有危道焉。"号"者，所以警也，在强而知危，所以"光"也。

"告自邑，不利即戎"，所尚乃穷也。

> 邑者，民之所在也。与小人处，必先附其民。彼无民，将无与立。戎，上六也。五阳之强，足以即之有余，然而不即也，此所以不穷也。自以为不足，虽弱有余；自以为足，虽强有所止矣。故其所尚，乃所以穷也。

"利有攸往"，刚长乃终也。

> 阳盈则忧溢，溢则忧覆，故"利有攸往"。往则有所施用，所以求不盈也。

《象》曰：泽上于天，夬。君子以施禄及下，居德则忌。

> 君子之于禄利，欲其在人；德业，欲其在己。孔子曰："修辞立其诚，所以居业也。""泽上于天"，其势不居，故君子以施禄，不以居德。

初九，壮于前趾，往不胜为咎。

《象》曰：不胜而往，咎也。

　　《大壮》之长则为《夬》，故《夬》之初九，与《大壮》之初九无异也。《大壮》之初九曰"壮于趾"，而《夬》之初九曰"壮于前趾"，二者皆有羊之象，见于其所施壮之爻，是以知其无异也。曰"前"者，通《大壮》之辞也。必通《大壮》而为辞者，明其所壮同，而所遇异也。《大壮》之初九，施壮于震。震，吾朋也。触而遇其朋，是以决藩而遂之，因以为用。《夬》之初九，施壮于兑。兑，非吾朋也。苟不能胜，则往见牵矣，岂复决藩而遂我哉？君子之动，见胜而后往，故胜在往前。不能必胜而往，宜其为咎也。

九二，惕号，莫夜有戎，勿恤。

《象》曰："有戎勿恤"，得中道也。

　　戎，上六也。"惕号莫夜"，警也。"有戎勿恤"，静也。能静而不忘警，能警而不用，得中道矣。与《大壮》九二"贞吉"同，故皆称其"得中"。

九三，壮于頄，有凶。君子夬夬，独行遇雨，若濡有愠，无咎。

《象》曰："君子夬夬"，终无咎也。

　　上六为臀，故九三为頄。与小人处而壮见于面颜，有凶之道矣。《易》凡称其尤者申言之，"乾乾""谦谦""蹇蹇"之类是也。九三之所以见壮于面颜者，避私其配之嫌也。故告之以不然，曰：九三之君子，以阳居阳，夬之尤者也，何嫌于私其配也哉？苟舍其朋而独行，以答其配，使上六之阴和洽而为雨，以至于濡，虽有不知我心而愠者，然终必无咎。

九四，臀无肤，其行次且。牵羊悔亡，闻言不信。

《象》曰："其行次且"，位不当也。"闻言不信"，聪不明也。

　　上六，九四之所谓"臀"也。《困》之六三"据于蒺藜"，故初六之臀

"困于株木"。《夬》之上六见夬,故九四之"臀无肤",皆谓其同体之末者为臀也。与众阳处而同体者见夬,故"其行次且"而不安也。"羊"者,初九也。初九之"触",则我之"悔"也,而能牵之,故"悔亡"。虽能"悔亡",而"聪不明"矣。孰与《大壮》九四,既悔亡而得壮辁哉?夫君子惟能释怨而收士,故为之聪明者众,《大壮》之九四是也。今初九触我,我牵而縻之莫肯释,则惧者众矣。虽其左右前后,将无不可疑,故"闻言不信"。

九五,苋陆夬夬,中行无咎。

《象》曰:"中行无咎",中未光也。

上六之不足夬,如苋陆也。九五以阳居阳,夬之尤者也。于所不足夬,用夬之尤,虽中而未光,故"中行无咎"。"中行"者,反与四阳处而释上六也。此与上六为同体者,与九四均尔。然不至于"次且"者,以其刚之全也。刚之全者,则不戚其同体之伤矣。故九四之象,以为位不当也。

上六,无号,终有凶。

《象》曰:无号之凶,终不可长也。

"无号"者,不警也。阳不吾警,则吾或有以乘之矣,然终亦必凶。

▤巽下乾上　姤,女壮,勿用取女。

《彖》曰:姤,遇也,柔遇刚也。"勿用取女",不可与长也。

"姤"者,所遇而合,无适意之谓也。故其女不可与长。

天地相遇,品物咸章也。

姤者,乾之末,坤之始也,故曰"天地相遇"。以四时言之,则建午之月,"品物咸章"之际也。《易》曰:"万物相见乎离。"

刚遇中正,天下大行也。姤之时义大矣哉!

"刚"者,二也。"中正"者,五也。阴之长,自九二之亡而后为《遁》,始无臣也;自九五之亡而后为《剥》,始无君也。姤之世,上有君,下有臣,君子欲有为,无所不可,故曰"刚遇中正,天下大行也"。

《象》曰:天下有风,姤。后以施命诰四方。

初六,系于金柅,贞吉。有攸往,见凶。羸豕孚蹢躅。

《象》曰:"系于金柅",柔道牵也。

刚而能止物者谓之"金柅",九二是也。初六之势,足以兼获五阳,然其始遇而合者,九二也。既合不贞,又舍而之他,则终身无所容矣。故以系二而贞为吉,有所往见为凶。初六者,"羸豕"也。虽羸而不可信者,以权在焉。以其羸而信之,则蹢躅而不可制矣。

九二,包有鱼,无咎。不利宾。

《象》曰:"包有鱼",义不及宾也。

"鱼"者,初六也。"包"者,鱼之所不能脱也。"宾"者,九四也。姤者,主求民之时,非民求主之时也,故近而先者得之,远而后者不得也,不论其应与否也。嫌其若有咎,故曰"无咎"。

九三,臀无肤,其行次且,厉,无大咎。

《象》曰:"其行次且",行未牵也。

以《姤》之初六为《夬》之上六,则《姤》之九三,《夬》之九四也,故其象同。九三之所谓"臀"者,初六。初六,剥阳而进者也。处众阳之间而同体者,有剥阳之阴,宜其"次且"而不安也。《夬》之九四,下牵初九之"羊",故有"聪不明"之咎。而九三无是也,故虽危"无大咎",而《象》曰"行未牵也"。

九四,包无鱼,起凶。

《象》曰:无鱼之凶,远民也。

既已失民,起而争之则凶。

九五,以杞包瓜,含章,有陨自天。

《象》曰:九五含章,中正也。"有陨自天",志不舍命也。

> "金柅"也,"包"也,"杞"也,皆九二也。"豕"也,"鱼"也,"瓜"也,皆初六也。"杞",枸檵也,木之至库者也。"包瓜"者,笼而有之也。"瓜"之为物,得所附而后止;不得所附,则攀援而求,无所不至。幸而遇乔木,则虽欲抑之,不可得矣。故授之以"杞",则"杞"能笼而有之。"杞"之所至,"瓜"之所及也。九五者,《姤》之主也。知初六之势,将至于剥尽而后止,故授之以九二。九二之所至,初六之所及也。《姤》者阴长之卦,而九五以至阳而胜之,故曰"含章"。凡阴中之阳为"章"。阴长而消阳,天之命也;有以胜之,人之志也。君子不以命废志,故九五之志坚,则必有自天而陨者,言人之至者,天不能胜也。

上九,姤其角,吝,无咎。

《象》曰:"姤其角",上穷吝也。

> 刚之上穷者,角也。"姤其角",以是为姤也。以角为姤,物之所不乐遇也。小人虽不能合,而君子亦无自入焉,故"吝无咎"。

☷坤下兑上　萃,亨。王假有庙,利见大人,亨,利贞。用大牲吉,利有攸往。

《象》曰:萃,聚也。顺以说,刚中而应,故聚也。"王假有庙",致孝享也。"利见大人,亨",聚以正也。

> 《易》曰:"方以类聚,物以群分。"有聚必有党,有党必有争,故萃者,争之大也。盍取其爻而观之,五能萃二,四能萃初。近四而无应,则四能萃三;近五而无应,则五能萃上。此岂非其交争之际也哉?且天下亦未有萃于一者也。大人者,惟能因其所萃而即以付之,故

物有不萃于我,而天下之能萃物者,非我莫能容之,其为萃也大矣!

"顺以说,刚中而应"者,二与五而已,而足以为萃乎? 曰:足矣,有余矣。从我者纳之,不从者付之。其所欲从此大人也,故萃有二亨。萃未有不亨者,而其未见大人也,则亨而不正。不正者,争非其有之谓也,故曰"利见大人,亨,聚以正也"。大人者,为可以聚物之道而已。王至于有庙而尽其孝享,非安且暇不能。物见其安且暇,安得不聚而归之? 此聚之正也。

"用大牲吉,利有攸往",顺天命也。

《易》之言"荐""盥""禴""享",非正言也,皆有寄焉。"用大牲"者,犹曰用大利禄云尔。《易》曰:"何以聚人? 曰财。"所聚者大,则所用者不可小矣。天之命我为是物主,非以厚我也,坐而享之,则过矣,故"利有攸往,顺天命也"。

观其所聚,而天地万物之情可见矣。

不期而聚者,必其至情也。

《象》曰:泽上于地,萃。君子以除戎器,戒不虞。

王弼曰:"聚而无防,则众生心。"

初六,有孚不终,乃乱乃萃。若号一握为笑,勿恤,往无咎。

《象》曰:"乃乱乃萃",其志乱也。

初六之所应者,九四也。九四有信之者而不终,六三是也。始以无应而萃于四,终以四之有应,咨嗟而去之,故其《象》曰"萃如嗟如",此志乱而苟聚者也。"若号一握为笑"者,号且笑也。"一握"者,其声也,号笑杂也。君子之于祸福审矣,故笑则不号,号则不笑。先否而后通,则先号而后笑,未有号笑杂者也。此其志已乱,焉能为我寇哉? 故"勿恤,往无咎"。

六二,引吉,无咎,孚乃利用禴。

《象》曰："引吉无咎"，中未变也。

　　阴之从阳，以难进为吉。六二得位而安其中，不急于变，志以从上者也，故九五引之而后从。引之而后从，则其聚也固，是以吉而无复有咎。禴者，礼之薄者也，故用于既信之后。上以利禄聚之，下岂以利禄报之哉？故上用大牲而下用禴，以为有重于此者矣。

六三，萃如嗟如，无攸利。往无咎，小吝。

《象》曰："往无咎"，上巽也。

　　六三之萃于四，四与我与初皆不利也。去而之上，上亦无应，巽而纳我者也。故虽小吝而无咎。

九四，大吉无咎。

《象》曰："大吉无咎"，位不当也。

　　非其位而有聚物之权，五之所忌也，非大吉则有咎矣。

九五，萃有位，无咎。匪孚，元永贞，悔亡。

《象》曰："萃有位"，志未光也。

　　九五，《萃》之主也。《萃》有四阴，而九四分其二。以位为心者，未有能容此者也，故曰"萃有位，无咎"。存位以忌四，为无咎而已，志不光矣。惟大人为能忘位以任四。夫能忘位以任四，则四且为吾用，而二阴者独何往哉？"匪孚"者，非其所孚也。"元"者，始也。"元永贞"者，始既以从之，则终身为之贞也。自六二之外，皆非我之所孚也。非我之所孚，则我不求聚，使各得永贞于其始之所从，悔亡之道也。

上六，赍咨涕洟，无咎。

《象》曰："赍咨涕洟"，未安上也。

　　"未安上"者，不乐在五上也。

䷭巽下坤上　升,元亨,用见大人,勿恤。南征吉。

《彖》曰:柔以时升。巽而顺,刚中而应,是以大亨。"用见大人勿恤",有庆也。

> 巽之为物,非能破坚达强者也。幸而遇坤,故能升。其升也有时,故曰"柔以时升"。坤既顺之,五又应之,是以大亨。大人之于物也,危者安之,易者惧之。下巽而上顺,质柔而遇易,志得而轻进,以此见大人所畏者也,故不曰利。虽不利,不可不见也。见而知畏,其为利也大矣。利之远者曰"庆"。以其有庆,故虽有畏,勿恤也。

"南征吉",志行也。

> 《彖》曰:"巽而顺,刚中而应,是以大亨",而六五为升阶,由此观之,非独巽之上即坤,亦坤之下援巽也。巽之求坤,坤之求巽,皆会于南。"南征吉",二者相求之谓也。

《象》曰:地中生木,升。君子以顺德,积小以高大。

初六,允升,大吉。

《象》曰:"允升大吉",上合志也。

> 所以为升者,巽也。所以为巽者,初也。升之制在初,故初六虽阴柔,而其于升也盖诚能之,故曰"允升"。阴升而遇阳,若阳升而遇阴,皆得其所升者也。初六以诚能之资而遇九二,宜其为吉之大者矣。

九二,孚乃利用禴,无咎。

《象》曰:九二之孚,有喜也。

> 九二升而遇九三,盖升而穷者也。虽穷于三而配于五。穷而之五,五亦无所升而纳之,故薄礼可以相縻而无咎也。

九三,升虚邑。

《象》曰:"升虚邑",无所疑也。

九三以阳用阳,其升也果矣;六四以阴居阴,其避之也审矣,故曰"升虚邑,无所疑也"。不言吉者,以至强克至弱,其为祸福未可知也,存乎其人而已。

六四,王用亨于岐山,吉,无咎。

《象》曰:"王用亨于岐山",顺事也。

上有所适,下升而避之。失于此而偿于彼,虽不争可也,人或能之。今六四下为三之所升,而上不为五之所纳,此人情必争之际也。然且不争,而虚邑以待之,非仁人其孰能为此?大王避狄于邠而亨于岐,方其去邠也,岂知百姓之相从而不去哉?亦以顺物之势而已。以此获吉,夫何咎之有?

六五,贞吉,升阶。

《象》曰:"贞吉升阶",大得志也。

"贞"者,贞于九二也。巽之所以能升者,以六五之应也,曰:此升之阶也。"阶"者,有可升之道焉。我惟为阶,故人升之;我不为阶,而人何自升哉?木之生也,克土而后能升。而土以生木为功,未有木生而土不愿者也,故阶而升,则六五为得志矣。

上六,冥升,利于不息之贞。

《象》曰:冥升在上,消不富也。

"冥"者,君子之所息也。升至上六,宜息也。然而不息,则消之道也,施于不息之正者则可。孟子曰"求则得之,舍则失之,求在我者",此不息之正者也。"求之有道,得之有命,求在外者",此不息之不正者也。

坎下兑上　困,亨。贞大人吉,无咎,有言不信。

《象》曰:困,刚掩也。

九二为初六、六三之所掩,九四、九五为六三、上六之所掩,故"困"。"困"者,坐而见制,无能为之辞也。阴之害阳者多矣,然皆有以侵之。夫惟侵之,是以阴不能堪而至于战。战者,有危道也,而无所谓困。困之世,惟不见侵而见掩,阴有以消阳,而阳无所致其怒,其为害也深矣。

险以说,困而不失其所亨,其惟君子乎?"贞大人吉",以刚中也。

"刚中"者,二也,二之谓"大人"。贞于大人而后吉者,五也。

有言不信,尚口乃穷也。

《象》曰:泽无水,困。君子以致命遂志。

水,润下者也,在泽上则居,在泽下则逝矣。故水在泽下,为泽无水。"命"与"志",不相谋者也,故各致其极而任其所至也。

初六,臀,困于株木,入于幽谷,三岁不觌。

《象》曰:"入于幽谷",幽不明也。

初六,掩九二者也。掩者,非一人之所能,故初六之掩九二,必将有待于六三,六三则其所谓臀也。臀得其所据,而后其身能有所为。今六三之所据者,蒺藜也,则臀已困于株木,身且废矣。株木也,蒺藜也,皆非臀之所据者也。夫以柔助刚,则其幽可明;以柔掩刚,其谁明之? 入谷者也,有配在四而不善二,是以三岁不得见也。

九二,困于酒食,朱绂方来,利用享祀,征凶,无咎。

《象》曰:"困于酒食",有庆也。

困之世,利以柔用刚。二与五皆刚者也,二以柔用之,而五以刚用之。天下之易怀者,惟小人也。方其见掩也,争之以力,虽刀锯有不足;而将怀之也,则酒食有余矣。故九二"困于酒食",所以怀小人也。九五则不然,掩我下者我剿之,掩我上者我刖之。轻用其威,威穷而物不服,乃大困也。既困则无助,则虽欲不求二,不可得矣。

"赤绂"者,所以爵命二也,故曰"困于赤绂"。五以"赤绂"为困,而二以是为"方来",言此五之所困,而二之所不求而至也。困而求二,乃徐有说,以其用说为已晚矣。说于未困,则其所以为说者小,故九二之所困者,酒食而已。说于已困,则其所以为说者重。故九五之所困者,爵命也。祭祀者,人之求神而神无求也。祭之者人也,享之者神也。五求二,故祭之;二不求五,故享之而已。享之者固不征,而征以求之,故凶。虽然,其义则不可咎,以其所从者君也。

六三,困于石,据于蒺藜,入于其宫,不见其妻,凶。

《象》曰:"据于蒺藜",乘刚也。"入于其宫,不见其妻",不祥也。

六三上掩四,下掩二者也。坚而不可胜者,石也,四之谓石。伤而不可据者,蒺藜也,二之谓蒺藜。六三,阴也,而居于阳。自以为阳,而求配于上六,不祥也。三之应在上,而上六非其应也。宫则是矣,而非其妻,故曰"入于其宫,不见其妻,凶"。小人易合而难久,故《困》之三阴,其始相与缔交而掩刚,其终初六之臀困,六三之妻亡。

九四,来徐徐,困于金车,吝,有终。

《象》曰:"来徐徐",志在下也。虽不当位,有与也。

初六,我之配,二之所恶也。二刚而在下,载己者也,故为"金车"。欲下从初六而困于二,故其来徐徐,不急于配。配之所怨,刚之所与也。故虽吝而有终。

九五,劓刖,困于赤绂,乃徐有说,利用祭祀。

其曰"赤绂",正也。"朱绂",严之也,下受上之辞也。

《象》曰:"劓刖",志未得也。"乃徐有说",以中直也。"利用祭祀",受福也。

用九二也。

上六,困于葛藟,于臲卼,曰动悔、有悔,征吉。

柔而牵己者,"葛藟"也,三之谓"葛藟"。刚而难乘者,"臲卼"也,五之谓"臲卼"。上六困于此二者而不能去,则谋全之过也。曰不可动,动且有悔,而不知其不动乃所以有悔也。上无掩我者,则吉莫如征也。而不征,何哉? 以柔用刚,则乘之者至以为"蒺藜";以刚用刚,则乘之者以为"臲卼"而已。

《象》曰:"困于葛藟",未当也。

上六足以为配,而六三未足以当也。

"动悔有悔",吉行也。

☵ 巽下坎上　井,改邑不改井,无丧无得。往来井井,汔至,亦未繘井。羸其瓶,凶。

《象》曰:巽乎水而上水,井。井,养而不穷也。"改邑不改井",乃以刚中也。"汔至,亦未繘井",未有功也。"羸其瓶",是以凶也。

食者往也,不食者来也。食不食存乎人,所以为井者存乎己。存乎人者二,存乎己者一,故曰"往来井井"。汔,燥也,至井未而及水曰"汔至"。得水而未出井曰"未繘井"。井未尝有得丧,"繘井"之为功,"羸瓶"之为凶,在汲者尔。

《象》曰:木上有水,井。君子以劳民劝相。

人之于井,未有锢之者也,故君子推是道以"劳民劝相"。

初六,井泥不食,旧井无禽。

《象》曰:"井泥不食",下也。"旧井无禽",时舍也。

《易》以所居为邪正,然不可必也,惟井为可必。井未有在洁而不清,处秽而不浊者也。故即其所居而邪正决矣。孔子曰:"君子恶居下流,天下之恶皆归焉。"初六,恶之所钟也。君子所受于天者无几,养之则日新,不养则日亡。择居,所以养也。《象》曰:"井养而不穷。"

所以养井者,岂有他哉? 得其所居则洁,洁则食,食则日新,日新故
不穷。"井泥"者,无禽之渐也,泥而不食则废矣。"旧井",废井也。
其始无人,其终无禽。无人犹可治也,无禽不可治也。所以为井者
亡矣,故时皆舍之。

九二,井谷射鲋,瓮敝漏。

《象》曰:"井谷射鲋",无与也。

九二居非其正,故无应于上,则趋下而已也。下趋者,谷之道也。失
井之道而为谷,故曰"井谷"。九二之所趋者,初六也,初六之谓
"鲋"。井而有鲋,则人恶之矣。然犹得志于瓮,何也? 彼有利器,而
肯以我污之欤? 此必敝漏之瓮,非是瓮不汲是井也。

九三,井渫不食,为我心恻,可用汲。王明并受其福。

《象》曰:"井渫不食",行恻也。求王明,受福也。

渫,洁也。九三居得其正,井洁者也。井洁而不食,何哉? 不中也。
不中者,非邑居之所会也,故不食。井未有以不食为戚者也,凡为我
恻者,皆行道之人尔,故曰"行恻"。"行恻"者,明人之恻我,而非我
之自恻也。是井则非敝漏之瓮所能容矣,故择其"可用汲"者。曰:
孰可用者哉? 其惟器之洁者乎? 器之洁,则王之明者也。器洁王明,
则受福者非独在我而已。

六四,井甃,无咎。

《象》曰:"井甃无咎",修井也。

修,洁也。阳为动为实,阴为静为虚。泉者,所以为井也,动也,实
也。井者,泉之所寄也,静也,虚也。故三阳为泉,三阴为井。初六
最下,故曰"泥"。上六最上,故曰"收"。六四居其间而不失正,故
曰"甃"。甃之于井,所以御恶而洁井也。井待是而洁,故"无咎"。

九五,井洌,寒泉食。

《象》曰:寒泉之食,中正也。

　　此其正,与九三一也。所以食者,中也。

上六,井收勿幕,有孚元吉。

《象》曰:元吉在上,大成也。

　　"收"者,甃之上穷也。"收"非所以为井,而井之权在收。夫苟幕
　　之,则下虽有寒泉而不达,上虽有汲者而不获,故"勿幕"则"有孚
　　元吉"。

☰☱离下兑上　革,巳日乃孚。元亨利贞,悔亡。

《象》曰:革,水火相息,二女同居,其志不相得,曰革。"巳日乃孚",
革而信之。文明以说,大亨以正,革而当,其悔乃亡。

　　水火则有男女之象,然后能相生。此非水火也,二女同居而已。二
　　女同居则睽,所以不睽者,兑欲下而遇离,离欲上而遇兑。虽欲相违
　　而不能也。既不相得,又不相违,则不能无相攻。攻而不已,必有一
　　胜,胜者斯革之矣。火能革金,离革兑者也,故曰革。火者,金之所
　　畏也,而金非火则无以就器用,器成而后知火之利也。故夫革不信
　　于革之日,而信于巳革之日。以其始之不信,是以知悔者,革之所不
　　能免也,特有以亡之尔。

天地革而四时成,汤武革命,顺乎天而应乎人。革之时大矣哉!

《象》曰:泽中有火,革。君子以治历明时。

　　"历"者,天事也。"时"者,人事也。

初九,巩用黄牛之革。

《象》曰:巩用黄牛,不可以有为也。

　　以卦言之,则离革兑者也。以爻言之,则阳革阴者也。六爻皆以阳
　　革阴,故初九、九三、九四、九五,四者所以革人,而六二、上六者,人

革之。初九、九三所以为革者，火也。而六二者，火之所附，初九、九三之所欲革者也。火以有所附为利，而所附者以得火为灾，故初九、九三常愿六二之留而不去也。夫六二苟留而不去，其见革也无日矣。六二之欲去，如《遁》之九三之欲遁也。故初九当用《遁》之六二，所以执九三者固而留之。六二之所以去者，以我有革之之意也，故不可以有为。有为则革之之意见矣。

六二，巳日乃革之，征吉，无咎。

《象》曰：巳日革之，行有嘉也。

初九之所以固我，非爱我也。畏我去之，故未见其革尔。徒见其今之固我而不我革，以为可信而与之处，则及矣。君子见几而作，彼今日不革，巳日必革之，故“征吉”。为初九计，则宜留；自为计，则宜征。六二之所谓“嘉”者，五也。五之所以为革者，与初异矣。舍初从五，其吉也岂复有咎哉？

九三，征凶，贞厉。革言三就，有孚。

《象》曰：“革言三就”，又何之矣？

九三有应于上，故其意常欲征也。六二之所以不得去者，以我乘之也。舍之而征，则二去矣。二苟去之，则我与初九无所施其革。二阳相灼，而丧其所附，则穷之道也，故“征凶，贞厉”。“贞”者，不征之谓也。不征则与六二处而不相得，以相革者也，故危，虽危而不凶。“言”者，以也。“革言三就”，犹曰革以三成。三者相持而成革，明二之不可去也。二存则初与三相信，二去则初与三相疑。此必然之势也，故曰：“革言三就，有孚。”

九四，悔亡，有孚，改命吉。

《象》曰：改命之吉，信志也。

下之二阳，以火为革者也，故见革者，惟欲去之，此德不足者也。德不足而革,则所革者亡,革者亦凶。故初九、九三,皆以六二之留为吉也。上之二阳则不然,其革也以说。革而人莫不说,非有德者其孰能之? 九四,未当位者也。未当位而革,故悔。革而说,故"悔亡有孚"也。改命者,始受命也。虽未当位,而志自信矣。

九五,大人虎变,未占有孚。

《象》曰:"大人虎变",其文炳也。

　　《易》曰:"云从龙,风从虎。"虎有文而能神者也,豹有文而不能神者也,故大人为虎,君子为豹。非大人而革者,皆毁人以自成,废人以自兴,故人之从之也疑,见其可从而后信。若大人之革也,则在我而已,炳然日新,天下之所谓文者自废矣。此岂待占而后信者哉?

上六,君子豹变,小人革面,征凶,居贞吉。

《象》曰:"君子豹变",其文蔚也。"小人革面",顺以从君也。

　　上六,见革于"大人"者也。此见革者,"君子"也,则其向之未革,乃其避世之遇尔。豹生而有文,岂其无素而能为之哉? 若小人也,则革面而已。朝为寇仇,莫为腹心,无足怪者。下之二阳,德不足者也,故六二以征为吉。上之二阳,大人也,故上六以征为凶。

☰巽下离上　鼎,元吉,亨。

《彖》曰:鼎,象也。

　　"象"者,可见之谓也。天之生物不可见,既生而刚强者可见也。圣人之创业,其所以创之者不可见,其成就熟好,使之坚凝而不坏者可见也,故《象》曰"君子以正位凝命"。《革》所以改命,而《鼎》所以凝之也。知《革》而不知《鼎》,则上下之分不明,而位不正,虽其所受于天者,流泛而不可知矣。

以木巽火,亨饪也。圣人亨以享上帝,而大亨以养圣贤。

大器非器也，大亨非亨也。取鼎之用而施之天下谓之大亨。鼎之用，极于享帝而已。以其道养圣贤，则亨之大者也。国有圣贤，则君位定而天命固矣。

巽而耳目聪明，柔进而上行，得中而应乎刚，是以元亨。

"元亨"，所谓"元吉亨"也。"柔进而上行"者，五也。五得中而应乎刚，则所以为"耳目"者巽也。

《象》曰：木上有火，鼎。君子以正位凝命。

初六，鼎颠趾，利出否。得妾以其子，无咎。

《象》曰："鼎颠趾"，未悖也。"利出否"，以从贵也。

六爻皆鼎也，当其处者有其象。故以初为趾，二与三、四为腹，而实在焉，五与上为耳。初六上应九四，颠趾之象也。夫鼎，圣人将以正位凝命，亨而熟之，至于可食而后已。苟有不善者在焉，则善与不善皆亨而并熟，而善者弃矣。鼎于是未有实也，故及其未有实而颠之，以出其不善。如待其有实，则夫不善已污之矣。实非吾之所欲弃也，于是焉而颠之。以其所欲弃，出其所不欲弃，则天下之乱，或自是起矣，故曰"鼎颠趾，未悖也"。颠趾而出否，尽去之道也。尽去之则患鼎无实。圣人之于人也，责其身，不问其所从；论其今，不考其素。苟骍且角，犁牛之子可也。鼎虽以出否为利，而择之太详，求之太备。天下无完人，故曰"得妾以其子，无咎"。从其子之为贵，则其出于妾者可忘也。

九二，鼎有实，我仇有疾，不我能即，吉。

《象》曰："鼎有实"，慎所之也。"我仇有疾"，终无尤也。

九二，始"有实"者。"仇"者，六五也，所谓"耳"也。九二之实，六五之所举也。故其《象》曰："鼎黄耳，中以为实也。"仇有疾而不能即我，畏九四也。鼎以耳行，故耳能即之则食，不能即之则不食。

之,道也。始有实者,以不食为吉,恶其未足而轻用之也,故曰"鼎有实,慎所之也"。

九三,鼎耳革,其行塞。雉膏不食,方雨亏悔,终吉。

《象》曰:"鼎耳革",失其义也。

耳,上九也。九三之实,上九之所举也。熟物之谓"革"。鼎之熟物,以腹不以耳,而上九离之极,火之所炎,以耳革者也。耳之受炎也,足以废塞其行,而不足以革,故曰"鼎耳革,失其义也"。九三,实之将盈者也,于是可食矣,而其行废,故虽有雉膏而不食也。耳以两举者也。六五之耳可铉,而上九之耳不可铉,则六五虽欲独举,得乎?阴欲行而阳欲留,其为悔也大矣,故至于雨然后悔,亏而终吉。雨者阴阳之和,玉铉之功也。

九四,鼎折足,覆公𫗧,其形渥,凶。

《象》曰:"覆公𫗧",信如何也?

鼎之量极于四,其上则耳矣。受实必有余量,以为溢地也。故九三以不食为忧,明不可复加也。至于九四,溢则覆矣。故孔子曰:"德薄而位尊,知小而谋大,力少而任重,鲜不及矣。"方其未及也,必有告之者而不信。及其已信,则无如之何矣。

六五,鼎黄耳,金铉,利贞。

《象》曰:"鼎黄耳",中以为实也。

上九,鼎玉铉,大吉,无不利。

《象》曰:玉铉在上,刚柔节也。

六五、上九,皆所谓耳也。上九之耳见于九三,故不复出也。在炎而不灼者,玉也,金则废矣。六五之为耳也,中而不亢,柔而有容,故曰"黄耳"。则其所以为铉者,以金足矣。上九之为耳也,炎而灼,不可以迫,故曰"耳革"。则其所以为铉者,玉而后可。金铉可以及五,而不可以及上,玉铉则可以两及矣。可以两及,则上九之刚、六五之柔,我为之节也。九二之实,利在于不食,故六五之耳,利在于贞而不行。九三之实,以不食为忧,故上九之耳,得玉铉则"大吉,无不利"。"无不利"者,上与五与三之所利也。以鼎熟物,人皆能之,至于鼎盈而忧溢,耳炎而不可举,非玉铉不能。此鼎之所以养圣贤也。

䷲震下震上　震,亨。震来虩虩,笑言哑哑。震惊百里,不丧匕鬯。
《彖》曰:震,亨。"震来虩虩",恐致福也。"笑言哑哑",后有则也。
"震惊百里",惊远而惧迩也。出可以守宗庙社稷,以为祭主也。

> 震者,阳德之先,震阴而达阳者也,故"亨"。"震惊百里",言其及远也。"不丧匕鬯",言其和也。若震而不和,则必有僵仆陨坠者矣。匕鬯,祭器也。必取祭器者,以见震长子也。若威而不猛,则可以为祭主矣。"出"之为言见也。

《象》曰:洊雷,震。君子以恐惧修省。

初九,震来虩虩,后笑言哑哑,吉。

> 二阳,震物者也。四阴,见震者也。震之为道,以威达德者也。故可试而不可遂。试则养而无穷,遂则玩而不终。初九,试而不遂者也。以虩虩之震,而继之以哑哑之笑,明其不常用也。惟其不常用,故四阴莫敢犯其锋,皆逃避而后免也。

《象》曰:"震来虩虩",恐致福也。"笑言哑哑",后有则也。

> 以其威之不常用,故知其所以震物者,非以害之,欲其恐而致福也。"有则"者,言其不遂也。

六二,震来厉,亿丧贝。跻于九陵,勿逐,七日得。

《象》曰:"震来厉",乘刚也。

> 初九之威,不可犯也。来则危,往则安,故虽丧贝而勿逐,跻于九陵

以避之。以初九之不遂其震,而继之以笑言也,故七日可以得所丧
也。"丧贝"以明初九之威,"七日得"以明初九之不以威穷物也。

六三,震苏苏,震行无眚。

《象》曰:"震苏苏",位不当也。

六三不邻于震矣,而犹苏苏然惧也。行而避之,然后无眚,以明初九
之威能及远也。

九四,震遂泥。

《象》曰:"震遂泥",未光也。

震于已震之后,遂而不知止者也,故"泥"。"泥"者,以言其不能及
远也,故二阴皆以处而不避为吉。

六五,震往来厉,亿无丧有事。

《象》曰:"震往来厉",危行也。其事在中,大无丧也。

九四以其遂泥之威,加于六五。非六五之所当畏,其衰可坐而待也。
夫九四虽未可乘,然往而避之则过矣,故曰"往来厉"。往来皆危,
则以处为安矣。九四之威,既已泥矣,岂复能如初九一震而丧六二
之贝哉?以六五居中,处而待之,非独无丧,亿将有功,故曰"亿无
丧有事"。

上六,震索索,视矍矍,征凶。震不于其躬,于其邻,无咎。婚媾
有言。

《象》曰:"震索索",中未得也。虽凶无咎,畏邻戒也。

九四至此,其实不能为,徒袭其余威以加上六。上六未得其已衰之
情,故犹"索索""矍矍"而畏之。苟畏之不已,而征以避之,则四张
而不可止矣,故凶。圣人知其不足避也,故告之曰"震不于其躬,于
其邻",言九四之威,仅可以及五,而不及上;可以戒而无咎,无庸征
也。九四始欲以威加物,及其泥而物莫之畏也。则其及于上六者,

有言而已。衰之甚也，六爻皆无应，故九四兼有二阴，得称"婚媾"也。六二"丧贝"而五无"丧"，六三"震行无眚"而上六"征凶"，九四之不及初也远矣。

䷳艮下艮上　　艮其背，不获其身，行其庭，不见其人，无咎。
《彖》曰：艮，止也。时止则止，时行则行，动静不失其时，其道光明。艮其止，止其所也。上下敌应，不相与也，是以"不获其身，行其庭，不见其人，无咎"也。

所贵于圣人者，非贵其静而不交于物，贵其与物皆入于吉凶之域而不乱也。故夫艮，圣人将有所施之。"艮，止也"，止与静相近而不同。方其动而止之，则静之始也；方其静而止之，则动之先也，故曰"时止则止，时行则行，动静不失其时，其道光明"。此言艮之得其所施者也。施之于天下之至动，是以为《颐》；施之于天下之至健，是以为《大畜》。今夫"兼山，艮"，是施之于背而已。背固已止矣，艮何加焉？所以为梐者为轮也，所以为防者为水也。今也不然，为舆为梐，为山为防，不亦近于固欤？故曰"艮其止，止其所也"。此所以"不获其身"也。上下敌应，不相与也，此所以"行其庭，不见其人"也。物各止于其所，是果能止也哉？背止于身，身与之动而背不知也。今我施止于物之所止，有大于是物者，则挟而与之趋矣，我焉得知之？故曰"艮其背，不获其身"。其庭未尝无人也，有人焉，敌应而不相与，则如无人。是道也，非向之所谓"光明"者也，以为无咎而已。

《象》曰：兼山，艮。君子以思不出其位。
初六，艮其趾，无咎，利永贞。
《象》曰："艮其趾"，未失正也。

六二，艮其腓，不拯其随，其心不快。

《象》曰：“不拯其随”，未退听也。

　　自趾而上至于辅，当其处者有其德，与《咸》一也。《咸》以上六为辅，而五为脢。《艮》之辅在五，而脢不取，何也？脢则背也，《艮》皆取诸动者而已。《艮》则何为皆取于动者也？曰：卦合而观之，见两艮焉。见其施艮于止，故取其体之静者而配之，曰“艮其背”。爻别而观之，不见艮之所施，而各见其所遇之位。位有不同，而吉凶悔吝生焉。故取其体之动者而不取其静，以为其静者已见于卦矣。上止而用下，下止而听于上，此艮之正也。趾，动而能听于腓者也。“艮其趾”，不害于腓之动也，趾不自动而已。止而听其上，上止则止，上行则行，此艮之正者也，故“利永贞”。腓能动而不听于股者也，故曰“咸其股，执其随”。“随”者，股之德也，故谓股为随。“艮其腓”，则股虽欲行而不能矣。下止而不听于上，上虽有忧患而莫之救，则上之所不快也，以是为失其正矣，故曰“艮其趾，未失正也”。

九三，艮其限，列其夤，厉薰心。

《象》曰：“艮其限”，危薰心也。

　　三不艮于股而艮于限，亦取诸动者也。“限”者，上下之际，所以俯仰之节也。“夤”者，自上而属于下者也。艮于下之极，则其自上而下者绝矣。上下绝，心之忧也。心在六四，故忧之及心也谓之“薰”。

六四，艮其身，无咎。

《象》曰：“艮其身”，止诸躬也。

　　《咸》之九四曰“朋从尔思”，则四者心之所在也。施之于一体，则艮止于所施，所不施者不及也。施之于心，则无所不及矣，故曰“艮其身”。艮得其要，故“无咎”。

六五，艮其辅，言有序，悔亡。

《象》曰："艮其辅",以中正也。

　　口欲止,言欲寡。

上九,敦艮,吉。

《象》曰:敦艮之吉,以厚终也。

　　敦,益也。艮至于辅,极矣! 而又止之,故曰"敦艮"。梏者不忘释,痿者
　　不忘起,物之情也。在止之极而不志于动,非天下之至厚,其孰能之!

☶艮下巽上　　渐,女归吉,利贞。

《彖》曰:渐之进也,女归吉也。进得位,往有功也。进以正,可以
正邦也。其位,刚得中也。

　　此文转以次相释也。渐之中有进者,则"女归"之"吉"也,而利于
　　"正"。"正"者孰谓? 谓得位而有功,可以正邦者也。其得位者何
　　也? 刚中者也。由此观之,"女"则二与四,所"归"则五也。

止而巽,动不穷也。

　　止而巽,有所观望而后进者,故不穷。

《象》曰:山上有水,渐。君子以居贤德善俗。

　　云上于天,天所不能居,故君子不以居德。木生于山,山能居之。山
　　以有木为高,故君子以是居德业,善风俗。

初六,鸿渐于干,小子厉。有言,无咎。

《象》曰:小子之厉,义无咎也。

　　鸿,阳鸟而水居,在水则以得陆为安,在陆则以得水为乐者也。故六
　　爻虽有阴阳之异,而皆取于鸿也。初六,鸿之在水者也。远则无应,
　　近则遇二。以阴适阴,故曰"鸿渐于干"。干,水涯也。两阴不能相
　　容,故为小子之所厉,以至于"有言"。虽然,其所适非志于利也,则
　　未至于六三之凶,无咎可也。

六二,鸿渐于磐,饮食衎衎,吉。

《象》曰:"饮食衎衎",不素饱也。

　　六二,鸿之在水者也。近则遇三,远则应五,无适而不得其遇,故择其尤可恃者从之。二之从三也,虽近而难信;其从五也,虽远而可恃。二阳皆"陆"也,在"陆"而尤可恃以安者,"磐"也,九五之谓"磐"。六二知五之可恃,不渐于三而渐于五,则食且乐如是。"衎衎",乐也。素饱,徒饱也。夫饮食何为若是乐也?岂非以五之足恃而不徒饱欤?苟为徒饱而已,则虽三可从。夫苟从三,则饮食未终而忧继之矣。

九三,鸿渐于陆,夫征不复,妇孕不育,凶,利御寇。

《象》曰:"夫征不复",离群丑也。"妇孕不育",失其道也。利用御寇,顺相保也。

　　九三,鸿之在陆者也,而上九非其应,故曰"鸿渐于陆"。无应于上而近于四,见四之可欲,则离类绝朋而趋之,故曰"夫征不复"。六二之从我,非正也,将视我而进退者也。上之所为,下必有甚者。九三适四而不反,则难以令于二矣,故曰"妇孕不育,凶"。四顺于五者,而三寇之,言御寇之利,以明三之不利也。

六四,鸿渐于木,或得其桷,无咎。

《象》曰:"或得其桷",顺以巽也。

　　六四,鸿之在水者也。近于五而非其应,故曰"鸿渐于木"。木生于陆,而非鸿之所安也。鸿之为物也,足不能握。其渐于木而无咎,盖得其大而有容如桷者焉,九五之谓也。"或"者,幸而得之之辞也。无应而从非其配,非巽顺何以相保乎?

九五,鸿渐于陵,妇三岁不孕,终莫之胜,吉。

《象》曰:"终莫之胜,吉",得所愿也。

九五,鸿之在陆者也。进而遇上九。上九,"陵"也。"陵"者,陆之又高者也。进而之陵,动乎无嫌。故六二之为妇也,三岁不孕,而终莫之胜。夫以陆之陵,以为不得其愿矣,而妇为之贞如此,则愿孰大焉? 故曰"进以正,可以正邦也"。不求之人,而求之身,虽服天下可也。

上九,鸿渐于陆,其羽可用为仪,吉。

《象》曰:"其羽可用为仪吉",不可乱也。

上九,鸿之在陆者也。上无所适,而三非其应,故曰"鸿渐于陆"。《渐》有三阳,其二为阴之所涸,非其正应,则近而慕之。惟上九不然。夫无累于物,则其进退之际,雍容而可观矣。

☳兑下震上　归妹,征凶,无攸利。

《彖》曰:归妹,天地之大义也。天地不交,而万物不兴。归妹,人之终始也。说以动,所归妹也。

说少者,人之情也,故"说以动",其所归者妹也。天地之所以交,必天降也;男女之所以合,必男下也。若女长而男少,则《大过》之所谓"老妇士夫",乌肯下之? 夫苟不下,则天地不交,男女不合矣。故《归妹》者,女少而男长,女用事而男下之之谓也。夫所以下之者,岂一日之故哉? 将相与终始故也。

"征凶",位不当也。"无攸利",柔乘刚也。

归妹之爻,男女皆易位,柔皆乘刚。此男所以说女而致其情者,权以济事。一用而止,可也,以此而征则凶,且男女皆不利也。

《象》曰:泽上有雷,归妹。君子以永终知敝。

《归妹》,女之方盛者也。凡物之有敝者,必自其方盛而虑之,迨其衰则无及矣。

初九,归妹以娣,跛能履,征吉。

《象》曰："归妹以娣"，以恒也。"跛能履，吉"，相承也。

九二，眇能视，利幽人之贞。

《象》曰："利幽人之贞"，未变常也。

　　《归妹》以阴为君，在兑则六三是也，而初与二其娣也；在震则六五是也，而四其娣也。所以为兑者三也，故权在君；所以为震者四也，故权在娣。权之在君也，则君虽不才，而娣常为之用；权之在娣也，则娣虽无能为损益，犹要其君。六三不中而居非其位，跛眇者也。其所以能履且视者，以初与二屈而为之娣也。二者各致其能于六三，故初九曰"归妹以娣，跛能履，征吉"，六二曰"眇能视，利幽人之贞"，已有能履、能视之才，不以自行，而安为娣，使跛者得之以征，眇者得之以视，岂非上下之常分有不可易者邪？故其《象》曰"归妹以娣，以恒也"，而九二之《象》亦曰"未变常也"。九二亦娣也，其不言"娣"，何也？因初九之辞。且跛眇者一人，而为之视、履者二人。是二人者，岂可以废一欤？故其《象》曰"跛能履，吉，相承也"，是以知其皆娣也。己有其能而不自用，使无能者享其名，则九二非"幽人"而何哉？

六三，归妹以须，反归以娣。

《象》曰："归妹以须"，未当也。

　　古者谓贱妾为须，故天文有须女。六三不知其托行于初九，而自以为能履；不知其借明于九二，而自以为能视，是以弃娣而用须，未足以当娣也。失二娣之助，则以跛眇见黜而归矣。归然后知用娣，故曰"反归以娣"。

九四，归妹愆期，迟归有时。

《象》曰：愆期之志，有待而行也。

　　九四，六五之娣也。以为权在己，故愆期不行，以要其君。君犹待之有时焉而后归,此其志以为吾君必有所待而后能行者也。

六五,帝乙归妹,其君之袂不如其娣之袂良。月几望,吉。

《象》曰:"帝乙归妹",不如其娣之袂良也。其位在中,以贵行也。

归妹未有如六五之贵者也,故曰"帝乙归妹"。以帝乙之妹而履得其中,则其袂之良否,不足以为损益,非若跛者之托行,眇者之借明也。而九四欲以袂之良而加之,夫袂之良,岂足以加其君哉?"月几望"者,阴疑于阳,《易》之所恶也。然至于娣之欲加其君,则以月几望为吉。以为宁月之几望,而无宁娣之加其君也。

上六,女承筐无实,士刲羊无血,无攸利。

《象》曰:上六无实,承虚筐也。

《归妹》男女皆易位,柔皆乘刚,此岂永终无敝者哉?上六则敝之所终也。天地之情,正大而已。大者不正,非其至情,其终必有名存实亡之祸。"女承筐无实",食不绩之蚕也;"士刲羊无血",用已死之牲也,皆实亡之祸也。《象》曰:"归妹征凶,无攸利。"上六处其终,故受其凶之全也。

苏氏易传卷之六

☰☷离下震上　丰，亨。王假之，勿忧。宜日中。

《彖》曰：丰，大也。明以动，故丰。"王假之"，尚大也。"勿忧宜日中"，宜照天下也。日中则昃，月盈则食，天地盈虚，与时消息，而况于人乎？况于鬼神乎？

　　丰者，极盛之时也。天下既平，其势必至于极盛，故曰"王假之"。"勿忧宜日中"者，不忧其不至，而忧其已至也；宜日之中，而不宜其既中也。既盈而亏，天地鬼神之所不免也，而圣人何以处此？曰："丰"者，至足之辞也。足则余，余则溢。圣人处之以不足，而安所求余，故圣人无丰。丰非圣人之事也。

《象》曰：雷电皆至，丰。君子以折狱致刑。

　　《传》曰："为刑罚威狱，以类天之震曜。"故《易》至于雷电相遇，则必及刑狱，取其明以动也。至于离与艮相遇，则曰"无折狱，无留狱"，取其明以止也。

初九，遇其配主，虽旬无咎，往有尚。

《象》曰："虽旬无咎"，过旬灾也。

　　凡人知生于忧患，而愚生于安佚。丰之患常在于暗，故爻皆以明暗为吉凶也。初九、六二、九三，三者皆离也，而有明德者也。九四、六五、上六，则所谓丰而暗者也。离，火也，日也。以下升上，其性也；以明发暗，其德也，故三离皆上适于震。初九适四，其配之所在也，而九四非其配，故曰"配主"。"旬"之为言，犹曰周浃云尔。尚，配也。九四以阳居阴，不安于暗者也。方其患蔽而求发，则虽两刚可以相受，故曰"往有尚"，言其与配同也。及其暗去而明全，离之功既周浃矣，则当去之。既浃而不去，则有相疑之灾。九四之为人，可与共忧患而不可与同安乐者也。

六二，丰其蔀，日中见斗。往得疑疾，有孚发若，吉。

《象》曰："有孚发若"，信以发志也。

九三，丰其沛，日中见沬。折其右肱，无咎。

《象》曰："丰其沛"，不可大事也。"折其右肱"，终不可用也。

蔀，覆也，蔽之全者也。见斗，暗之甚也。沛，旆也，蔽之不全者也。沬，小明也，明暗杂者也。六五之谓"蔀"，上六之谓"沛"，何也？二者皆阴也，而六五处中，居暗以求明；上六处高，强明以自用。六二之适五也，适于全蔽而甚暗者也。夫蔽全则患蔽也深，暗甚则求明也力。六五之暗，不发则已，发之则明矣，故曰"往得疑疾，有孚发若，吉"。以阴适阴，其始未有不疑者也。六二虽阴，而所以为离明之所自出也，故始疑而终信也。若夫九三之适上六，则适于明暗杂者也。用人则不能，自用则不足，故不可以大事也。君子不畏其蔽而畏其杂，以为无时而可发也。为之用乎？则不可，不为之用乎？则不敢，故"折其右肱"，以示必不可用而后免也。

九四，丰其蔀，日中见斗。遇其夷主，吉。

《象》曰："丰其蔀"，位不当也。"日中见斗"，幽不明也。"遇其夷主"，吉行也。

夷，等夷也。初九之谓"夷主"，不得其配而得其类也。"幽不明"者，以言其暗之甚而不杂。"吉行"者，言初九之不可以久留也。

六五，来章，有庆誉，吉。

《象》曰：六五之吉，有庆也。

六五以阴居阳,有章者也,而能来六二之明,故曰"来章"。借明于人而誉归于己,君子予之。

上六,丰其屋,蔀其家。窥其户,阒其无人,三岁不觌,凶。

《象》曰:"丰其屋",天际翔也。"窥其户,阒其无人",自藏也。

上六翔于天际,自以为明之至也,而其暗则足以蔽其身而已,故曰"丰其屋,蔀其家"。九三自折其右肱,而莫为之用,岂真无人哉?畏我而自藏也。"三岁不觌",其自以为明者穷矣,故凶。

☲ 艮下离上　旅,小亨,旅贞吉。

《彖》曰:旅小亨,柔得中乎外而顺乎刚,止而丽乎明,是以"小亨,旅贞吉"也。旅之时义大矣哉!

《旅》六二、六五二阴据用事之地,而九三、九四、上九三阳寓于其间,所以为旅也。小者为主,而大者为旅。为主者以得中而顺乎刚为亨,故曰"小亨";为旅者以居贞而不取为吉,故曰"旅贞吉"。"止而丽乎明",则居贞而不取之谓也。"贞吉"者指三阳,非二阴为主者之事也,故特曰"旅贞吉"。

《象》曰:山上有火,旅。君子以明慎用刑而不留狱。

初六,旅琐琐,斯其所取灾。

《象》曰:"旅琐琐",志穷灾也。

羁旅之世,物无正主,近则相依。自六二至上九,皆阴阳相邻,而初独孑然处六二之下,其细以甚,故曰"旅琐琐"也。斯,隶也。六二近于九三,三之所取也。初六穷而无依,隶于六二,役于九三。三焚二次,并以及初,故曰"斯其所取灾"也。

六二,旅即次,怀其资,得童仆,贞。

《象》曰:"得童仆,贞",终无尤也。

　　六二,九三之所即以为次也,因三之资以隶初六,故曰"得童仆,贞"。初六虽四之应,而四为三所隔,终无尤之者也。

九三,旅焚其次,丧其童仆,贞厉。

《象》曰:"旅焚其次",亦以伤矣。以旅与下,其义丧也。

　　下,初六也。六二,我之"次"也。而初隶于二,怀二而并有之,则初亦我之童仆矣。九三以刚居上,见得而忘义,焚二以取初,则一举而两失之矣。

九四,旅于处,得其资斧,我心不快。

《象》曰:"旅于处",未得位也。"得其资斧",心未快也。

　　资斧,所以除荆棘、治次舍也。九四刚而失位,所乘者九三,有斧而无地者也,故处而心不快。

九五,射雉,一矢亡,终以誉命。

《象》曰:"终以誉命",上逮也。

　　居二阳之间,可以德怀,不可以力取。如以一矢射两雉,理无兼获,得四则失上矣。若不志于取,亡矢而不射,则夫二阳者,皆可以其功誉而爵命之,非独得四可以及上也。

上九,鸟焚其巢,旅人先笑后号咷。丧牛于易,凶。

《象》曰:以旅在上,其义焚也。"丧牛于易",终莫之闻也。

　　九三次于六二之上,上九巢于六五之上,皆以刚临柔。六二、六五皆无应而在我下,其势必与我。上九、九三知其无应而必我与也,故易而取之。九三"焚其次",上九"焚其巢",其为不义一也。而三止于"贞厉",上至于"号咷"之凶者,六五《旅》之主也。《离》之《象》曰"畜牝牛吉",六五之谓牛矣。易五以丧牛,终莫之闻者,骄亢之罪也。

☴巽下巽上　巽,小亨。利有攸往,利见大人。

《象》曰:重巽以申命。

　　君子和而不同,以巽继巽,小人之道也。无施而可,故用于申命
　　而已。

刚巽乎中正而志行,柔皆顺乎刚,是以“小亨,利有攸往,利见
大人”。

　　所以为巽者,初与四也。二、五虽据用事之地,而权不在焉,故曰
　　“刚巽乎中正而志行”,言必用初与四而后得志也。权虽在初与四,
　　而非用事之地,故曰“柔皆顺乎刚,是以小亨”,言必顺二、五而后亨
　　也。“利有攸往”,为二、五用也。“利见大人”,见九五也。有其权而
　　无其位,非九五之大人,孰能容之?

《象》曰:随风,巽。君子以申命行事。

　　申,重也。两风相因,是谓“随风”,“申命”之象也。古之为令者,必
　　反覆申明之,然后事必行。

初六,进退,利武人之贞。

《象》曰:“进退”,志疑也。“利武人之贞”,志治也。

　　初六有其权而无其位,九二、九三之所病,故疑而进退也。小人而权
　　在焉,则《易》谓之“武人”。武人负其力而不贞于君,志乱也。及
　　其治也,则以贞于其君为利。

九二,巽在床下,用史巫纷若,吉,无咎。

《象》曰:“纷若”之吉,得中也。

　　九二以阳居阴,能下人者也。知权在初六,故巽于床下,下之而求用
　　也。初六,武人也。方且进退,我则下之而求其用,故求者纷然而用
　　者不力。譬之用史巫,将以求福于神,神之降福未可知,而史巫先享
　　其利也,故吉而后无咎。纷然而求人者,非吉之道也,其所以吉者,

居得其中,用事之地也。

九三,频巽,吝。

《象》曰:频巽之吝,志穷也。

九三以阳居阳,而非用事之地也。知权之在初六也,下之则心不服,制之则力不能,故频蹙以待之。《复》之六三,不能止初九之为复也,故"频复"。《巽》之九三,不能止初六之为巽也,故"频巽"。

六四,悔亡,田获三品。

《象》曰:"田获三品",有功也。

六四有其权而无其位者,与初六均也。盖亦居可疑之地矣。而有九五以为之主,坦然以正待之,故"悔亡"。九五不求,而六四自求用,故其用也力。譬之于田,田者尽力以获禽,而利归于君。一为干豆,二为宾客,三为充君之庖。君子不劳而获三品,其与史巫之功亦远矣。

九五,贞吉,悔亡,无不利。无初有终,先庚三日,后庚三日,吉。

《象》曰:九五之吉,位正中也。

九五履正中之位,进不频蹙以忌四,退不过巽以下之,盖贞而已矣。此四所以心服而为之用也,是以"吉"且"悔亡"而"无不利"。"无不利"者,四与五皆利也。九五之德如此,故有后庚之终吉。

上九,巽在床下,丧其资斧,贞凶。

《象》曰:"巽在床下",上穷也。"丧其资斧",正乎凶也。

九二以阳居阴,上九处巽之极,故皆"巽于床下"。而上九阳亢于上,非能下人者也。九二之巽,将以用初六,而上九之巽,将以图六四也。有用斧之意焉,特以处于无位之地,故丧其斧也。以上下言之则正,以势言之则凶。

☰ 兑下兑上　兑,亨,利贞。

《彖》曰:兑,说也。刚中而柔外,说以利贞,是以顺乎天而应乎人。说以先民,民忘其劳;说以犯难,民忘其死。说之大,民劝矣哉!

> 小惠不足以劝民。

《象》曰:丽泽,兑。君子以朋友讲习。

> 取其乐而不流者也。

初九,和兑,吉。

《象》曰:和兑之吉,行未疑也。

九二,孚兑,吉,悔亡。

《象》曰:孚兑之吉,信志也。

> 和而不同,谓之"和兑";信于其类,谓之"孚兑"。六三,小人,而初九、九二,君子也。君子之说于小人,将以有所济,非以为利也。初九以远之而无嫌,至九二则初九疑之矣,故必有以自信于初九者而后悔亡。文予而实不予,所以信于初九也。

六三,来兑,凶。

《象》曰:来兑之凶,位不当也。

九四,商兑未宁,介疾有喜。

《象》曰:九四之喜,有庆也。

> 九五,《兑》之主也。上有上六,下有六三,皆其疾也。《传》曰:"美疢不如恶石。"九四介于其间,以刚辅五而议二阴者也,故曰"商兑未宁"。"介疾有喜",言疾去而后有喜也。疾去而后有喜,则《易》之所谓"庆"也。

九五,孚于剥,有厉。

《象》曰:"孚于剥",位正当也。

上六,引兑。

《象》曰："上六引兑"，未光也。

　　六三、上六，皆《兑》之小人，以阴为质，以说为事者，均也。六三履非其位，而处于二阳之间，以求说为兑者，故曰"来兑"，言初与二不招而自来也。其心易知，其为害浅，故二阳皆吉而六三凶。上六超然于外，不累于物，此小人之托于无求以为兑者也，故曰"引兑"，言九五引之而后至也。其心难知，其为害深，故"九五孚于剥"。《剥》者，五阴而消一阳也。上六之害，何至于此？曰：九五以正当之位而孚于难知之小人，其至于剥，岂足怪哉？虽然，其心盖不知而贤之，非说其小人之实也。使知其实，则去之矣，故有厉而不凶。然则上六之所以不光，何也？曰：难进者，君子之事也，使上六引而不兑，则其道光矣。

坎下巽上　涣，亨。王假有庙，利涉大川，利贞。

《彖》曰："涣，亨"，刚来而不穷，柔得位乎外而上同。"王假有庙"，王乃在中也。"利涉大川"，乘木有功也。

　　世之方治也，如大川安流而就下，及其乱也，溃溢四出而不可止。水非乐为此，盖必有逆其性者，泛溢而不已。逆之者必衰，其性必复。水将自择其所安而归焉。古之善治者，未尝与民争，而听其自择，然后从而导之。涣之为言，天下流离涣散而不安其居，此宜经营四方之不暇。而其《彖》曰"王假有庙"，其《象》曰"先王以享于帝立庙"，何也？曰：犯难而争民者，民之所疾也；处危而不偷者，众之所恃也。先王居涣散之中，安然不争，而自为长久之计。宗庙既立，享帝之位定，而天下之心始有所系矣。"刚来而不穷"者，九二也。"柔得位乎外而上同"者，六四也。涣之得民，惟是二者，此所以亨也。然犹未免乎涣。"王假有庙"，谓五也。王至于有庙，而后可以涉大川,于是涣始有所归矣。有所归而后有川,有川而后可涉。乘木,乘舟也。舟之所行,川之所在也。

《象》曰:风行水上,涣。先王以享于帝立庙。

初六,用拯马壮,吉。《象》曰:初六之吉,顺也。

九二在险中,得初六而安,故曰“用拯马壮,吉”。《明夷》之六二,有马不以自乘,而以拯上六之伤;《涣》之初六,有马不以自乘,而以拯九二之险,故《象》皆以为顺,言其忠顺之至也。

九二,涣奔其机,悔亡。

《象》曰:“涣奔其机”,得愿也。

得初六而安,是谓机也。

六三,涣其躬,无悔。

《象》曰:“涣其躬”,志在外也。

涣之世,民无常主。六三有应于上,志在外者也,而近于九二,二者必争焉,故“涣其躬”,无所适从,惟有道者是予而后安。

六四,涣其群,元吉。涣有丘,匪夷所思。

《象》曰:“涣其群元吉”,光大也。

上九之有六三者,以应也;九五之有六四,九二之有初六者,以近也,皆有以群之。涣而至于群,天下始有可收之渐。其德大者,其所群也大;其德小者,其所群也小。小者合于大,大者合于一,是谓“涣其群”也。近五而得位,则四之所群者最大也。因君以得民,有民以自封殖,是谓“丘”也。夷,平也,民之荡荡焉,未有所适从者也。彼方不知其所从,而我则为丘以聚之,岂夷者之所思哉?民之所思,思夫有德而争民者也。

九五,涣汗其大号,涣王居,无咎。

《象》曰:“王居无咎”,正位也。

汗,取其周浃而不反也。宗庙既立,享帝之位定而大号令出焉。其曰"涣王居",何也?《象》曰:"王假有庙,王乃在中也。"涣然之中,不知其孰为主,孰为臣,至于有庙而天下始知王之所在矣,故曰"涣王居",言涣之中有王居矣。

上九,涣其血,去逖出,无咎。

《象》曰:"涣其血",远害也。

上九求六三,必与九二争而伤焉。"涣其血",不争也。九二刚来而不穷,不可与争者也。虽不争而处争之地,犹未免也。故去而远出,然后无咎。

☵兑下坎上　节,亨。苦节不可贞。

《象》曰:"节亨",刚柔分而刚得中。

"刚柔分"者,兑下而坎上也。"刚得中"者,谓二、五也。此所以为"节亨"也。

"苦节不可贞",其道穷也。

谓六三也。

说以行险,当位以节,中正以通。

谓九二也。兑施节于坎,故曰"说以行险"。

天地节而四时成,节以制度,不伤财,不害民。

《象》曰:泽上有水,节。君子以制数度,议德行。

"数度"者,其政事也;"德行"者,其教化也,皆所以为民物之节也。

初九,不出户庭,无咎。

《象》曰:"不出户庭",知通塞也。

九二,不出门庭,凶。

《象》曰:"不出门庭凶",失时极也。

节者,事之会也。君子见吉凶之几,发而中其会,谓之节。《诗·东方未明》,刺无节也。其诗曰"不能晨夜,不夙则莫",言无节者不识事之会,或失则早,或失则莫也。"泽上有水,节",以泽节水者也。虚则纳之,满则流之,其权在泽。初九、九二、六三,泽也,节人者也。六四、九五、上六,水也,节于人者也。节之于初九则太早,节之于六三则太莫,故九二者施节之时,当发之会也。水之始至,泽当塞而不当通;既至,当通而不当塞。故初九以"不出户庭"为无咎,言当塞也;九二以"不出门庭"为凶,言当通也。至是而不通,则失时而至于极,六三是也。是祸福之交,成败之决也。故孔子曰:"君不密则失臣,臣不密则失身,几事不密则害成。"

六三,不节若,则嗟若,无咎。

《象》曰:不节之嗟,又谁咎也?

咨嗟而节之,以为不可不节也。九二之节,节于未满。节之者乐,见节者甘焉。六三之节,节于既溢。节之者嗟,见节者苦焉。苦节,人之所不能堪,而人终莫之咎者,知六三之不得已也。嗟者,不得已之见于外者也。

六四,安节,亨。

《象》曰:安节之亨,承上道也。

九二施节于九五,在其上,不在其身,故六四安焉。

九五,甘节,吉,往有尚。

《象》曰:甘节之吉,居位中也。

畜而至于极,然后节之,其节也必争。九二施节于不争之中,此九五之所乐也,故曰"甘节"。乐则流,甘则坏,故以往适上六,阴阳相配,甘苦相济为吉也。

上六,苦节,贞凶,悔亡。

《象》曰:"苦节贞凶",其道穷也。

《易》有凶而无咎者,《大过》之上六、《困》之九二是也。则未有凶而能悔亡者,亦如人之未有既死而病愈者也。上六"贞凶悔亡"者,何也?"凶"者六三,"悔亡"者上六也。是以知节者在坎,而见节者之在兑也。六三施苦节于我,出于不得已则无咎,以是为正则凶矣,而我悔亡。

䷼ 兑下巽上　中孚,豚鱼吉。利涉大川,利贞。

《象》曰:中孚,柔在内而刚得中,说而巽,孚乃化邦也。

中孚,信也。而谓之中孚者,如羽虫之孚,有诸中而后能化也。羽虫之孚也,必柔内而刚外。然则《颐》曷为不《中孚》也?曰:内无阳不生,故必柔内而刚外,且刚得中然后为《中孚》也。刚得中则正而一,柔在内则静而久,此羽虫之所以孚,天之道也。君子法之,行之以说,辅之以巽,而民化矣。

"豚鱼吉",信及豚鱼也。

信之及民,容有伪。其及豚鱼,不容有伪也。至于豚鱼皆吉,则其信也至矣。

"利涉大川",乘木舟虚也。

《易》至于巽在上而云"涉川"者,其言必及木。《益》之《象》曰"木道乃行",《涣》之《象》曰"乘木有功",《中孚》之《象》曰"乘木舟虚",以明此巽之功也。以巽行兑,乘天下之至顺,而行于人之所说,必无心者也。"舟虚"者,无心之谓也。

中孚以利贞,乃应乎天也。

天道不容伪。

《象》曰:泽上有风,中孚。君子以议狱缓死。

化邦之时,不可以用刑。

初九,虞吉。有它不燕。

《象》曰:"初九虞吉",志未变也。

　　虞,戒也。燕,安也。六四,初九之应也,而近于五,为五所挛,所谓
　　"它"也。六四不专于应,而有心于五,其色不安,此必变者也。初九
　　及其未变而戒之,不轻往应,则远于争矣,故吉。

九二,鸣鹤在阴,其子和之。我有好爵,吾与尔靡之。

《象》曰:"其子和之",中心愿也。

　　此中孚也,而爻未有能中孚者也。中孚者,必正而一,静而久。而
　　初九、六四,六三、上九有应而相求,九五无应而求人者也,皆非所
　　谓"正而一,静而久"者也。惟九二以刚履柔,伏于二阴之下,端悫
　　无求,而物自应焉,故曰"鸣鹤在阴,其子和之"。鹤鸣而子和者,
　　天也,未有能使之者也。"我有好爵,吾与尔靡之",有爵者求我之辞
　　也,彼求我而我不求之之谓也。

六三,得敌,或鼓或罢,或泣或歌。

《象》曰:"或鼓或罢",位不当也。

　　六三履非其位,虽应在上九,而上九非下我者也。上不求三而三求
　　之,求之必过五,五无应而寇我,故曰"得敌"也。得敌而躁,躁而失
　　常,故"或鼓或罢,或泣或歌"也。

六四,月几望,马匹亡,无咎。

《象》曰:"马匹亡",绝类上也。

　　初九以应而从我,九五以近而挛我。一阴而当二阳之求,盛之至也,
　　故曰"月几望"。月几望者,非四之所任也,故必舍五而从初,如有
　　二马而亡其一,然后无咎。类,五也。四与五皆巽也,故得称类。

九五,有孚挛如,无咎。

《象》曰:"有孚挛如",位正当也。

> "有孚"者,六四也。自五言之,则以得四为无咎。非应而求从,必挛
> 而后固,特以其位当,是以无咎也。

上九,翰音登于天,贞凶。

《象》曰:"翰音登于天",何可长也?

> 翰音,飞且鸣者也。凡羽虫之飞且鸣者,其飞不长,雉鸡之类是也。
> 处外而居上,非中孚之道,飞而求显,鸣而求信者也,故曰"翰音登
> 于天"。九二在阴而子和,上九飞鸣而登天,其道盖相反也。惟不下
> 从阴,得阳之正,故曰"贞凶"。

䷽艮下震上　小过,亨,利贞。可小事,不可大事。飞鸟遗之音,不
宜上,宜下,大吉。

《象》曰:小过,小者过而亨也。

> 阴自外入,据用事之地,而囚阳于内,谓之"小过"。小过者,君弱而
> 臣强之世也。"小者过而亨",则大者失位而否矣。

过以利贞,与时行也。

> 《象》之所谓"利贞",则《象》之所谓"过乎恭""俭"与"哀"者,时
> 当然也。

柔得中,是以小事吉也。刚失位而不中,是以不可大事也。

> 小过者,臣强而专。小事,虽专之可也。

有飞鸟之象焉。"飞鸟遗之音,不宜上,宜下,大吉",上逆而下
顺也。

> 小过有鸟之象:四阴据用事之地,其翼也;二阳囚于内,其腹背也。
> 翼欲往,腹背不能止;翼欲止,腹背不能作也,故飞鸟之制在翼。鸟
> 之飞也,上穷而忘返,其身远矣,而独遗其音。臣之僭也,必孤其君,

远其民,使其君如飞鸟之上穷,使其民闻君之声不见其形也,而后得志,故曰"飞鸟遗之音,不宜上,宜下,大吉,上逆而下顺也"。小过之世,其臣则逆,而其民顺,故"不宜上,宜下"。上则无民而主孤,下则近民而君强也。

《象》曰:山上有雷,小过。君子以行过乎恭,丧过乎哀,用过乎俭。

小过之君弱,是以臣子痛自贬以张君父也。

初六,飞鸟以凶。

《象》曰:"飞鸟以凶",不可如何也。

《大过》之"栋",《小过》之"飞鸟",皆以为一卦之象。而其于爻也,皆寄之于初、上者,本末之地也。《春秋传》曰:"凡师能左右之曰以。"飞鸟见"以"于翼,欲左而左,欲右而右,莫如之何也,故"凶"。

六二,过其祖,遇其妣,不及其君,遇其臣,无咎。

《象》曰:"不及其君",臣不可过也。

卦合而言之,《小过》者,臣强之世也。爻别而观之,六五当强臣。六二以阴居阴,臣强而不僭者也。《大过》以夫妻为君臣,而《小过》寄之祖与妣者,《大过》君骄,故自君父言之,而《小过》臣强,故为臣子之辞,其义一也。曰不幸而过其祖矣,而犹遇其妣,妣未有不助祖者也;不幸而不及其君矣,而犹遇其臣,臣未有不忠于其君者也。故小过之世,君弱而不能为政,臣得专之者,惟六二也。然而于祖曰"过",于君曰"不及"者,以见臣之不可过其君也。

九三,弗过防之,从或戕之,凶。

《象》曰:"从或戕之",凶如何也?

九四,无咎,弗过遇之,往厉必戒,勿用永贞。

《象》曰:"弗过遇之",位不当也。"往厉必戒",终不可长也。

《小过》阳失位而不中,故其君在三、四。三之所臣者,初与二也。四之所臣者,五与上也。《春秋》臣弑其君,或曰弑,或曰戕。弑者其所从来有渐,而戕者一朝一夕之故也。六二,强臣也,而未之过;九三刚而不中,莫能容也,故曰"弗过防之,从或戕之,凶",言六二弗过,而九三疑之,故或从而戕其君。谓之"戕"者,以明二本无意于逆,咎在三也。九四以阳居阴,可谓无咎矣,然而失位自卑。臣虽弗过,我则开之。遇,逢也,臣未僭而逢其恶,故曰"遇"。"弗过遇之,往厉必戒,勿用永贞",言九四失位而往从五,危而非正,不可长也。

六五,密云不雨,自我西郊。公弋取彼在穴。

《象》曰:"密云不雨",已上也。

"已上"者,其势不可复下之辞也。六五之权,足以为密云,而终不为雨,次于西郊而不行,岂真不能哉? 其谋深也。强臣之欲为变也,忧在内,是故见利而不为,见益而不取,蕴畜以自厚,持满而不发者,凡皆以遂其深谋也。当是时也,必有穴其间而为之用者,故戒之曰"公弋取彼在穴"。君子之居此,苟无意于为盗,莫若取其在穴者以自明于天下,而天下信之矣。

上六,弗遇过之,飞鸟离之,凶,是谓灾眚。

《象》曰:"弗遇过之",已亢也。

至于是则亢而不可复返也,故曰"弗遇过之",言君虽不逢其恶,而臣自僭也。"离",遭也。君失其正而臣得之,其所从来远矣。而忧患集于我,非我失政而遭其凶者,天祸也。故曰:"飞鸟离之,凶,是谓灾眚。"

☲ 离下坎上　既济,亨,小利贞。初吉终乱。

《象》曰:"既济,亨",小者亨也。

凡阴阳各安其所,则静而不用。将发其用,必有以蕴之者。水在火上,火欲炎而不达,此火之所以致其怒也;阴皆乘阳,阳欲进而不遂,此阳之所以奋其力也。火致其怒,虽险必达;阳奋其力,虽难必遂,此所以为既济也。故曰"既济亨,小者亨也",言小者皆在上而亨,大者皆在下而否也。

利贞,刚柔正而位当也。

坎上而离下,刚柔正也。阴皆居阴,阳皆居阳,位当也。"刚柔正而位当",则小者不可复进,以贞为利也。

"初吉",柔得中也。终止则乱,其道穷也。

柔皆乘刚,非正也。以济则可,既济则当变而反其正,以此终焉。止而不变,则乱矣。

《象》曰:水在火上,既济。君子以思患而豫防之。

既济者,难平而安乐之世也,忧患常生于此。

初九,曳其轮,濡其尾,无咎。

《象》曰:"曳其轮",义无咎也。

济者皆自内适外,故《既济》《未济》,皆以初为尾,以上为首。曳者,欲行而未进之象也。初九方行于险,未毕济者,故无咎。

六二,妇丧其茀,勿逐,七日得。

《象》曰:"七日得",以中道也。

安乐之世,人不思乱,而小人开之。开之有端,必始于争。争则动,动则无所不至。君子居之以至静,授之以广大。虽有好乱乐祸之人欲开其端,而人莫之予,盖未尝不旋踵而败也。《既济》爻爻皆有应,六二、六四居二阳之间,在可疑之地,寇之所谋。而六二居中,九五之配也。或者欲间之,故窃其茀。茀者,妇之蔽也。妇丧其茀,其夫必怒而求之。求未必得,而妇先见疑,近其妇者先见诘。怨怒并生,而忧患之至,不可以胜防矣。故凡窃吾茀者,利在于吾之逐之也。

吾恬而不逐,上下晏然,非盗者各安其位,而盗者败矣,故曰"勿逐,
七日得"。

九三,高宗伐鬼方,三年克之,小人勿用。

《象》曰:"三年克之",惫也。

未济方其未出于难也,上下一心。譬如胡、越,同舟而遇风,虽厉民
以犯难可也。及其既济,已出于难,则上之用其民也,易以致怨;而
下之为其上用也,易以致疑。故《未济》之九四"震用伐鬼方,三年
有赏于大国",而《既济》之九三以是为惫也。《未济》之主在六五,
而九四为之臣,有震主之威者也。其威不用之于主,而用之于伐鬼
方。虽三年之久,未见其克。不克也,而犹赏之以大国者,以难未
平也。若出于难,则臣必用其威于主,而主亦疑其臣矣。《既济》之
九三,以九五为主,臣主皆强,故曰"高宗伐鬼方",以见三之为五用
也。虽以高宗之贤,三年而后克之者,《既济》之世,民安于无事而不
可用也。《未济》之赏以大国也,岂尝问其君子小人哉? 有功斯国之
矣。而《既济》则"小人勿用",盖已疑其臣矣。

六四,繻有衣袽,终日戒。

《象》曰:"终日戒",有所疑也。

"繻"当作"濡"。衣袽,所以备舟隙也。四居二阳之间而不相得,故
备且戒如是也。卦以济为事,故取于舟。

九五,东邻杀牛,不如西邻之禴祭,实受其福。

《象》曰:"东邻杀牛",不如西邻之时也。"实受其福",吉大来也。

东西者,彼我之辞也。祭未有不杀牛者,而云杀牛不如禴祭,何也?
曰:禴祭,时祭也,国之常事,而杀牛者非时,特杀而祭以求福者也。
小人以为禴祭常事,不足以致福,故以非时杀牛而求之,而不知时祭
之福,不求而大来也。人之情,在难则厌事,而无难之世,常不能安

有其福。故圣人以为既济之主,在于守常安法而已。求功名于法度之外,则《易》之所谓杀牛也。

上六,濡其首,厉。

《象》曰:"濡其首厉",何可久也?

《既济》之上六,毕济之时也,而以阴居上,未免于危也。

坎下离上　未济,亨。小狐汔济,濡其尾。无攸利。

《彖》曰:"未济亨",柔得中也。

谓六五也。

"小狐汔济",未出中也。"濡其尾,无攸利",不续终也。

《未济》阳皆乘阴,上下之分定,未可以有为也。"汔",涸也。坎在离上,则水溢而火怒于下,必进之象也,是以虽溢而可以济。坎在离下,则水涸而火安于上,不进之象也,是以虽涸而不可以济。君子见其远者大者,小人见其小者近者。初六、六三,小人也。见水之涸,以为可济也,是为"小狐汔济"。而九二,君子也。以为不可曳其轮而不进,则小狐安能独济哉!是谓"未出中"也。二阴轻进而九二不予,是以六三"征凶"。初六"濡其尾",虽九二亦病矣,故"无攸利"。见易而轻犯之,遇难而退,虽有知者,不能善其后,故曰"不续终也"。

虽不当位,刚柔应也。

《易》二、三、四、五皆失位,惟《未济》与《归妹》也,故皆"无攸利"。而《归妹》之"征凶"者,刚柔不应也。

《象》曰:火在水上,未济。君子以慎辨物居方。

上下方安其位而不乐于进取,则君子慎静其身,而辨物居方,以待其会。

初六,濡其尾,吝。

《象》曰:"濡其尾",亦不知极也。

水火相射,极乃致用,故济必待其极。汔济,非其极也。

九二,曳其轮,贞吉。

《象》曰:九二贞吉,中以行正也。

外若不行,中以行正也。

六三,未济,征凶。利涉大川。

《象》曰:"未济征凶",位不当也。

未济,非不济也,有所待之辞也。盖将畜其全力,一用之于大难。大难既平,而小者随之矣,故曰"利涉大川"。六三见水之涸,幸其易济而骤用之,后有大川,则其用废矣,故曰"征凶"。见涸而济者,初与三均也。初吝而已,三至于凶,位不当也。

九四,贞吉,悔亡。震用伐鬼方,三年有赏于大国。

《象》曰:"贞吉悔亡",志行也。

九四有震主之威,苟不用于鬼方,则无所行其志矣。震主者,悔也。贞于主而用于敌,所以"悔亡"也。

六五,贞吉无悔,君子之光,有孚,吉。

《象》曰:"君子之光",其晖吉也。

光出于形之表,而不以力用,君子之广大者也。下有九二,其应也。旁有九四、上九,其邻也。险难未平,三者皆刚,莫能相用,将求用于我之不暇,非谋我者也。故六五信是三者,则三者为之尽力,而我无为。此"贞吉无悔,君子之光"也。

上九,有孚于饮酒,无咎。濡其首,有孚失是。

《象》曰:饮酒濡首,亦不知节也。

节,事之会也。是,是时也。至于是而不济,终不济也,故未济之可以济者,惟是也。险难未平,六五信我,将以用我也。我则饮酒而已,何也? 将安以待其会也,故"无咎"。上九之谓"首"。"濡其首"者,可济之时也。若不赴其节,饮酒于可济之时,则信我者失是时矣。

苏氏易传卷之七

系辞传上

天尊地卑,乾坤定矣。卑高以陈,贵贱位矣。动静有常,刚柔断矣。

苟非其常,则刚而静、柔而动者有之矣。

方以类聚,物以群分,吉凶生矣。

方本异也,而以类故聚,此同之生于异也。物群则其势不得不分,此异之生于同也。有成而后有毁,有废而后有兴,是以知吉凶之生于相形也。

在天成象,在地成形,变化见矣。

天地一物也,阴阳一气也。或为象,或为形,所在之不同,故"在"云者,明其一也。象者,形之精华发于上者也;形者,象之体质留于下者也。人见其上下,直以为两矣,岂知其未尝不一邪? 繇是观之,世之所谓变化者,未尝不出于一而两于所在也。自两以往,有不可胜计者矣。故"在天成象,在地成形",变化之始也。

是故刚柔相摩,八卦相荡。鼓之以雷霆,润之以风雨。日月运行,一寒一暑。乾道成男,坤道成女。

天地之间,或贵或贱,未有位之者也,卑高陈而贵贱自位矣;或刚或柔,未有断之者也,动静常而刚柔自断矣;或吉或凶,未有生之者也,类聚群分而吉凶自生矣;或变或化,未有见之者也,形象成而变化自见矣。是故"刚柔相摩,八卦相荡",雷霆风雨,日月寒暑,更用迭作于其间,杂然施之而未尝有择也,忽然成之而未尝有意也。及其用息而功显,体分而名立,则得乾道者自成男,得坤道者自成女。夫男者,岂乾以其刚强之德为之? 女者,岂坤以其柔顺之道造之哉? 我有是道,物各得之,如是而已矣。圣人者亦然。有恻隐之心,而未尝以为仁也;有分别之心,而未尝以为义也。所遇而为之,是心著于物也。人则从后而观之,其恻隐之心成仁,分别之心成义。

乾知大始,坤作成物。乾以易知,坤以简能。

上而为阳,其渐必虚;下而为阴,其渐必实。至虚极于无,至实极于有。无为大始,有为成物。夫大始岂复有作哉? 故乾特知之而已,作者坤也。乾无心于知之,故易。坤无心于作之,故简。易故无所不知,简故无所不能。

易则易知,简则易从。

"易""简"者,一之谓也。凡有心者,虽欲一,不可得也。不一则无信矣。夫无信者,岂不难知难从哉? 乾、坤惟无心故一,一故有信,信故物知之也易,而从之也不难。

易知则有亲,易从则有功。有亲则可久,有功则可大。可久则贤人之德,可大则贤人之业。

"知"之与"作","易"之与"简","易知"之与"易从","有亲"之与"有功","可久"之与"可大","德"之与"业",皆有隐显之别矣。此乾、坤之辨也,不可以不知也。古之言贤人者,贤于人之人也,犹曰君子云尔。夫贤于人者,岂有极哉? 圣人与焉,而世乃曰:"圣人无德业,德业贤人也。"夫德业之名,圣人之所不能免也,其所以异于人者,特以其无心尔。见其谓之圣人则隆之,见其谓之贤人则降之,此近世之俗学,古无是论也。

易简而天下之理得矣。天下之理得,而成位乎其中矣。

夫无心而一，一而信，则物莫不得尽其天理以生以死。故生者不德，死者不怨。无怨无德，则圣人者岂不备位于其中哉！吾一有心于其间，则物有侥幸夭枉、不尽其理者矣。侥幸者德之，夭枉者怨之，德怨交至，则吾任重矣。虽欲备位，可得乎？

圣人设卦观象，系辞焉而明吉凶，

> 繇此观之，"系辞"则《彖》《象》是也。以上下《系》为"系辞"，失之矣。虽然，世俗之所安也，而无害于《易》，故因而不改也。

刚柔相推而生变化。

> 得之则吉，失之则凶，此理之常者。以为未足以尽吉凶之变也，故又曰"刚柔相推而生变化"。变化一生，则吉凶之至亦多故矣，是以有宜若吉而凶，宜若凶而吉者。

是故吉凶者，失得之象也；悔吝者，忧虞之象也；

> 失得未决，则为忧虞。及其已决，则为吉凶。

变化者，进退之象也；刚柔者，昼夜之象也。

> 夫刚柔相推而变化生，变化生而吉凶之理无定。不知变化而一之，以为无定而两之，此二者皆过也。天下之理未尝不一，而一不可执。知其未尝不一而莫之执，则几矣。是以圣人既明吉凶悔吝之象，又明刚柔变化本出于一而相摩相荡至于无穷之理。曰"变化者，进退之象也；刚柔者，昼夜之象也"，象者以是观之之谓也。夫出于一而至于无穷，人之观之，以为有无穷之异也。圣人观之，则以为进退、昼夜之间耳。见其今之进也，而以为非向之退者，可乎？见其今之明也，而以为非向之晦者，可乎？圣人以进退观变化，以昼夜观刚柔。二观立，无往而不一者也。

六爻之动，三极之道也。

> 未极则为三，既极则动，动则为六。三、六无异道也。

是故君子所居而安者,《易》之序也。所乐而玩者,爻之辞也。是故君子居则观其象而玩其辞,动则观其变而玩其占。是以自天祐之,吉无不利。

　　至于占,则君子之虑周矣,故祐且吉、无不利者也。

象者,言乎象者也。爻者,言乎变者也。吉凶者,言乎其失得也。悔吝者,言乎其小疵也。无咎者,善补过也。是故列贵贱者存乎位,齐大小者存乎卦,

　　阴阳各有所统御谓之“齐”。夫卦岂可以爻别而观之? 彼小大有所

　　齐矣。得其所齐,则六爻之义未有不贯者。吾论六十四卦,皆先求

　　其所齐之端。得其端,则其余脉分理解无不顺者,盖未尝凿而通也。

辨吉凶者存乎辞,忧悔吝者存乎介,

　　介,小疵也。

震无咎者存乎悔。是故卦有小大,辞有险易。辞也者,各指其所之。

　　辞,爻辞也。卦有成体,小大不可易,而爻无常辞,随其所适之险易,

　　故曰:象者言乎象,爻者言乎变。夫爻亦未尝无小大,而独以险易言

　　者,明不在乎爻而在乎所适也。同是人也,而贤于此,愚于彼,所适

　　之不同也如此。

《易》与天地准,故能弥纶天地之道。

　　准,符合也。弥,周浃也。纶,经纬也。所以与天地准者,以能知

　　“幽明之故”“死生之说”“鬼神之情状”也。

仰以观于天文,俯以察于地理,是故知幽明之故。

　　此与形象变化一也。

原始反终,故知死生之说。

　　人所以不知死生之说者,骇之耳。故原始反终者,使之了然而不

骇也。

精气为物，游魂为变，是故知鬼神之情状。

必有所见而后知，则圣人之所知者寡矣。是故圣人之学也，以其所见者推至其所不见者。天文地理、物之终始、精气游魂，可见者也，故圣人以是三者举之。物，鬼也。变，神也。鬼常与体魄俱，故谓之"物"。神无适而不可，故谓之"变"。精气为魄，魄为鬼；志气为魂，魂为神，故《礼》曰："体魄则降，志气在上。"郑子产曰："其用物也弘矣，其取精也多矣。"古之达者，已知此矣。一人而有二知，无是道也。然而有魄者、有魂者，何也？众人之志，不出于饮食男女之间，与凡养生之资，其资厚者其气强，其资约者其气微，故气胜志而为魄。圣贤则不然，以志一气，清明在躬，志气如神，虽禄之以天下，穷至于匹夫，无所损益也，故志胜气而为魂。众人之死为鬼，而圣贤为神。非有二知也，志之所在者异也。

与天地相似，故不违。

天地与人一理也，而人常不能与天地相似者，物有以蔽之也。变化乱之，祸福劫之，所不可知者惑之。变化莫大于幽明，祸福莫烈于死生，所不可知者莫深于鬼神。知此三者，则其他莫能蔽之矣。夫苟无蔽，则人固与天地相似也。

知周乎万物，而道济天下，故不过。

知之未极，见之不全，是以有过，故箕子以极为中。明夫极则不过也。知周万物，可谓极矣。道济天下，可谓全矣。

旁行而不流，乐天知命，故不忧。

避碍故旁行。

安土敦乎仁，故能爱。

使物各安其所，然后厚之以仁。不然，虽欲爱之，不能也。

范围天地之化而不过，

> 范围，规摹也。

曲成万物而不遗，通乎昼夜之道而知，

> 昼夜相反而能通之，则不为变化之所乱，可以知矣。

故神无方而易无体。一阴一阳之谓道，继之者善也，成之者性也。

> 阴阳果何物哉？虽有娄、旷之聪明，未有得其仿佛者也。阴阳交然后生物，物生然后有象，象立而阴阳隐矣。凡可见者皆物也，非阴阳也。然谓阴阳为无有，可乎？虽至愚知其不然也。物何自生哉？是故指生物而谓之阴阳，与不见阴阳之仿佛而谓之无有者，皆惑也。圣人知道之难言也，故借阴阳以言之，曰"一阴一阳之谓道"。一阴一阳者，阴阳未交而物未生之谓也。喻道之似，莫密于此者矣。阴阳一交而生物，其始为水。水者，有无之际也，始离于无而入于有矣。老子识之，故其言曰"上善若水"，又曰"水几于道"。圣人之德，虽可以名言，而不囿于一物，若水之无常形。此善之上者，几于道矣，而非道也。若夫水之未生，阴阳之未交，廓然无一物而不可谓之无有，此真道之似也。阴阳交而生物，道与物接而生善，物生而阴阳隐，善立而道不见矣，故曰"继之者善也，成之者性也"。仁者见道而谓之仁，智者见道而谓之智。夫仁智，圣人之所谓善也。善者道之继，而指以为道则不可。今不识其人而识其子，因之以见其人则可，以为其人则不可，故曰"继之者善也"。学道而自其继者始，则道不全。昔者孟子以善为性，以为至矣，读《易》而后知其非也。孟子之于性，盖见其继者而已。夫善，性之效也。孟子不及见性，而见夫性之效，因以所见者为性。性之于善，犹火之能熟物也。吾未尝见火，而指天下之熟物以为火，可乎？夫熟物则火之效也。敢问性与道之辨，曰：难言也，可言其似。道之似则声也，性之似则闻也。

有声而后有闻邪？有闻而后有声邪？是二者，果一乎？果二乎？孔子曰："人能弘道，非道弘人。"又曰："神而明之，存乎其人。"性者其所以为人者也，非是无以成道矣。

仁者见之谓之仁，知者见之谓之知。百姓日用而不知，故君子之道鲜矣。

夫属目于无形者，或见其意之所存。故仁者以道为仁，意存乎仁也。智者以道为智，意存乎智也。贤者存意而妄见，愚者日用而不知。是以知君子之道，成之以性者鲜矣。

显诸仁，藏诸用，

仁者，其已然之迹也；用者，其所以然也。

鼓万物而不与圣人同忧，

人见圣人之忧也，岂知其中有不忧者，未尝与其所见者同哉？

盛德大业至矣哉！富有之谓大业，

我未尝有，即物而有，故富。如使已有，则其富有畛矣。

日新之谓盛德，

富有者，未尝有；日新者，未尝新。吾心一也，新者物耳。

生生之谓易，成象之谓乾，效法之谓坤。

相因而有，谓之"生生"。夫苟不生，则无得无丧，无吉无凶。方是之时，易存乎其中而人莫见，故谓之道而不谓之易。有生有物，物转相生，而吉凶得丧之变备矣。方是之时，道行乎其间而人不知，故谓之易而不谓之道。圣人之作《易》也，不有所设，则无以交于事物之域，而尽得丧吉凶之变。是以因天下之至刚而设以为乾，因天下之至柔而设以为坤，乾坤交而得丧吉凶之变纷然始起矣。故曰："成象之谓乾，效法之谓坤。"效，见也。言易之道，至乾而始有成象，至坤而始有可见之法耳。

极数知来之谓占,通变之谓事,阴阳不测之谓神。

> 生生之极则易成矣,成则唯人之所用。以数用之谓之占,以道用之谓之事。夫岂惟是?将天下莫不用之。用极而不倦者,其惟神乎?故终之曰"阴阳不测之谓神"。使阴阳而可测,则其用废矣。

夫易,广矣大矣!以言乎远则不御,以言乎迩则静而正,

> "远""迩",犹深浅也。得其深者,虽为圣人有余,而其浅者,不失为君子。

以言乎天地之间,则备矣。夫乾,其静也专,其动也直,是以大生焉。夫坤,其静也翕,其动也辟,是以广生焉。

> 至刚之德果,至柔之德深。果则其静也,绝意于动,而其动也不可复回。深则其静也,敛之无余,而其动也发之必尽。绝意于动,专也。不可复回,直也。敛之无余,翕也。发之必尽,辟也。夫小生于杂,隘生于疑,故专直生大,翕辟生广。

广大配天地,变通配四时,阴阳之义配日月,易简之善配至德。

> 明乾坤非专以为天地也。天地得其广大,四时得其变通,日月得其阴阳之义,至德得其易简之善。

子曰:"易其至矣乎?夫易,圣人所以崇德而广业也。知崇礼卑,崇效天,卑法地。

> 《易》之言德业,有显隐之别。而德之微者莫若智,业之著者莫若礼,故又以其尤者明之。

天地设位,而易行乎其中矣。

> 天地位则德业成而易在其中矣,以明无别有易也。

成性存存,道义之门。"

> 性所以成道而存存也,尧、舜不能加,桀、纣不能亡,此真存也。存是则道义所从出也。

圣人有以见天下之赜,而拟诸其形容,象其物宜,是故谓之象。圣人有以见天下之动,而观其会通,以行其典礼,系辞焉以断其吉凶,是故谓之爻。言天下之至赜而不可恶也,言天下之至动而不可乱也。

> 赜,喧错也。古作啧,从口从臣,一也。《春秋传》曰:"啧有烦言。"象,卦也。物错之际难言也,圣人有以见之,拟诸其形容,象其物宜,而画以为卦。刚柔相交,上下相错,而六爻进退屈信于其间。其进退屈信不可必,其顺之则吉、逆之则凶者可必也。可必者,其会通之处也。见其会通之处,则典礼可行矣。故卦者至错也,爻者至变也。至错之中有循理焉,不可恶也。至变之中有常守焉,不可乱也。

拟之而后言,议之而后动,拟议以成其变化。

> 变化之间,不容毫厘,然且拟之而后言,议之而后动,则虚以一物,雍容之至也。

"鸣鹤在阴,其子和之。我有好爵,吾与尔靡之。"子曰:"君子居其室,出其言善,则千里之外应之,况其迩者乎? 居其室,出其言不善,则千里之外违之,况其迩者乎? 言出乎身,加乎民;行发乎迩,见乎远。言行,君子之枢机。枢机之发,荣辱之主也。言行,君子之所以动天地也,可不慎乎?""同人,先号咷而后笑。"子曰:"君子之道,或出或处,或默或语。二人同心,其利断金。同心之言,其臭如兰。""初六,藉用白茅,无咎。"子曰:"苟错诸地而可矣,藉之用茅,何咎之有? 慎之至也。夫茅之为物薄,而用可重也。慎斯术也以往,其无所失矣。""劳谦,君子有终,吉。"子曰:"劳而不伐,有功而不德,厚之至也,语以其功下人者也。德言盛,礼言恭。谦也者,致恭以存其位者也。""亢龙有悔。"子曰:"贵而无位,高而无民,贤人在下位而无辅,是以动而有悔也。""不出户庭,无咎。"子曰:

"乱之所生也,则言语以为阶。君不密则失臣,臣不密则失身,几事不密则害成。是以君子慎密而不出也。"子曰:"作《易》者其知盗乎?《易》曰:'负且乘,致寇至。'负也者,小人之事也;乘也者,君子之器也。小人而乘君子之器,盗思夺之矣;上慢下暴,盗思伐之矣。慢藏诲盗,冶容诲淫。《易》曰'负且乘,致寇至',盗之招也。"

　　夫论经者,当以意得之,非于句义之间也。于句义之间,则破碎牵蔓之说反能害经之意。孔子之言《易》如此,学者可以求其端矣。

天一、地二、天三、地四、天五、地六、天七、地八、天九、地十。天数五,地数五。五位相得而各有合。

　　合而相因,则为五十。

天数二十有五,地数三十,凡天地之数五十有五,

　　分而各数,则为五十有五。

此所以成变化而行鬼神也。大衍之数五十,

　　五行,盖交相成也。水、火、木、金不得土,土不得是四者,皆不能成夫五行之数。始于一而至于五,足矣。自六以往者,相因之数也。水火木金,得土而后成。故一得五而成六,二得五而成七,三得五而成八,四得五而成九。土无定位,无成名,无专气。水、火、木、金四者成而土成矣。故得水之一,得火之二,得木之三,得金之四,而成十。言十则一、二、三、四在其中。而言六、七、八、九,则五在其中矣。"大衍之数五十"者,五不特数,以为在六、七、八、九之中也。一、二、三、四在十之中,然而特数者,何也? 水、火、木、金特见于四时,而土不特见,言四时足以举土,而言土不足以举四时也。水曰润下,火曰炎上,木曰曲直,金曰从革,皆有以名之。而土爰稼穑,曰于是稼穑而已。五藏六府,无胃脉则死。而脾脉不可见,如雀之啄,如水之漏下,是脾之衰见也。故曰:土无定位,无成名,无专气。

其用四十有九。

> "易有太极，是生两仪"，"分而为二以象两"，则其一不用，太极之象也。

分而为二以象两，挂一以象三，揲之以四以象四时，归奇于扐以象闰。五岁再闰，故再扐而后挂。

> 分而为二，一也。挂一，二也。揲之以四，三也。归奇于扐，四也。

乾之策，二百一十有六；坤之策，百四十有四。凡三百有六十，当期之日。二篇之策，万有一千五百二十，当万物之数也。是故四营而成易，十有八变而成卦。八卦而小成。

> 四营而一变，三变而一爻，六爻为十八变也。三变之余而四数之，得九为老阳，得六为老阴，得七为少阳，得八为少阴，故曰"乾之策二百一十有六，坤之策百四十有四"，取老而言也。九、六为老，七、八为少之说，未之闻也。或曰：阳极于九，其次则七也。极者为老，其次为少，则阴当老于十而少于八。曰：阴不可加于阳，故十不用。十不用，犹当老于八而少于六也。则又曰：阳顺而上，其成数极于九；阴逆而下，其成数极于六。自下而上，阴阳均也。稚于子午而壮于巳、亥，始于《复》《姤》，而终于《乾》《坤》者，阴犹阳也。曷尝有进阳而退阴与逆顺之别乎？且此自然而然者，天地且不能知，而圣人岂得与于其间而制其予夺哉？惟唐一行之学则不然，以为《易》固已言之矣，曰"十有八变而成卦，八卦而小成"，则十八变之间有八卦焉，人莫之思也。变之扐有多少：其一变也，不五则九；其二与三也，不四则八。八与九为多，五与四为少。多少者，奇偶之象也。三变皆少，则乾之象也。乾所以为老阳，而四数其余，得九，故以九名之。三变皆多，则坤之象也。坤所以为老阴，而四数其余，得六，故以六名之。三变而少者一，则震、坎、艮之象也。震、坎、艮所以为少

阳，而四数其余，得七，故以七名之。三变而多者一，则巽、离、兑之象也。巽、离、兑所以为少阴，而四数其余，得八，故以八名之。故七、八、九、六者，因余数以名阴阳。而阴阳之所以为老少者不在是，而在乎三变之间，八卦之象也。此唐一行之学也。

引而伸之，触类而长之，天下之能事毕矣。

此生生之极也。

显道神德行，

道，神而不显；德行，显而不神，故易以"显道神德行"。

是故可与酬酢，

应对万物之求。

可与佑神矣。

助成神化之功。

子曰："知变化之道者，其知神之所为乎？"

神之所为，不可知也，观变化而知之尔。天下之至精至变，与圣人之所以极深研几者，每以神终之，是以知变化之间，神无不在。因而知之可也，指以为神则不可。

《易》有圣人之道四焉：以言者尚其辞，以动者尚其变，以制器者尚其象，以卜筮者尚其占。

圣人之道，求之而莫不皆有，取之而莫不皆获者也。以四人者之各有获于《易》也，故曰"《易》有圣人之道四焉"。而昧者乃指此以为道，则过矣。

是以君子将有为也，将有行也，问焉而以言，其受命也如响。无有远近幽深，遂知来物。非天下之至精，其孰能与于此？

此筮占之类。

参伍以变，错综其数。

世之通于数者,论三五错综,则以九宫言之。九宫不经见,见于《乾凿度》。曰:太一行九宫。九宫之数,以九、一、三、七为四方,以二、四、六、八为四隅,而五为中宫。经纬四隅,交络相值,无不得十五者。阴阳老少,皆分取于十五。老阳取九,余六以为老阴。少阳取七,余八以为少阴。此与一行之学不同,然吾以为相表里者。二者虽不经见,而其说皆不可废也。

通其变,遂成天地之文;极其数,遂定天下之象。非天下之至变,其孰能与于此?

此历术之类。

易无思也,无为也。寂然不动,感而遂通天下之故。非天下之至神,其孰能与于此? 夫易,圣人之所以极深而研几也。唯深也,故能通天下之志;唯几也,故能成天下之务。

深者其理也,几者其用也。

唯神也,故不疾而速,不行而至。子曰“《易》有圣人之道四焉”者,此之谓也。

至精至变者,以数用之也;极深研几者,以道用之也。止于精与变也,则数有时而差;止于几与深也,则道有时而穷。使数不差、道不穷者,其唯神乎? 故曰“极数知来之谓占,通变之谓事,阴阳不测之谓神”。而此二者,亦各以神终之。既以神终之,又曰“《易》有圣人之道四焉”,明彼四者之所以得为圣人之道者以此也。

子曰:“夫易,何为者也? 夫易,开物成务,冒天下之道,如斯而已者也。”

所谓“斯”者,指此十者,而学者不以此十者求之,则过矣。水,至阴也,必待天一加之而后生者,阴不得阳,则终不得烝而成也。火,至阳也,必待地二加之而后生者,阳不得阴,则无所傅而见也。五行皆然，莫不生于阴阳之相加。阳加阴则为水，为木，为土；阴加阳则为火，为金。苟不相加，则虽有阴阳之资，而无五行之用。夫易亦然。人固有是材也，而浑沌朴鄙，不入于器，易则开而成之，然后可得而用也。天下各治其道术，自以为至矣，而支离专固，不适于中，易以其道被之，然后可得而行也。是故乾刚而不折，坤柔而不屈，八卦皆有成德而不窳。不然，则天下之物，皆弃材也；天下之道，皆弃术也。

是故圣人以通天下之志，以定天下之业，以断天下之疑。是故蓍之德圆而神，卦之德方以智，六爻之义易以贡。

蓍有无穷之变，故其德圆，而象知来之神。卦蓍已然之迹，故其德方，而配藏往之智。以圆适方，以神行智，故六爻之义易以告也。

圣人以此洗心退藏于密，

以神行智，则心不为事物之所尘垢。使物自运而己不与，斯所以为"洗心退藏于密"也。

吉凶与民同患。神以知来，知以藏往，

其迹不出于吉凶之域，故"与民同患"。"神以知来，智以藏往"，故其实无患。来者应之，谓之"知来"。已行者莫见其迹，谓之"藏往"。

其孰能与于此哉？古之聪明睿知，神武而不杀者夫？

庄子曰："贼莫大于德有心，而心有眼。"夫能洗心退藏，则心虽用武而未尝杀，况施德乎？不然，则虽施德，有杀人者矣，况用武乎？

是以明于天之道，而察于民之故。是兴神物，以前民用。

天者，死生祸福之制，而民之所最畏也。是故明天之道，察民之故，而作蓍龟。蓍龟之于民用也，其实何能益？亦前之而已。以虚器前之，而实用者得完，是故礼义廉耻以前赏罚，则赏罚设而不用矣。

圣人以此斋戒，以神明其德夫。

斋戒，所以前祭祀也。

是故阖户谓之坤,辟户谓之乾,一阖一辟谓之变,往来不穷谓之通。

> 同是户也,阖则谓之坤,辟则谓之乾,阖辟之间而二物出焉。故变者
> 两之,通者一之。不能一,则往者穷于伸,来者穷于屈矣。

见乃谓之象,形乃谓之器,制而用之谓之法,利用出入,民咸用之谓
之神。

> 象而后器,器而后用,此德业之叙也,而神常终之。

是故易有太极,是生两仪,两仪生四象,四象生八卦,

> "太极"者,有物之先也。夫有物必有上下,有上下必有四方,有四
> 方必有四方之间。四方之间立,而八卦成矣。此必然之势,无使之
> 然者。

八卦定吉凶,吉凶生大业。

> 入于吉凶之域,然后大业可得而见。

是故法象莫大乎天地,变通莫大乎四时,县象著明莫大乎日月,崇
高莫大乎富贵,备物致用,立成器以为天下利,莫大乎圣人。探赜
索隐,钩深致远,以定天下之吉凶,成天下之亹亹者,莫大乎蓍龟。

> 天地、四时、日月,天事也。天事所不及,富贵者制之。富贵者所不
> 制,圣人通之。圣人所不通,蓍龟决之。

是故天生神物,圣人则之。天地变化,圣人效之。天垂象,见吉凶,
圣人象之。河出图,洛出书,圣人则之。《易》有四象,所以示也。
系辞焉,所以告也。定之以吉凶,所以断也。

> "天生神物,圣人则之",则之者,则其无心而知吉凶也。"天地变化,
> 圣人效之",效之者,效其体一而周万物也。"天垂象,见吉凶,圣人
> 象之",象之者,象其不言而以象告也。河图、洛书,其详不可得而
> 闻矣,然著于《易》,见于《论语》,不可诬也,而今学者或疑焉。山川
> 之出图书,有时而然也。魏晋之间,张掖出石图,文字粲然。时无圣

人,莫识其义尔。河图、洛书,岂足怪哉?且此四者,圣人之所取象以作《易》也。当是之时,有其象而无其辞,示人以其意而已,故曰"《易》有四象,所以示也"。圣人以后世为不足以知也,故系辞以告之,定吉凶以断之。圣人之忧世也深矣。

《易》曰:"自天祐之,吉无不利。"子曰:"祐者,助也。天之所助者,顺也;人之所助者,信也。履信思乎顺,又以尚贤也,是以'自天祐之,吉无不利'也。"子曰:"书不尽言,言不尽意,然则圣人之意,其不可见乎?"子曰:"圣人立象以尽意,

> 圣人非不欲正言也,以为有不可胜言者,惟象为能尽之。故孟子之譬喻,立象之小者也。

设卦以尽情伪,

> 情伪临吉凶而后见。吉凶至,则情者自如而伪者败矣。卦者,起吉凶之端也。

系辞焉以尽其言,

> 辞约而义广,故能尽其言。

变而通之以尽利,

> 既变之,复通之,则反覆于万物之间,无遗利矣。

鼓之舞之以尽神。"

> 孰鼓之欤?孰舞之欤?莫适为之,则谓之神。

《乾》《坤》,其易之缊邪?《乾》《坤》成列,而易立乎其中矣。《乾》《坤》毁,则无以见易。易不可见,则《乾》《坤》或几乎息矣。

> 缊,蓄也,阴阳相缊而物生。《乾》《坤》者,生生之祖也,是故为易之缊。《乾》《坤》之于易,犹日之于岁也。除日而求岁,岂可得哉?故《乾》《坤》毁则易不可见矣。易不可见,则《乾》为独阳,《坤》为独阴,生生之功息矣。

是故形而上者谓之道,形而下者谓之器,化而裁之谓之变,推而行之谓之通。

> "道"者器之上达者也,"器"者道之下见者也,其本一也。"化"之者道也,"裁"之者器也,"推而行之"者,一之也。

举而措之天下之民,谓之事业。是故夫象,圣人有以见天下之赜,而拟诸其形容,象其物宜,是故谓之象。圣人有以见天下之动,而观其会通,以行其典礼,系辞焉以断其吉凶,是故谓之爻。极天下之赜者存乎卦,鼓天下之动者存乎辞,化而裁之存乎变,推而行之存乎通,神而明之存乎其人。默而成之,不言而信,存乎德行。

> 有其具而无其人,则形存而神亡。有其人而修诚无素,则我不能默成,而民亦不能默喻也。

苏氏易传卷之八

系辞传下

八卦成列，象在其中矣。因而重之，爻在其中矣。刚柔相推，变在其中矣。系辞焉而命之，动在其中矣。吉凶悔吝者，生乎动者也。

> 有辞可系，未有非动者，故虽"括囊""介石"，皆有为于世者也。如必运行而后为动，则吉凶悔吝，未有不生于动者也。

刚柔者，立本者也。变通者，趣时者也。吉凶者，贞胜者也。

> 贞，正也，一也。老子曰："王侯得一以为天下贞。"夫贞之于天下也，岂求胜之哉？故胜者，贞之衰也。有胜必有负，而吉凶生矣。

天地之道，贞观者也。日月之道，贞明者也。天下之动，贞夫一者也。

> 不以贞为观者，自大观之则以为小，自高观之则以为下。不以贞为明者，意之所及则明，所不及则不明。故天地无异观，日月无异明者，以其正且一也。

夫乾，确然示人易矣。夫坤，隤然示人简矣。爻也者，效此者也。象也者，像此者也。

> 刚而无心者，其德易，其形确然。柔而无心者，其德简，其形隤然。论此者，明八卦皆以德发于中而形著于外也。故爻效其德，而象像其形，非独乾、坤也。

爻象动乎内，吉凶见乎外，

动者，我也，而吉凶自外应之。

功业见乎变，

　　未尝无功业也，因变而见。

圣人之情见乎辞。

　　其性不可容言也。

天地之大德曰生，圣人之大宝曰位，何以守位？曰仁。何以聚人？
曰财。理财正辞，禁民为非曰义。

　　位之存亡寄乎民，民之死生寄乎财。故夺民财者，害其生者也。害
　　其生者，贼其位者也。甚矣，斯言之可畏也！以是亡国者多矣。夫
　　理财者，疏理其出入之道，使不壅尔，非取之也。正辞者，正名也。
　　孔子曰："名不正则言不顺，言不顺则事不成，事不成则刑罚不中，刑
　　罚不中则民无所措手足。故君子名之必可言也，言之必可行也。"
　　无道之世，唯不正名，故上有愧于民，而民不直其上。令之不行，诛
　　之不止，其祸皆出于财。故圣人之言理财，必与正名俱，曰"理财正
　　辞"。以此二者为一言，犹医之用毒，必与其畏者俱也。名一正，上
　　之所行，皆可以名言。则财之出入有道，而民之为非者可得而禁也。
　　民不为非，则上之用财也约矣，又安以多取为哉？

古者包牺氏之王天下也，仰则观象于天，俯则观法于地。观鸟兽之
文，与地之宜，近取诸身，远取诸物。于是始作八卦，以通神明之
德，以类万物之情。作结绳而为罔罟，以佃以渔，盖取诸《离》。包
牺氏没，神农氏作。斫木为耜，揉木为耒，耒耨之利，以教天下，盖
取诸《益》。日中为市，致天下之民，聚天下之货，交易而退，各得
其所，盖取诸《噬嗑》。神农氏没，黄帝、尧、舜氏作。通其变，使民
不倦，神而化之，使民宜之。易穷则变，变则通，通则久，是以"自
天祐之，吉无不利"。黄帝、尧、舜垂衣裳而天下治，盖取诸《乾》

《坤》。刳木为舟，剡木为楫，舟楫之利，以济不通，致远以利天下，盖取诸《涣》。服牛乘马，引重致远，以利天下，盖取诸《随》。重门击柝，以待暴客，盖取诸《豫》。断木为杵，掘地为臼，臼杵之利，万民以济，盖取诸《小过》。弦木为弧，剡木为矢，弧矢之利，以威天下，盖取诸《睽》。上古穴居而野处，后世圣人易之以宫室，上栋下宇，以待风雨，盖取诸《大壮》。古之葬者，厚衣之以薪，葬之中野，不封不树，丧期无数，后世圣人易之以棺椁，盖取诸《大过》。上古结绳而治，后世圣人易之以书契，百官以治，万民以察，盖取诸《夬》。

"易有圣人之道四焉"，"以制器者尚其象"，故凡此皆象也。以义求之则不合，以象求之则获。

是故易者，象也。象也者，像也。彖者，材也。爻也者，效天下之动者也。是故吉凶生而悔吝著也。

孔子之述《彖》《象》也，盖自为一篇，而题其首曰"彖"、曰"象"也欤！其初无"彖曰""象曰"之文，而后之学者，散之卦爻之下，故以"彖曰""象曰"别之。然孔子所谓"彖"者，盖谓卦辞，如"乾，元亨利贞"之类是也。其所谓"象"者，有大小。其"大象"，指八卦，"震为雷，巽为风"之类是也。其"小象"，指一爻，"潜龙勿用"之类是也。初不谓己所述者为《彖》《象》也。而近世学者失之，乃指孔子之言为《彖》《象》，不可以不辨也。象者像也，像之言似也。其实有不容言者，故以其似者告也。达者因似以识真，不达则又见其似似者而日以远矣。"彖"者，豕也。"爻"者，折俎也。古者谓折俎为爻，其文盖象折俎之形。后世以易有六爻也，故加肉为肴以别之。彖则何为取于豕也？曰：彖者，材也，八卦相值，材全而体备，是以为豕也。爻则何为取于折俎也？"爻者，效天下之动"，分卦之材，裂卦之体,而适险易之变也。

阳卦多阴,阴卦多阳,其故何也? 阳卦奇,阴卦偶。其德行何也?
阳一君而二民,君子之道也。阴二君而一民,小人之道也。

> 阳卦以阳为君,阴卦以阴为君。其曰"阴二君而一民",何也? 曰:
> 阳宜为君者也,阴宜为民者也。以民道而任君事,此所以为小人也。

《易》曰:"憧憧往来,朋从尔思。"子曰:"天下何思何虑? 天下同归
而殊涂,一致而百虑。天下何思何虑?"

> 致,极也。极则一矣,其不一者,盖未极也。四海之水,同一平也;
> 胡、越之绳墨,同一直也。故致一而百虑皆得也,夫何思何虑!

日往则月来,月往则日来,日月相推而明生焉。寒往则暑来,暑往
则寒来,寒暑相推而岁成焉。往者屈也,来者信也,屈信相感而利
生焉。尺蠖之屈,以求信也;龙蛇之蛰,以存身也。

> 易将明乎一,未有不用变化、晦明、寒暑、往来、屈信者也。此皆二
> 也,而以明一者,惟通二为一,然后其一可见。故曰"在天成象,在
> 地成形",又曰"变化者进退之象,刚柔者昼夜之象",又曰"阖户谓
> 之坤,辟户谓之乾",皆所以明一也。

精义入神,以致用也。利用安身,以崇德也。

> "精义"者,穷理也。"入神"者,尽性以至于命也。穷理尽性,以至于
> 命,岂徒然哉? 将以致用也。譬之于水,知其所以浮,知其所以沉,
> 尽水之变,而皆有以应之,精义者也。知其所以浮沉而与之为一,不
> 知其为水,入神者也。与水为一,不知其为水,未有不善游者也,而
> 况以操舟乎? 此之谓致用也。故善游者之操舟也,其心闲,其体舒。
> 是何故? 则用利而身安也。事至于身安,则物莫吾测而德崇矣。

过此以往,未之或知也。穷神知化,德之盛也。

> 恐天下沿其末流,而不知反其宗,故寄之不知以为无穷。恐天下相

追于无穷而不已,故指其盛德以为薮极。

《易》曰:"困于石,据于蒺藜,入于其宫,不见其妻,凶。"子曰:"非所困而困焉,名必辱。非所据而据焉,身必危。既辱且危,死期将至,妻其可得而见邪?"《易》曰:"公用射隼于高墉之上,获之,无不利。"子曰:"隼者禽也,弓矢者器也,射之者人也。君子藏器于身,待时而动,何不利之有?动而不括,是以出而有获。语成器而动者也。"子曰:"小人不耻不仁,不畏不义,不见利不劝,不威不惩。小惩而大诫,此小人之福也。《易》曰:'屦校灭趾,无咎。'此之谓也。善不积不足以成名,恶不积不足以灭身。小人以小善为无益而弗为也,以小恶为无伤而弗去也,故恶积而不可掩,罪大而不可解。《易》曰:'何校灭耳,凶。'"子曰:"危者安其位者也,亡者保其存者也,乱者有其治者也。是故君子安而不忘危,存而不忘亡,治而不忘乱。是以身安而国家可保也。《易》曰:'其亡其亡,系于苞桑。'"子曰:"德薄而位尊,知小而谋大,力小而任重,鲜不及矣。《易》曰:'鼎折足,覆公𫗧,其形渥,凶。'言不胜其任也。"子曰:"知几其神乎?君子上交不谄,下交不渎,其知几乎!几者,动之微,吉之先见者也。君子见几而作,不俟终日。《易》曰:'介于石,不终日,贞吉。'介如石焉,宁用终日!断可识矣。

　　夫无守于中者,不有所畏则有所忽也。忽者常失于太早,畏者常失于太后。既失之,又惩而矫之,则终身未尝及事之会矣。知几者不然。其介也如石之坚,上交不谄,无所畏也;下交不渎,无所忽也。上无畏,下无忽,事至则发而已矣。

君子知微知彰,知柔知刚,万夫之望。"

　　知几者,众之所望,以为进退之候也。

子曰:"颜氏之子,其殆庶几乎!有不善未尝不知,知之,未尝复行也。

> 其心至静而清明,故不善触之未尝不知,知之,故未尝复行。知之而
> 复行者,非真知也。世所以不食乌喙者,徒以知之审也。如使知不
> 善如知乌喙,则世皆颜子矣。所以不及圣人者,犹待知尔。《诗》曰:
> "不识不知,顺帝之则。"

《易》曰:'不远复,无祗悔,元吉。'天地绒缊,万物化醇。男女构
精,万物化生。《易》曰:'三人行,则损一人;一人行,则得其友。'
言致一也。"子曰:"君子安其身而后动,易其心而后语,定其交而
后求。君子修此三者,故全也。危以动,则民不与也;惧以语,则
民不应也;无交而求,则民不与也;莫之与,则伤之者至矣。《易》
曰:'莫益之,或击之。立心勿恒,凶。'"子曰:"乾坤,其《易》之
门邪?"

> 辟阖以生变化,易之所自出也。

乾,阳物也。坤,阴物也。阴阳合德而刚柔有体,以体天地之撰,以
通神明之德。其称名也,杂而不越。

> 阴阳,二物也。其合也,未尝不杂。其分也,"乾道成男,坤道成女",
> 未尝杂也,故曰"阴阳合德而刚柔有体"。"阴阳合德"故杂,"刚柔
> 有体"故不越。

于稽其类,其衰世之意邪? 夫《易》,彰往而察来,

> 至静而明,故物之往来屈信者无遁形也。

而微显阐幽。

> 显道神德行。

开而当名辨物,正言断辞,则备矣。

> 此解剥至道自玄适著之叙也。夫道之大全也,未始有名,而易实开
> 之。赋之以名,以名为不足而取诸物以寓其意,以物为不足而正言

之，以言为不足而断之以辞，则备矣。名者言之约者也，辞者言之悉者也。

其称名也小，其取类也大，

夫名者，取众人之所知，以况其所不知。

其旨远，

不得不远。

其辞文，

不得不文。

其言曲而中，其事肆而隐。因贰以济民行，以明失得之报。

"兼三材而两之"，所谓"贰"也。夫道一而已，然《易》之作必因其贰者，贰而后有内外，有内外而后有好恶，有好恶而后有失得。故孔子以《易》为衰世之意，而兴于中古者，以其因贰也。一以自用，贰以济民。

《易》之兴也，其于中古乎？作《易》者其有忧患乎？是故《履》，德之基也；

"基"者，厚下以自全也。《履》之九五待六三而不疢，六三待九二而能履，故和则至，乖则废矣。

《谦》，德之柄也；

旁出而起物者，柄也。《谦》之为道偏矣，而德非谦莫能起者。

《复》，德之本也；《恒》，德之固也；《损》，德之修也；

"修"之为言，长也远也。民见其损之患，而未见其终以为益之效，故先难而后易，此德之远者也。

《益》，德之裕也；《困》，德之辨也；

困则真伪别。

《井》，德之地也；

“地”者，所在之谓也。老子曰：“埏埴以为器，当其无，有器之用。”

夫井亦然，以其无有，故德在焉。

《巽》，德之制也。

无忤于物而能胜物者风也，故德之制在《巽》而可以行权。

《履》，和而至；《谦》，尊而光；《复》，小而辨于物；

虽微也，而其为阳物也审矣。

《恒》，杂而不厌；

雷风相与故杂，杂故不厌。如使专一，则厌而迁矣。

《损》，先难而后易；《益》，长裕而不设；

“有孚惠心”，何设之有？

《困》，穷而通；《井》，居其所而迁；

内足者不求于物而物求之。

《巽》，称而隐。

“称”，举也。举而人莫见者，风也。

《履》以和行，《谦》以制礼，《复》以自知，《恒》以一德，《损》以远害，

居忧患之世而有得民之形，则害之者众矣，故“《损》以远害”。

《益》以兴利，《困》以寡怨，

致命遂志，故不怨天，不尤人。尤人者人亦尤之，则多怨矣。

《井》以辨义，

居有常所，则分义明矣。

《巽》以行权。

此九卦者，为忧患者言也，其意以属文王欤？孔子之于文王也，见其礼乐，读其《易》，考其行事，而得其为人，其必有以合此九卦者，而世莫足以知之也。

《易》之为书也不可远，

　　凡言"为书"者，皆论其已造于形器者也。其书可以指见口授，不当远索于文辞之外也。其道则远矣。

为道也屡迁，变动不居，周流六虚，

　　六位也，此六者虚器尔，吉凶悔吝存乎其人。

上下无常，刚柔相易，不可为典要，唯变所适。

　　此所谓"屡迁"。"屡迁"者其道也，非其书也。

其出入以度，外内使知惧。

　　卦所以有内外，爻所以有出入者，为之立敌而造忧患之端，使知惧也。有敌而后惧，惧而后用法，此物之情也。

又明于忧患与故，

　　忧患之来，苟不明其故，则人有苟免之志而怠于避祸矣。故《易》明忧患，又明其所以致之之故。

无有师保，如临父母。

　　去父母，远师保，而不敢忘畏者，知内外之惧，明忧患之故也。

初率其辞而揆其方，既有典常。

　　此所谓"不可远"。不可远者，其书也，非其道也。不可以远索，故循其辞，度其所向而已。"初"者，为未达者言也。未达者治其书，用其出入之度，审其"内外之惧"，明其"忧患之故"，而蹈其"典常"，可以寡过。达者行其道，无出无入，无内无外，周流六位，无往不适，虽为圣人可也，故曰"以言乎远则不御，以言乎迩则静而正"。

苟非其人，道不虚行。

　　戒非其人而学其道者。非其人而学其道，则无所不至矣。

《易》之为书也，原始要终，以为质也。

　　吉凶成败，非"要终"不得其实。质，实也。

六爻相杂，唯其时物也。

> 各以其时物之。

其初难知，其上易知，本末也。

> 非固欲为难易，本末之势然也。

初辞拟之，卒成之终。若夫杂物撰德，辨是与非，则非其中爻不备。

> 物杂而德可撰者，以其中爻也。

噫！亦要存亡吉凶，则居可知矣。

> 不必在中爻，故又以存亡吉凶要之。

知者观其《象》辞，则思过半矣。

> 《象》者常论其用事之爻，故观其《象》，则其余皆《象》爻之所用者也。

二与四，同功而异位，其善不同。二多誉，四多惧，近也。

> 近于五也。有善之名而近于君，则惧矣。故二之善宜著，四之善宜隐。

柔之为道，不利远者，其要无咎，其用柔中也。

> 柔者有依而后能立，二远无依，而免于咎者，中也。

三与五同功而异位，三多凶，五多功，贵贱之等也。

> 三与五者，厚事之地也，故大者先享其利，而小者先受其害。

其柔危，其刚胜邪？

> 以刚居之则胜，柔则危。自此以上，皆“典要”之粗也，皆非必然者也。从其多者言之尔。

《易》之为书也，广大悉备。有天道焉，有人道焉，有地道焉。兼三才而两之，故六。六者非他也，三才之道也。道有变动，故曰爻。爻有等，故曰物。

> 等，类也。凡乾之类皆阳物，坤之类皆阴物。

物相杂,故曰文。文不当,故吉凶生焉。

　　物之不齐,物之情也,故吉凶者,势之所不免也。

《易》之兴也,其当殷之末世,周之盛德邪? 当文王与纣之事邪? 是故其辞危,危者使平,易者使倾。其道甚大,百物不废。惧以终始,其要无咎,此之谓《易》之道也。

　　得其大者,纵横逆顺,无施不可,而天下无废物矣。得其小者,惧以
　　终始,犹可以无咎。

夫乾,天下之至健也,德行恒易以知险。夫坤,天下之至顺也,德行恒简以知阻。

　　己险而能知险,己阻而能知阻者,天下未尝有也。夫险阻在躬,则天
　　下莫不备之。天下莫不备之,则其所备者众矣,又何暇知人哉? 是
　　故处下以倾高,则高者毕赴;用晦以求明,则明者必见。易简以观险
　　阻,则险阻无隐情矣。

能说诸心,能研诸侯之虑,

　　"侯之",衍文也。吾心和易,则可以究尽万物之虑也。

定天下之吉凶,成天下之亹亹者。

　　此向以言蓍龟者,重见于此,误也。

是故变化云为,吉事有祥,象事知器,占事知来。

　　言易简者无不知也。《礼》曰:"至诚之道,可以前知。国家将兴,必
　　有祯祥。国家将亡,必有妖孽。见乎蓍龟,动乎四体。"祸福将至,必
　　先知之,故至诚如神。

天地设位,圣人成能。人谋鬼谋,百姓与能。

　　言易简者取诸物而足也。万物自生自成,故天地设位而已。圣人无
　　能,因天下之已能而遂成之,故人为我谋之明,鬼为我谋之幽。百姓
　　之愚,可使与知焉。《书》云:"谋及卿士,谋及庶人,谋及卜筮。"

八卦以象告，爻象以情言，刚柔杂居而吉凶可见矣。变动以利言，

> 以利言之，则有变动，而道固自如也。

吉凶以情迁，

> 顺其所爱，则谓之"吉"；犯其所恶，则谓之"凶"。夫我之所爱，彼有
> 所甚恶，则我之所谓吉者，彼或以为凶矣，故曰"吉凶以情迁"。

是故爱恶相攻而吉凶生，

> 在我为吉，则是天下未尝有凶；在彼为凶，则是天下未尝有吉。然而
> 吉凶如此其纷纷者，是生于爱恶之相攻也。

远近相取而悔吝生，

> "悔吝"者，生于不弘通者也。天下孰为真远？自其近者观之，则远
> 矣。孰为真近？自其远者观之，则近矣。远近相资以为别也。因其
> 别也，而各挟其有以自异，则"或害之"矣。"或害之"者，"悔吝"之
> 所从出也。

情伪相感而利害生。

> 信其人则举以为利己，不信则举以为害己，此情伪之蔽也。

凡《易》之情，近而不相得则凶，或害之，悔且吝。

> 此明"凶"与"悔吝"轻重之差也。近而不相得则相害，故"凶"。
> "或害之"者，非我之罪也，然亦有以致之矣。

将叛者其辞惭，中心疑者其辞枝，吉人之辞寡，躁人之辞多，诬善之
人其辞游，失其守者其辞屈。

> 微之显，诚之不可掩也如此，故"或害之"者，我必有以见于外也。

苏氏易传卷之九

说卦传

昔者圣人之作《易》也,幽赞于神明而生蓍,

> 介绍以传命谓之"赞"。天地鬼神不能与人接也,故以蓍龟为之
> 介绍。

参天两地而倚数,

> 天数五,地数五,其曰"三""两",何也?自一至五,天数三,地数二,
> 明数之止于五也。自五以往,非数也,皆相因而成者也,故曰"倚
> 数"。以是知"大衍之数五十",孔子论之已悉,岂容有异说哉?

观变于阴阳而立卦,发挥于刚柔而生爻,和顺于道德而理于义,穷
理尽性,以至于命。昔者圣人之作《易》也,将以顺性命之理,是以
立天之道曰阴与阳,立地之道曰柔与刚,立人之道曰仁与义。兼三
才而两之,故《易》六画而成卦。分阴分阳,迭用柔刚,故《易》六
位而成章。天地定位,山泽通气,雷风相薄,水火不相射,八卦相
错,数往者顺,知来者逆,是故《易》逆数也。

> 何为顺?何为逆?曰:道德之变,如江河之日趋于下也。沿其末流,
> 至于生蓍倚数,立卦生爻,而万物之情备矣。圣人以为立于其末,则
> 不能识其全而尽其变,是以溯而上之,反从其初。道者其所行也,德
> 者其行而有成者也,理者道德之所以然,而义者所以然之说也。君
> 子欲行道德,而不知其所以然之说,则役于其名而为之尔。夫苟役

于其名而不安其实，则小大相害，前后相陵，而道德不和顺矣。譬如以机发木偶，手举而足发，口动而鼻随也。此岂若人之自用其身，动者自动，止者自止，曷尝调之而后和，理之而后顺哉？是以君子贵性与命也。欲至于性命，必自其所以然者溯而上之。夫所以食者，为饥也；所以饥者，为渴也，岂自外入哉？人之于饮食，不待学而能者，其所以然者明也，盍徐而察之？饥渴之所从出，岂不有未尝饥渴者存乎？于是性可得而见也。有性者，有见者，孰能一是二者，则至于命矣。此之谓"逆"。圣人既得性命之理，则顺而下之，以极其变。率一物而两之，以开生生之门，所谓"因贰以齐民行"者也。故兼三才，设六位，以行于八卦之中。天地山泽，雷风水火，纷然相错，尽八物之变，而邪正吉凶、悔吝忧虞、进退得失之情，不可胜穷也。此之谓"顺"。断竹为籥，窍而吹之，唱和往来之变，清浊缓急之节，师旷不能尽也。反而求之，有五音十二律而已。五音十二律之初，有哮然者而已。哮然者之初，有寂然者而已。古之作乐者，其必立于寂然者之中乎？是以自性命而言之，则以顺为往，以逆为来，故曰"数往者顺，知来者逆"。六十四卦三百八十四爻，皆据其末而反求其本者也，故"《易》逆数也"。

雷以动之，风以散之，雨以润之，日以晅之，艮以止之，兑以说之，乾以君之，坤以藏之。

　　于是方以四时言也。八卦之用于四时也，震、巽、坎、离各以其物，故曰雷、曰风、曰雨、曰日，而不言其德也。天、地、山、泽各以其德，故曰乾、曰坤、曰艮、曰兑，而不言其物也。

帝出乎震，齐乎巽，相见乎离，致役乎坤，说言乎兑，战乎乾，劳乎坎，成言乎艮。

　　古有是说也。

万物出乎震,震,东方也。齐乎巽,巽,东南也。齐也者,言万物之洁齐也。离也者,明也,万物皆相见,南方之卦也。圣人南面而听天下,向明而治,盖取诸此也。坤也者,地也,万物皆致养焉,故曰"致役乎坤"。兑,正秋也,万物之所说也,故曰"说言乎兑"。"战乎乾",乾,西北之卦也,言阴阳相薄也。坎者,水也,正北方之卦也,劳卦也,万物之所归也,故曰"劳乎坎"。艮,东北之卦也,万物之所成终而所成始也,故曰"成言乎艮"。神也者,妙万物而为言者也。

此孔子从而释之也。曰是万物之盛衰于四时之间者也,皆其自然,莫或使之,而谓之"帝"者,万物之中有妙于物者焉,此其神也,而谓之"帝"云尔。震,木也;兑,金也;离,火也;坎,水也,故各位于其方。巽亦木也,故从震而位于东南。乾亦金也,故从兑而位于西北。坤与艮皆土也,坤位于西南,季夏之位也;艮位于东北,盖从坎也。艮则曷为从坎? 季夏土,十一月水,其律皆黄钟。《传》曰:"夫水,土衍而民用也。"古之达者,其有以知此矣。坤不言其方,何也? 所谓致养者取于地,非独取于季夏也。二"言",衍文也,当云"说乎兑""成乎艮"。古者"兑""说"通,无从"言"者。或从而加之,故遂以为"说言",而离"诚"以为二也。《记》曰:"诚者,物之终始,不诚无物。"内躁而外静,内柔而外刚,盖有之矣。至于死生终始之际,其情必得。艮,终始万物者也,亦不容伪也。

动万物者,莫疾乎雷。挠万物者,莫疾乎风。燥万物者,莫熯乎火。说万物者,莫说乎泽。润万物者,莫润乎水。终万物始万物者,莫盛乎艮。故水火相逮,雷风不相悖,山泽通气,然后能变化,既成万物也。

此各以其物言也,而不及乾、坤者,乾、坤不可物。六子之功显,而

乾、坤之德存乎其中。艮亦不言其物,何也? 艮之物,山,山之用,坤
兼之矣,故艮亦不得以物言也。

乾,健也。坤,顺也。震,动也。巽,入也。坎,陷也。离,丽也。
艮,止也。兑,说也。

循万物之理,无往而不自得,谓之"顺"。执柔而不争,无往而不见
纳,谓之"入"。

乾为马,坤为牛,震为龙,巽为鸡,坎为豕,离为雉,艮为狗,兑为羊。
乾为首,坤为腹,震为足,巽为股,坎为耳,离为目,艮为手,兑为口。
乾,天也,故称乎父。坤,地也,故称乎母。震一索而得男,故谓之
长男。巽一索而得女,故谓之长女。坎再索而得男,故谓之中男。
离再索而得女,故谓之中女。艮三索而得男,故谓之少男。兑三索
而得女,故谓之少女。乾为天,为圜,为君,为父,为玉,为金,为寒,
为冰,为大赤,为良马,为老马,为瘠马,为驳马,为木果。坤为地,
为母,为布,为釜,为吝啬,为均,为子母牛,为大舆,为文,为众,为
柄,其于地也为黑。震为雷,为龙,为玄黄,为旉,为大涂,为长子,
为决躁,为苍筤竹,为萑苇;其于马也为善鸣,为馵足,为作足,为的
颡,其于稼也为反生,其究为健,为蕃鲜。巽为木,为风,为长女,为
绳直,为工,为白,为长,为高,为进退,为不果,为臭;其于人也,为
寡发,为广颡,为多白眼,为近利市三倍,其究为躁卦。坎为水,为
沟渎,为隐伏,为矫輮,为弓轮;其于人也,为加忧,为心病,为耳痛,
为血卦,为赤;其于马也,为美脊,为亟心,为下首,为薄蹄,为曳;其
于舆也,为多眚,为通,为月,为盗;其于木也,为坚多心。离为火,
为日,为电,为中女,为甲胄,为戈兵;其于人也,为大腹;为乾卦,为
鳖,为蟹,为蠃,为蚌,为龟;其于木也,为科上槁。艮为山,为径路,
为小石,为门阙,为果蓏,为阍寺,为指,为狗,为鼠,为黔喙之属;其

于木也，为坚多节。兑为泽，为少女，为巫，为口舌，为毁折，为附决；其于地也，为刚卤，为妾，为羊。

凡八卦之所为，至于俚俗杂乱，无所不有，其说固不可尽知，盖用于占筮者而已，意不止于此，将使人以类求之欤！不然，则有亡逸不全者矣。"《易》有圣人之道四焉"，"以卜筮者尚其占"，是以得见于此也。

序卦传

有天地然后万物生焉，盈天地之间者唯万物，故受之以《屯》。屯者，盈也。屯者，物之始生也。物生必蒙，故受之以《蒙》。蒙者，蒙也，

义有不尽于名者，《履》为礼、《蛊》为事、《临》为大、《解》为缓之类是也。故曰"蒙者蒙也"，"屯者屯也"，"比者比也"，"剥者剥也"，皆义尽于名者也。

物之稚也。物稚不可不养也，故受之以《需》。需者，饮食之道也。饮食必有讼，故受之以《讼》。讼必有众起，故受之以《师》。师者，众也。众必有所比，故受之以《比》。比者，比也。比必有所畜，故受之以《小畜》。

《大畜》《小畜》，皆取于畜而已，《大过》《小过》，皆取于过而已，不复论其大小也。故《序卦》之论《易》，或直取其名而不本其卦者多矣，若赋《诗》断章然，不可以一理求也。

物畜然后有礼，故受之以《履》。履而泰，然后安，故受之以《泰》。泰者，通也。物不可以终通，故受之以《否》。物不可以终否，故受之以《同人》。与人同者，物必归焉，故受之以《大有》。有大者不

可以盈,故受之以《谦》。有大而能谦必豫,故受之以《豫》。豫必有随,故受之以《随》。以喜随人者必有事,故受之以《蛊》。

> 以喜随人者,溺于燕安者也,故至于蛊,蛊则有事矣。

蛊者,事也。有事而后可大,故受之以《临》。临者,大也。物大然后可观,故受之以《观》。可观而后有所合,故受之以《噬嗑》。嗑者,合也。物不可以苟合而已,故受之以《贲》。贲者,饰也。

> 君臣、父子、夫妇、朋友之际,所谓"合"也。直情而行谓之"苟",礼
> 以饰情谓之"贲"。苟则易合,易则相渎,相渎则易以离。贲则难
> 合,难合则相敬,相敬则能久。

致饰然后亨则尽矣,故受之以《剥》。

> 饰极则文胜而实衰,故剥。

剥者,剥也。物不可以终尽,剥穷上反下,故受之以《复》。复则不妄矣,故受之以《无妄》。有无妄然后可畜,

> "有无妄"者,不能必之,以皆无妄之辞也。

故受之以《大畜》。物畜然后可养,故受之以《颐》。颐者,养也。不养则不可动,故受之以《大过》。

> 养而不用,其极必动,动而不已,其极必过。

物不可以终过,故受之以《坎》。坎者,陷也。陷必有所丽,故受之以《离》。离者,丽也。有天地然后有万物,有万物然后有男女,有男女然后有夫妇,有夫妇然后有父子,有父子然后有君臣,有君臣然后有上下,有上下然后礼义有所错。夫妇之道,不可以不久也,故受之以《恒》。

> 夫妇者,《咸》与《恒》也;则男女者,《坎》与《离》也。"有男女然后
> 有夫妇",明《咸》《恒》之所以次《坎》《离》也。六子皆男女,而独
> 取于《坎》《离》,何也?《艮》《兑》为少,非少无以相感。《震》《巽》

为长,非长无以能久。是故少者为《咸》,长者为《恒》,而以其中者为男女之正。

恒者,久也。物不可以久居其所,故受之以《遁》。遁者,退也。物不可以终遁,故受之以《大壮》。物不可以终壮,故受之以《晋》。

晋,以柔进也。

晋者,进也。进必有所伤,故受之以《明夷》。夷者,伤也。伤于外者,必反其家,故受之以《家人》。

人穷则反本,疾痛则呼父母,故伤则反于家。

家道穷必乖,故受之以《睽》。睽者,乖也。乖必有难,故受之以《蹇》。蹇者,难也。物不可以终难,故受之以《解》。解者,缓也。缓必有所失,故受之以《损》。损而不已必益,故受之以《益》。益而不已必决,故受之以《夬》。夬者,决也。决必有所遇,故受之以《姤》。

施决于壅己者,故有所遇也。

姤者,遇也。物相遇而后聚,故受之以《萃》。萃者,聚也。聚而上者谓之升,故受之以《升》。

聚而无主则乱,故必有相推而上之者。

升而不已必困,故受之以《困》。困乎上者必反下,故受之以《井》。井道不可不革,故受之以《革》。

不革则秽。

革物者莫若鼎,故受之以《鼎》。主器者莫若长子,故受之以《震》。震者,动也。物不可以终动,止之,故受之以《艮》。艮者,止也。物不可以终止,故受之以《渐》。渐者,进也。进必有所归,故受之以《归妹》。

"渐",女归吉也。

得其所归者必大,故受之以《丰》。丰者,大也。穷大者必失其居,故受之以《旅》。旅而无所容,故受之以《巽》。巽者,入也。入而后说之,故受之以《兑》。兑者,说也。说而后散之,故受之以《涣》。涣者,离也。物不可以终离,故受之以《节》。节而信之,故受之以《中孚》。有其信者必行之,故受之以《小过》。

> 君子之信也,物信之而己不有,故时行时止,未尝必也。有其信而必行之,则过矣。

有过物者必济,故受之以《既济》。

> 权以济物,有时而过也。

物不可穷也,故受之以《未济》终焉。

> 未济,所以为无穷也。以《杂卦》观之,六十四卦皆两两相从,非覆则变也。变者八:《乾》《坤》也,《颐》《大过》也,《坎》《离》也,《中孚》《小过》也。覆变具者八:《泰》《否》也,《随》《蛊》也,《渐》《归妹》也,《既济》《未济》也。其余四十八皆覆也。卦本以覆相从,不得已而从变也。何为其不得已也?变者八,皆不可覆者也。《杂卦》皆相反,《序卦》皆相因,此理也而有二。变者八,覆变具者八,覆者四十八,此数也而有三。然则六十四卦之叙果何义也?曰理二,曰数三,五者无不可,此其所以为易也。步历而历协,吹律而律应,考之人事而人事契,循乎天理而行,无往而不相值也。且非独此五者而已,将世之所有,莫不咸在。是故从孔子之言,则既有二说矣。曰:"物不可终过,故受之以《坎》。坎者,陷也。陷必有所丽,故受之以《离》。"又曰:"有男女然后有夫妇。"方其为男女,则所谓"陷"与"丽"者不取也。自是以往,吾岂敢一之哉?

杂卦传

《乾》刚《坤》柔,《比》乐《师》忧;

> 有亲则"乐",动众则"忧"。

《临》《观》之义,或与或求。

> 以我临物,故曰"与"。物来观我,故曰"求"。

《屯》见而不失其居,

> "君子以经纶",故曰"见"。"盘桓利居贞",故曰"不失其居"。

《蒙》杂而著。

> "蒙以养正",蒙正未分,故曰"杂"。童蒙求我,我求人以自明,故曰"著"。杂则不见,著则不居。

《震》,起也;《艮》,止也;《损》《益》,盛衰之始也。《大畜》,时也;《无妄》,灾也。

> 以艮畜乾而可者,时也。以乾行震而不可者,灾也。六三"行人得牛,邑人之灾",又曰"无妄之药,不可试也"。

《萃》聚而《升》不来也,

> 《易》以上为"往",下为"来"。"泽上于地,萃",聚于下也。"地中生木,升",升于上也。

《谦》轻而《豫》怠也。

> 轻者锐于有为,怠者安于无事。折节以下人,必锐于有为者也。知乐而不忧,必安于无事者也。

《噬嗑》,食也;《贲》,无色也。

> 《噬嗑》自二至五,皆以相噬为事,躁于食者也。《贲》自初至四,皆贲而不受污,安于无色者也。

《兑》见而《巽》伏也。

柔在外则见，在内则伏。

《随》无故也，《蛊》则饬也。

　　《随》以随时为安，故其《象》曰"君子以向晦入宴息"。《蛊》以偷安

　　为危，故其《象》曰"君子以振民育德"。故，事也。饬，修也。

《剥》，烂也；《复》，反也。

　　"烂"者，非一日之故，而不可反者也。

《晋》，昼也；《明夷》，诛也。

　　"昼日三接"，故曰"昼"；"得其大首"，故曰"诛"。

《井》通而《困》相遇也。

　　《井》居其所而人即之，《困》欲行而遇刚掩也。

《咸》，速也；《恒》，久也。《涣》，离也；《节》，止也。《解》，缓也；《蹇》，
难也。《睽》，外也；《家人》，内也。《否》《泰》反其类也。《大壮》则
止，《遁》则退也。

　　《大壮》小人止，而《遁》则君子退。

《大有》，众也；《同人》，亲也。

　　"亲"则于众有所择也。

《革》，去故也；《鼎》，取新也；《小过》，过也；《中孚》，信也。

　　阴在外，据用事之地，故为《小过》；阴在内，不据用事之地，故为

　　《中孚》。

《丰》，多故也；亲寡《旅》也。

　　《丰》以盛大而多忧。《旅》以寡弱而相亲。

《离》上而《坎》下也。《小畜》，寡也；《履》，不处也。

　　《小畜》之卦不雨，其爻雨。《履》之卦不咥人，其爻咥人。皆以一阴

　　而遇五阳，故曰"寡"。六四居阴，而六三居阳，有为君之志，故曰

　　"不处"。

《需》，不进也；《讼》，不亲也。

　　天水相迫，故"不进"。相违，故"不亲"。

《大过》，颠也；《姤》，遇也，柔遇刚也。《渐》，女归待男行也。《颐》，养正也，《既济》，定也。《归妹》，女之终也，《未济》，男之穷也。《夬》，决也，刚决柔也；君子道长，小人道忧也。

　　《杂卦》自《乾》《坤》以至《需》《讼》，皆以两两相从，而明相反之义。自《大过》以下，则非相从之次，盖传者失之也。凡八卦，今改正之曰："《颐》养正也，《大过》颠也。《姤》遇也，柔遇刚也；《夬》决也，刚决柔也，君子道长，小人道忧也。《渐》女归待男行也，《归妹》女之终也。《既济》定也，《未济》男之穷也。"其说曰：初、上者，本末之地也，以阳居之则正，以阴居之则颠，故曰"《颐》养正也，《大过》颠也"。艮下巽上为《渐》，男下女，非其正也，故曰"《渐》女归待男行也"。兑下震上为《归妹》，男女之正也，当以是终，故曰"《归妹》女之终也"。离下坎上为《既济》，男女之正也，故曰"《既济》定也"。坎下离上为《未济》，男失其位，穷之道也，故曰"《未济》男之穷也"。如此而相从之次，相反之义，焕然若合符节矣。

东坡书传

东坡书传叙录

　　苏东坡兄弟青年时期即对《尚书》有深入研究,《栾城应诏集·进论五首》,分别对《礼》《易》《书》《诗》《春秋》五经进行了论述。五论又作为苏东坡文收入《三苏文粹》之中,只在顺序上不同,以《易》《书》《诗》《礼》《春秋》排列(今见《苏轼文集》卷二,中华书局版,孔繁礼点校。下引此书只注卷次)。之后随着学力增益,苏东坡又对《尚书》中一些重要议题撰有专论,如"乃言厎可绩""聖谟说珍行"(俱《舜典》)、"视远惟明,听德惟聪""始终惟一,时乃日新"(俱《太甲上》)、"王省惟岁"(《洪范》)、"作周恭先,作周孚先"(《洛诰》)、"惟圣罔念作狂,惟狂克念作圣"(《多方》)、"庶言同则绎"(《君陈》)、"唐虞稽古建官惟百,夏商倍,亦克用乂"(《周官》)、"道有升降,政由俗革"(《毕命》)等(卷六),分别反映了他的《书》学思想。这些个案研究成为苏东坡后来撰写《东坡书传》的重要支点。

　　在经学领域,苏东坡撰有三部学术著作:《易传》《书传》《论语说》。苏东坡著此三书,历时数十年,耗费半生心血。大致说来,即经始于黄州,重订于惠州,最后完成于海南。苏东坡初贬黄州,《与滕达道书》(卷五一)说:"某闲废无所用心,专治经书,一二年间,欲了却《论语》《书》《易》。……虽拙学,然自谓颇正古今之误,粗有益于世,瞑目无憾也。"说明他贬官黄州时已下定决心钻研儒家经典,计划撰《论语》《尚书》《周易》三部经解。从其《黄州上文潞公书》(卷四八)和苏辙《亡兄子瞻端明墓志铭》(《栾城后集》卷二二)看,苏东坡在黄州只完成了《易传》和《论语说》两部,《书传》却未成书。

后来苏东坡贬官岭南,继而再迁海南,又"草得《书传》十三卷"(卷五六《与郑靖老书》)。他在儋州著书很辛勤,又缺少书籍,为了著书不得不向人借书。随侍左右的儿子苏过有《借书》诗:"海南寡书籍,蠹简仅编缀。《诗》亡不见《雅》,《易》脱空余《系》。借书如假田,主以岁月计。"(舒大刚等《斜川集校注》卷二,巴蜀书社版)正是苏东坡在海南借书做学问的真实写照。苏东坡在《与李端叔(三)》(卷六六):"所喜者,海南了得《易》《书》《论语》传数十卷。"元符三年《题所作〈书〉〈易传〉〈论语说〉》(卷六六)说:"吾作《易》《书传》《论语说》,亦粗备矣。呜呼,又何以多为?"都表明其三经解的最终完成,是在海南时期。

建中靖国元年(1101年),苏东坡渡海北归,"自海康适合浦,遭连日大雨,桥梁尽坏,水无津涯。……所撰《书》《易》《论语》皆以自随,而世未有别本。抚之而叹曰:'天未丧斯文,吾辈必济!'已而果然"(卷七一《记合浦舟行》)。其后辗转北归,至常州竟一病不起。临死前,苏东坡把三经解托付好友钱济明,说:"某前在海外,了得《易》《书》《论语》三书,今尽以付子。愿勿以示人,三十年后,会有知者。"(何薳《春渚纪闻》卷六)直至生命结束,苏东坡都还在为三部经解谋求妥善的出路,但当时却一直没有刻本问世。

苏东坡对自己这三部著作很是珍视,在《答苏伯固书》(卷五七)中说:"抚视《易》《书》《论语》三书,即觉此生不虚过,如来书所谕,其他何足道!"苏伯固"来书所谕"不外文章、功名,苏东坡皆认为"何足道",唯有三部经解使他觉得"此生不虚过"。苏辙

《亡兄子瞻端明墓志铭》也说："最后居南海，作《书传》，推明上古之绝学，多先儒所未达。既成三书，抚之叹曰：'今世要未能信，后有君子，当知我矣。'"

《东坡书传》的卷数，晁公武《郡斋读书志》卷一著录："《东坡书传》十三卷。"《宋史·艺文志》同。但是，后来传本多作二十卷。万历《两苏经解》本、明末朱墨套印本都是这样。诸家著录也多作二十卷。据苏东坡《与郑靖老（三）》（卷六六）："草得《书传》十三卷，甚赖公两借书籍检阅也。"则十三卷乃是原书面貌。《四库全书总目》该书提要说："是书《宋志》作十三卷，与今本同。《万卷堂书目》作二十卷，疑其传写之误也。"此说实误，不仅今传明清刻本都作二十卷，就是《四库全书》所收录的抄本也是二十卷。馆臣撰《四库》本《东坡书传提要》时，仍称"《书传》二十卷，宋苏轼撰"。至纪晓岚删定《总目》时，乃凭据《宋志》十三卷之说，来否定二十卷本的存在。实是失于检点，不足为据。胡玉缙《四库提要补正》已指出《总目》之误："陆氏、丁氏《藏书志》并有明刊本二十卷，瞿氏《目录》有焦竑刻《两苏经解》六十二卷，其中《书传》亦二十卷，《秘籍志》同。"张海鹏在《东坡书传》跋中说："《东坡先生书传》，《宋志》作十三卷，《四库全书》所录亦十三卷，此本作二十卷，与《万卷堂书目》合，不知分自何人，……则此二十卷，似非传写之误。"张氏据当时所通行的二十卷本纠正《总目》的错误，是对的；但又说"《四库全书》所录亦十三卷"，却是错的，原因也是他未曾检翻《四库全书》正文所致。经张海鹏考察，"书之首尾既全"，认为"卷帙之分合，于说经要旨无关耳"（《学津讨原》本《东坡书传》跋尾）。《郑堂读书记·补逸》所见也是二十卷，卷三载："《东坡书传》二十卷，宋苏轼撰。《四库全书》著录，作十三卷，按

《宋志》及晁、陈书目本作十三卷,《学津讨源》所收与此本同,张若云跋称《万卷堂书目》作二十卷,与此本合,不知何时所分。"周中孚说"《四库全书》著录,作十三卷",其误与张海鹏同。由此可见,《东坡书传》撰成时本为十三卷,后来大概因卷帙过重,才分为二十卷了。

苏氏三部经解著作,在其有生之年"携以自随"和"尽以付"钱济明的都是抄本。宣和中,《东坡易传》在蜀中曾有刻本,《书传》《论语说》是否有刻本传世,已不可详考。今传《东坡书传》于《盘庚中》"兹予有乱政同位"一节下,引《春秋传》郑子产曰:"我先君威公与商人皆出自周。"子产语见《左传》昭公十六年,"威公"作"桓公"。又于《康王之诰》"惟周文、武,诞受羑若"一节下,传曰:"文王出羑里之囚,天命自是始顺。周公记之,谓之羑若。犹管仲、鲍叔愿齐桓公不忘在莒时也。"桓公,《经解》本、《凌》本、《四库》本作"威公"。两处"桓公"皆避讳改"威公"。明、清不避"桓"讳,唯宋人刻书避钦宗赵桓,改"桓"为"威",这与《古史》宋刻本"桓公"改"威公"是同一道理。苏东坡卒于徽宗建中靖国元年(1101年),赵桓即位于苏东坡卒后二十五年,苏东坡撰《书传》时不可能预避"桓"讳。那么,明、清相承避"桓"讳的版本,就有可能是宋人所刻了。南宋及元儒诸多《书》学著作,都大量称引苏氏《书传》内容,倘若没有刻本传世,是达不到如此普及程度的。

不过,根据明嘉靖年间胡直《书苏子瞻书传后》所述,似乎明初《书传》的刻本已难寻觅了:"昔唐荆川先生(顺之)语予曰:'曾见苏子瞻《书传》乎?'曰:'未也。''盍求之?'岁之甲子,予行部至眉,求诸乡大夫张中丞,得其写本读之。……乃归其本张公,而寓书其末云。"(《衡庐精舍藏稿》卷十八,明万历刻本)"甲子"即嘉靖四十三年（1564年）。此前，唐顺之要胡直求苏子瞻《书传》却未得，至甲子年胡"行部至眉州"，才在眉州"乡大夫张中丞"家寻到《书传》的"写本"。此后，万历丁酉（1597年）毕侍郎刻《两苏经解》，焦竑《东坡易传序》，说其时从"荆溪唐中丞得子瞻《易》《书》二解"，汇刻成《两苏经解》。《两苏经解》本是迄今可见《东坡书传》最早的刻本，其时上距胡直"行部至眉"已三十二年。如此看来，《东坡书传》似乎直至万历时始有刻本。焦氏从唐中丞家所得的"子瞻《易》《书》二解"，可能就是胡直从蜀中带回的副本。

今存《东坡书传》的重要版本，一是《两苏经解》本（下称"《经解》本"）。《经解》本的刊刻在时间上和主事者上，明以来目录记载有分歧。耿文光《万卷精华楼藏书记》著录《苏氏易传》有"明本，是本万历庚戌顾氏刊于豫章，焦竑序"（中华书局影印《清人书目题跋丛刊》本）。张海鹏在《学津讨原》本《苏氏易传》跋尾中说："按此本桐柏顾御史所刻，不知其名，而焦为之序，故亦称'焦本'云。"此称顾氏所刻，顾氏为桐柏人，刻书处在豫章。周中孚《郑堂读书记·补遗》卷一又说刻者是"毕侍御"："此本为明万历丁酉（二十五年）毕侍御合刊《两苏经解》本，焦弱侯（竑）序之。""顾本""毕本"者隋焦竑序。周中孚断定"称顾御史所刊旧本，疑误'毕'为'顾'也"，认为"顾"为"毕"之误。据该本焦氏《两苏经解序》称"丁酉，侍御毕公衷而刻之"，似乎以周说为是。但是山东图书馆编《易学书目》记此本为"明万历二十五年（1597）金陵毕氏刻本"（齐鲁书社1993年），知毕氏为金陵人，本与籍贯为桐柏的"顾氏"并非一人。两种《两苏经解》，一刻于万历丁酉（二十五年），一刻于万历庚戌（三十八年），刊刻时间相距十三年，二刻并非同时；又其刻者，一为顾姓，金陵人，一为毕姓，桐柏人,刻者并非一人。可见两本显然二刻,不能混为一谈。《两苏经解》本的《易传》和《书传》都有抽印零本行世。王重民《中国善本书提要》著录美国"国会"所藏"明万历间刻本"《东坡先生易传》九卷,即为"《两苏经解》零本";美国"国会"又藏有"明万历间刻本"《东坡先生书传》二十卷,有缪荃孙收藏印记,考《艺风堂藏书续记》,此本也是《两苏经解》本。《善本书室藏书志》卷一有"《东坡先生书传》二十卷,明刊本",《四库简明目录标注·续录》:"明万历(略)本,皆二十卷。"也许就是《两苏经解》本的单行本。《经解》本作为现存最早的刻本,是后来书坊借以翻刻的重要祖本。该本今藏于中国国家图书馆、北京大学图书馆等处。

　　二是"明朱墨套印本",题名《东坡书传》二十卷,凌濛初刻(下称"凌本")。眉端有凌濛初所辑杨用修、袁了凡、施承庵、沈则新、子渊(陈深)诸家评语。《中国古籍善本书目》有著录,称"明凌濛初刻朱墨套印本"。《四库简明目录标注》又著录《东坡书传》"闵刻朱墨本"。该朱墨本是闵刻,抑或是凌刻,具体不详。也许与《东坡易传》的情形相同。彭元瑞《天禄琳琅阁书目后编》卷十二载有"乌程闵齐伋所刻"朱墨本《东坡易传》,王重民《善本书提要》怀疑其"不知为凌刻,抑或为闵刻"。似乎《易》《书》两传的朱墨本都有是出自闵氏,还是凌氏的争论。不过凌氏刻序至今尚存,则其为凌刻无疑。该本所辑诸家评议,多系就经文大旨和蔡沈《书集传》而发,除二三则直接涉及《东坡书传》外,其余皆与东坡学术无关。颇疑诸家评语本是坊间刻蔡沈《书集传》时附上去的,凌氏刻《东坡书传》时又将诸评移置过来,因此常常有文不对题、不知所云的现象。也许是为便于举子研习时参考,也许是偷梁换柱,想用苏氏《书传》来取代蔡氏《集传》,皆未可知。

　　三是清《四库全书》抄本（下称"《四库》本"），二十卷。《总目》著录为"内府藏本"，据其文字异同、内容残缺等情况判断，当是依据《经解》本进行校录。

　　四是《学津讨源》本（即本次整理的底本，下称"原本"），该本亦二十卷。张海鹏该书跋语称，是依据凌氏朱墨套印本，"详校付梓"，其内容多寡也与凌本同。

　　此外，据《四库全书简明目录·续录》著录，尚有"清顺治刊本"二十卷。据《北京图书馆善本书目录》，《书传》还有名目繁多的明、清写本。凡此之类，兹不备列。

　　历考诸本，《经解》本诸篇大题皆在小题之下，尚存古式；《四库》本则校录精审。但二本内容都有脱落，尤其是《多士》一篇，脱误之处几不可读。凌本、《学津》本内容较为齐全，但《凌》本诸家批语无关《东坡书传》，是为累赘。张海鹏刊《学津讨原》时将其删去，实有见识。今谨依《学津讨原》本作底本，而以《经解》本、《四库》本、凌本详加校勘，综合众本，以求一正。不当之处，尚希识者指正。

东坡书传卷一

虞书

尧典第一

昔在帝尧,聪明文思,

　　聪者无所不闻,明者无所不见。文者,其法度也;思者,其智虑也。

光宅天下。

　　圣人之德如日月之光,贞一而无所不及也。

将逊于位,

　　逊,遁也。

让于虞舜,作《尧典》。

　　言常道也。

曰若稽古帝尧,曰放勋,钦明文思安安,

　　若,顺也。稽,考也。放,法也,有功而可法曰放勋。犹孔子曰:"巍巍乎,其有成功。"此论其德之辞也。自孟子、太史公,咸以"放勋""重华""文命"为尧、舜、禹之名。然有不可者。以类求之,则皋陶为名"允迪"乎?钦,敬也。或言其聪,或言其敬,初无异义。而学者因是以为说,则不胜异说矣。凡若此者,皆不取。"钦明文思",才之绝人者也。以绝人之才而安于无事,此德之盛也。夫惟天下之至仁,为能安其安。

允恭克让;光被四表,格于上下;

允,信也。克,能也。表,外也。格,至也。上下,天地也。恭有伪,让有不克,故以允克为贤。

克明俊德,以亲九族;

明,扬也。俊,杰也。尧之政,以举贤为首,亲亲为次。九族,高祖、玄孙之族也。

九族既睦,平章百姓;

平,和也。章,显用其贤者也。百姓,凡国之大族,民之望也。大族予之,民莫不予也。方是时,上世帝皇之子孙,其得姓者盖百余族而已,故曰百姓。

百姓昭明,协和万邦;黎民于变时雍。

协,合也。黎,众也。变,化也。雍,和也。

乃命羲和,钦若昊天,历象日月星辰,敬授人时。

昊,广大也。历者,其书也。象者,其器也,璿玑、玉衡之类是也。星,四方中星也。辰,日月所会也。或曰:星,五星;辰,三辰,心、伐、北辰也。重黎之后,羲氏、和氏世掌天地四时之官,故尧以是命之。

分命羲仲,宅嵎夷,曰旸谷。

《禹贡》:嵎夷在青州。又曰旸谷,则其地近日而先明,当在东方海上。以此推之,则昧谷当在西极,朔方、幽都当在幽州,而南交为交趾明矣。春曰宅嵎夷,夏曰宅南交,冬曰宅朔方,而秋独曰宅西。徐广曰:"西,今天水之西县也。"羲、和之任亦重矣。尧都于冀州,而其所重任之臣乃在四极万里之外,理或不然。当是致日景以定分、至,然后历可起也。故使往验于四极,非常宅也。

寅宾出日,平秩东作。

寅,敬也。宾,导也。秩,次序也。东作,春作也。西成,秋成也。春夏欲民早起,故先日出而作,是谓"寅宾出日"。秋冬寒,不能早起,故令民候日入而息,是谓"寅饯纳日"。二叔不言饯者,因仲之辞。

日中星鸟,以殷仲春。

> 日中者,昼夜平也。二分皆昼夜平,而春言日中,秋言宵中者,互相
> 备也。春分,朱鸟七宿,昏见于南方。夏至则青龙,秋分则玄武,冬
> 至则白虎。而夏、秋、冬独举一宿者,举其中也。殷,当也,《书》曰:
> "九江孔殷。"

厥民析,

> 冬寒无事,民入室处。春事既起,丁壮就田,其民老壮分析。见
> 《汉志》。

鸟兽孳尾。

> 乳化曰孳,交接曰尾。

申命羲叔,

> 申,重也。

宅南交。平秩南讹,敬致。

> 讹,化也。叙南方化育之事,以敬致其功。

日永星火,以正仲夏。

> 永,长也。火,心也。

厥民因,

> 老弱毕作,因就在田之丁壮也。

鸟兽希革。

> 其羽毛希少而革易也。

分命和仲,宅西,曰昧谷。寅饯纳日,

> 饯,送也。

平秩西成。宵中星虚,以殷仲秋。厥民夷,

> 夷,平也。农事至秋稍缓,可以渐休,故曰夷。

鸟兽毛毨。

> 毨，理也，毛更生整理。

申命和叔，宅朔方，曰幽都。平在朔易，

> 在，察也。朔易，岁于此改易也。礼，十二月，天子与公卿大夫共饬
> 国典。论时令，以待来岁之宜。

日短星昂，以正仲冬。厥民隩，

> 隩，室也，民老幼皆入室。

鸟兽氄毛。

> 氄，软厚也。

帝曰：咨汝羲暨和，期三百有六旬有六日，以闰月定四时成岁。

> 暨，与也。周，四时曰期，期当三百六十五日四分日之一，而云六日，
> 举其全也。岁止得三百五十四日，故以闰月定而正之。有，读为
> "又"，古"有""又"通。

允厘百工，庶绩咸熙。

> 厘，理。工，官也。绩，功也。熙，光明也。

帝曰：畴咨！若时登庸。

> 畴，谁也。咨，嗟也。时，是也。犹曰：时乎嗟哉，能顺是者，我登进
> 而用之。

放齐曰：胤子朱启明。帝曰：吁，嚚讼，可乎？

> 放齐，臣名。胤，国。子，爵。朱，名。《书》有胤侯。吁，疑怪之辞
> 也。口不道忠信之言为嚚。或曰：太史公曰：嗣子丹朱开明。

帝曰：畴咨！若予采。

> 采，事也。

驩兜曰：都！共工方鸠僝功。

> 驩兜，臣名。都、於，叹美之辞也。共工，其先为是官者，因以氏也。

方,类也;鸠,聚也;傶,布也。言共工能类聚而布其功也。

帝曰:吁! 静言庸违,象恭滔天。

静则能言,用则违之。貌象恭敬,而实灭其天理。滔,灭也。

帝曰:咨,四岳。

孔安国以四岳为羲和四子,而太史公以羲和为司马之先,以四岳为齐太公之祖,则四岳非羲和也。当以史为正。

汤汤洪水方割,荡荡怀山襄陵,浩浩滔天。

汤汤、荡荡、浩浩,皆水之状也。割,害也。怀,包也。襄,上也,水逆流曰襄。

下民其咨,有能俾乂。

俾,使也。乂,治也。

佥曰:於,鲧哉!

佥,皆也。鲧,崇伯之名。

帝曰:吁,咈哉! 方命圮族。

咈,戾也。方命,负命也。族,类也,圮族,败类也。

岳曰:异哉,试可乃已。

异,举也。时未有贤于鲧者,故岳曰举而试之,可以治水则已,无求其他。

帝曰:往,钦哉。九载,绩用弗成。

载,年也。九年三考,而功不成。

帝曰:咨,四岳:朕在位七十载。

尧年十六,以唐侯为天子,在位七十年,时年八十六。

汝能庸命,巽朕位。岳曰:否,德忝帝位。

巽,受也。否,不也。忝,辱也。

曰:明明扬侧陋。

明其高明者,扬其侧陋者,言不择贵贱也。

师锡帝曰:有鳏在下,曰虞舜。

> 师,众也。锡,予也。无妻曰鳏。举舜而言其鳏者,欲帝妻之也。帝知岳不足禅而禅之,岳知舜可禅而不举,何也?以天下予庶人,古无是道也,故必先自岳始。岳必不敢当也,岳不敢当而后及其余,曰吾不择贵贱也。而众乃敢举舜,理势然也。尧之知舜至矣,而天下不足以尽知之,故将授之天下,使其事发于众不发于尧,故舜受之也安。

帝曰:俞,予闻,如何?

> 俞,然也。曰:然,予亦闻之,其德果何如哉?

岳曰:瞽子,父顽,母嚚,象傲。克谐以孝,烝烝乂,不格奸。

> 瞽,舜父名也,其字瞍。心不则德义之经为顽。象,舜弟也。谐,和也。烝,进也。奸,乱也。舜能以孝和谐父母、昆弟,使进于德,不及于乱。而孟子、太史公皆言象日以杀舜为事,涂廪、浚井,仅脱于死。至欲室其二嫂,其为格奸也,甚矣!故凡言舜之事,不告而娶,避尧之子于南河之南,举皆齐东野人之语,而二子不察也。

帝曰:我其试哉!女于时,观厥刑于二女。厘降二女于妫汭,嫔于虞。帝曰:钦哉。

> 刑,法也。厘,理也。妫,水名也。妇敬曰嫔。虞,其族也。舜能以理下二女于妫水之阳,耕稼陶渔之地,使二女不独敬其亲,而通敬其族。舜之所谓诸难,无难于此者也,虽付之天下可也。尧以是信之矣,而人未足以信之,故更试之以五典、百揆、四门、大麓之事。

东坡书传卷二

舜典第二

虞舜侧微,尧闻之聪明,将使嗣位,历试诸难,作《舜典》。

曰若稽古帝舜,曰重华,协于帝。

> 重,袭也。华,文也,袭尧之文也。

濬哲文明,温恭允塞,

> 濬,深也。哲,智也。塞,实也。《书》曰"刚而塞",《诗》曰"秉心
> 塞渊"。

玄德升闻。

> 玄,幽也。

乃命以位。慎徽五典,五典克从;纳于百揆,百揆时叙;宾于四门,
四门穆穆;

> 徽,和也。五典,五教也,司徒之事也。揆,度也。《书》曰:"有能奋
> 庸,熙帝之载,使宅百揆,亮采惠畴,佥曰:伯禹作司空。"而《左氏
> 传》亦云:"使主后土,以揆百事。"则百揆,司空之事也。四门,四方
> 之门也。穆穆,美也。诸侯之来朝者,舜宾迎之,宗伯之事也。

纳于大麓,烈风雷雨弗迷。

> 旧说:麓,录也。舜大录万机之政,阴阳和,风雨时。自汉以来有是
> 说,故章帝始置太傅录尚书事;而晋以后,强臣将篡者为之,其源出
> 于此。考其所由,盖古文"麓"作"禁",故学者误以为"录"耳。或
> 曰:大麓,太山麓也。古者易姓告代,必因泰山,除地为墠,以告天

地,故谓之禅。其礼既不经见,而考《书》之文,则尧见舜为政三年,而五典从、百揆叙、四门穆、风雨不迷,而后告舜以禅位。而舜犹让不敢当也,而尧乃于未告舜禅之前,先往太山以易姓告代。岂事之实也哉?《书》云:"烈风雷雨弗迷。"是天有烈风雷雨,而舜弗迷也。今乃以为阴阳和、风雨时,逆其文矣。太史公曰:"尧使舜入山林川泽,暴风雷雨,舜行不迷。"此其实也。尧之所以试舜者,亦多方矣。洪水为患,使舜入山林,相视原隰,雷雨大至,众惧失常,而舜不迷,其度量有绝人者,而天地鬼神,亦或有以相之欤?且帝王之兴,其受命之祥,卓然见于《书》《诗》者多矣。《河图》《洛书》《玄鸟》《生民》之诗,岂可谓诬也哉!恨学者推之太详谶纬,而后之君子亦矫枉过正,举从而废之。以为王莽、公孙述之流沿此作乱,使汉不失德,莽、述何自而起? 而归罪三代受命之符,亦过矣。故夫君子之论,取其实而已矣。

帝曰:格,汝舜。询事考言,乃言底可绩。三载,汝陟帝位。

　　格,来也。询,谋也。底,致也。犹受命而往,返而致命也。陟,升也。舜之始见尧也,必有以论天下之事,其措置当尔,其成当如何,考三年而其言验,乃致其功。

舜让于德,弗嗣。

　　以德不能继为让。

正月上日,受终于文祖。

　　上日,上旬日也。太史公曰:文祖,尧之太祖也。不于其所祖,受尧之终,必于尧之祖庙。有事于祖庙,则余庙可知。

在璇玑玉衡,以齐七政。

　　在,察也。璇,美玉也。玑、衡,王者正天文之器,可运转者。七政,日月、五星也。

肆类于上帝,

> 肆,遂也。类,事类也,以事告,非常祀也。凡祀上帝,必及地示。何以知其然也? 以郊之有望知之。《春秋》书"不郊,犹三望",《传》曰:"望,郊之细也。"《书》曰:"庚戌,柴望,大告武成。"柴,祀天也。望,祀山川也。而礼成于一日,祀山川而不及地,此理之必不然者也。是以知祀天必及地也。《诗》曰:"昊天有成命。"郊祀天地也。汉以来学者考之不详,而世主或出其私意,五畤祭帝,汾阴祀后土,而王莽始合祭天地。世祖以来,或合或否,而唐明皇始下诏合祀。至于今者疑焉,以谓莽与明皇始变礼,而不知祀天之必及地,盖自舜以来见于经矣。

禋于六宗,望于山川,遍于群神。

> 精意以享曰禋。宗,尊也。六宗,尊神也。所祭不经见,诸儒各以意度之,皆可疑。惟晋张髦以为三昭三穆,学者多从其说。然以《书》考之,受终之初,既有事于文祖,其势必及余庙。岂有独祭文祖于齐七政之前,而别祭余庙于类上帝之后者乎? 以此推之,则齐七政之后,所祭皆天神,非人鬼矣。孔安国:六宗,四时也,寒暑也,日也,月也,星也,水旱也。其说自西汉有之,意其必有所传受,非臆度者。其神名坛位,皆不可以礼推,犹秦八神、汉太乙之类,岂区区曲学所能以私意损益者哉!《春秋》"不郊,犹三望",三望分野之星与国中山川,乃知古者郊祭天地,必及于天地之间所谓尊神者。鲁,诸侯也,故三望而已。则此禋于六宗、望于山川、遍于群神,盖与类上帝为一礼耳。又以《祭法》考之,其曰燔柴于泰坛,祭天也;瘗埋于泰圻,祭地也。则此所谓"类于上帝"者也。埋少牢于泰昭,祭时也;相近于坎坛,祭寒暑也。王宫,祭日也;夜明,祭月也;幽宗,祭星也;雩宗,祭水旱也。则此所谓"禋于六宗"也。四坎坛,祭四方也。山

林、川谷、丘陵,能出云为风雨,见怪物,皆曰神。有天下者祭百神,则此所谓"望于山川、遍于群神"也。《祭法》所叙,盖郊祀天地,从祀诸神之坛位,而《舜典》之章句义疏也。故星为幽宗,水旱为雩宗,合于所谓六宗者。但郑玄曲为异说,而改"宗"为"禋",不可信也。

辑五瑞,既月乃日,觐四岳群牧,班瑞于群后。

辑,敛也。班,还也。五瑞,五玉也。公执桓圭,侯执信圭,伯执躬圭,子执谷璧,男执蒲璧。既,尽也,正月之末尽也。盖齐七政、类上帝,无暇日见诸侯,既月无事,则四岳群牧可以日觐矣。古者朝觐贽玉,已事则还之,故始辑而终班。

岁二月,东巡狩,至于岱宗,柴。

巡狩者,巡行诸侯之所守也。岱宗,泰山也。柴,燔柴祭天,告至也。

望秩于山川,

东岳,诸侯境内名山大川,如其秩次望祭之。五岳,牲祀视三公,四渎视诸侯,其余视伯、子、男。

肆觐东后。

东方诸侯也。

协时月正日,同律度量衡。

合四时之气节、月之大小、日之甲乙,使齐一也。律,十二律也。

修五礼,五玉、三帛、二生、一死,贽。

五礼,吉、凶、军、宾、嘉也。五玉,五瑞也。三帛:孔安国曰:"诸侯世子执纁,公之孤执玄,附庸之君执黄。"二生:"卿执羔,大夫执雁。"一死:"士执雉。"执以见曰贽。

如五器,卒乃复。

五器,五玉也。帛,生,死则否。

五月,南巡守,至于南岳,如岱礼。

八月,西巡守,至于西岳,如初。

十有一月朔,巡守,至于北岳,如西礼。

　　南岳,衡山;西岳,华山;北岳,恒山。

归格于艺祖,用特。

　　艺祖,文祖也。特,一牛也。

五载一巡守,群后四朝。敷奏以言,明试以功,车服以庸。

　　敷,陈也。奏,进也。庸,用也。诸侯四朝,各使陈其言而试其功,则
　　赐以车服而用之。

肇十有二州,

　　肇,始也。禹治水之后,舜分冀州为幽州、并州,分青州为营州。

封十有二山,

　　封,封殖也。十二州之名山,皆禁采伐也。

浚川,象以典刑,

　　典刑,常刑也。杀人者死,伤人者刑,象其所犯。

流宥五刑,

　　五刑,墨、劓、剕、宫、辟也。作五流之法,以宥五刑之轻者。墨,薄刑
　　也,其宥乃至于流乎? 曰刑者终身不可复,而流者有时而释,不贤于
　　刑之乎?

鞭作官刑,

　　官刑,以治庶人在官慢于事,而未入于刑者。

扑作教刑,

　　扑,榎楚也,教学者所用也。

金作赎刑,

　　过误而入于刑与罪疑者,皆入金以赎。

眚灾肆赦,怙终贼刑。

《易》曰："无妄,行有眚。"眚亦灾也。眚灾者,犹曰不幸,非其罪也。肆,纵也。《春秋》"肆大眚"是也。怙,恃也。终,不改也。贼,害也。不幸而有罪,则纵舍之;恃恶不悛以害人,则刑之。

钦哉,钦哉,惟刑之恤哉。

恤,忧也。

流共工于幽洲,

幽洲,北裔。洲,水中可居者。

放骧兜于崇山,

崇山,南裔。

窜三苗于三危,

三苗,缙云氏之后,为诸侯。三危,西裔。

殛鲧于羽山,

羽山,东裔,在海中。殛,诛死也。流、放、窜,皆迁也。

四罪而天下咸服。

此四凶族也,其罪则莫得详矣。至于流且死,则非小罪矣。然尧不诛而待舜,古今以为疑,此皆世家巨室,其执政用事也久矣,非尧始举而用之,苟无大故,虽知其恶,势不可去。至舜为政,而四人者不利,乃始为恶于舜之世,如管、蔡之于周公也欤!

二十有八载,帝乃徂落,百姓如丧考妣。三载,四海遏密八音。

徂落,死也。考妣,父母也。遏,绝也。密,静也。尧年十六即位,七十载求禅,试三载,自正月上日至崩,二十八载,凡寿一百一十七岁。

月正元日,舜格于文祖。

月正,正月也。元日,朔日也。向告摄,今告即位。

询于四岳。辟四门,明四目,达四聪。

广视听于四方。

咨十有二牧,曰:食哉惟时。

> 十二州之牧,所重民食,惟是而已。

柔远能迩,惇德允元,而难任人,蛮夷率服。

> 能,读如"不相能"之"能"。柔怀远者,使与近者相能。惇,厚也。
> 元,善也。难,拒也。任人,佞人也。惇厚其德,信用善人,而拒佞
> 人,则蛮夷服。盖佞人必好功名,不务德而勤远略也。

舜曰:咨,四岳。有能奋庸,熙帝之载,使宅百揆,亮采惠畴。

> 奋,立也。庸,功也。熙,光也。载,事也。有能立功,光尧之事者,
> 当使宅百揆。其能信事而顺者,谁乎?

佥曰:伯禹作司空。帝曰:俞,咨禹,汝平水土,惟时。懋哉!

> 懋,勉也。

禹拜稽首,让于稷、契暨皋陶。

> 居稷官者,弃也。契、皋陶,二臣名。

帝曰:俞,汝往哉!

> 然其所推之贤,不许其让也。

帝曰:弃,黎民阻饥。

> 阻,险难也。

汝后稷,播时百谷。帝曰:契,百姓不亲,五品不逊。汝作司徒,敬
敷五教,在宽。

> 五教,父义、母慈、兄友、弟恭、子孝。以此教民,必宽而后可,亟则以
> 德为怨,否则相率为伪。

帝曰:皋陶,蛮夷猾夏,寇贼奸宄。

> 猾,乱也。夏,华夏也。乱在外曰奸,在内曰宄。

> 汝作士,五刑有服,五服三就;

> 士,理官也。服,从也。三就,《国语》所谓三次也。大者陈之原野,

小者致之市朝。

五流有宅,五宅三居,惟明克允。

三居,如今律五流,其详不可知矣。尧、舜以德礼治天下,虽有蛮夷寇贼,时犯其法,然未尝命将出师。时使皋陶作士,以五刑三就、五流三居之法治之足矣。兵既不用,度其军政必寓于农民。当时训农治民之官,如十二牧、司徒、司空之流,当兼领其事,是以不复立司马也。而或者因谓尧时士与司马为一官,误矣。夫以将帅之任而兼之于理官,无时而可也。尧独安能行之?

帝曰:畴若予工? 佥曰:垂哉! 帝曰:俞,咨,垂,汝共工。

　　垂,臣名。

垂拜稽首,让于殳斨暨伯与。

　　二臣名。

帝曰:俞,往哉,汝谐。

　　谐,宜也。

帝曰:畴若予上下草木鸟兽?

　　上,山也。下,泽也。

佥曰:益哉!

　　伯益也。

帝曰:俞,咨,益,汝作朕虞。

　　虞,掌山泽之官。

益拜稽首,让于朱虎、熊罴。

　　二臣名。

帝曰:俞,往哉,汝谐。帝曰:咨,四岳,有能典朕三礼? 佥曰:伯夷。

　　三礼,天、地、人礼。伯夷,臣名,姜姓。

帝曰:俞,咨,伯,汝作秩宗。

秩序宗庙之官。

夙夜惟寅,直哉惟清。

> 《书》曰:"伯夷降典,折民惟刑。"礼之所去,刑之所取,故古者礼官
> 兼折刑。"夙夜惟寅"者,为礼也。"直哉惟清"者,为刑也,惟直则
> 刑清。

伯拜稽首,让于夔、龙。

> 二臣名。

帝曰:俞,往钦哉! 帝曰:夔,命汝典乐,教胄子。直而温,宽而栗,
刚而无虐,简而无傲。

> 栗,庄栗也。教者必因其所长而辅其所不足。直者患不温,宽者患
> 不栗,刚者患虐,简者患傲。

诗言志,歌永言,声依永,律和声。

> 言之不足,故长言之,吟咏其言而乐生焉,是谓"歌永言"。声者,乐
> 声也;永者,人声也。乐声升降之节,视人声之所能,至则为中声,是
> 谓"声依永"。永则无节,无节则不中律,故以律为之节,是谓"律和
> 声"。孔子论玉之德曰:"叩之,其声清越以长,其终诎然,乐也。"夫
> 清越以长者,永也,其终诎然者,律也。夫乐固成于此二者欤!

八音克谐,无相夺伦,神人以和。夔曰:於,予击石拊石,百兽率舞。

> 此舜命九官之际也,无缘夔于此独称其功。此《益稷》之文也,简编
> 脱误,复见于此。

帝曰:龙朕聖谗说殄行,震惊朕师。命汝作纳言,夙夜出纳朕命,
惟允。

> 聖,疾也。殄,绝也。绝行,犹独行,行之不可继者也。惟谗说独行
> 为能动众。纳言之官,听下言纳于上,受上言宣于下,枢机之官,故
> 能为天下言行之帅。舜有不问而命,臣有不让而受者,皆随其实也。

帝曰:咨,汝二十有二人,

> 《书》曰"内有百揆、四岳",尧欲使巽朕位,则非四人明矣。二十二人者,盖十二牧、四岳、九官也。而旧说以为四人,盖每访四岳,必"佥曰"以答之。访者一而答者众,不害四岳之为一人也。

钦哉! 惟时亮天功。

> 亮,弼也。

三载考绩,三考黜陟幽明,庶绩咸熙。分北三苗。

> 苗之国,左洞庭,右彭蠡,南方之国也。而窜之西裔,必窜其君耳,其民未也。至此治功大成,而苗民犹不服,故分北之。

舜生三十,

> 为民者三十载。

征庸三十,

> 历试三载,摄位二十八载,通为三十。

在位五十载,陟方乃死。

> 尧崩,舜服丧三年,然后即位。盖年六十二矣。在位五十载而崩,寿百有一十二。说者以为舜巡守南方,死于苍梧之野。韩愈以为非,其说曰:"地倾东南,巡非陟也。'陟方'者,犹曰'升遐'尔,《书》曰'惟新陟王'是也。传《书》者以'乃死'为'陟方'之训,盖其章句。而后之学者误以为经文。"此说为得之。

帝厘下土方,设居方,别生分类,作《汨作》《九共》九篇、《槁饫》。

> 凡《逸书》,不可强通其训。或曰:《九共》,《九丘》也,古文"丘""共"相近也。其曰述《职方》以除《九丘》,非也。《九丘》逸矣,理或然欤?

东坡书传卷三

大禹谟第三

皋陶矢厥谟,禹成厥功,帝舜申之,作《大禹谟》《皋陶谟》《益稷》。

矢,陈也。申,推明之也。

曰若稽古大禹,曰文命,敷于四海,祗承于帝。

命,教也,以文教布于四海,而继尧、舜。以"文命"为禹名,则布于四海者,为何事耶?

曰:后克艰厥后,臣克艰厥臣,政乃乂,黎民敏德。

此禹之言也。君臣各艰畏,则非辟无自入。民利在为善而已,故敏于德。

帝曰:俞,允若兹嘉言,罔攸伏,野无遗贤,万邦咸宁。

君臣无所艰畏,则易事而简贤,贤者遁去,而善言不敢出矣。

稽于众,舍己从人,不虐无告,不废困穷,惟帝时克。

无告,天民之穷者也;困穷,士之不遇者也。帝,尧也。

益曰:都,帝德广运,乃圣乃神,乃武乃文。皇天眷命,奄有四海,为天下君。

都,美也。至道必简,至言必近。君臣相与艰畏,舍己而用众,礼鳏寡,达穷士,其为德若卑约。然此夸者之所小,而世俗之所谓无所至也。故舜特申之曰:是德也,惟尧能之,他人不能也。益又从而赞之曰:是德也,推而广之,则乃所以为圣神文武。而天之所以命尧为天子者,特以是耳。

禹曰:惠迪吉,从逆凶,惟影响。

　　惠,顺也。迪,道也。言吉凶之出于善恶,犹影响之生于形声。

益曰:吁,戒哉! 儆戒无虞。

　　虞,忧也。自其未有忧而戒之矣。

罔失法度,罔游于逸,罔淫于乐。任贤勿贰,去邪勿疑,

　　贰,不专任也。

疑谋勿成,百志惟熙。

　　人之为不善,虽小人不能无疑。凡疑则已,则天下无小人矣。人之
　　所以不能大相过者,皆好行其所疑也。疑谋勿成,则凡所志皆卓然
　　光明,无可愧者。

罔违道以干百姓之誉,罔咈百姓以从己之欲。

　　民至愚而不可欺,凡其所毁誉,天且以是为聪明,而况人君乎。违道
　　足以致民毁而已,安能求誉哉? 以是知尧、舜之间,所谓百姓者,皆
　　谓世家大族也。好行小慧,以求誉于此,固不足恤;以为不足恤,而
　　纵欲以戾之,亦殆矣。咈,戾也。

无怠无荒,四夷来王。

　　九州之外,世一见曰王。《国语》:日祭、月祀、时享、岁贡、终王。

禹曰:於,帝念哉! 德惟善政,政在养民。水、火、金、木、土、谷
惟修。

　　所谓六府。

正德、利用、厚生,惟和。

　　所谓三事也。《春秋传》曰:"民生厚而德正,用利而事节。""正德"
　　者,《管子》所谓"仓廪实而知礼节,衣食足而知荣辱"也。利用,利
　　器用也。厚生,时使薄敛也,使民之赖其生也者厚也。民薄其生,

则不难犯上矣。利用厚生，而后民德正。先言正德者，德不正，虽有粟，吾得而食诸？

九功惟叙，九叙惟歌。戒之用休，董之用威，劝之以九歌，俾勿坏。

> 先事而语曰戒。休，恩也。董，督也。太史公曰：沐浴膏泽，而歌咏勤苦，古之治民者，于其勤苦之事则歌之，使忘其劳。九功之歌，意其若《豳诗》也欤？

帝曰：俞，地平天成，六府三事，允治，万世永赖，时乃功。

> 水土治曰平，五行叙曰成。赖，利也。乃，汝也。

帝曰：格，汝禹，朕宅帝位三十有三载，耄期，倦于勤。

> 八十、九十曰耄，百年曰期颐。

汝惟不怠，总朕师。禹曰：朕德罔克，民不依。皋陶迈种德，德乃降，黎民怀之。帝念哉。念兹在兹，释兹在兹，名言兹在兹，允出兹在兹，惟帝念功。

> 迈，远也。降，下也。种德者，如农夫之种殖也，众人之种其德也近，朝种而莫获，则其报亦狭矣。皋陶之种其德也远，造次颠沛，未尝不在于德，而不求其报也。及其充溢而不已，则沛然下及于民，而民怀之。圣人之德必始于念，故曰"帝念哉"。念兹者固在兹矣，及其念之至也，则虽释而不念，亦未尝不在兹。其始也念仁而仁，念义而义；及其至也，不念而自仁、义也。是谓"念兹在兹，释兹在兹"。"名言"者，其辞命也。"允出"者，其情实也。孔子曰："名之必可言，言之必可行。"是之谓名言。名之以仁固仁矣，名之以义固义矣，是谓"名言兹在兹"。及其念之至也，不待名言而情实皆仁义也，是谓"允出兹在兹"。此帝念念不忘之功也，故曰"惟帝念功"。禹既以是推皋陶之德，因以是教帝也。曰"迈种德"者，其德不可以一二数也。念之而已，念之至者，念与不念，未尝不在德也。其外之辞命，

其中之情实,皆德也,而德不可胜用矣。孔子曰:"非礼勿视,非礼勿听,非礼勿言,非礼勿动。"一出于礼,而仁不可胜用矣。舜、禹、皋陶之微言,其传于孔子者盖如此。

帝曰:皋陶,惟兹臣庶,罔或干予正。

干,犯也。

汝作士,明于五刑,以弼五教,期于予治。刑期于无刑,民协于中,时乃功。懋哉!

期,至也。

皋陶曰:帝德罔愆,临下以简,御众以宽,罚弗及嗣,赏延于世。宥过无大,刑故无小;罪疑惟轻,功疑惟重。与其杀不辜,宁失不经。好生之德,洽于民心。兹用不犯于有司。

帝因禹之议皋陶,故推其功而勉之。皋陶忧天下后世,以刑为足以治也,故推明其所自,以为非帝之至德不能至也。

帝曰:俾予从欲以治,四方风动,惟乃之休。

帝之所欲,欲民仁而寿且富也。"风动"者,如风动物而物不病也。

帝曰:来,禹,降水儆予,成允成功,惟汝贤。

"降"当作"洚",孟子曰:"洚水者,洪水也。"天以洪水儆予,而禹平之,使声教信于四海。

克勤于邦,克俭于家,不自满假,惟汝贤。

假,大也。

汝惟不矜,天下莫与汝争能;汝惟不伐,天下莫与汝争功。予懋乃德嘉、乃丕绩,天之历数在尔躬,汝终陟元后。人心惟危,道心惟微,惟精惟一,允执厥中。

人心,众人之心也,喜怒哀乐之类是也。道心,本心也,能生喜怒哀乐者也。安危生于喜怒,治乱寄于哀乐,是心之发,有动天地、伤阴阳之和者,亦可谓危矣。至于本心,果安在哉! 为有耶? 为无耶? 有则生喜怒哀乐者,非本心矣;无则孰生喜怒哀乐者? 故夫本心,学者不可以力求而达者,可以自得也,可不谓微乎? 舜戒禹曰:吾将使汝从人心乎,则人心危而不可据;使汝从道心乎,则道心微而不可见。夫心岂有二哉? 不精故也,精则一矣。子思子曰:"喜怒哀乐之未发谓之中,发而皆中节谓之和。中也者,天下之大本也;和也者,天下之达道也。致中和,天地位焉,万物育焉。"夫喜怒哀乐之未发,是莫可名言者,子思名之曰"中",以为本心之表著。古之为道者,必识此心,养之有道,则卓然可见于至微之中矣。夫苟见此心,则喜怒哀乐无非道者,是之谓"和"。喜则为仁,怒则为义,哀则为礼,乐则为乐,无所往而不为盛德之事。其位天地、育万物,岂足怪哉! 若夫道心隐微,而人心为主,喜怒哀乐,各随其欲,其祸可胜言哉! 道心即人心也,人心即道心也。放之则二,精之则一,桀、纣非无道心也,放之而已。尧、舜非无人心也,精之而已。舜之所谓"道心"者,子思之所谓"中"也;舜之所谓"人心"者,子思之所谓"和"也。

无稽之言勿听,弗询之谋勿庸。可爱非君,可畏非民。众非元后何戴? 后非众罔与守邦,钦哉! 慎乃有位,敬修其可愿。

人之所愿,与圣人同,而不修其可以得所愿者,孟子所谓"恶湿而居下,恶醉而强酒"也。

四海困穷,天禄永终。

舜之授禹也,天下可谓治矣,而曰四海困穷者,托于不能,以让禹也。

惟口出好兴戎。朕言不再。

好,爵禄也。戎,兵刑也。吾言非苟而已,喜则为爵禄,怒则为兵刑。

其为授禹也决矣。

禹曰:枚卜功臣,

枚,历也。

惟吉之从。帝曰:禹,官占,惟先蔽志,昆命于元龟。

蔽,断也。昆,后也。使卜筮之官占是事,必先断志而后令龟。

朕志先定,询谋金同,鬼神其依,龟筮协从。

其者,意之之词也,以"龟筮协从"知之。

卜不习吉。

习,因也。卜已吉而更卜,为习吉。

禹拜稽首,固辞。帝曰:毋惟汝谐。正月朔旦,受命于神宗。

尧之所从受天下者曰文祖,舜之所从受天下者曰神宗。受天下于人,必告于其人之所从受者。《礼》曰:"有虞氏禘黄帝而郊喾,祖颛顼而宗尧。"则神宗为尧明矣。舜、禹之受天下于尧、舜也,及尧、舜之存,而受命于其祖宗矣。舜受命二十八年而尧崩,禹受命十七年而舜崩。既崩三年,然后退而避其子,是犹足信乎!

率百官,若帝之初。帝曰:咨,禹,惟时有苗弗率,汝徂征。

率,循也。徂,往也。

禹乃会群后,誓于师曰:济济有众,咸听朕命。蠢兹有苗,

蠢,动也。

昏迷不恭,侮慢自贤,反道败德,君子在野,小人在位,民弃不保。天降之咎,肆予以尔众士,奉辞伐罪。尔尚一乃心力,

尚,庶几也。

其克有勋。三旬,苗民逆命。益赞于禹曰:惟德动天,无远弗届。

届,至也。

满招损,谦受益,时乃天道。帝初于历山,往于田,日号泣于旻天、于父母,负罪引慝,祗载见瞽瞍,夔夔齐栗,瞽亦允若。

夔夔,敬惧貌也。

至诚感神，

> 以诚感物曰诚。

朔兹有苗。禹拜昌言，曰：俞。

> 昌言，盛德之言也。

班师振旅，

> 班，还也。入曰振旅。

帝乃诞敷文德，

> 诞，大也。

舞干羽于两阶。

> 干，盾也。羽，翳也。两阶，宾主之阶也。

七旬，有苗格。

> 世传《汲冢书》以尧、舜为幽囚野死，而伊尹为太甲所杀，或以为信
> 然；学者虽非之，而心疑其说。考之于《书》，禹既受命于神宗，出征
> 三苗而反，帝犹在位，修文德，舞干羽，以来有苗。此岂逼禅也哉！

皋陶谟第四

曰若稽古皋陶，曰：允迪厥德，谟明弼谐。

> 迪，蹈也。谟，谋也。弼，正也。谐，和也。言世所称皋陶之德，皋陶
> 信蹈而行之，非虚名也。其为人，谋也明，其正人之失也和，皆皋陶
> 之德也。《书》言"若稽古"者四，盖史之为此书也，曰"吾顺考古昔，
> 而得其为人之大凡如此"。在尧曰"放勋钦明，文思安安，允恭克
> 让，光被四表，格于上下"；在舜曰"重华协于帝，濬哲文明，温恭允
> 塞"；在禹曰"文命敷于四海，祗承于帝"；在皋陶曰"允迪厥德，谟明
> 弼谐"，皆有虞氏之世史官记其所闻之辞也。有虞氏之世，而谓舜、
> 皋陶为古可乎？曰：自今已上皆古也，何必异代？《春秋传》凡《虞

书》皆曰《夏书》,则此书作于夏氏之世,亦不可知也。

禹曰:俞,如何?

　　"允迪厥德,谟明弼谐"者,史之所述,非皋陶之言也。而禹曰"俞",
　　所然者谁乎? 此其间必有阙文者矣。皋陶有言,而禹然之,且问之,
　　简编脱坏而失之耳。

皋陶曰:都,慎厥身,修思永。

　　慎其身之所修者,思其久远之至者。《礼》曰:"君子过言则民作辞,
　　过动则民作则。"故言必虑其所终,行必稽其所敝。

惇叙九族,庶明励翼,迩可远在兹。

　　惇,厚也。叙,次也。庶明,众显者,谓近臣也。励,勉也。翼,辅也。
　　自修身以及九族、近臣,此迩可远之道也。

禹拜昌言,曰:俞。

　　盛德之言,故拜。

皋陶曰:都,在知人,在安民。禹曰:吁,咸若时,惟帝其难之。知人
则哲,能官人;安民则惠,黎民怀之。能哲而惠,何忧乎骓兜? 何迁
乎有苗? 何畏乎巧言令色孔壬?

　　孔,甚也。壬,佞也。

皋陶曰:都,亦行有九德,亦言其人有德,乃言曰,载采采。

　　人有可知之道,而无可知之法,如萧何之识韩信,此岂有法可学哉!
　　故圣人不敢言知人。轻用人而不疑,与疑人而不用,皆足以败国而
　　亡家,然卒无知人之法。以诸葛亮之贤,而短于知人,况其下者乎?
　　人主欲常有为,则事繁而民乱;欲常无为,则政荒而国削。自古及
　　今,兵强国治而民安者无有也。人之难安如此,此禹之所畏,尧、舜
　　之所病也。皋陶曰:然岂可以畏其难而不求其术乎? 盖亦尝试以九
　　德求之。亦行有九德者,以此自修也;亦言其人有德者,以此求人

也。论其人,则曰斯人也有某德;言其德,则曰是德也有某事某事。采者,事也。"载采采"者,历言之也。

禹曰:何? 皋陶曰:宽而栗,

栗,惧也。宽者患不戒惧。

柔而立,愿而恭,

愿,悫也。悫者或不恭。

乱而敬,

横流而济曰乱,故才过人可以济大难者曰乱,"乱臣十人"是也。才过人者,患在于夸傲。

扰而毅,

扰,驯也。

直而温,简而廉,

简易者,或无廉隅。

刚而塞,

塞,实也。刚者或色厉而内荏,故以实为贵。《易》曰:"刚健、笃实、辉光,日新其德。"

强而义。彰厥有常,吉哉!

德惟一,动罔不吉,故常于是德,然后为吉也。

日宣三德,夙夜浚明,有家。

宣,达也。浚,尽其才也。明,察其心也。言九德之中,得三人而宣达之,尽其才而察其心,则卿大夫之家可得而治也。

日严祇敬六德,亮采有邦。

得六人而严惮敬用之,信任以事,则诸侯之国可得而治也。

翕受敷施,九德咸事,俊乂在官,百僚师师,百工惟时。抚于五辰,庶绩其凝。

翕,合也。有治才曰乂。抚,循也。五辰,四时也。凝,成也。九德并至,文武更进,刚柔杂用,则以能合而受之为难;能合而受之矣,则以能行其言为难,故曰"翕受敷施,九德咸事",此天子之事也。古之知言者,忘言而取意,故言无不通;后之学士胶于言而责其必然,故多碍,多碍故多说。天子用九德,诸侯用六,大夫用三,言不得不尔,而其实未必然也。孔子曰:"天子有争臣七人,诸侯五人,大夫三人。"使诸侯而有争臣七人,可得谓之僭天子乎?故观《书》者,取其意而已。或曰:皋陶之九德,区区刚柔之迹耳,何足以与知人之哲乎?然则皋陶何为立此言也?曰:何独皋陶,舜命夔曰:"直而温,宽而栗,刚而无虐,简而无傲。"箕子教武王"正直""刚克""柔克","沉潜刚克,高明柔克"。虽三圣之所陈详略不同,然皆以长短相辅,刚柔相济,为不知人者立寡过之法也。其意曰:不知人者,以此观人,参其短长、刚柔而用之,可以无大失矣。譬如药之有方,聚众毒而治一病。君臣相使,畏恶相制,幸则愈疾,不幸亦不至杀人者。此岂为秦越人、华佗设乎?

无教逸欲有邦,兢兢业业,一日二日万几。

事无不待教而成,惟国君之逸欲,莫有以教之者而自能也。位不期骄,禄不期侈,故一日二日之间,而可致危亡者至于无数。几,危也。

无旷庶官,天工人其代之。

天有是事,则人有此官,官非其人,与无官同。是废天事也,而可乎?

天叙有典,敕我五典、五惇哉!

敕,正也。

天秩有礼,自我五礼、五庸哉!

秩,亦叙也。庸,常也。

同寅协恭，和衷哉！

　　寅，敬也。衷，诚也。

天命有德，五服五章哉！天讨有罪，五刑五用哉！政事懋哉！懋哉！

　　懋，勉也。父义、母慈、兄友、弟恭、子孝，皆出于民性之自然，孰为此叙者，非天乎？我特从而正之，使益厚耳。豺獭之敬，喁啾之悲，交际之欢，攘夺之怒，牝牡之好，此五礼之所从出也。孰为此秩者，非天乎？我特从而修之，使有常耳。此二者，道德之事，非君臣同其诚敬，莫能致也。五等车服，天所以命有德，而我章之；刑罚，天所以讨有罪，而我用之。此二者，政事也，勉之而已。

天聪明自我民聪明，天明畏自我民明威。达于上下，敬哉有土。

　　上帝付耳目于民者，以其众而无私也。民所喜怒，威福行焉。自天子达，不避贵贱，有土者可不敬哉！

皋陶曰：朕言惠，

　　惠，顺也。

可厎行。禹曰：俞。乃言厎可绩。皋陶曰：予未有知，思曰赞赞襄哉！

　　曰，当作日。

东坡书传卷四

益稷第五

帝曰:来,禹,汝亦昌言。禹拜曰:都,帝,予何言?予思日孜孜。

  "汝亦昌言"者,因皋陶之言以访禹也。皋陶曰"予未有知"者,犹曰吾不知其他也,思日夜赞襄而已。赞,进也。襄,上也,读如"怀山襄陵"之"襄"。皋陶之意曰:吾不知其他也,思日夜进益而已。知进而不知退,知上而不知下也。《易》曰:"天行健,君子以自强不息。"行健者,如登高,进而不知止,虽超太山可也。禹亦因皋陶之言而进之,曰:"予何言?""何言"者,亦犹皋陶之"未有知"也。又曰:"予思日孜孜。""思日孜孜"者,亦犹皋陶之"思日赞赞襄哉"也,其言皆相因之辞。予是以知"曰"之当为"日"也。伏生以《益稷》合于《皋陶谟》,有以也夫。

皋陶曰:吁,如何?禹曰:洪水滔天,浩浩怀山襄陵,下民昏垫。

  昏,瞀也。垫,陷也。

予乘四载,随山刊木,暨益奏庶鲜食。

  水行乘舟,陆行乘车,泥行乘輴,山行乘樏,秦、汉以来师传如此。且孔氏之旧也,故安国知之,非诸儒之臆说也。"四载"之解,杂出于《尸子》《慎子》,而最可信者太史公也。亦如六宗之说,自秦、汉以来尚矣,岂可以私意曲学镌凿附会为之哉!而或者以为鲧治水九载,兖州作"十有三载乃同",禹之代鲧,盖四载而成功也。世或喜其说,然详味本文"予乘四载,随山刊木",则是驾此四物,以行于山林川泽之间，非以四因九，通为十三载之辞也。按《书》之文，鲧九载绩用弗成，在尧未得舜之前，而殛鲧在舜登庸历试之后，鲧殛而后禹兴。则禹治水之年，不得与鲧之九载相接；兖州之功，安得通四与九为十三乎？禹之言曰："娶于涂山，辛壬癸甲。"是娶在治水之中。又曰："启呱呱而泣，予弗子，惟荒度土功"，是启生在水患未平之前也。禹服鲧三年之丧，自免丧而至于娶，而至于子，自有子至于止禹而泣，亦久矣，安得在四载之中乎？反覆考之，皆与《书》文乖异。《书》所云"作十有三载乃同"者，指兖州之事，非谓天下共作十三载也。近世学者，喜异而巧于凿。故详辩之，以解世之惑。

予决九川，距四海，

　　九州之名川也。

浚畎浍距川。

　　畎、遂、沟、洫、浍，皆通水之道，达于川者也。

暨稷播，奏庶艰食鲜食，懋迁有无化居。烝民乃粒，万邦作乂。

　　播，种也。奏，进也。鲜食，肉食也。禹之在山林也，与益同之。益，朕虞也，其鲜食，鸟兽也。其在川泽也，与弃同之。弃，后稷也，其鲜食，鱼鳖也。艰食者，草木根实之类，凡施力艰难而得者也。艰食鲜食，民粗无饥矣，乃勉之。迁易其有无，以变化其所居积，而农事作矣。

皋陶曰：俞，师汝昌言。

　　禹所谓孜孜者，其言至约而近也。故皋陶吁而问之，禹乃极言孜孜之功效。其所建立成就，巍巍如此，故皋陶曰："俞，师汝昌言。"夫以一言而济天下、利万世，可不师乎！

禹曰：都，帝慎乃在位。帝曰：俞。禹曰：安汝止，惟几惟康，其弼直，惟动丕应徯志。以昭受上帝，天其申命用休。帝曰：吁，臣哉邻哉！邻哉臣哉！禹曰:俞。

> 止,居也。安汝居者,自处于至静也。防患于微曰几,几则思虑周;无心于物曰康,康则视听审。思虑周而视听审,则辅汝者莫不尽其直也。反而求之,无意于防患,则思虑浅;有心于求物,则视听乱。思虑浅而视听乱,则辅汝者皆谄而已。士之志于用者众矣,待汝而作,故曰徯志。汝既能安居几康,而观利害之实,是惟无动,动则凡徯志者皆应矣。夫岂独人应之,天必与之。邻,近臣也。帝以其言切而道大,故叹曰"我独成此,非臣谁与共之？助我者四邻之臣,而助四邻者凡在朝之臣也"。故曰"臣哉邻哉,邻哉臣哉"。

帝曰:臣作朕股肱耳目,予欲左右有民,汝翼。

> 左右,助也。助我所有之民也,辅翼之也。

予欲宣力四方,汝为。

> 朝诸侯,服四夷,凡富国强兵之事也。

予欲观古人之象,日、月、星、辰、山、龙、华、虫,作会宗彝;藻、火、粉、米、黼、黻、絺、绣,以五采彰施于五色,作服,汝明。

> 日,日也。月,月也。星,五纬之星也。辰,心、伐、北辰,三辰也。山,山也。龙,龙也。华虫,雉也。日也,月也,星辰也,山也,龙也,华虫也,此六章者,画之于宗庙之彝樽,故曰"作会宗彝"也。藻,水草也。火,火也。粉,粉也。米,米也。黼,斧也。黻,两己也。藻也,火也,粉也,米也,黼也,黻也,此六章者,绣之于絺,以为裳。絺,葛之精者也,故曰"絺绣以五采彰,施于五色作服"者,通言十二章也。上六章绘而为衣,下六章绣而为裳,故曰"作服"也。自孔安国、郑玄、王肃之流,各传十二章纷然不齐,予独为此解与诸儒异者,以《虞书》之文为正也。

予欲闻六律、五声、八音,在治忽,以出纳五言,汝听。

在,察也。忽,不治也。声音与政通,故可以察治否也。五言者,诗

也,以讽咏之言寄之于五声,盖以声言也,故谓之五言。

予违,汝弼,汝无面从,退有后言,钦四邻。

帝感禹言,有臣邻之叹,故条四事以责其臣,而又戒之曰"钦四邻"。

庶顽谗说,若不在时,侯以明之,挞以记之,书用识哉! 欲并生哉!

工以纳言,时而扬之,格则承之庸之,否则威之。

《论语》曰:"有耻且格。"格,改过也。《春秋传》曰:"奉承齐牺。"古

者,谓奉牲币而荐之曰承。承,荐也。众顽谗说之人,不率是教者,

舜皆有以待之。夫化恶莫若进善,故择其可进者,以射侯之礼举之。

其不率教之甚者则挞之,其小者则书其罪以记之。欲其并居而知耻

也。此士之有罪而未可终弃者,故使乐工采其讴谣讽谏之言而扬

之,以观其心。其改过者,则荐之且用之,其不悛者,则威之,夏楚之

寄之之类是也。

禹曰:俞哉。

《春秋传》:太子欲杀浑良夫,公曰"诺哉诺哉"云者,口诺而心不然

也。禹之所以然者,曰"俞"而已。"俞哉"云者,亦有味其言矣。舜

举四事以责其臣,立射侯、书挞等法以待庶顽,皆治理也。而禹独有

味于斯言也者,盖其心有不可于此,以为身修而天下自服也。

帝,光天之下,至于海隅苍生,万邦黎献,

众贤也。

共惟帝臣。惟帝时举,敷纳以言,明试以功,车服以庸。谁敢不让,

敢不敬应? 帝不时,敷同日奏罔功。无若丹朱傲,惟慢游是好。傲

虐是作,罔昼夜额额。

顽狠之状。

罔水行舟,朋淫于家,用殄厥世。予创若时,娶于涂山,辛、壬、

癸、甲，

> 刱，惩也，惩丹朱之恶。辛日娶于涂山，甲日复往治水。

启呱呱而泣，予弗子，惟荒度土功。

> 启，禹子也。禹治水，过门不入，闻启泣而不暇子也，惟大度土工
> 而已。

弼成五服，至于五千，

> 五服，侯、甸、绥、要、荒也。服五百里，四方相距为方五千里。

州十有二师。

> 凡二千五百人。一州用三万人，九州二十七万人。

外薄四海，咸建五长，

> 五国立贤者一人为方伯，谓之五长。

各迪有功。苗顽弗即工，帝其念哉！

> 禹见帝忧谗邪之甚，故推广其意曰：帝之德光被天下，至于海滨草
> 木，而况此众贤乎。考其言，明其功，谁敢不从？帝不能如是布宣
> 其德，以同天下，使苗民逆命，日进而终无功者，岂其修己有未至也
> 哉！故戒之曰："无若丹朱傲。"而历数其恶曰：我惟以丹朱为戒，故
> 能平治水土，弼成五服。今天下定矣，而苗犹不即工者，帝不可以
> 求诸己也。故曰"帝其念哉"。此禹得之于益，班师而归谏舜之词
> 也。而说者乃谓禹劝舜当念三苗之罪而诛之，夫所谓"念哉"者，岂
> 诛有罪之言乎？

帝曰：迪朕德，时乃功惟叙。皋陶方祗厥叙，方施象刑惟明。夔曰：
戛击鸣球，搏拊琴瑟以咏。祖考来格。虞宾在位，群后德让。

> 此堂上乐也。戛击，柷敔也。鸣球，玉磬也。搏拊，以韦为之，实之
> 以糠，所以节乐。虞宾，丹朱也，二王后，故称"宾"。

下管鼗鼓，合止柷敔，笙镛以间。鸟兽跄跄，箫韶九成，凤凰来仪。

此堂下乐也。镛，大钟也。夔作乐，而鸟兽舞，凤凰仪，信乎？曰：何独夔也？乐工所以不能致气召物如古者，以不得中声故尔。乐不得中声者，器不当律也。器不当律，则与擿埴鼓盆无异，何名为乐乎？使律能当律，则致气召物，虽常人能之。盖见于古今之传多矣，而况于夔乎？夫能当一律，则众律皆得；众律皆得，则乐之变动，犹鬼神也。是以降天神，格人鬼，来鸟兽，皆无足疑者。不如此，何以使孔子忘味三月乎？丹朱之恶，几于桀、纣，"罔水行舟，朋淫于家"，非纣而何？今乃与群后济济相让，此其难化，盖甚于鸟兽也。

夔曰：於，予击石拊石，百兽率舞，庶尹允谐。

舜闻禹谏，则曰"道我德者，皆汝功也"。今苗民逆命，皋陶方祇厥叙而行法焉，故夔又进而谏曰：鬼神犹可以乐格，鸟兽犹可以乐致也，而况于人乎？此所谓"工执艺事以谏"者也。

帝庸作歌曰：敕天之命，惟时惟几。乃歌曰：股肱喜哉，元首起哉，百工熙哉！皋陶拜手稽首，扬言曰：念哉，率作兴事，慎乃宪，钦哉！屡省乃成，钦哉！乃赓载歌曰：元首明哉，股肱良哉，庶事康哉！又歌曰：元首丛脞哉，

丛脞，细碎也。

股肱惰哉，万事堕哉！帝拜曰：俞，往钦哉！

帝至此，纳禹之谏，乃作歌曰：天命不可常也，待祸福之至而虑之，则晚矣，当以时虑其微者。盖始从禹之谏而取益之言，有畏满思谦之意也。皋陶扬言曰念哉，申禹之谏也。曰凡所兴作，慎用刑，广禹之意也。虽成功，犹内自省，终益之戒也。帝之歌曰：股肱喜，则元首起而百工熙。皋陶反之曰：良康惰坏，皆元首之致也。呜呼，唐虞之际，于斯为盛。而学者不论，惜哉！

东坡书传卷五

夏书

禹贡第一

禹别九州,随山浚川,任土作贡。

不贡所无及所难得。

禹敷土,

敷、道、修、载、叙、乂,皆治也。

随山刊木,

山行多迷,刊木以表之,且以通道。《史记》云"山行表木"。

奠高山大川。

奠,定也。高山,五岳。大川,四渎。定其名秩,祀礼所视。

冀州。

尧时,河水为患最甚,江次之,淮次之。河行冀、兖为多,而青、徐其下流,被害亦甚。尧都于冀,故禹行自冀始。次于兖,次于青,次于徐。四州治而河患衰矣。雍、豫虽近河,以下流既治,可以少缓也。故次乎扬,次乎荆。以治江淮,江淮治而水患平。次于豫,次于梁,次于雍。以治江河上流之余患,而雍最高,故终焉。八州皆言自某及某为某州,而冀独否,盖以余州所至而知之。先赋后田,不言贡篚,皆与余州异。

既载壶口,治梁及岐。

壶口在河东屈县东南,梁山在左冯翊夏阳县西北,岐山在扶风美阳县西北,梁、岐二山在雍州,今于冀州言之者,岂当时河患上及梁、岐乎? 禹通砥柱则壶口平,而梁、岐自治,因河而言,非以二山为冀州之地也。

既修太原,至于岳阳。

太原,晋阳也。岳,太岳也,亦号霍太山,在彘县东。

覃怀底绩,至于衡、漳。

覃怀,河内怀县。漳水横流入河。衡,横也。浊漳水出长子县,东至邺入清漳。清漳水出上党沾县大黾谷,东北至渤海阜城县入河。

厥土惟白壤,

无块曰壤。

厥赋惟上上错,厥田惟中中。

赋,田所出谷米、兵车之类。《禹贡》田赋皆九等,此为第一,杂出第二之赋。冀州,畿内也,田中中而赋上上,理不应尔。必当时事有相补除者,岂以不贡而多赋耶? 然不可以臆说也。

恒、卫既从,大陆既作。

恒水出常山上曲阳县,东入滱水。卫水出常山灵寿县,东北入滹沱。

大陆在钜鹿县北,水已复故道,则大陆之地可耕作。

岛夷皮服。

东北海夷也。水患除,故服皮服。

夹右碣石,入于河。

碣石,海畔山,在北平骊城县西南。河自碣石山南、渤海之北入海。

夹,挟也,自海入河,逆流而西,右顾碣石,如在挟掖也。

济河惟兖州。

河、济之间相去不远,兖州之境,北距河,东南跨济,非止于济也。

九河既道,

河水自平原以北分为九道,其名据《尔雅》则徒骇也,太史也,马颊也,覆釜也,胡苏也,简也,洁也,钩盘也,鬲津也。汉成帝时,河堤都尉许商上书曰:"古记九河之名,有徒骇、胡苏、鬲津,今见在成平东光鬲县。自鬲津以北,至徒骇,其间相去二百余里。"以许商之言考之,徒骇最北,鬲津最南,盖徒骇是河之本道,东出分为八枝,徒骇在成平,胡苏在东光,鬲津在鬲县,其余不可复知也。然《尔雅》九河之次,自北而南,既知三河之处,则其余六者,太史、马颊、覆釜,当在东光之北、成平之南。简洁、钩盘,当在东光之南、鬲县之北也。其河堙塞,时有故道。《春秋纬·宝乾图》云:"移河为界,在齐吕,填阏八荒以自广。"故郑玄云齐桓公塞之。同为一河,今河间弓高以东至平原、鬲津,往往有其遗处,盖塞其八枝,并使归于徒骇也。

雷夏既泽,灉沮会同。

灉、沮二水,雷泽在济阴成阳县西北。《尔雅》曰:"水自河出为灉。"灉水东出于泗,则淮、泗可以达河者,以河灉之至于泗也。

桑土既蚕,是降丘宅土。厥土黑坟,

黑而坟起。

厥草惟繇,厥木惟条。

繇,茂也。条,长也。

厥田惟中下,厥赋贞。

贞,正也。赋当随田高下,此其正也。其不相当者,盖必有故。如向所云相补除者,非其正也。此州田中下,赋亦中下,皆第六。

作十有三载,乃同。

兖州河患最甚,故功后成,至于作十有三载。

厥贡漆、丝,厥篚织文。

币帛盛于筐,《书》曰"筐厥玄黄"。

浮于济漯达于河。

顺流曰浮,因水入水曰达。漯水出东郡东武阳县,至乐安千乘县入海。济水具下文。自漯入济,自济入河。

海岱惟青州。

西南至岱宗,东北跨海,至辽东。舜十二州,分青为营,营州即辽东也。汉末,公孙度据辽东,自号青州刺史。

嵎夷既略,潍、淄其道。

嵎夷,即《尧典》嵎夷也。略,用功少也。潍水出琅邪箕屋山,北至都昌县入海。淄水出太山莱芜县原山,东北至千乘博昌县入海。

厥土白坟,海滨广斥。

《说文》云:"东方谓之斥,西方谓之卤。"卤,咸地也。

厥田惟上下,厥赋中上。

田第三,赋第四。

厥贡盐、𫄨,

𫄨,细葛也。

海物惟错,

错,杂也,鱼虾之类。

岱畎、丝、枲、铅、松、怪石。

畎,谷也。枲,麻也。铅,锡也。怪石,石似玉者。贡此八物。

莱夷作牧,

《春秋》夹谷之会,莱人以兵劫鲁侯,孔子曰:"两君合好,而裔夷之俘,以兵乱之。"以是知古者东莱之有夷也。牧,刍牧也。《传》曰:牧隰皋井衍沃,盖海水患除,始刍牧也。

厥篚檿丝,

《尔雅》：檿桑，山桑，惟东莱出此丝，以织缯，坚韧异常，莱人谓之山
茧。莱夷作牧，而后有此，故书箧在作牧之后。

浮于汶，达于济。

汶水出太山莱芜县，西南入济。诸州之末，皆记入河水道，以尧都在
冀，而河行于冀也。虽不言河，济固达河也。

海岱及淮惟徐州。

东至海，北至岱，南及淮。

淮、沂其乂，蒙、羽其艺。

淮水出桐柏山，其原远矣。于此言之者，淮水至此而大，为害尤甚。
喜其治，故于此记之。沂水出太山盖县临乐子山，南至下邳入泗。
蒙山在太山蒙阴县西南，羽山在东海祝其县南。二水既治，则二山
可种。

大野既豬，东原底平。

大野泽在山阳钜野县北。东原，今东平郡也。水之停曰豬。

厥土赤埴坟，

土黏曰埴。

草木渐包。

进长曰渐，丛生曰包。

厥田惟上中，厥赋中中。

田第二，赋第五。

厥贡惟土五色，

王者封五色土为社，建诸侯，则以其方色土赐之。燾以黄土，苴以白
茅，使归其国立社。

羽畎夏翟，

夏翟，雉也，羽中旌旄。羽山之谷有之。

峄阳孤桐，

> 东海下邳县西有葛峄山，即此山也。其特生之桐，中琴瑟。

泗滨浮磬，

> 泗水依山，水中见石，若浮于水上，此石可为磬。

淮夷蠙珠暨鱼。

> 《诗》有淮夷，知古者淮有夷也。蠙，蚌属，出珠。惟淮夷有珠暨鱼，
> 如莱夷之有厥丝也。贡此六物。

厥篚玄纤缟。

> 玄，黑缯。缟，白缯。纤，细也。

浮于淮、泗，达于河。

> 自淮、泗入河，必道于汴。世谓隋炀帝始通汴入泗，禹时无此水道，
> 以疑《禹贡》之言，此特学者考之不详而已。谨按《前汉书》：项羽
> 与汉约中分天下，割鸿沟以西为汉，以东为楚。文颖注云："于荥阳
> 下引河东南，为鸿沟，以通宋、郑、陈、蔡、曹、卫，与济、汝、淮、泗会
> 于楚，即今官渡是也。"魏武与袁绍相持于官渡，乃楚、汉分裂之处。
> 盖自秦、汉以来有之，安知非禹迹耶？《禹贡》九州之末，皆记入河水
> 道，而淮、泗独不能入河，帝都所在，理不应尔。意其必开此道以通
> 之。其后或为鸿沟，或为官渡，或为汴。上下百余里间，不可必知，
> 然皆引河水而注之淮、泗也。故王濬伐吴，杜预与之书曰："足下既
> 摧其西藩，当径取秣陵，讨累世之逋寇，释吴人于涂炭。自江入淮，
> 逾于泗、汴，溯河而上，振旅还都，亦旷世一事也。"王濬舟师之盛，古
> 今绝伦，而自泗、汴溯河，可以班师，则汴水之大小，当不减于今。又
> 足以见秦、汉、魏、晋皆有此水道，非炀帝创开也。自唐以前，汴、泗
> 会于彭城之东北，然后东南入淮；近岁汴水直达于淮，不复入泗矣。
> 吴王夫差"辟沟通水"，与晋会于黄池，而江始有入吴之道，禹时则

无之。故《禹贡》曰:"沿于江海,达于淮、泗。"明非自海入淮,则江无通淮之道,今之末直云"浮于淮、泗达于河",不言自海,则鸿沟、官渡、汴水之类,自禹以来有之明矣。

淮海惟扬州。

北跨淮,南跨海。

彭蠡既豬,阳鸟攸居。

阳鸟,鸿雁之属也,去寒就暖,九月而南,正月而北。彭蠡,在彭泽西北,北方之南,南方之北也。故阳鸟多留于此。

三江既入,震泽底定。

三江之入,古今皆不明。予以所见考之,自豫章而下入于彭蠡,而东至海,为南江;自蜀岷山,至于九江彭蠡,以入于海,为中江;自嶓冢导漾,东流为汉,过三澨、大别,以入于江,东汇泽为彭蠡,以入于海,为北江。此三江,自彭蠡以上为二,自夏口以上为三。江、汉合于夏口,而与豫章之江皆汇于彭蠡,则三江为一。过秣陵、京口,以入于海,不复三矣。然《禹贡》犹有三江之名,曰北、曰中者,以味别也。盖此三水,性不相入,江虽合而水则异,故至于今而有三泠之说。古今称唐陆羽知水味,三泠相杂而不能欺,不可诬也。予又以《禹贡》之言考之,若合符节。禹之叙汉水也,曰:"嶓冢导漾,东流为汉;又东为沧浪之水,过三澨,至于大别,南入于江",至于"东汇泽为彭蠡,东为北江,入于海。"夫汉既已入江,且汇为彭蠡矣,安能复出为北江,以入于海乎? 知其以味别也。禹之叙江水也,曰:"岷山导江,东别为沱。又东至于澧,过九江,至于东陵东,迆北会于汇,东为中江,入于海。"夫江既已与汉合,且汇为彭蠡矣,安能自别为中江,以入于海乎? 知其以味别也。汉为北江,岷山之江为中江,则豫章之江为南江,不言而可知矣。禹以味别信乎? 曰:济水既入于河,而溢为荥，禹不以味别，则安知荥之为济也？尧水之未治也，东南皆海，岂复有吴越哉？及彭蠡既豬，三江入海，则吴越始有可宅之土。水之所钟，独震泽而已，故曰"三江既入，震泽底定"。孔安国以为自彭蠡江分为三，入震泽，为北入于海。疏矣！盖安国未尝南游，按经文以意度之，不知三江距震泽远甚，决无入理。而震泽之大小，决不足以受三江也。班固曰：南江从会稽阳羡东入海，北江从会稽毗陵县北东入海。会稽并阳羡，有此三江。然皆是东南枝流小水，自相派别而入海者，非《禹贡》所谓中江、北江自彭蠡出者也。徒见《禹贡》有南、北、中三江之名，而不悟一江三泠，合流而异味也，故杂取枝流小水，以应三江之数。如使此三者为三江，则是与今京口入海之江为四矣。京口之江，视此三者犹畎浍，禹独遗大而数小，何耶？

篠荡既敷，

篠，竹箭也。荡，大竹阔节曰荡。

厥草惟夭，厥木惟乔。

少长曰夭。乔，高也。

厥土惟涂泥，厥田惟下下，厥赋下上上错。

田第九，赋第七，杂出第六。

厥贡惟金三品，

金、银、铜。

瑶、琨、篠、荡，

瑶、琨，石似玉者。

齿、革、羽、毛，惟木。

齿，象齿。革，犀革之类。毛，旄牛尾之类。木，梗楠、豫章之类。贡此数物。

岛夷卉服，厥篚织贝。

南海岛夷,绩草木为服,如今吉贝、木绵之类。其纹烂斑如贝,故曰织贝。《诗》曰:"萋兮斐兮,成是贝锦。"

厥包橘柚,锡贡。

小曰橘,大曰柚。包,裹而致也。《禹贡》言锡者三,大龟不可常得,磬错不常用,而橘柚常贡,则劳民害物,如汉永平、唐天宝荔枝之害矣,故皆锡命乃贡。

沿于江海,达于淮、泗。

达泗,则达河矣。

荆及衡阳惟荆州。

旧有三条之说,北条荆山,在冯翊怀德县南;南条荆山,在南郡临沮县东北。自南条荆山至衡山之阳为荆州,自北条荆山至于河为豫州。

江、汉朝宗于海。

二水经此州入海,百川以海为宗。宗,尊也。

九江孔殷,

九江,在今庐江浔阳县南。《浔阳记》有九江名,一曰乌白江,二曰蚌江,三曰乌江,四曰嘉靡江,五曰畎江,六曰源江,七曰廪江,八曰提江,九曰箘江。殷,当也,得水所当行也。

沱、潜既道,

《尔雅》:水自江出为沱,自汉出为潜。南郡枝江县有沱水,尾入江。华容县有夏水,首出江,尾入沔。此荆州之沱、潜也。蜀郡郫县有沱江,及汉中安阳皆有沱水、潜水,尾入江、汉,此梁州之沱、潜也。孔安国云:"沱、潜发源梁州,入荆州。"孔颖达云:"虽于梁州合流,还于荆州分出,犹如济水入河,还从河出也。"以安国、颖达之言考之,则味别之说,古人盖知之久矣。梁州、荆州相去数千里,非以味别,安

　　知其合而复出耶?

云土梦作乂。

　　《春秋传》曰:"楚子与郑伯田于江南之梦。"又曰:"王寝于云中。"
　　则云与梦,二土名也。而云"云土梦"者,古语如此,犹曰"玄纤缟"
　　云尔。

厥土惟涂泥,厥田惟下中,厥赋上下。

　　田第八,赋第三。

厥贡羽毛齿革,惟金三品,杶榦栝柏。

　　杶,柘也,以为弓榦。柏叶松身曰栝。

砺砥砮丹,惟箘簬楛。

　　箘簬,美竹。楛,中矢榦。贡此十物。

三邦底贡厥名。

　　三邦,大国、次国、小国也。杶榦栝柏,砺砥砮丹,与箘簬楛,皆物之
　　重者。荆州去冀最远,而江无达河之道,难以必致重物,故使此州之
　　国,不以大小,但致贡其名数,而准其物易以轻资,致之京师。重劳
　　人也。

包匦菁茅。

　　匦,匣。菁茅,以供祭缩酒者。

厥篚玄纁、玑、组。

　　纁,绛也。三人为纁。玑,珠类。组,绶类。

九江纳锡大龟。

　　尽二寸曰大龟,宝龟也。不可常得,故锡命乃纳之。

浮于江、沱、潜、汉,逾于洛,至于南河。

　　江无达河之道,舍舟陆行,以达于河,故逾于洛,自洛则达河矣。河
　　行冀州之南,故曰南河。

荆河惟豫州。

> 自北条荆山至河甚近,当是跨荆而南,犹"济河惟兖州"也。

伊、洛、瀍、涧,既入于河。

> 伊水出弘农卢氏县东熊耳山,东北入洛。洛水出弘农上洛县冢领
> 山,东北至巩县入河。瀍水出河南谷城县潜亭北,东南入洛。涧水
> 入弘农新安县,东南入洛。三水入洛,洛入河。

荥波既豬,

> 沇水入河,溢为荥泽。尧时荥泽常波,而今始豬也。今荥阳在河南,
> 《春秋》卫、狄战于荥泽,当在河北。孔颖达谓此泽跨河而南北也。

导荷泽,被孟豬。

> 沇水东出于陶丘北,又东为菏泽,在济阴定陶县东。孟豬在梁国睢
> 阳县东北,水流溢,覆被之。

厥土惟壤,下土坟垆。

> 垆,疏也,或曰黑也。

厥田惟中上,厥赋错上中。

> 田第四,赋第二,杂出第一。

厥贡漆、枲、𫄨、纻,

> 贡此四物。

厥篚纤纩,

> 细绵也。

锡贡磬错。

> 治磬错也,以玉为磬,故以此石治之。

浮于洛,达于河。

华阳黑水惟梁州。

> 自华山之南,至黑水,皆梁州。

岷、嶓既艺,沱、潜既道。

> 岷山、嶓冢,皆山名也。沱水出于江,潜水出于汉,二水发源此州,而复出于荆州,故于荆州亦云。

蔡、蒙旅平,

> 蔡、蒙,二山。蒙山在蜀郡青衣县,今曰蒙顶。祭山曰旅,水患平始祭也。

和夷底绩。

> 和夷,西南夷名。

厥土青黎,

> 黎,黑也。

厥田惟下上,厥赋下中三错。

> 田第七,赋第八,杂出第七、第九。

厥贡璆、铁、银、镂、砮、磬,

> 璆,美玉也。镂,刚铁也,可以镂者。

熊、罴、狐、狸织皮。

> 以罽者曰织,以裘者曰皮。

西倾因桓是来,浮于潜,逾于沔。

> 西倾,山名,在陇西临洮县西南,桓水出焉。桓入潜,潜入河。汉始出为漾,东南流为沔,至汉中东行为汉。

入于渭,乱于河。

> 沔在梁州,山南;而渭在雍州,山北。沔无入渭之道,然按《前汉书》,武帝时,人有上书欲通褒斜道及漕,事下张汤问之,云:“褒水通沔,斜水通渭,皆可以漕。从南阳下沔入褒,褒绝水至斜间百余里,以车转从斜下渭。如此,汉中谷可致。”此则自沔入渭之道也。然褒斜之间绝水百余里,故曰“逾于沔”。盖禹时通谓“褒”为“沔”也。

黑水西河惟雍州。

> 西跨黑水，东至河，河在冀州西。

弱水既西，

> 众水皆东，此水独西。

泾属渭汭，

> 泾水入渭。属，连也。汭，水涯也。

漆、沮既从，

> 从，如少之从长。渭大而漆、沮小，故言从。

沣水攸同。

> 沣、渭相若，故言同。

荆、岐既旅，

> 荆，北条荆山也。

终南、惇物，至于鸟鼠。

> 三山名。武功县东有太一山，即终南山。有垂山，即惇物。

原隰厎绩，至于豬野。

> 《诗》云"度其隰原"，即此原隰也。幽地武威县东有休屠泽，即
> 豬野。

三危既宅，三苗丕叙。

> 《春秋传》曰："先王居梼杌于四裔。允姓之奸居于瓜州。"杜预云：
> "允姓之祖，与三苗俱放于三危。瓜州，今敦煌也。"

厥土惟黄壤，厥田惟上上，厥赋中下。

> 田第一，赋第六。

厥贡惟球琳、琅玕。

> 球琳，玉。琅玕，石而似球。贡此二物。

浮于积石，至于龙门西河，会于渭汭。

积石山，在金城河关县西南，河所经也。龙门山，在冯翊夏阳县北，
禹凿以通河也。渭水至长安东北入河，河始大。自渭汭而下，巨舟
重载，皆可以达冀州矣。

织皮昆仑、析支、渠搜，西戎即叙。

《禹贡》之所篚，皆在贡后立文。而青、徐、扬三州皆莱夷、淮夷、岛
夷所篚。此云"织皮、昆仑、析支、渠搜，西戎即叙"，大意与上三州
无异。盖言因西戎即叙，而后昆仑、析支、渠搜三国皆篚织皮，但古
语有颠倒详略尔。其文当在"厥贡惟球琳琅玕"之下。其"浮于积
石，至于龙门西河，会于渭汭"三句，当在"西戎即叙"之下，以记入
河水道，结雍州之末。简编脱误，不可不正也。

导岍及岐，至于荆山。

岍山，在扶风，即南岳也。荆山，北条荆山也。孔子叙《禹贡》曰"禹
别九州，随山浚川"，盖言此书，一篇而三致意也。既毕九州之事矣，
则所谓"随山"与"浚川"者。复申言之"随山"者，随其地脉而究
其终始也。何谓地脉？曰：地之有山，犹人之有脉也。有近而不相
连者，有远而相属者，虽江河不能绝也。自秦蒙恬始言地脉，而班
固、马融、王肃治《尚书》，皆有三条之说。郑玄则以为四列，古之达
者已知此矣。北条山，道起岍岐，而逾于河，以至太岳，东尽碣石，以
入于海。是河不能绝也。南条之山，自嶓冢、岷山，至于衡山，过九
江，至于敷浅原。是江不能绝也。皆禹之言卓然见于经者，非地脉
而何？自此以下，至敷浅原，皆随山之事也。

逾于河，壶口、雷首，至于太岳。

三山之名也。雷首，在河东蒲坂南；太岳者，霍太山也。

底柱、析城，至于王屋。

底柱，在陕东北。析城，在河东濩泽西南。王屋，在河东垣县东北。

太行、恒山，至于碣石，入于海。

> 太行山，在河内山阳县西北。恒山，在上曲阳县西北。

西倾、朱圉、鸟鼠，

> 西倾山，在陇西临洮县西南。朱圉山，在天水冀县南。鸟鼠同穴山，
> 在陇西首阳县西南。

至于太华。

> 太华，在京兆华阴南。

熊耳、外方、桐柏，至于陪尾。

> 熊耳山，在弘农卢氏县东。外方，嵩高山也，在颍川。桐柏，在南阳
> 平氏县东南。陪尾山，在江夏安陆县东北。

导嶓冢，至于荆山。

> 东条荆山。

内方，至于大别。

> 内方山，在江夏竟陵县东北。《春秋传》曰"吴、楚夹汉而陈，自小别
> 至于大别"，二别山皆在汉上。

岷山之阳，至于衡山。

> 岷山，在蜀郡湔氐西。衡山，在长沙湘南县东南。

过九江，至于敷浅原。

> 豫章历陵县南有博阳山，即敷浅原。

导弱水至于合黎，余波入于流沙。

> 合黎山，在张掖郡删丹县。弱水自此，西至酒泉合黎。张掖郡有居
> 延泽，在县东，即流沙也。自此以下，皆浚川之事也，所导者九。弱
> 水不能载物，入居延泽中不复见，此水之绝异者也。黑水、汉水与四
> 渎，皆特入海，渭、洛皆入河，达冀之道，故特记此九者，余不录也。

导黑水，至于三危，入于南海。

> 黑水得越河入南海者。河自积石以西皆多伏流,故黑水得越而南也。

导河积石,至于龙门。

> 施功发于积石。

南至于华阴,东至于底柱,又东至于孟津。

> 孟津,在河内河阳县南,都道所凑,古今以为津。

东过洛汭,至于大伾。

> 洛汭,洛入河处,在河南巩县东。大伾山,在黎阳,或曰成皋。

北过降水,至于大陆。

> 河至大伾而北。降水在信都。

又北播为九河,同为逆河,入于海。

> 播,分也。逆,迎也。既分为九,又合为一,以一迎八,而入于海,即渤海也。

嶓冢导漾,东流为汉。

> 嶓冢山,在梁州南。

又东为沧浪之水,

> 出荆州东南,流为沧浪之水,即渔父所歌者也。

过三澨,至于大别。

> 三澨水,在江夏竟陵。

南入于江,

> 触大别山而南。

东汇泽为彭蠡。

> 汇,回也。

东为北江,入于海。

岷山导江,东别为沱,

江东南流,沱东行。

又东至于澧,

澧水,在荆州。《楚词》云:"遗予佩兮澧浦。"

过九江,至于东陵,东迆北会于汇,

迆,迆逦也。汇,彭蠡也。

东为中江,入于海。

今金山以北,取中泠水,味既殊绝,称之轻重亦异。盖蜀江所为也。

导沇水,东流为济,入于河,泆为荥。

济水,出河东垣县王屋山,东南至河内武德县入河。并流而南,截河,又并流,溢出乃为荥泽也。

东出于陶丘北,

陶丘,在济阴定陶西南。

又东至于菏,又东北会于汶。

汶入济也。

又北东入于海。导淮自桐柏,

淮水,出胎簪山,东北过桐柏。胎簪盖桐柏之傍小山也。

东会于泗、沂,东入于海。

泗水,出济阴乘氏县,至临淮睢陵县入淮。沂水,先入泗,泗入淮也。

导渭自鸟鼠同穴,东会于沣,

沣入渭也。沣水,出扶风鄠县东南,北过上林苑入渭。

又东会于泾,

泾入渭也。泾水,出安定泾阳县西,东南至冯翊阳陵县入渭。

又东过漆沮,入于河。

沮水,出北地直路县,东入洛。郑渠,在太上皇陵东南,濯水入焉,俗谓之漆水,又谓之漆沮。其水东入洛。此言东会于沣,又东会于泾,又东过漆沮者,渭水自西而东之次也。雍州所云"泾属渭汭,漆、沮既从,沣水攸同"者,散言境内诸水,非西东之次也。《诗》云"自土沮、漆",乃豳地,非此漆沮。

导洛自熊耳,东北会于涧瀍,又东会于伊,又东北入于河。九州攸同,

书同文,车同轨。

四隩既宅。

隩,深也。四方深远者,皆可居。

九山刊旅,九川涤源,九泽既陂,四海会同,六府孔修。

水、火、金、木、土、谷。

庶土交正,厎慎财赋,咸则三壤,成赋中邦。

交,通也。正,平准也。庶土不通有无,则轻重偏矣,故交通而平准之。九州各则壤之高下,以制国用,为赋入之多少。中邦,诸夏也。贡篚有及于四夷者,而赋止于诸夏也。

赐土姓,

《春秋传》曰:"天子建国,因生以赐姓,胙之土而命之氏。"

祗台德先,不距朕行。

台,我也。我以德先之,则民敬而不违矣。

五百里甸服,

王畿千里,面五百里也。甸,田也,为天子治田。

百里赋纳总。

总,藁、穟并也。最近,故纳总。

二百里纳铚,

铚,刈也。刈其穗,不纳藁。

三百里纳秸服,

秸,藁也。以藁为藉荐之类,可服用者。

四百里粟,五百里米。

稍远,故所纳愈轻。

五百里侯服。

此五百里始有诸侯,故曰侯服。

百里采,

卿大夫之采也。

二百里男邦,

与百里采通为二百里也。男邦,小国也。

三百里诸侯,

自三百里以往,皆诸侯也。诸侯,大国、次国也,小国在内,依天子而

国;大国在外,以御侮也。

五百里绥服。

绥,安也。

三百里揆文教,二百里奋武卫,五百里要服。

总其大要,法不详也。

三百里夷,

杂夷俗也。

二百里蔡。

放有罪曰蔡。《春秋传》曰:"杀管叔而蔡蔡叔。"

五百里荒服。

其法荒略。

三百里蛮,二百里流。

罪大者流于此。

东渐于海,西被于流沙,朔南暨,声教讫于四海。禹锡玄圭,告厥

成功。

　　以五德王天下，所从来尚矣。黄帝以土，故曰黄；炎帝以火，故曰炎；禹以治水得天下，故从水而尚黑；殷人始以兵王，故从金而尚白；周人有流火之祥，故从火而尚赤。汤用玄牡，盖初克夏，因其旧也。《诗》云："有客有客，亦白其马。"是殷尚白也。帝锡禹以玄圭，为水德之瑞，是夏尚黑也。此五德所尚之色，见于经者也。

东坡书传卷六

甘誓第二

启与有扈战于甘之野,作《甘誓》。

> 《史记》:有扈,禹之后。其国扶风鄠县是也。《国语》曰:"夏有观、扈,周有管、蔡。"以比管、蔡,兄弟之国也。甘,扈之南郊也。

大战于甘,乃召六卿。

> 天子六师,其将皆命卿。

王曰:嗟! 六事之人。予誓告汝:有扈氏威侮五行,怠弃三正,

> 王者各以五行之德王、易服色及正朔。孔子曰:"行夏之时。"自舜以前,必有以建子、建丑为正者,有扈氏不用夏之服色、正朔,是叛也,故曰"威侮五行,怠弃三正"。

天用剿绝其命,今予惟恭行天之罚。左不攻于左,汝不恭命;右不攻于右,汝不恭命;

> 左,车左也,主射。右,车右,执戈矛。攻,治也。

御非其马之正,汝不恭命。

> 《春秋传》曰:"楚许伯御乐伯,摄叔为右,以致晋师。乐伯曰:'吾闻致师者,左射以菆。'摄叔曰:'吾闻致师者,右入垒,折馘,执俘而还。'"是古者,三人同一车,而御在中也。车六马,两服、两骖、两騑,各任其事,御之正也。王良曰:"吾为之范,我驰驱终日,而不获一,为之诡遇,一朝而获十。"此所谓御非其马之正也。

用命赏于祖,不用命戮于社。

孔子曰："当七庙五庙无虚主。"师行,载迁之主以行,无迁庙,则以币曰主命,故师行有祖庙也。武王伐纣,师渡孟津,有宗庙,有将舟。将舟,社主在焉,故师行有社也。戮人必于社,故哀公问社,宰我对以战栗。

予则孥戮汝。

戮及其子曰孥。尧舜之世,罚弗及嗣;武王数纣之罪曰"罪人以族",孥戮非圣人之事也。言孥戮者,惟启与汤,知德衰矣。然亦言之而已,未闻真孥戮人也。

五子之歌第三

太康失邦,

太康,启子也。

昆弟五人,

皆启子。

须于洛汭,作《五子之歌》。

须,待也。

太康尸位,

尸,主也。

以逸豫灭厥德,黎民咸贰。

贰,携贰也。

乃盘游无度。

盘,乐也。

畋于有洛之表,

洛表,水南也。夏都河北,而畋于洛南,言其去国之远也。

十旬弗反。有穷后羿,因民弗忍,距于河。

> 有穷,国名。羿,其君也。《春秋传》曰:"后羿自鉏迁于穷石。"忍,堪也。

厥弟五人,御其母以从,徯于洛之汭。

> 母徯焉而不归,以著太康之不孝也。

五子咸怨,述大禹之戒,以作歌。其一曰:皇祖有训,民可近不可下。民惟邦本,本固邦宁。予视天下,愚夫愚妇,一能胜予,一人三失。

> 皇祖,禹也。"民可近"者,言民可亲近而不可疏也。"不可下"者,言民可敬而不可贱。若自贤而愚人,以愚视天下,则一夫可以胜我矣。"一人三失"者,失民则失天,失天则失国也。

怨岂在明,不见是图。

> 怨不在大,当及其未明而图之。

予临兆民,

> 十万曰亿,十亿曰兆。

懔乎,若朽索之驭六马,为人上者,奈何不敬?

> 驭民若朽索之驭马,不已过乎? 曰:天下皆有所恃,民恃有司以安其身,有司恃天子之法以安其位。惟天子无所恃,恃民心而已。民心携,则天子为独夫,谓之朽索,不亦宜乎!

其二曰:训有之,内作色荒,外作禽荒,甘酒嗜音,峻宇雕墙。有一于此,未或不亡。其三曰:惟彼陶唐,有此冀方。

> 陶唐,尧也。尧都平阳,舜都蒲坂,禹都安邑,皆在冀州。

今失厥道,乱其纪纲,乃底灭亡。

> 大曰纲,小曰纪,舜、禹皆守尧之纲纪。

其四曰:明明我祖,万邦之君。有典有则,贻厥子孙。关石和钧,王府则有。荒坠厥绪,覆宗绝祀。

关,通也。和,平也。绪,余也。古者有五权,百二十斤曰石,三十斤曰钧,举其二则余可知矣。太史公曰:"禹以声为律,以身为度。左准绳,右规矩。"知度量权衡凡法度之器,至禹明具。故曰我祖有典法以遗子孙,凡法度之器具在王府,而吾不能守,以亡也。

其五曰:呜呼,曷归? 予怀之悲。万姓仇予,予将畴依? 郁陶乎予心,颜厚有忸怩。弗慎厥德,虽悔可追。

郁陶,愤懑也。颜厚,色愧也。有,读曰"又"。忸怩,心惭也。

胤征第四

羲和湎淫,废时乱日,胤往征之,作《胤征》。

羲和掌天地、四时之官,尧时为四人,今此有国邑,而以沉湎得罪,则一人而已,不知其何自为一也? 按《史记》及《春秋传》:晋魏绛、吴伍员言帝太康、帝仲康、帝相、帝少康四世事甚详。盖羿既逐太康,太康崩,其弟仲康立,而羿为政;仲康崩,其子相立,相为羿所逐,羿为家众所杀,寒浞代之。浞因羿室,生浇及豷,使浇伐灭二斟,且杀相。相之后曰缗,方娠,而逃于有仍,以生少康。少康复逃于有虞,虞思邑之于纶。少康布德,以收夏众。夏之遗臣靡收二斟之余民,以灭浞,而立少康。少康灭浇与豷,然后祀夏配天,不失旧物。以此考之,则太康失国之后,至少康祀夏之前,皆羿、浞专政僭位之年。如曹操之于汉、司马仲达之于魏也。胤征之事,盖出于羿,非仲康之所能专,明矣。羲和,湎淫之臣也,而贰于羿,盖忠于夏也。如王凌、诸葛诞之叛晋,尉迟迥之叛隋。故羿假仲康之命,以命胤侯而往征之。何以知其然也? 曰:胤侯数羲和之罪,至于杀无赦,然其实状止于酗酒、不知日食而已。此一法吏所办耳,何至于六师取之乎? 夫酒荒废职之人,岂复有渠魁胁从之事? 是强国得众者也。孔子叙

《书》,其篇曰"羲和湎淫废时乱日"者,言其罪止于此也。曰"胤往
征之"者,见征伐号令之出于胤,非仲康之命也。此《春秋》之法。
曰:然则孔子何取于此篇而不删去乎?曰:《书》固有非圣人之所取
而犹存者也。孟子曰:"尽信《书》,不如无《书》,吾于《武成》取二
三策而已。纣之众既已倒戈,然犹纵兵以杀,至于血流漂杵。圣人
何取焉?"予于《书》,见圣人所不取而犹存者二:《胤征》之挟天子
令诸侯,与《康王之诰》释斩衰而服衮冕也。《春秋》晋侯召王而谓
之"巡狩",孔子书之于策曰:"天王狩于河阳。"若无简牍之记,则后
世以天王为真狩也。《胤征》之事,孔氏必有师传之说也,久远而亡
之耳。

惟仲康肇位四海,胤侯命掌六师。

胤,国名。

羲和废厥职,酒荒于厥邑。胤后承王命徂征,告于众曰:嗟,予有
众。圣有谟训,明征定保。先王克谨天戒,臣人克有常宪,百官修
辅,厥后惟明明。

征,犹《书》所谓"庶征"也。保,犹《诗》所谓"天保"也。羲和之
罪,止于日食不知,故首引天事以誓之。

每岁孟春,遒人以木铎徇于路。

孟春观治象之法,徇以木铎,此《周礼》小宰之事,而在夏则遒人之
职也。遒之言聚也。木铎,金口木舌也。昔者,有文事则徇以木铎,
有武事则徇以金铎。

官师相规,工执艺事以谏。

工各执其事谏,如《虞人之箴》也。

其或不恭,邦有常刑。惟时羲和,颠覆厥德,沉乱于酒,畔官离次,

官局所在曰次。

俶扰天纪，

> 俶，始也。扰，乱也。

遐弃厥司。乃季秋月朔，辰弗集于房。瞽奏鼓，啬夫驰，庶人走。

> 日月合朔于十二辰，今季秋之朔，而不合于房，日食也。古有伐鼓用币
> 救日之事，《春秋传》曰"惟正阳之月则然，余否"。今季秋而行此礼，
> 盖夏礼与周异。汉有上林啬夫，啬夫，小臣。庶人，庶人之在官者。

羲和尸厥官，罔闻知，昏迷于天象，以干先王之诛。政典曰：先时者
杀无赦，不及时者杀无赦。

> 先、后时，罪之薄者，必杀无赦，非虐政乎？惟军中法则或用之，穰苴
> 斩庄贾是也。《传》曰"国容不入军，军容不入国"。此"政典"，夏之
> 《司马法》，止用于军中。今无以加羲和之罪，乃取军法一切之政，而
> 为有司沉湎失职之罚，盖文致其罪，非实事也。

今予以尔有众，奉将天罚。尔众士同力王室，尚弼予钦承天子
威命。

> 曹操、司马仲达、杨坚之流讨贰己者，未尝不以王室为辞也。

火炎崑冈，玉石俱焚。天吏逸德，烈于猛火。歼厥渠魁，胁从罔治。
旧染污俗，咸与维新。

> 玉石俱焚，言不择善恶也。天吏之势猛于火，故胁从染污，皆非其
> 罪。言此者，以坏其党与也。

呜呼！威克厥爱，允济；爱克厥威，允罔功。其尔众士，懋戒哉！

> 先王之用威爱，称事当理而已。不惟不使威胜爱，若曰"与其杀不
> 辜，宁失不经"，又曰"不幸而过，宁僭无滥"，是尧舜已来，常务使爱
> 胜威也。今乃谓威胜爱则事济，爱胜威则无功，是为尧、舜不如申、
> 商也，而可乎？此胤侯之党，临敌誓师一切之言，当与申、商之言同
> 弃不齿。而近世儒者欲行猛政，辄以此藉口，予不可以不辨。

自契至于成汤八迁，汤始居亳，从先王居。作《帝告》《釐沃》。

> 自契至汤十四世，凡八徙都。契之世父帝喾都亳，汤自商丘迁焉，故曰从先王居。五篇皆《商书》也，经亡而序存，文无所托，故附《夏书》之末。

汤征诸侯，葛伯不祀，汤始征之，作《汤征》。

> 葛，梁国宁陵葛乡也。征葛事，见《孟子》。

伊尹去亳适夏，既丑有夏，复归于亳，

> 古称伊尹五就汤，五就桀。夫汤与桀，敌国也，伊尹往来其间，皆闻其政而两国不疑，则伊尹圣人也，其道大矣，其信于天下深矣。是以废太甲，复立之，而太甲安焉。非圣人而何？

入自北门，乃遇汝鸠、汝方，作《汝鸠》《汝方》。

> 二臣名。

东坡书传卷七

商书

汤誓第一

伊尹相汤，伐桀，

> 古之君臣，有如二君而不相疑者，汤之于伊尹，刘玄德之于诸葛孔明
> 是也。汤言"聿求元圣，与之戮力"，而伊尹曰"惟尹躬暨汤，咸有一
> 德"。其君臣相期如此，故孔子曰："伊尹相汤，伐桀。"太甲不明而
> 废之，思庸而复之，君臣相安，此圣人之事也。玄德、孔明虽非圣人，
> 然其君臣相友之契，亦庶几于此矣。玄德之将死也，嘱孔明曰："禅
> 可辅，辅之；不可，君自取之。"非伊尹之流而可以属此乎？孔明专
> 蜀，事二君，雍容进退，初不自疑，人亦莫之疑者，使常人处之，不为
> 窦武、何进，则为曹操、司马仲达矣。世多疑伊尹之事，至谓太甲为
> 杀伊尹者，皆以常情度圣贤也。

升自陑，遂与桀战于鸣条之野，作《汤誓》。

> 孔安国以谓：桀都安邑，陑在河曲之南、安邑之西，汤自亳往，当由东
> 行，故以升自陑为出不意。又言武王观兵孟津，以卜诸侯之心，而退
> 以示弱。其言汤、武，皆陋甚。古今地名、道路，有改易不可知者，安
> 知陑、鸣条之必在安邑西耶？升陑以战，记事之实，犹《泰誓》"师渡
> 孟津"而已。或曰：升高而战，非地利，以人和而已。夫恃人和而行
> 师于不利之地，亦非人情，故皆不取。

王曰:格尔众庶,悉听朕言。非台小子敢行称乱,有夏多罪,天命殛之。今尔有众,汝曰:"我后不恤我众,舍我穑事,而割正夏。"予惟闻汝众言。夏氏有罪,予畏上帝,不敢不正。今汝其曰:"夏罪其如台?"夏王率遏众力,率割夏邑,有众率怠弗协,曰:"时日曷丧?予及汝皆亡。"夏德若兹,今朕必往。

> 桀之恶,不能及商民,商民安于无事,而畏伐桀之劳,故曰:我后不恤我众,舍我穑事,而割正夏。夏氏之罪,其能若我何?故汤告之曰:夏王遏绝众力,以割夏邑,其民皆曰"何时何日当丧,吾欲与之皆亡",其亟若此,不可以不救。

尔尚辅予一人,致天之罚,予其大赉汝。尔无不信,朕不食言。尔不从誓言,予则孥戮汝,罔有攸赦!

汤既胜夏,欲迁其社,不可,作《夏社》《疑至》《臣扈》。

> 《春秋传》曰:共工氏有子曰句龙,为后土,后土为社。烈山氏之子曰柱,为稷,自夏以上祀之。周弃亦为稷,自商以来祀之。是汤以弃易柱,而无以易句龙者,故曰"欲迁其社,不可"。

夏师败绩,汤遂从之,遂伐三朡。

俘厥宝玉,谊伯、仲伯作《典宝》。

> 三朡,今定陶。四篇亡。

仲虺之诰第二

汤归自夏,至于大坰,

> 大坰,地名,《史记》作"泰卷陶"。

仲虺作《诰》。

> 《春秋传》曰:薛之皇祖,奚仲居薛,以为夏车正。仲虺居薛,以为汤左相。

成汤放桀于南巢，

> 庐江六县东，有居巢城，《书》有"巢伯来朝"。《春秋》："楚人围巢。"
> 桀奔于此，汤不杀也。

惟有惭德，曰：予恐来世以台为口实。

> 后世放杀其君者，必以汤、武藉口，其为病也大矣。

仲虺乃作《诰》曰：呜呼！惟天生民有欲，无主乃乱。惟天生聪明时义。有夏昏德，民坠涂炭。天乃锡王勇智，

> 凡圣人之德，仁、义、孝、弟、忠、信、礼、乐之类，皆可以学至。惟勇
> 也、智也，必天予而后能，非天予而欲以学求之，则智勇皆凶德也。
> 汉高祖识三杰于众人之中，知周勃、陈平于一世之后，此天所予智
> 也。光武平生畏怯，见大敌勇，此天所与勇也。岂可学哉！若汉武
> 帝、唐德宗之流，则古之学勇、智者也，足以敝其国，残其民而已矣。
> 故天不与是德，则君子不敢言智、勇，短于智、勇而厚于仁，不害其为
> 令德之主也。周公亦曰"今天其命哲、命吉凶、命历年"，哲者，知人
> 之谓也，知人与不知人，乃与吉凶、历年同出于天命，盖教成王不强
> 其所无也。

表正万邦，缵禹旧服。兹率厥典，奉若天命。

> 缵，继也。服，五服也。

夏王有罪，矫诬上天，以布命于下。帝用不臧，式商受命，用爽厥师，简贤附势，实繁有徒。肇我邦于有夏，若苗之有莠，若粟之有秕。小大战战，罔不惧于非辜。矧予之德，言足听闻。

> 矫，诈也。臧，善也。式，用也。爽，明也。肇，启也。简，慢也。帝既
> 不善桀，故用汤为受命之君，彰明其众于天下。而桀之党恶之流，欲
> 并我以启其国，若欲去莠秕然。故小大战战，无罪而惧，况我以德见
> 忌乎。盖言我不放桀，则桀必灭我也。

惟王不迩声色,不殖货利,德懋懋官,功懋懋赏,用人惟己。

> 如自己出。

改过不吝,克宽克仁,彰信兆民。乃葛伯仇饷,初征自葛。东征西夷怨,南征北狄怨,曰:"奚独后予?"攸徂之民,室家相庆,曰:"徯予后,后来其苏。"民之戴商,厥惟旧哉!

> 用兵如施针石,则病者惟恐其来之后也。

佑贤辅德,显忠遂良,兼弱攻昧,取乱侮亡。推亡固存,邦乃其昌。

> 善者自遂,恶者自亡。汤岂有心哉?应物而已。

德日新,万邦惟怀;志自满,九族乃离。王懋昭大德,建中于民,以义制事,以礼制心,

> 未尝作事也,事以义起;未尝有心也,心以礼作。

垂裕后昆。

> 裕,余也。

予闻曰:能自得师者王,谓人莫己若者亡。好问则裕,

> 裕,广也。

自用则小。呜呼!慎厥终,惟其始。殖有礼,覆昏暴。钦崇天道,永保天命。

> 汤之惭德,仁人君子莫大之病也。仲虺恐其忧愧不已,以害维新之政,故思有以广其意者。首言桀得罪于天,天命不可辞。次言桀之必害己,终言汤之勋德足以受天下者。乃因极陈为君艰难、安危、祸福可畏之道,以明今者受夏非以利己,乃为无穷之恤,以慰汤而解其惭。仲虺之忠爱,可谓至矣!然而汤之所惭来世口实之病,仲虺终不敢谓无也。夫君臣之分,放弑之名,虽其臣子有不能文,况万世之后乎!

汤诰第三

汤既黜夏命,复归于亳,作《汤诰》。

> 亳,在梁国谷熟县。

王归自克夏,至于亳,诞告万方。

> 诞,大也。

王曰:嗟!尔万方有众,明听予一人诰。惟皇上帝,降衷于下民,若有恒性,克绥厥猷惟后。

> 衷,诚也。若,顺也。仁义之性,人所咸有,故曰"天降"也。顺其有常之性,其无常者,喜怒哀乐之变,非性也。能安此道,乃君也。

夏王灭德作威,以敷虐于尔万方百姓。尔万方百姓,罹其凶害,弗忍荼毒,并告无辜于上下神祇。天道福善祸淫,降灾于夏,以彰厥罪。肆台小子,将天命明威,不敢赦。敢用玄牡,敢昭告于上天神后,请罪有夏。聿求元圣,与之戮力,以与尔有众请命。

> 请罪者,为桀谢罪;请命者,为民祈福。

上天孚佑下民,罪人黜服,天命弗僭。贲若草木,兆民允殖。

> 僭,不信也。言天命有信,视民所与则殖之,所不与则蹶之。若草木然,民所殖则生,不殖则死。贲,饰也。其理明甚,炳然如丹青也。

俾予一人,辑宁尔邦家。兹朕未知,获戾于上下,栗栗危惧,若将陨于深渊。

> 此亦惭德之言也。

凡我造邦,无从匪彝,无即慆淫。

> 彝,常也。慆,慢也。戒诸侯之言。

各守尔典,以承天休。尔有善,朕弗敢蔽;罪当朕躬,弗敢自赦,惟简在上帝之心。

> 言上帝当简察其善恶。

其尔万方有罪,在予一人,予一人有罪,无以尔万方。呜呼! 尚克时忱,乃亦有终。

　　庶几能信此也。

咎单作《明居》。

　　一篇,亡。

伊训第四

成汤既没。太甲元年,伊尹作《伊训》《肆命》《徂后》。

　　《史记》:汤之子太丁,未立而卒。汤崩,太丁之弟外丙立。二年崩。外丙之弟仲壬立,四年崩。伊尹乃立太丁之子太甲。太史公按《世本》,汤之后,二帝七年,而后至太甲,其迹明甚,不可不信。而孔安国独据经臆度,以为成汤没而太甲立,且以是岁改元。学者因谓太史公为妄,初无二帝,而太史公妄增之。岂有此理哉! 经云"汤既没。太甲元年"者,非谓汤之崩在太甲元年也。伊尹称汤以训,故孔子叙《书》,亦以汤为首。殷道亲亲,兄死弟及,若汤崩,舍外丙而立太丁之子,则殷道非亲亲矣,而可乎? 以此知《史记》之不妄也。安国谓汤崩之岁,而太甲改元,不待明年者,亦因经文以臆也。经云"惟元祀十有二月,伊尹祠于先王,奉嗣王,祗见厥祖"者,盖太甲立之明年正月也。正月而谓之十二月,何也? 殷之正月,则夏之十二月也。殷虽以建丑为正,犹以夏正数月,亦犹周公作《豳诗》于成王之世,而云"七月流火,九月授衣",皆夏正也。《史记》:秦始皇三十一年十二月,更名腊曰嘉平。夫腊必建丑之月也,秦以十月为正,则腊当在三月,而云十二月,以是知古者虽改正朔,然犹以夏正数月也。崩年改元,乱世之事,不容伊尹在而有之,不可以不辨。

惟元祀十有二月乙丑,伊尹祠于先王,奉嗣王祗见厥祖。侯甸群后咸在,百官总己以听冢宰。

汤崩虽久矣,而仲壬之服未除,故冢宰为政也。

伊尹乃明言烈祖之成德,以训于王,曰:呜呼!古有夏先后,方懋厥德,罔有天灾。山川鬼神,亦莫不宁,暨鸟兽鱼鳖咸若。于其子孙弗率,皇天降灾,假手于我有命。

我有天命之君,汤也。

造攻自鸣条,朕哉自亳。

造、哉,皆始也。始攻自鸣条,始建号自亳。

惟我商王,布昭圣武,代虐以宽,兆民允怀。今王嗣厥德,罔不在初。立爱惟亲,立敬惟长。始于家邦,终于四海。呜呼!先王肇修人纪,

戒其恃天命不修人事。

从谏弗咈。先民时若,居上克明,为下克忠。

言君明则臣忠也。

与人不求备,检身若不及,以至于有万邦,兹惟艰哉!敷求哲人,俾辅于尔后嗣。制官刑,儆于有位,曰:敢有恒舞于宫,酣歌于室,时谓巫风。

《诗》云:"无冬无夏,值其鹭羽。"此巫风也。

敢有殉于货色,恒于游畋,

从流上而忘反,谓之游。

时谓淫风。敢有侮圣言,逆忠直,远耆德,比顽童,时谓乱风。惟兹三风十愆,卿士有一于身,家必丧。邦君有一于身,国必亡。臣下不匡,其刑墨。

匡,正也,谓谏也。

具训于蒙士。

蒙,童也。士自童幼,即以此训之也。

呜呼!嗣王祗厥身,念哉!圣谟洋洋,嘉言孔彰,惟上帝不常。作善,降之百祥;作不善,降之百殃。尔惟德罔小,万邦惟庆;尔惟不德罔大,坠厥宗。

尔若作德,虽小善,足以庆万邦;若其不德,不待大恶而亡。

《肆命》《徂后》。

二篇,亡。

太甲上第五

太甲既立,不明,伊尹放诸桐。三年,复归于亳,思庸伊尹,作《太甲》三篇。

思用伊尹之言也。汤放桀,伊尹放太甲,古未有是,皆圣人不得已之变也。故汤以惭德,为法受恶,曰此我之所以甚病也。乱臣贼子,庶乎其少衰矣。汤不放桀,伊尹不放太甲,不独病一时而已,将使后世无道之君谓天下无奈我何,此其病与口实之惭均耳。圣人以为宁惭己以救天下后世,故不得已而为之。以为不得已之变,则可以为道;固当尔,则不可。使太甲不思庸,伊尹卒放之而更立主,则其惭有大于汤者矣。

惟嗣王不惠于阿衡,

惠,顺也。阿,倚也。衡,平也。言天下之所倚平也。阿衡,伊尹之号,犹曰"师尚父"云尔:师,其官也;尚父,其号也。

伊尹作书,曰:先王顾诶天之明命,

顾,眷也。以言许人曰诶。言汤为天命之眷许也。

以承上下神祇。社稷宗庙,罔不祗肃。天监厥德,用集大命,抚绥万方,惟尹躬,克左右厥辟,宅师。

伊尹助其君居集天下之众也。

肆嗣王丕承基绪,惟尹躬先见于西邑夏。

　　丕,大也。夏都在亳西。

自周有终,

　　自,由也。忠信为周,由忠信之道则有终也。

相亦惟终。其后嗣王,罔克有终,相亦罔终。

　　言君臣一体,祸福同也。

嗣王戒哉,祗尔厥辟。

　　辟,君也。敬其为君之道。

辟不辟,忝厥祖。王惟庸,罔念闻。

　　忝,辱也。以不善为常,闻伊尹之训,若不闻然。

伊尹乃言曰:先王昧爽丕显,坐以待旦。

　　方天昧明之间,先王已大明其心,思道以待旦。

旁求俊彦,启迪后人。

　　彦,美士也。以贤者遗子孙开道之。

无越厥命以自覆。

　　越,坠失也。

慎乃俭德,惟怀永图。

　　以约失之者鲜矣,未有泰侈而能久者也。

若虞机张,往省括于度,则释。

　　虞,虞人也。机张,所以射鸟兽者。省,察也。括,隐括也,度机之准
　　望也。释,舍也。《诗》曰“舍矢如破”,准望有毫厘之差,则所中有寻
　　丈之失矣。言人君所为,得失微而祸福大,亦如此也。

钦厥止,

　　止,居也。孔子曰:“居敬而行简。”

率乃祖攸行,惟朕以怿,万世有辞。

> 辞,所以名言于天下后世者也。

王未克变。伊尹曰:兹乃不义,习与性成。

> 性无不善者,今王习为不义,则性沦于习中,皆成于恶也。

予弗狎于弗顺,营于桐宫,密迩先王其训,无俾世迷。

> 狎,近也。王之不义,以近群小故也。故独使居于桐宫,密迩先王之
> 陵墓,以思哀而生善心,此先王之训也。迷,读如"怀宝迷邦"之迷。
> 我不训正太甲,则是怀道以迷天下也。

王徂桐宫,居忧,克终允德。

太甲中第六

惟三祀十有二月朔,

> 此亦三年正月也。

伊尹以冕服奉嗣王,归于亳。

> 始吉服也。

作《书》曰:民非后,罔克胥匡以生;

> 胥匡,相正也。

后非民,罔以辟四方。

> 言民去之,则吾无与为君者。

皇天眷佑有商,俾嗣王克终厥德,实万世无疆之休。王拜手稽首,
曰:予小子不明于德,自底不类。

> 不类,犹失常也。

欲败度,纵败礼,以速戾于厥躬。天作孽,犹可违,自作孽,不可逭。

> 孽,妖也。违、逭,皆避也。妖祥之来,有可以避者,此天作也。若妖
> 由人兴,则无可避之理。

既往背师保之训,弗克于厥初,尚赖匡救之德,图惟厥终。伊尹拜手稽首,曰:修厥身,允德协于下,惟明后。

允德,信有德也。下之协从,从其非伪者,盖欲天下中心悦而诚服。

苟非其德出于其固有之诚心,未有能至者。

先王子惠困穷,民服厥命,罔有不悦。并其有邦厥邻,乃曰:徯我后,后来无罚。

上失其道,民散久矣。凡丽于罚,皆君使之,汤来则我自无罪矣。

王懋乃德,视乃厥祖,无时豫怠。奉先思孝,接下思恭。视远惟明,听德惟聪。

视不及远非明,听不择善非聪。

朕承王之休,无斁。

斁,厌也。

太甲下第七

伊尹申诰于王,

申,重也。

曰:呜呼! 惟天无亲,克敬惟亲。民罔常怀,怀于有仁。鬼神无常享,享于克诚。天位艰哉,德惟治,否德乱。与治同道,罔不兴;与乱同事,罔不亡。

尧、舜让而帝,子、哙让而绝;汤、武行仁义而王,宋襄公行仁义而亡。

与治同道,罔不兴;与乱同事,罔不亡也。必同道而后兴,道同者事未必同也。周厉王弭谤,秦始皇禁偶语;周景王铸大钱,王莽作泉货;纣积钜桥之粟,隋炀帝洛口诸仓。其事同,其道无不同者,故与乱同事则亡矣。

终始慎厥与,惟明明后。

慎所与之人也。君子难合而易离,能与君子固难矣,能终始之尤难。

先王惟时,懋敬厥德,克配上帝。

> 汤惟能如是,勉敬厥德,故能配天。天无言无作,而四时行,百物生,
> 王亦如是。老子曰:"王乃天,天乃道。"

今王嗣有令绪,尚监兹哉。若升高必自下,若陟遐必自迩。

> 迩者远之始,下者高之本。升高而不自下,陟遐而不自迩,慕道而求
> 速达,皆自欺而已。

无轻民事,惟难;无安厥位,惟危。

> 轻之则难,安之则危。

慎终于始,

> 虑终必自其始慎之。

有言逆于汝心,必求诸道;有言逊于汝志,必求诸非道。呜呼!弗
虑胡获?弗为胡成?一人元良,万邦以贞。

> 伊尹忧太甲之深,故所戒者非一。有言合于道则逆汝心,合于非道
> 则顺汝志,如此,则是患不可胜虑、事不可胜为矣。故叹曰:呜呼,弗
> 虑胡获?弗为胡成?亦治其元良而已。此所谓要道也。元,始也。
> 良,其良心也。人君能治其始,有之良心,则万邦不令而自正。前言
> 皆蘧蕛矣。

君罔以辩言乱旧政,臣罔以宠利居成功,邦其永孚于休。

> 天下之乱,必始于君臣携离。君以辩言乱旧政,则大臣惧;臣以宠利
> 居成功,则人主疑,乱之始也。

咸有一德第八

伊尹作《咸有一德》。

伊尹既复政厥辟,将告归,乃陈戒于德。曰:呜呼!天难谌,

谌,信也。

命靡常。常厥德,保厥位。厥德靡常,九有以亡。

九有,九州也。

夏王弗克庸德,慢神虐民,皇天弗保,监于万方。启迪有命,眷求一德,俾作神主。惟尹躬暨汤,咸有一德,克享天心,受天明命,以有九有之师,爰革夏正。非天私我有商,惟天佑于一德;非商求于下民,惟民归于一德。德惟一,动罔不吉;德二三,动罔不凶。惟吉凶不僭,在人。惟天降灾祥,在德。今嗣王新服厥命,惟新厥德。终始惟一,时乃日新。

一者,不变也。如其善而一也,不亦善乎;如其不善而一也,不几桀乎。曰:非此之谓也。中有主之谓一,中有主则物至而应,物至而应则日新矣。中无主则物为宰,凡喜怒哀乐皆物也,而谁使新之?故伊尹曰“终始惟一,时乃日新”。予尝有言,圣人如天,时杀时生;君子如水,因物赋形。天不违仁,水不失平,惟一故新,惟新故一。一故不流,新故无致。此伏羲以来所传要道也。伊尹耻其君不如尧、舜,故以是训之。如众人之言,新则不能一,而一非新也。伊尹曰一所以新也,是谓万物并育而不相害,道并行而不相悖。

任官惟贤才,左右惟其人。臣为上为德,为下为民。

士之所求者爵禄,而爵禄我有也,挟是心以轻士,此最人主之大患,故告之曰:臣之所以为民上者,非为爵禄也,为德也。德非位不行,其所以为我下者,非为爵禄也,为民屈也。知此,则知敬其臣;知敬其臣,而后天位安。

其难其慎,惟和惟一。

和,如晏平仲之所谓和也。

德无常师,主善为师;善无常主,协于克一。

中无主者,虽为善皆伪也。

俾万姓咸曰:大哉王言!

名之必可言,言之必可行,是谓大。

又曰:一哉王心!

如天地之有信,可恃以安也,

克绥先王之禄,永底烝民之生。呜呼,七世之庙,可以观德;万夫之长,可以观政。

非德无以遗后,非政无以齐众。

后非民罔使,民非后罔事。无自广以狭人,匹夫匹妇,不获自尽,民主罔与成厥功。

沃丁既葬伊尹于亳,咎单遂训伊尹事,作《沃丁》。

咎单训伊尹事,犹曹参述行萧何之政也。咎单作明居,司空之职也;舜宅百揆,亦司空之事也;禹作司空,以此考之,自尧、舜至商,盖尝以司空为政也欤? 沃丁,太甲子。自克夏至沃丁,五十有三年,伊尹亦上寿矣。

伊陟相太戊,

伊陟,伊尹子。太戊,帝太庚之子。

亳有祥,桑穀共生于朝,

桑穀合生于朝,七日而拱,妖也。

伊陟赞于巫咸,作《咸父》四篇。

《书》曰:在太戊时,巫咸乂王家。

太戊赞于伊陟,作《伊陟》《原命》。仲丁迁于嚣,作《仲丁》。

仲丁,太戊子,自亳迁嚣。嚣,在陈留浚仪县,或曰今河南敖仓。

河亶甲居相,作《河亶甲》。

河亶甲,仲丁弟。相,在河北。

祖乙圮于耿，作《祖乙》。

　　祖乙，河亶甲子。耿，在河东皮氏县耿乡。圮，毁也，都邑为水所毁。

　　凡十篇，亡。

东坡书传卷八

盘庚上第九

盘庚五迁,将治亳,殷民咨胥怨,作《盘庚》三篇。

> 咨,嗟也。盘庚,阳甲弟。汤迁于亳,仲丁迁于嚣,河亶甲居相,祖乙
> 圮于耿,而盘庚迁于殷。

盘庚迁于殷,民不适有居,

> 祖乙圮于耿,盘庚不得不迁,而小人怀土,故不肯适新居。

率吁众戚,出矢言。

> 吁,呼也。矢,誓也。盘庚知民怨,故呼众忧之人,而告誓之。

曰:我王来,既爰宅于兹。重我民,无尽刘。不能胥匡以生,卜稽
曰:其如台。先王有服,恪谨天命,兹犹不常宁,不常厥邑,于今五
邦。今不承于古,罔知天之断命,矧曰其克从先王之烈?

> 爰,于也。刘,杀也。匡,救也。我先王祖乙,既宅于耿,耿圮,欲迁
> 而不忍,曰:民劳矣,无尽致之死。然民终不能相救以生。乃稽之
> 卜,曰:是圮者无若我何。我先王自汤以来,奄有五服,以谨天命之
> 故,犹不敢宁居,迁者五邦矣。今若不承古而迁,则天其断弃我命,
> 况能从先王之烈乎!

若颠木之有由蘗,天其永我命于兹新邑,绍复先王之大业,底绥
四方。

> 木之蠹病者,虽勤于封殖,不能使复遂茂。颠,仆也。既仆而蘗生
> 之,然后有复盛之道,不颠则无所从蘗也。言天之欲复兴殷,必在新

邑矣。

盘庚敩于民，由乃在位，以常旧服，正法度。曰：无或敢伏小人之攸箴。

> 敩，教也。"由乃在位"者，教自有位而下也。箴，规也。服，事也。矇诵、工谏、士传言、庶人谤于市，此先王之旧服正法也。今民敢相聚怨诽，疑当立新法，行权政，以一切之威治之。盘庚仁人也，其下教于民者，乃以常旧事而已，言不造新令也；以正法度而已，言不立权政也。曰"无或敢伏小人之攸箴"者，忧百官有司逆探其意而禁民言也。盘庚迁而殷复兴，用此道欤！

王命众，悉至于庭。王若曰：

> 《书》凡言"若曰"者，非尽当时之言，大意若此而已。

格，汝众！予告汝训，汝猷黜乃心，无傲从康。

> 谋自抑黜其心。无傲，无怀安也。

古我先王，亦惟图任旧人共政。

> 此篇数言用耆旧，又戒其侮老成。以此推之，凡不欲迁者，皆众稚且狂也。盘庚言：非独我用旧，先王亦用旧耳。岂可违哉？

王播告之修，不匿厥指，王用丕钦，罔有逸言，民用丕变。

> 不仁者，鄙慢其民，曰：民可与乐成，难与虑始。故为一切之政，若雷霆鬼神。然使民不知其所从出，其肯敷心腹肾肠，以与民谋哉！今吾布告民，以所修之政，无所隐匿，是大敬民也。言之必可行，无过也，是以信而变从我也。逸，过也。

今汝聒聒，起信险肤，予弗知乃所讼。

> 险者，利口相倾覆也。孔子曰："浸润之谮，肤受之诉，不行焉，可谓明也已矣。"巧言之入人，如水之渐渍，如病之自肌理入也，是之谓肤。今汝聒聒以险肤之言起信于人，将谁讼乎？

非予自荒兹德，惟汝含德，不惕予一人，予若观火，予亦拙谋，作乃逸。

> 荒，广也，犹《诗》曰"遂荒大东"，《书》曰"予荒度土功"也。含，容也。逸，过也。言汝妄造怨诽，若非我自广此德，以遂其事，但汝容，使汝不惕畏我，则我亦不仁矣。如观火作而不救，能终不救乎？终必扑灭之。容尔而不问，能终不问乎？终必诛绝之。不忍于小，而忍于大，则是我拙谋，成汝过也。作，成也。

若网在纲，有条而不紊。若农服田，力穑乃亦有秋。

> 网无纲，纵之乱也。农不力穑，安于逸也。

汝克黜乃心，施实德于民，至于婚友。丕乃敢大言，汝有积德，乃不畏戎毒于远迩。

> 戎，大也。毒，害也。商之世家大族，造言以害迁者，欲以苟悦小民为德也。故告之曰：是何德之有？汝曷不施实德于汝民与汝婚友乎？劳而有功，此实德也。汝能劳而有功，则汝乃敢大言曰："我有积德。"如此，则汝自得众而多助，岂复畏从我远迁之大害乎！

惰农自安，不昏作劳，不服田亩，越其罔有黍稷。

> 昏，强也。

汝不和吉，言于百姓，惟汝自生毒。乃败祸奸宄，以自灾于厥身。乃既先恶于民，乃奉其恫，汝悔身何及！

> 吉，善也。奉，承也。恫，痛也。汝今所施，乃恶也，非德也，当自承其疾痛。

相时憸民，犹胥顾于箴言。其发有逸口，矧予制乃短长之命！

> 憸民，小人也。小人尚顾箴规之言，小人违箴言，其祸败之发，有过于口舌之相倾覆。矧予制汝死生之命，而敢违之乎！

汝曷弗告朕，而胥动以浮言，恐沉于众？

恐、动、沉，溺于众人也。

若火之燎于原，不可向迩，其犹可扑灭。则惟汝众自作弗靖，非予
有咎。迟任有言曰："人惟求旧，器非求旧，惟新。"

迟任，古贤人。言人旧则习，器旧则敝，当常使旧人、用新器。我今
所以从老成之言，而迁新邑也。

古我先王，暨乃祖乃父，胥及逸勤，予敢动用非罚？

我先王与汝祖父，同其劳逸，我其敢动用非法之罚于其子孙乎？

世选尔劳，予不掩尔善。兹予大享于先王，尔祖其从与享之。作福
作灾，予亦不敢动用非德。

古者功臣配食于大烝。王言吾固欲选用功臣之子孙也，然尔祖与先
王同享于庙，能作福作灾者，吾亦不敢动用非德之赏于其子孙也。

予告汝于难，若射之有志。

志，所射表的也。射而无志，则孰为中？孰为否？王事艰难，当各分
守，无为浮言。当若射之有志，后有以考其功罪也。

汝无侮老成人，无弱孤有幼。

"有""又"通，犹言孤与幼也。

各长于厥居，勉出乃力，听予一人之作猷，无有远迩。

汝无侮老弱幼，各为久居之计，无有远迩，惟予所谋是从。

用罪伐厥死，用德彰厥善。

有罪不伐，则人将长恶不悛，必死而后已。故我薄刑小罪者，以伐其
当死者也。

邦之臧，惟汝众；邦之不臧，惟予一人有佚罚。凡尔众，其惟致告。

国有不善，则我有余罪矣，尔众当尽以告我。佚，余也。致，尽也。

自今至于后日，各恭尔事，齐乃位，度乃口。

度，法也。

罚及尔身,弗可悔。

盘庚中第十

盘庚作,惟涉河,

　　作,起也。

以民迁,乃话民之弗率。

　　民之弗率,不以政令齐之,而以话言晓之,此盘庚之仁也。

诞告用亶其有众,咸造勿亵在王庭。

　　亵,慢也。

盘庚乃登进厥民,曰:明听朕言,无荒失朕命。呜呼!古我前后,罔不惟民之承,保后胥戚,鲜以不,浮于天时。

　　承,敬也。古者谓过曰浮,浮之言胜也。以敬民,故民保卫其后,相与忧其忧,虽有天时之灾,鲜不以人力胜之也。

殷降大虐,先王不怀,厥攸作视,民利用迁。

　　先王以天降灾虐,不敢怀安,其所作而迁者,视民利而已。

汝曷弗念我古后之闻,承汝俾汝,惟喜康共,非汝有咎,比于罚。

　　我古后所以敬汝使汝者,喜与汝同安耳,非为有咎之日,使汝同受其罚也。

予若吁怀兹新邑,亦惟汝故,以丕从厥志。

　　予所以召呼怀来新邑之人者,亦惟以汝故也。将使汝久居而安,以大从我志。

今予将试以汝迁,安定厥邦。汝不忧朕心之攸困,乃咸大不宣乃心,钦念以忧,动予一人。尔惟自鞠自苦,若乘舟,汝弗济,臭厥载。

　　困,病也。鞠,穷也。汝不忧我心之所病者,乃不布心腹,敬念以诚动我。但作怨诽,以自穷苦,譬如临水具舟,能终不济乎?无迟留以臭,败其所载也。

尔忧不属,惟胥以沉,不其或稽,自怒曷瘳?

　　尔诚不能上达也,但相与沉溺,莫或考其利害者,自怨自怒,何损于病乎!

汝不谋长,以思乃灾,汝诞劝忧。

　　汝不谋长策以虑患,则是劝忧矣。劝忧,犹言乐祸也。

今其有今、罔后,汝何生在上?

　　不谋其长,有今而无后,汝何以生于民上乎?

今予命汝一,

　　命汝一德一心也。

无起秽以自臭。

　　起秽者,未能臭人,先自臭也。

恐人倚乃身,迂乃心,予逌续乃命于天。予岂汝威?用奉畜汝众。

　　出怨言者,或愚人为人所使,故告之曰:恐人倚托乃身以为奸,迂僻乃心,俾迷惑失道。予故导迎汝,以续汝命于天。予岂汝威哉?以奉养汝众而已。

予念我先神后之劳尔先,予丕克羞尔,用怀尔然。

　　尔之先祖,有勋劳于汤,故我大进用尔以怀尔也。

失于政,陈于兹,高后丕乃崇降罪疾,曰:曷虐朕民?

　　陈,久也。崇,大也。耿圮而不迁,以病我民,是失政而久于此也。

　　汤必大降罪疾于我,以我为虐民也。

汝万民乃不生生,暨予一人猷同心。先后丕降与汝罪疾,曰:曷不暨朕幼孙有比?

　　乐生兴事,则其生也厚,是谓生生。比,同德也。

故有爽德自上,其罚汝,汝罔能迪。

非独先后罚汝也,汝有失德,天其罚汝,汝何道自免乎?

古我先后既劳乃祖乃父,汝共作我畜民,汝有戕则在乃心,我先后绥乃祖乃父,乃祖乃父乃断弃汝,不救乃死。

> 则,象也。汝同我养民,而有戕民之象见于心,故为鬼神之所断弃也。

兹予有乱政同位,具乃贝玉。乃祖乃父丕乃告我高后,曰:作丕刑于朕孙,迪高后,丕乃崇降弗祥。

> 乱政,犹言乱臣也。具者,多取而兼有之之谓也。《春秋传》曰:"昔平王东迁,七姓从王,牲用备具,王赖之而赐之骍旄之盟。"郑子产曰:"我先君威公,与商人皆出自周,庸次比耦,以艾杀此地。斩之蓬蒿藜藋而共处之,世有盟誓以相信也,曰:'尔无我叛,我无强贾。毋或匄夺,尔有利市宝贿,我勿与知。'"盖迁国危事也。方道路之勤,营筑之劳,宝贿暴露,而贪吏扰之,易以生变。故于其将行,先盟之鬼神,曰:凡我乱政同位之臣,敢利汝贝玉,则其父祖当告我高后而诛之。不独如此而已,王亦自誓于众曰:朕不肩好货。又曰:无总于货宝。丁宁如此,所以儆百官而安民心,此古者迁国之法也。

呜呼! 今予告汝不易,永敬大恤,无胥绝远。

> 迁国,大忧也。君臣与民,一德一心而后可,相绝远则殆矣。

汝分猷念以相从,

> 各分其事以谋之。

各设中于乃心,

> 中,公平也。

乃有不吉不迪,

> 不吉,凶人也。不迪,不道者也。

颠越不恭,

行险以犯上者。

暂遇奸宄，

劫掠行道为奸者也。

我乃劓殄灭之。

轻者劓之，重者殄灭之。

无遗育，无俾易种于兹新邑。往哉生生，今予将试以汝迁，永建乃家。

盘庚下第十一

盘庚既迁，奠厥攸居，乃正厥位，

郊、庙、朝、社之位。

绥爰有众，曰：无戏怠，懋建大命。

生者有以养，死者有以葬祭，勉立此大命也。

今予其敷心腹肾肠，历告尔百姓于朕志，罔罪尔众，尔无共怒，协比谗言予一人。古我先王，将多于前功，适于山，用降我凶德，嘉绩于朕邦。今我民用荡析离居，罔有定极，尔谓朕，曷震动万民以迁？

古我先王，将求多于前人之功，故即于高原近山而居。而天降此凶灾之德，我先王不即迁者，嘉与汝民共施功于我旧邦。而民终不免流离，无所定止，我岂无故震动万民以迁哉？

肆上帝，将复我高祖之德，乱越我家。

济及我家也。

朕及笃敬，恭承民命，用永地于新邑。

我当及此时，敬承上帝恤民之命，以永居于新邑。

肆予冲人，非废厥谋，吊由灵，各非敢违卜，用宏兹贲。

冲，童也。吊，至也。灵，善也。宏，大也。贲，饰也。我非敢不与众谋，但至用其善者，自迁至于奠居，无所不用卜，以大此郊庙朝市之饰。

呜呼！邦伯、师长、百执事之人，尚皆隐哉！

邦伯，诸侯也。师长，公卿也。隐，闵也。

予其懋简相尔。

择贤以助尔。

念敬我众，朕不肩好货，敢恭生生，鞠人谋人之保居，叙钦。

肩，任也，不任好货之人也。敢，果也。恭者必慎，果于利，慎于厚生之道也。鞠人，穷人也。谋人，富人也，富则能谋。贫富相保而居，各以其叙相敬也。此教民厚生之道也。

今我既羞告尔于朕志，若否，罔有弗钦。

若，顺我而迁者也。否，不顺者也。

无总于货宝，

总，聚也。

生生自庸，

各自用其厚生之道。

式敷民德，永肩一心。

民不悦而犹为之，先王未之有也。祖乙圮于耿，盘庚不得不迁。然使先王处之，则动民而民不惧，劳民而民不怨。盘庚德之衰也，其所以信于民者未至，故纷纷如此。然民怨诽逆命，而盘庚终不怒，引咎自责，益开众言，反覆告谕，以口舌代斧钺，忠厚之至。此殷所以不亡而复兴也。后之君子，厉民以自用者，皆以盘庚藉口，予不可以不论。

说命上第十二

高宗梦得说，使百工营求诸野，得诸傅岩，作《说命》三篇。

　　高宗,武丁也,帝小乙之子。傅岩之野,在虞、虢之间。

王宅忧,谅阴三祀。

　　谅,信也。阴,默也。居忧,信任冢宰而不言。

既免丧,其惟弗言,群臣咸谏于王,曰:呜呼! 知之曰明哲,明哲实作则。

　　自知曰明,知人曰哲。

天子惟君万邦,百官承式。

　　式,法也。

王言惟作命,不言,臣下罔攸禀令。王庸作书以诰,曰:以台正于四方,台恐德弗类兹,故弗言。恭默思道,梦帝赉予良弼,其代予言。

　　信一梦,而以天下之政授匹夫,此事之至难者也。武丁恭默思道,神交于上帝,得良弼于梦中。武丁自信可也,天下其孰信之? 故三年不言,既免丧而犹默也。夫天子三年不言,百官万民,莫不忧惧以待命,若大旱之望时雨也,故一言而天下信之若神明。然昔楚庄王、齐威王,皆三年不出令,而以一言致强霸,亦此道也。恨其所得非傅说之流,是以不王。然亦可谓神而明之者矣。

乃审厥象,俾以形,旁求于天下。说筑傅岩之野,惟肖,爰立作相。

　　肖,似也。《史记》:高宗得说,与之语,果圣人,乃举以为相。盖非直以梦而已。

王置诸其左右,命之曰:朝夕纳诲,以辅台德。若金,用汝作砺;若济巨川,用汝作舟楫;若岁大旱,用汝作霖雨。启乃心,沃朕心。

　　渴其言也。

若药弗瞑眩,厥疾弗瘳。若跣弗视地,厥足用伤。

　　瞑眩,愦眊也。药有毒者必瞑眩,人所畏也。跣不视地,为棘茨瓦砾所伤,人所不畏也。君子为国,有革弊去恶之政,如有毒药瞑眩,非

所畏也。谋之不审，虑之不周，以败国事，如跣不视地以伤足，乃所
当畏也。

惟暨乃僚，罔不同心，以匡乃辟。俾率先王，迪我高后，以康兆民。
呜呼！钦予时命，其惟有终。说复于王曰：惟木从绳则正，后从谏
则圣。后克圣，臣不命其承，畴敢不祗若王之休命。

说以匹夫得政，而王虚心以待之者如此，意其必有高世绝人之谋。
今其所以复于王者，曰从谏而已。大哉，仁人之言，约而至也。唐太
宗，中主也，其事父兄，畜妻子，正身治家，有不正者多矣。然所以致
刑措，其成功去圣人无几者，特以从谏而已。说以为此一言，可以圣
也。故首进之。以太宗观之，知从谏之可使狂作圣也。

说命中第十三

惟说命总百官，乃进于王，曰：呜呼！明王奉若天道，建邦设都，树
后王君公，承以大夫师长，不惟逸豫，惟以乱民。

古之天者，皆言民也。民不难出其力，以食诸侯卿士，以养天子
者，岂独以逸乐之哉？将使济己也。此所以为天道也。

惟天聪明，惟圣时宪，惟臣钦若，惟民从乂。

未尝视也，而无不见；未尝听也，而无不闻。此天聪明也，而圣人
法之。

惟口起羞，

多言数穷，故吉人之辞寡。

惟甲胄起戎，

《春秋传》曰："无戎而城，雠必保焉。无故而好甲兵，民疑且畏，致寇
之道也。"

惟衣裳在笥，

笥也，篚也，皆所以盛衣裳币帛者也。以贡曰篚，以赐下曰笥。赵简
子曰："帝赐我二笥衣裳。"不藏之府库，而常在笥以待命，而赐有功，
劝其不忘于进善也。

惟干戈省厥躬。

"苗顽弗即工，帝其念哉"是也。

王惟戒兹，允兹克明，乃罔不休。惟治乱在庶官，官不及私昵，惟其
能；爵罔及恶德，惟其贤。虑善以动，动惟厥时。有其善，丧厥善；
矜其能，丧厥功。惟事事乃其有备，有备无患。无启宠纳侮，

小人有宠则慢其君，故启宠则纳侮之道也。

无耻过作非，惟厥攸居，政事惟醇。

居不醇，则驳杂之政也。史佚曰："无始祸，无怙乱。"孔子曰："无欲
速，无见小利。"颜渊曰："无伐善，无施劳。"其语不同，此所谓立言
者也。譬之药石米粟，天下后世，其皆以藉口。今傅说之言，皆散而
不一，一言一药，皆足以治天下之公患，岂独以训武丁哉！人至于今
诵之也。

黩于祭祀，时谓弗钦。礼烦则乱，事神则难。

高宗之祀，丰数于近庙，故说因以戒之也。

王曰：旨哉。说乃言惟服。

可服行也。

乃不良于言，予罔闻于行。说拜稽首，曰：非知之艰，行之惟艰。王
忱不艰，允协于先王成德，惟说不言，有厥咎。

说命下第十四

王曰：来，汝说。台小子，旧学于甘盘，既乃遁于荒野，入宅于河。
自河徂亳，暨厥终，罔显。

古之君子,明王之世而不肯仕,盖有之矣。许由不仕尧、舜、夷、齐不仕周,商山之老不仕汉,怀宝迷邦,以终其身。是或一道也。武丁为太子,则学于甘盘;武丁即位,而甘盘遁去,隐于荒野,武丁使人求之,迹其所往,则居河滨。自河徂亳,不知其所终。武丁无与共政者,故相说也。旧说乃谓武丁遁于荒野,武丁为太子而遁,决无此理。遁则如吴太伯,岂复立也哉?学者徒见《书》云其在高宗时,旧劳于外,故以武丁为遁。小乙使武丁劬劳于外,以知艰难,决非荒野之遁。又以《书》曰在武丁时,则有若甘盘,故谓武丁即位而甘盘在也。甘盘,武丁师也,盖配食其庙。其曰在武丁时固宜,岂必即位而后师之哉?若武丁遁而复立。不当云"暨厥终,罔显"也。

尔惟训于朕志,若作酒醴,尔惟曲蘗;若作和羹,尔惟盐梅。

砺,切磨己者也。舟楫,济己者也。霖雨,泽民者也。曲蘗、盐梅,和而不同者也。

尔交修予,罔予弃,予惟克迈乃训。说曰:王,人求多闻,时惟建事。

学道将以见之行事也,非独知之而已。

学于古训,乃有获。事不师古,以克永世,匪说攸闻。惟学逊志,务时敏,厥修乃来。允怀于兹,道积于厥躬。

说既勉王以学,又忧其所学者非道也,故曰惟学逊志。逊之言,随也,随其所志而得之。志于仁,则所得于学者皆仁也。志于义,则所得于学者义也。若志于功利,则所得于学者皆功利而已。智足以饰非,辩足以拒谏,皆学之力也。敏于是,则随其所志而至矣。故必先怀仁义之道,然后积学以成之。

惟教学半,

王者之学,且学且教,既以教人,因以修其身,其功半于学。

念终始,典于学,厥德修,罔觉。

积善如长,不自觉也。

监于先王成宪,其永无愆。惟说式克钦承,旁招俊乂,列于庶位。王曰:呜呼,说。四海之内,咸仰朕德,时乃风。股肱惟人,良臣惟圣。

以良臣惟圣,犹以股肱惟人也。

昔先正保衡,

伊尹亦号保衡。

作我先王,乃曰:予弗克俾厥后惟尧、舜,其心愧耻,若挞于市。一夫不获,则曰:时予之辜。佑我烈祖,格于皇天。尔尚明保予,罔俾阿衡,专美有商。惟后非贤不乂,惟贤非后不食。其尔克绍乃辟于先王,永绥民。说拜稽首,曰:敢对扬天子之休命。

高宗肜日第十五

高宗祭成汤,有飞雉升鼎耳而雊,祖己训诸王,作《高宗肜日》《高宗之训》。

此一篇,亡。

高宗肜日,越有雊雉,祖己曰:惟先格王,正厥事。乃训于王曰:惟天监下民,典厥义,降年有永、有不永,非天夭民,民中绝命。民有不若德,不听罪,天既孚命正厥德。乃曰:其如台?呜呼! 王司敬民,罔非天允。典祀无丰于昵。

祭之明日又祭,殷曰肜,周曰绎。雊,号也。格,正也。典,常也。孚,信也。司,主也。允,嗣也。昵,亲也。绎祭之日,野雉雊于鼎耳,此为神告王以宗庙祭祀之失,审矣。故祖己以谓:当先格王心之非。盖武丁不专修人事,数祭以媚神;而祭又丰于亲庙,俭于远者,敬其父,薄其祖,此失德之大者。故傅说、祖己皆先格而正之。祖己之言曰:天之监人有常,义无所厚薄,而降年有永、有不永者,非天夭人,人或以中道自绝于天也。人有不顺之德,不听之罪,天未即诛绝,而以孽祥为符信,以正其德。人乃不悔祸,曰:是孽祥,其如我何?则天必诛绝之矣。今王专主于敬民而已,数祭无益也。夫先王孰非天嗣者,常祀而丰于昵,其可乎?此理明甚,而或者乃谓先王遇灾异,非可以象类求天意,独正其事而已。高宗无所失德,惟以丰昵无过,此乃谄事世主者。言天人本不相与,欲以废《洪范》五行之说。予以为《五行传》未易尽废也。《书》曰"越有雊雉"足矣。而孔子又记其雊于耳,非以耳为祥乎?而曰不可以象类求,过矣!人君于天下无所畏,惟天可以儆之。今乃曰天灾不可以象类求,我自视无过则已矣。为国之害,莫大于此,予不可以不论。

西伯戡黎第十六

殷始咎周,

　　咎,恶也。

周人乘黎,

　　乘,胜也。黎,在上党壶关。

祖伊恐奔,告于受,作《西伯戡黎》。

　　祖己后也。受,纣也,帝乙子。西伯,文王也。戡,亦胜也。

西伯既戡黎,祖伊恐,奔告于王曰:天子,天既讫我殷命,格人元龟,罔敢知吉。

　　人至于道为格人,其言与蓍龟同也。

非先王不相我后人,惟王淫戏用自绝,故天弃我,不有康食,不虞天性,不迪率典。

　　天弃我,故天地鬼神无有安食于我者。"不虞天性"者,父子之亲不相虞度也。"不迪率典"者,五典之亲不相道率也。

今我民,罔弗欲丧,曰:天曷不降威? 大命不挚? 今王其如台?

挚,鸷也,言天何不挚取王乎? 今王无若我何,民不忌王如此。

王曰:呜呼! 我生不有命在天? 祖伊反曰:呜呼! 乃罪多参在上,乃能责命于天。

天子固有天命以保己,今汝罪之闻于天者众矣,天将去汝,岂可复责天以保己之命耶?

殷之即丧,指乃功,不无戮于尔邦。

功,事也,视汝所行之事,虽邦人犹当戮汝,而况于天乎? 孔子曰:"纣之不善,不如是之甚也。"予乃今知之。祖伊之谏,尽言不讳,汉、唐中主所不能容者,纣虽不改,而终不怒,祖伊得全。则后世人主,有不如纣者多矣!

微子第十七

殷既错天命,

错,乱也。

微子作诰父师、少师。

微子,纣兄也。父师,箕子,纣之诸父。少师,比干也。

微子若曰:父师、少师,殷其弗或乱正四方,我祖底遂陈于上。

致成其法度,以陈示后人。

我用沉酗于酒,用乱败厥德于下。殷罔不小大,好草窃奸宄,卿士师师非度。

相师于非法。

凡有辜罪,乃罔恒获。小民方兴,相为敌雠,今殷其沦丧,若涉大水,其无津涯。殷遂丧,越至于今。曰:父师、少师,我其发出狂。

吾家耄逊于荒，今尔无指，告予颠隮，若之何其？

我其奔走去国，若狂人然。吾家之耆老，知纣之必亡，而遁于荒野者多矣。今尔无意告教我，其若颠隮何？

父师若曰：王子，天毒降灾荒殷邦。方兴沉酗于酒，乃罔畏畏。

不畏其可畏乎？

咈其耇长旧有位人，今殷民乃攘窃神祇之牺牷牲用，以容将食，无灾。

色纯曰牺，体完曰牷，牛羊豕曰牲。用，器也。盗天地宗庙之牲器，以相容匿，且以祭器食，而曰无灾。

降监殷民，用乂雠敛，召敌雠不怠。

言殷之君臣，下视其民若仇雠而聚敛之，以此为治，力行不怠，皆召敌雠之道也。

罪合于一，多瘠罔诏。

瘠，病也。君臣为一，皆病矣，无从告之者。

商今其有灾，我兴受其败，商其沦丧，我罔为臣仆。

商之有灾而未亡也，我起而正之，则受其祸。若其既亡也，我又无与为臣仆者，此所以佯狂而为奴也。

诏王子出迪，我旧云刻子。王子弗出，我乃颠隮，

刻，害也。箕子在帝乙时，以微子长且贤，欲立之，而帝乙不可，卒立纣。纣忌此两人，故箕子曰：子之出固其道也，我旧所云者害子，子若不出，则我与子皆危矣。

自靖。

靖，安也。微子之告箕子，若欲与之皆去，然箕子曰：吾三人者，各行其志，自用其心之所安者而已。

人自献于先王，

人各自以其意贡于先王,微子以去之为续先王之国,箕子以为之奴为全先王之嗣,比干以谏而死为不负先王也。

我不顾行遁。

不念与汝皆行也。

东坡书传卷九

周书

泰誓上第一

惟十有一年,武王伐殷。一月戊午,师渡孟津,作《泰誓》三篇。

> 文王受命九年而崩。武王以大统未集,故即位而不改元。十一年丧毕,观兵于商而归。至十三年,乃复伐商。叙所谓"十一年武王伐殷"者,观兵之事也。所谓"一月戊午,师渡孟津,作《泰誓》"者,十三年之事也。而并为一年言之,疑叙文有阙误。

惟十有三年春,大会于孟津。王曰:嗟! 我友邦冢君,越我御事、庶士,明听誓!

> 天子有友诸侯之义。冢,大也。御,治也。

惟天地,万物父母。惟人,万物之灵。亶聪明,作元后,元后作民父母。今商王受,弗敬上天,降灾下民;沉湎冒色,敢行暴虐;罪人以族,官人以世。

> 挐戮,汤事也,而"罪人以族"则为纣罪;赏延于世,舜德也,而"官人以世"则为纣恶者,汤之挐戮,徒言之而不用;舜之赏延,非官人也。

惟宫室、台榭、陂池、侈服,以残害于尔万姓,焚炙忠良,刳剔孕妇。皇天震怒,命我文考,肃将天威,大勋未集。肆予小子发,以尔友邦冢君,观政于商。

> 或曰:武王观政于商,欲纣改过,不幸而不悛,若其悛也,则武王当复

北面事之欤？曰：否。文王、武王之王也久矣，纣若改过，不过存其
社稷、宗庙，而封诸商，使为二王后也。以为武王退而示弱，固陋矣，
而曰复北面事之者，亦过也。

惟受罔有悛心，乃夷居，

安居自若也。

弗事上帝神祇。遗厥先宗庙弗祀，牺牲粢盛，既于凶盗。乃曰：吾
有民有命。罔惩其侮。天佑下民，作之君，作之师。惟其克相上
帝，宠绥四方，有罪无罪，予曷敢有越厥志？同力度德，同德度义。

力均以德，德均以义，则知胜负矣。

受有臣亿万，惟亿万心；予有臣三千，惟一心。商罪贯盈，天命诛
之。予弗顺天，厥罪惟钧。予小子夙夜祇惧，受命文考，类于上帝，
宜于冢土。

冢土，社也。祭社曰宜。

以尔有众，底天之罚。天矜于民，民之所欲，天必从之。尔尚弼予
一人，永清四海。时哉，弗可失。

泰誓中第二

惟戊午，王次于河朔。群后以师毕会，王乃徇师而誓，曰：呜呼！西
土有众，咸听朕言：我闻吉人为善，惟日不足；凶人为不善，亦惟日
不足。今商王受，力行无度，播弃黎老，昵比罪人，淫酗肆虐；臣下
化之，朋家作仇，胁权相灭。无辜吁天，秽德彰闻。惟天惠民，惟辟
奉天。有夏桀，弗克若天，流毒下国，天乃佑命成汤，降黜夏命。惟
受罪浮于桀，剥丧元良，

剥，落也。丧，去也。古者谓去国为丧。元良，微子也。微子，纣之
同母兄，而谓之庶子，不得立者，生于帝乙未即位之前也。以礼言

之，当与纣均为嫡子，而微子长，故成王命之曰"殷王元子"。

贼虐谏辅。

比干也。

谓己有天命，谓敬不足行，谓祭无益，谓暴无伤。厥监惟不远，在彼夏王。天其以予乂民，朕梦协朕卜，

高宗言梦，文王、武王言梦，孔子亦言梦者，其情性治，其梦不乱。

袭于休祥，戎商必克。受有亿兆夷人，离心离德；予有乱臣十人，同心同德。

夷人，平民也。古今传十人，为文母、周公、太公、召公、毕公、荣公、太颠、闳夭、散宜生、南宫括。孔子曰："有妇人焉，九人而已。"

虽有周亲，不如仁人。

十人之中，虽有周、召之亲，然皆仁人，非以亲用也。

天视自我民视，天听自我民听，百姓有过，在予一人。今朕必往，我武惟扬，侵于之疆，取彼凶残，我伐用张，于汤有光。

汤放桀而有惭德，今我亦为之，汤不愧矣。

勖哉，夫子！罔或无畏，宁执非敌。百姓懔懔，若崩厥角。

勖，勉也。戒民无轻敌，宁执是心，曰我不足以敌，纣民畏纣之虐，若崩厥角也。

呜呼！乃一德一心，立定厥功，惟克永世。

泰誓下第三

时厥明，

戊午之明日也。

王乃大巡六师，明誓众士。王曰：呜呼！我西土君子，天有显道，厥类惟彰。

天有明人之道,明其类德者。

今商王受,狎侮五常。

五常,五典也。狎侮五典,以人伦为戏也。

荒怠弗敬,自绝于天,结怨于民。斫朝涉之胫,剖贤人之心,作威杀戮,毒痛四海。

痛,病也。

崇信奸回,放黜师保;屏弃典刑,囚奴正士;郊社不修,宗庙不享;作奇技淫巧,以悦妇人。上帝弗顺,祝降时丧。

祝,断也。

尔其孜孜,奉予一人,恭行天罚。古人有言曰:抚我则后,虐我则雠。独夫受,洪惟作威,乃汝世雠。树德务滋,除恶务本。

滋,广也。言止取纣也。

肆予小子,诞以尔众士,殄歼乃雠。尔众士,其尚迪果毅,以登乃辟,功多有厚赏,不迪有显戮。呜呼!惟我文考,若日月之照临,光于四方,显于西土。惟我有周,诞受多方。予克受,非予武,惟朕文考无罪;受克予,非朕文考有罪,惟予小子无良。

兵,凶事也。以武王与纣,犹有胜负之忧,为文王羞,是以先王重用兵也。

牧誓第四

武王戎车三百两,虎贲三百人,

虎贲,猛士也,若虎之奔兽。

与受战于牧野,作《牧誓》。

《春秋》:晋与楚战,皆七八百乘,武王能以三百乘、三百人克纣者,其德与政皆胜,且诸侯之兵助之者众也。

时甲子昧爽,王朝至于商郊牧野,

> 在朝歌南。

乃誓。王左杖黄钺,右秉白旄以麾。

> 黄钺,以金饰也。军中指麾,白则见远。王无自用钺之理,以为仪耳,故左杖黄钺。麾非右手不能,故右秉白旄。此事理之常,本无异说,而学者妄相附致,张为议论,皆非其实。凡若此者不取。

曰:逖矣! 西土之人。

> 逖,远也。

王曰:嗟! 我友邦冢君,御事、司徒、司马、司空、

> 御事,治事也,指此三卿也。六卿止言三,古者官不必备,或三公兼之。

亚旅、师氏、

> 亚旅,众大夫,其位次卿。师氏,亦大夫,主以兵守门。

千夫长、百夫长、及庸、蜀、羌、髳、微、卢、彭、濮人。

> 《春秋传》:楚饥,庸与百濮伐之。庸,上庸县。濮,即百濮也。又楚伐罗,罗与卢戎两军之,盖南蛮之属楚者。羌,先零、罕开之属。彭,今属武阳,有彭亡。髳、微、阙。则知此数国,皆西南之夷。

称尔戈,比尔干,立尔矛,予其誓。王曰:古人有言曰:牝鸡无晨,牝鸡之晨,惟家之索。今商王受,惟妇言是用,昏弃厥肆祀,弗答;

> 肆祀,所陈祭祀也。祀所以报也,故谓之答。

昏弃厥遗王父母弟,不迪。

> 王父母及母弟,皆先王之遗允,不以道遇之也。

乃惟四方之多罪逋逃,是崇是长,是信是使,是以为大夫卿士。俾暴虐于百姓,以奸宄于商邑。今予发,惟恭行天之罚。今日之事,不愆于六步、七步,乃止齐焉。夫子勖哉! 不愆于四伐、五伐、六伐、七伐,乃止齐焉。

孙武言用兵,其势险,其节短,故不过六步、七步,四伐、五伐、六伐、
七伐,必少休而整齐之。伐,击刺也。

勖哉,夫子! 尚桓桓,如虎如貔,如熊如罴。于商郊,弗迓克奔,以
役西土。

纣师能来奔者,勿复迎击,以劳役我西土之人。

勖哉,夫子! 尔所弗勖,其于尔躬有戮!

武成第五

武王伐殷,往伐归兽,识其政事,作《武成》。

自往伐至归牛马,皆记之。

惟一月壬辰,旁死魄。越翼日癸巳,王朝步自周,于征伐商。厥四
月,哉生明,王来自商,至于丰。

壬辰未有事,先书"旁死魄"者,记月之生死,使千载之日,后世可考
也。历法以月起,故《书》多记生死、朒望,皆先事而书,所以正历也。

乃偃武修文,归马于华山之阳,放牛于桃林之野,示天下弗服。

华山之阳,有山川焉,然地至险绝,可入而不可出。桃林之野,在华
山东,亦险阻。归马牛于此,示天下弗服也。《春秋传》曰:"天生五
材,民并用之,阙一不可。"谁能去兵? 兵不可去,则牛马不可无,虽
尧、舜之世,牛马之政不可不修。而武王归马休牛,倒载干戈,包之
虎皮,示不复用者,盖势有不得不然者也。夫以兵雄天下,杀世主而
代之,虽盛德所在,惧者众矣。武庚,纣子也。杀其父,用其子,付之
以殷民。武王知其必叛矣,然必用之,纣子且用,况其余乎? 所以安
诸侯之惧也。楚灵王既县陈、蔡,朝诸侯,卜曰:当得天下。民患王
之无厌也,故从乱如归。知伯、夫差,皆以此亡。战胜而不已,非独
诸侯惧也,吾民先叛矣。汤、武皆畏之,故汤以惭德令诸侯,曰:"栗

栗危惧,若将陨于深渊。"其敢复言兵乎?武王之偃武,则汤之惭德也。秦、汉惟不知此,故始皇不及一世而天下乱,汉虽不亡,然诸侯、功臣皆叛,高祖以流矢崩,不偃武之过也。

丁未,祀于周庙。邦、甸、侯、卫,骏奔走执豆笾。越三日庚戌,柴望,大告武成。既生魄,庶邦冢君暨百工,受命于周。王若曰:鸣呼!群后,惟先王建邦启土,公刘克笃前烈,至于大王,肇基王迹,王季其勤王家。

> 先王,当作先公,后稷也。或曰先王谓舜也,舜始封后稷于邰。公刘,后稷曾孙,鞠之子。太王,后稷十二世孙,公叔祖类之子,谓古公亶父也。其子王季,谓季历也。

我文考文王,克成厥勋,诞膺天命,以抚方夏。大邦畏其力,小邦怀其德,惟九年,大统未集。

> 文王以虞、芮质厥成之后改元,九年而崩。

予小子,其承厥志,底商之罪,告于皇天后土、所过名山大川,曰:惟有道曾孙周王发,

> 有道,指其父祖也。

将有大正于商。今商王受无道,暴殄天物,害虐烝民,为天下逋逃主,萃渊薮。

> 天下有罪而逃归纣者,纣皆主之,藏如渊薮之聚鸟兽也。

予小子,既获仁人,

> 谓乱臣十人。

敢祇承上帝,以遏乱略,华夏蛮貊,罔不率俾。恭天承命,肆予东征,绥厥士女。惟其士女,篚厥玄黄,昭我周王。天休震动,用附我大邑周。惟尔有神,尚克相予,以济兆民,无作神羞。既戊午,师逾孟津。癸亥,陈于商郊,俟天休命。甲子昧爽,受率其旅若林,会于

牧野,罔有敌于我师。前徒倒戈,攻于后以北,血流漂杵。

> 纣师自相攻,至血流漂杵,非武王之罪。然孟子不取者,谓其应兵
> 也,恶其以此自多而言之也。

一戎衣,天下大定,乃反商政。政由旧,释箕子囚,封比干墓,式商
容闾。

> 商容,贤者,而纣不用。车过其闾,式以礼之。

散鹿台之财,发钜桥之粟,大赉于四海,而万姓悦服。

> 非独以惠民,亦以示不复用兵也。

列爵惟五,

> 公、侯、伯、子、男。

分土惟三,

> 公侯百里、伯七十里、子男五十里。自《孟子》《王制》皆云尔,此周
> 制也。郑子产言:“列国一同,今大国数圻,若无侵小,何以至焉?”
> 而《周礼》乃曰:公之地五百里,侯四百里,伯三百里,子二百里,男
> 百里,凡五等。《礼》曰:封周公于曲阜,地方七百里。皆妄也。先儒
> 以谓周衰,诸侯相并,自以国过大违礼,乃除灭旧文,而为此说。独
> 郑玄之徒,以谓周初因商三等,其后周公攘戎狄、斥广中国,大封诸
> 侯。夫攘戎斥地,能拓边耳,自荒服以内诸侯,固自如也。周公得地
> 于边,而增封于内,非动移诸侯,迁其城郭庙社,安能增封乎? 知玄
> 之妄也。而近岁学者,必欲实《周礼》之言,则为之说曰:公之地百
> 里而已,五百里者,并附庸言之。夫以五百里之地,公居其一,而附
> 庸居其四,岂有此理哉? 予专以《书》《孟子》《王制》及郑子产之言
> 考之,知《周礼》非圣人之全书明矣。

建官惟贤,位事惟能。重民五教,惟食丧祭。惇信明义,崇德报功。
垂拱而天下治。

东坡书传卷十

洪范第六

武王胜殷，杀受，立武庚，以箕子归，作《洪范》。

> 洪范，大法也。武王杀受，立武庚，非所以问《洪范》者，而孔子于此言之，明武王之得箕子，盖师而不臣也。箕子之言曰：殷其沦丧，我罔为臣仆。殷亡，则箕子无复仕之道，以此表正万世，为君臣之法。如伯夷、叔齐之志也。箕子之道德，贤于微子，而况武庚乎？武王将立殷后，必以箕子为首，微子次之，而卒立武庚者，必二子辞焉。武庚死，而立微子，则是箕子固辞，而不可立也。太史公曰：武王封箕子朝鲜，而不臣也。非五服之外，宾客之国，则箕子不可得而侯也。然则曷为为武王陈《洪范》也？天以是道畀禹，而传至于箕子，不可使自我而绝也。以武王而不传，则天下无复可传者矣。故为箕子之道者，传道则可，仕则不可。此孔子叙《书》之意也。

惟十有三祀，王访于箕子，

> 商曰祀，周曰年。在周而称"祀"，亦箕子不事周之意。

王乃言曰：呜呼，箕子！惟天阴骘下民，相协厥居。我不知其彝伦攸叙。

> 骘，升。彝，常也。伦，理也。天人有相通之道，若显然而通之，以交于天地、鬼神之间，则家为巫史矣。故尧命重、黎绝地天通，惟达者为能默然而心通也谓之阴骘。君子而不通天道，则无以助民而合其居矣，故武王以天人常类之次访箕子。

箕子乃言曰：

> "乃言曰"，难之也。王虚心而后问，箕子辞让而后对也。

我闻在昔，鲧陻洪水，汩陈其五行。帝乃震怒，不畀洪范九畴，彝伦攸斁，鲧则殛死。禹乃嗣兴，天乃锡禹洪范九畴，彝伦攸叙。

> 汩，乱也。九畴，如草木之区别也。斁，厌也。执一而不知变，鲜不厌者。孔子曰："克伐怨欲不行焉，可谓仁矣。"好胜之谓克。治民而求胜民者必亡，治病而求胜病者必杀人。尧谓鲧"方命圮族"，《楚词》云："鲧婞直以亡身。"知其刚愎好胜者也。五行，土胜水，鲧知此而已，不通其变。夫物之方壮，不达其怒，而投之以其所畏，其争必大，岂独水哉！以其殛死，知帝之震怒也。旧说，河出图，洛出书。《河图》为八卦，《洛书》为九畴。其传也尚矣，学者或疑而不敢言，以予观之，图书之文，必粗有八卦、九畴之象数，以发伏羲与禹之知。
>
> 如《春秋》之以麟作也，岂可谓无也哉！

初一曰五行，

> 无所不用五行，故不言用。

次二曰敬用五事，次三曰农用八政，

> 农，厚也。

次四曰协用五纪，次五曰建用皇极，次六曰乂用三德，次七曰明用稽疑，次八曰念用庶征，次九曰向用五福，威用六极。

> 向，趋也。用福极，使人知所趋避也。

一五行：一曰水，二曰火，三曰木，四曰金，五曰土。

> 此五行生数也，生成之数，解见《易传》。

水曰润下，火曰炎上，木曰曲直，金曰从革，土爰稼穑。

> 皆其德也。水不润下则不能生物，故水以润下为德。火不炎上则不能熟物，故火以炎上为德。木曰曲直，谓其能从绳墨也，木不曲直则

不能栋宇,故木以曲直为德。金曰从革,谓其能就熔范也,金不变化则不能成器,故金以从革为德。土无所不用,不可以一德名,而其德盛于稼穑。不曰"曰"而曰"爰",爰,于也;曰者,所以名之也。无成名,无专气,无定位,盖曰于此稼穑,而非所以名之也。

润下作咸,炎上作苦,曲直作酸,从革作辛,稼穑作甘。

五行之所作,不可胜言也,可言者,声色臭味而已。人之用是四者,惟味为急,故举味以见其余也。

二五事:一曰貌,二曰言,三曰视,四曰听,五曰思。貌曰恭,言曰从,视曰明,听曰聪,思曰睿。恭作肃,从作义,明作晢,聪作谋,睿作圣。

人生而有耳目口鼻,视听言思之具。中有知而外有容,与生俱生者也。今五事,先貌而次言,然后有视听,已而乃有思,何也?人之生也,五事皆具,而未能用也。自其始孩,而貌知恭,见其父母,匍匐而就之,擎踞而礼之,是貌恭者先成也。稍长而知言语,以达其意,故言从者次之。于是始有识别,而目乃知物之美恶,耳乃知事之然否,于是而致其思,无所不至矣。故视明、听聪,思睿者又次之。睿者,达也,穷理之谓也。貌恭而人畏之,谓之肃;言从而民服之,谓之义。视明而不为色所眩谓之晢,听聪而不为言所移谓之谋。致思,自"穷理尽性以至于命",谓之圣。此天理之自然,由匹夫而为圣人之具也。圣人以为此五者之事,可以交天人之际,治阴阳之变。山川之有草木,如人之有容色威仪也,故貌为木,而可以治雨。金之声,如人之有言也,故言为金,而可以治旸。火之外景,如人之有目也,故视为火,而可以治燠。水之内景,如人之有耳也,故听为水,而可以治寒。土行于四时,金、木、水、火得之而后成,如人心之无所不在也,故思为土,而可以治风。此《洪范》言天人之大略也。或曰:"五事之叙,与五行之叙异,盖从其相胜者。"是殆不然。圣人叙五事,专以人事之理为先后,如向所云者,其合于五胜,适会其然耳。从而为之说,则过矣。

三八政:一曰食,二曰货,三曰祀,四曰司空,五曰司徒,六曰司寇,七曰宾,八曰师。

食为首,货次之,祀次之,食货所以养生,而祀所以事死也。生死之理得,则司空定其居,居定而后可教,既教而后可诛,故司空、司徒、司寇次之。所以治民者至矣!然后治诸侯,治诸侯莫若礼,所以宾之者备矣!而犹不服,则兵可用,故宾而后师。

四五纪:一曰岁,

岁星所次也。

二曰月,

月所缠也。

三曰日,

日所在也。

四曰星辰,

星,二十八宿;辰,十二次也。星辰者,岁、月、日之所行也。此四者,所以授民时也。

五曰历数。

以历授民时,则并彼四者为一矣,岂复与彼四者列而为五哉?予以是知历者,授民时者也。数者,如阳九百六之类,圣人以是前知吉凶者也。《书》曰:"天之历数在尔躬。"

五皇极:

大而无际谓之皇,庄子曰"无门无旁,四达之皇皇"。至而无余谓之极,子思子曰:"喜怒哀乐之未发谓之中。"道有进此者乎,故曰"极",亦曰"中",孔子曰:"过犹不及。"学者因是以谓"中者,过与不及之间之谓也"。陋哉,斯言也! 瞆者之言,不粗则微,何也? 耳之官废,则粗微之制不在我也。聪者之言无粗微,岂复择粗微之间而后言乎? 中则极,极则中,"中""极"一物也。学者知此,则几矣。

皇建其有极,

> 大立是道,以为民极。

敛时五福,用敷锡厥庶民,惟时厥庶民,

> 我有是道,五福自至,可以锡庶民矣。

于汝极。

> 我有是道,则民皆取中于我。

锡汝保极,

> 我有是道,则民皆保我以安。我以五福锡民,民以保安锡我。

凡厥庶民,无有淫朋,人无有比德:惟皇作极。凡厥庶民,有猷有为有守,汝则念之。不协于极,不罹于咎,皇则受之,而康而色,曰:予攸好德。汝则锡之福,时人斯其惟皇之极。无虐茕独,而畏高明。人之有能有为,使羞其行,而邦其昌。凡厥正人,既富方谷。汝弗能使有好于而家,时人斯其辜。于其无好德,汝虽锡之福,其作汝用咎。

> 皇极之道大矣,无所不受,无所不可。苟非淫朋比德,自弃于邪者,皆可受而成就之,与作极也。有猷者,有谋虑者也;有为者,有材力者也;有守者,有节守者也。皆可与作极者也,汝则念之勿忘也。虽不协于极,而未丽于恶者,汝则受之勿弃也。有自言者曰:我所好者德也,虽真伪未可知,汝则锡之福,则人知为善之利,斯大作极矣。虐茕独而畏高明,则人慕富贵,厌贫贱,利不在于为善矣。人之有能有为,皆得自进,而邦乃昌。虽正人亦有见而后仁,既富而后为善者,汝知其不邪,斯可进矣,不必待其有善而后禄也。汝见正人而不能进,使与汝国家相好,则此正人亦或去而为恶也。于其无好德者,

所谓淫朋比德，自弃于邪者也，斯人而锡之福，则汝亦有咎矣。大哉，皇极之道！非大人其孰能行之？呜呼！此固硁硁者之所大失也欤！不协于极而受之，自言好德而信之，必有欺我而败事者矣。然得者必多，失者必少，唐武氏之无道也，独于进人无所留难，非徒人得荐，士亦许自举其材。其后开元贤臣致刑措者，皆武氏所收也。德宗好察而多忌，士无贤愚，皆不得进，国空无人，以致奉天之祸。故陆贽有言："武后以易得人，而陛下以精失士。"至哉，斯言也！昔常衮为相，艰于进人，贤愚同滞。及崔祐甫代之，未期年，除吏八百，多其亲旧，其曰非亲旧，莫由知之。若祐甫与贽，真可与论皇极者也！

无偏无陂，遵王之义；无有作好，遵王之道；无有作恶，遵王之路；无偏无党，王道荡荡；无党无偏，王道平平；无反无侧，王道正直。会其有极，归其有极。

偏、陂、反、侧，而作好恶，此最害皇极者。皇极无可作，可作非皇极也。去其害皇极而已。

曰皇极之敷言，是彝是训，于帝其训。

天之锡禹九畴，不能如是谆谆也，盖粗有象数而已。禹、箕子推而广之，至皇极尤详。曰：此非皆帝之言也，皇极之敷言也，帝以数象告，而我敷广其言为彝训，亦与帝言无异，故曰"于帝其训"。

凡厥庶民，极之敷言，是训是行，以近天子之光。曰天子作民父母，以为天下王。

皇极非独天子事也，使庶人而能训行此敷言者，其功烈岂可胜言哉！亦足以附益天子之光明，且能使其民爱其君如父母也。

六三德：一曰正直，二曰刚克，三曰柔克。平康正直，强弗友刚克，燮友柔克。

不刚不柔曰正直。孔子曰："以直报怨。"平安无事，用正直而已。

燮,和也。过强不顺者,则以刚胜之人治之。和顺者,则以柔顺之人
养之。所谓"刚亦不吐,柔亦不茹"也。

沉潜刚克,高明柔克。

沉潜,地也。坤至柔,而动也刚,是以刚胜也。高明,天也,天为刚
德,犹不于时,是以柔胜也。《坤》六二"直方大',《乾》上九"亢龙有
悔"。臣当执刚以正君,君当体柔以纳臣也。

惟辟作福,惟辟作威,惟辟玉食。臣无有作福、作威、玉食,臣之有
作福、作威、玉食,其害于而家,凶于而国。人用侧颇僻,民用僭忒。

圣人之忧世深矣,其言世为天下则。既陈天地、君臣、刚柔之道矣,
则忧后世,因是以乱君臣之分,故复深戒之。

七稽疑:择建立卜筮人。

将与卿士,皆谋及之,其可不择而立乎?

乃命卜筮,

卜筮必命此人,不使不立者占也。

曰雨,

其兆如雨。

曰霁,

如雨止。

曰蒙,

如蒙雾。

曰驿,

兆络驿不相属。

曰克,

兆相错入也。

曰贞,曰悔,

《春秋传》曰:秦伯伐晋,卜徒父筮之,遇《蛊》,曰:"《蛊》之贞,风也;其悔,山也。"是内卦为贞,外卦为悔也。卦之不变者,占卦而不占爻,故用贞、悔占之。变者,则止以所变之爻占之。其谓之贞、悔者,古语如此,莫知其训也。

凡七。卜五,占用二,衍忒。

衍,推也;忒,过也,谓变而适他卦者也。卜用其五,占也于二。曰贞曰悔,此其不变者耳,又当推其变者皆占之。

立时人作卜筮,三人占,则从二人之言。

既立此人为卜筮矣,则当信而从之。其占不同,则当从众。

汝则有大疑,谋及乃心,谋及卿士,谋及庶人。

圣人无私之至,视其心,与卿士、庶人如一,皆谋及之。《周礼》有外朝致民之法,然上酌民言,听舆人之诵,皆谋及之道也。

谋及卜筮,汝则从,龟从,筮从,卿士从,庶民从,是之谓大同。身其康强,子孙其逢吉。汝则从,龟从,筮从,卿士逆,庶民逆,吉。卿士从,龟从,筮从,汝则逆,庶民逆,吉。庶民从,龟从,筮从,汝则逆,卿士逆,吉。汝则从,龟从,筮逆,卿士逆,庶民逆,作内吉,作外凶。龟、筮共违于人,用静吉,用作凶。

内,祭祀,昏冠之类。外,出师,征伐之类。

八庶征:曰雨,曰旸,曰燠,曰寒,曰风,曰时。

貌,木也,其征为雨。言,金也,其征为旸。视,火也,其征为燠。听,水也,其征为寒。思,土也,其征为风。圣人何以知之? 以四时知之也。四时之气,木为春,春多雨,故雨为貌征。金为秋,秋多旱,故旸为言征。火为夏,夏多燠,故燠为视征。水为冬,冬多寒,故寒为听征。土为四季,而风行于四时,故风为思征。箕子既叙此五征矣,则又有"曰时"者,明此五征以四时五行推知之也。

五者来备，各以其叙，庶草蕃庑。一极备凶，一极无凶。

> 备者，皆有而不过也。极备者，过多也；极无者，过少也。此五者，有
> 一如此，则皆凶也。

曰休征，曰肃，时雨若。曰乂，时旸若。曰晢，时燠若。曰谋，时寒
若。曰圣，时风若。曰咎征，曰狂，恒雨若。

> 貌不肃则狂。

曰僭，恒旸若。

> 言不从则僭。僭，不信也。

曰豫，恒燠若。

> 视不晢则豫，豫淫乐于色也。

曰急，恒寒若。

> 听不聪则曰急。急，过察也。

曰蒙，恒风若。

> 思不睿则蒙。蒙，暗也。

曰：王省惟岁，

> 自此以下，皆五纪之文也。简编脱误，是以在此。其文当在"五日
> 历数"之后。庄子曰：除日无岁，王省百官，而不兼有司之事，如岁之
> 总日月也。

卿士惟月，师尹惟日。

> 卿士亦不侵师尹之职也。

岁、月、日、时无易，百谷用成。乂用明，俊民用章，家用平康。日、
月、岁、时既易，百谷用不成，乂用昏不明，俊民用微，家用不宁。

> 岁、月、日、时相夺，则百谷不成。君臣相侵，则治不明俊，民微而家
> 不宁。

庶民惟星，星有好风，星有好雨，日月之行，则有冬有夏。月之从

星,则以风雨。

> 箕好风,毕好雨,月在箕则多风,在毕则多雨。言岁之寒燠由日月,其风雨由星,以明卿士之能为国休戚,庶民之能为君祸福也。

九五福:一曰寿,二曰富,三曰康宁,

> 无疾病。

四曰攸好德,

> 作德,心逸日休,其为福也大矣。

五曰考终命。

六极:

> 极,穷也。

一曰凶短折,

> 不得其死曰凶。

二曰疾,

> 多疾病。

三曰忧,

> 人有常戚戚者,亦命也。

四曰贫,五曰恶,

> 丑陋也。

六曰弱。

> 尪劣也,福之反则极也,极之对则福也。五与六,岂其尽之? 皇极之建则多福,不建则多极,皆其大略也。必曰何以致之,则过矣!

武王既胜殷邦,诸侯斑宗彝,作《分器》。

> 宗彝,宗庙彝尊也。以为诸侯分器。一篇,亡。

东坡书传卷十一

旅獒第七

西旅献獒,太保作《旅獒》。

召公也。

惟克商,遂通道于九夷八蛮,西旅底贡厥獒,

西方之国有以獒为贡者。旅,陈也。《春秋传》曰:"庭实旅百。"犬四
尺曰獒。

太保乃作《旅獒》,用训于王。曰:呜呼! 明王慎德,四夷咸宾,无
有远迩,毕献方物,惟服食器用。王乃昭德之致于异姓之邦,无替
厥服。

如"以肃慎楛矢分陈"之类,使知王能以德致四夷之物,况诸夏乎?

分宝玉于伯叔之国,时庸展亲。

如以夏后氏之璜分鲁之类,以布亲亲之意。

人不易物,惟德其物。

同是物也,有德则贵,无德则贱。

德盛不狎侮,狎侮君子,罔以尽人心。

君使臣以礼。

狎侮小人,罔以尽其力。

小人学道则易使。

不役耳目,百度惟贞。

不以声色为役。

玩人丧德，玩物丧志。志以道宁，言以道接。

　　玩人则人不我敬，故丧德；玩物则志以物移，故丧志。志丧则中乱，

　　故志以道宁；德丧则人离，故言以道接。

不作无益害有益，功乃成。不贵异物贱用物，民乃足。

　　民争为异物，以中上好，则农工病矣。

犬马非其土性不畜，珍禽奇兽不育于国。不宝远物，则远人格。

　　夷狄性贪，故喜廉而畏贪。古之循吏，能以廉服夷狄者多矣，而贪吏

　　亦足以致寇，况于王乎？周穆王得狼、鹿尔，而荒服因以不至。

所宝惟贤，则迩人安。呜呼！夙夜罔或不勤，不矜细行，终累大德。

为山九仞，功亏一篑。

　　大德，细行之积也。九仞，一篑之积也。

允迪兹，生民保厥居，惟乃世王。

巢伯来朝，芮伯作《旅巢命》。

　　芮，在冯翊临晋县。一篇，亡。

金縢第八

武王有疾，周公作《金縢》。

　　《金縢》之书，缘周公而作，非周公作也。周公作金縢策书尔。

既克商二年，王有疾，弗豫。

　　犹言不怿也。

二公曰：我其为王穆卜。

　　太公、召公也。穆，敬也。

周公曰：未可以戚我先王。

　　二公欲卜于庙，周公曰：王疾无害，未可以忧我先王。周公欲自以身

　　祷，故以此言拒二公。

公乃自以为功，

> 功，事也。

为三坛同墠。

> 筑土曰坛，除地曰墠。

为坛于南方，北面，周公立焉，植璧秉圭，乃告太王、王季、文王。

> 植，置也。秉，执圭。

史乃册，祝，

> 史，太史也。册，祝册也。告神祝辞，书之册以告。

曰：惟尔元孙某，遘厉虐疾。若尔三王，是有丕子之责于天，以旦代某之身。

> 某，发也。丕，壮大也。言尔三王，天必欲取其一壮大子孙者，则旦亦丕子也，可以代之。

予仁若考，能多材多艺，能事鬼神。乃元孙不若旦多材多艺，不能事鬼神。乃命于帝庭，敷佑四天，用能定尔子孙于下地。四方之民，罔不祗畏。呜呼！无坠天之降宝命，我先王亦永有依归。

> 我仁孝，能顺父祖，且多材多艺，于事鬼神为宜。乃元孙材艺不若旦，而有人君德度，留以王天下为宜。死生有可相代之理，世多疑之。予观近世匹夫匹妇，为其父母发一至诚之心，以动天地鬼神者多矣，况周公乎？且周公之祷，非独弟为兄、臣为君也，乃为天下、为先王祷也。上帝听而从之，无足疑者。世之所以疑者，以己之多伪，而疑圣人之不情也。

今我即命于元龟，尔之许我，我其以璧与珪，归俟尔命；尔不许我，我乃屏璧与珪。乃卜三龟，一习吉。启籥见书，乃并是吉。公曰：体，王其罔害，予小子新命于三王，惟永终是图。

> 龟之兆吉凶也详矣，故许不许皆听命于龟。已而视龟之体，知王之

罔害,己亦莫之代也,故曰:予受命于三王,王之寿考长终可图也。

兹攸俟,能念予一人。

> "一人"者,指武王也。武王临天下未久,人之念其德者尚浅,周公忧其崩,而或叛之,故欲以身代。既见三龟之吉,知王之未崩,天假之年以绍其德,故曰此可以待天下之能念王也。

公归,乃纳册于金縢之匮中。

> 縢,缄也。以金缄之,欲人之不发也。

王翼日乃瘳。武王既丧,管叔及其群弟乃流言于国,

> 管叔鲜,武王弟也。群弟,蔡叔度、霍叔处之流也。武王崩,成王幼,周公专国政,故群叔疑而流言也。

曰:公将不利于孺子。

> 成王也。

周公乃告二公曰:我之弗辟,我无以告我先王。

> 辟,诛也。管叔之当诛者,挟殷以叛也。

周公居东二年,则罪人斯得。

> 二年而后克,明管、蔡亦得众也。

于后,公乃为诗以贻王,名之曰《鸱鸮》。

> 《豳诗》。鸱鸮,恶鸟也。破巢取卵,以比管、蔡之害王室及成王也。

王亦未敢诮公。

> 未敢诮,明其心之疑也。

秋大熟,未获,天大雷电以风,禾尽偃,大木斯拔,邦人大恐。王与大夫尽弁,以启金縢之书。

> 皮弁也。意当时占国休咎之书,皆藏金縢,故周公纳册于此,而成王遇灾而惧,亦启此书也。

乃得周公所自以为功、代武王之说。二公及王乃问诸史与百执事,

对曰:信。噫! 公命我勿敢言。王执书以泣,曰:其勿穆卜。昔公勤劳王家,惟予冲人弗及知。今天动威,以彰周公之德。惟朕小子其新逆,

> 自新,且使人逆公。公时尚在东也。

我国家礼亦宜之。王出郊。

> 郊告,谢罪。

天乃雨,反风。

> 雨降风回,天意得,而灾乃解。

禾则尽起。二公命邦人,凡大木所偃,尽起而筑之。岁则大熟。

> 大木既拔,筑之而复生,此岂人力之所及哉? 予以是知天人之不相远。凡灾异,可以推知其所自。《五行传》,未易尽废也。

大诰第九

武王崩,三监及淮夷叛。周公相成王,将黜殷,作《大诰》。

> 三监,管、蔡、武庚。淮夷,徐奄之属也。

王若曰:猷,大诰尔多邦,越尔御事。

> 猷,谋也。越,及也。

弗吊,天降割于我家,不少延。

> 天弗吊恤我,降丧于我邦家,不少延武王之命。

洪惟我幼冲人,嗣无疆大历服,弗造哲,迪民康,矧曰其有能格知天命。

> 服,事也。造,至也。大哉我幼冲人,继此大历事也。我尚不能至于知人迪哲以安民者,况能至于知天命乎!

已,予惟小子,若涉渊水,予惟往求朕攸济。

> 已矣,今予但求所济而已。

敷贲敷前人受命,兹不忘大功。

> 贲,饰也。我之所敷者,以饰敷前人受命,而不忘其功也。

予不敢闭于天降威,

> 天降威,三监叛也。天欲绝殷,故使之叛也。

用宁王遗我大宝龟,绍天明即命。

> 当时谓武王为宁王,以见其克殷宁天下也。下文曰"乃宁考",知其
> 为武王。旧说以为文王,非也。曰"前宁人"者,亦谓武王之旧臣
> 也。天降威于殷,予不敢隐闭,用武王所遗宝龟卜之,所以继天明而
> 待命也。

曰:有大艰于西土,西土人亦不静,

> 此龟所以告者也。

越兹蠢。

> 蠢,动也。及此,三监果动。

殷小腆,诞敢纪其叙。天降威,知我国有疵,民不康,曰予复,反鄙
我周邦。

> 腆,厚也。殷少富厚,乃敢纪其既亡之叙。盖天降威,亦其心知我国
> 有三叔之疵,而民不安,故欲作难,以鄙我周邦也。

今蠢,今翼日,民献有十夫。予翼以于敉宁武图功。

> 献,贤也。敉,抚也。四国蠢动之明日,民之贤者,有十夫来助我,求
> 往征四国,抚循宁王之武事,以图功也。周公之东征,邦君、卿士皆
> 疑天下骚动,而此十夫者至,故周公喜之,表其人以令天下。汉高祖
> 讨陈豨,至赵,得四人,皆封之千户,曰:"吾以羽檄征天下兵,未有一
> 人至者,吾何爱四千户,不以慰赵子弟乎?"此亦周公之意也。

我有大事休,朕卜并吉。肆予告我友邦君,越尹氏、庶士、御事,曰:
予得吉卜,予惟以尔庶邦,于伐殷逋播臣。尔庶邦君,越庶士、御

事,罔不反曰艰大。民不静,亦惟在王宫邦君室,越予小子。考翼,不可征。王害不违卜。

> 休,美也。尹,正也,官之表正也。翼,敬也。害,曷也,《诗》曰"害
> 浣害否"。我事既美矣,而我卜又吉,故告尔以东征殷之叛臣。今
> 汝反曰难哉,此大事也,民之不静,亦惟在王与邦君之家,及王之身。
> 考德敬事,修己以正之,不可征也。王曷不违卜而用人言乎?

肆予冲人,永思艰。曰:呜呼!允蠢鳏寡,哀哉。予造天役,遗大投艰于朕身。越予冲人,不卬自恤。义尔邦君,越尔多士、尹氏、御事,绥予曰:无毖于恤,不可不成,乃宁考图功。

> 卬,我也。毖,畏也。我闻汝众言,亦永思其难,曰:是行也,信动鳏
> 寡,哀哉。然予为天子,作天之役,天实以大艰遗我,故勉而从天,非
> 我自忧。尔众人义当以言安我,曰:无畏此所忧之事,惟当一心,
> 以成汝宁考所图之功。今乃不然,故深责之也。

已,予惟小子,不敢替上帝命。天休于宁王,兴我小邦周,宁王惟卜用,克绥受兹命。今天其相民,矧亦惟卜用。呜呼,天明畏,弼我丕丕基。

> 已矣,予惟不敢替上帝命,帝美宁王之德,而兴周王,惟用卜以安受
> 帝命。至于今天,其犹助我民。况我亦用卜哉? 天所以动四国,明
> 威命者,非以困我,欲辅成我大业也。

王曰:尔惟旧人,尔丕克远省,尔知宁王若勤哉!

> 王又特命久老之人,逮事武王者,曰:尔当大省久远,尔知武王之勤
> 劳若此也哉?

天閟毖我成功所,予不敢不极卒宁王图事。

> 閟,闭也。天所以闭塞艰碍我国者,使我知畏而成功于此。我其敢
> 不尽力,以终宁王所图之事哉!

肆予大化诱我友邦君。

　　王告此旧人，我已大化诱我友邦君，无不从我矣。

天棐忱辞，其考我民。予曷其不于前宁人，图功攸终？

　　天既助我，至诚之辞，其必考之于民，以验其实。我其可不与宁王之

　　旧臣，图功之所终乎？

天亦惟用勤毖我民，若有疾，予曷敢不于前宁人，攸受休毕？

　　天所以勤劳忧畏我民者，使我日夜思念，如人有疾之不忘医也。予

　　其可不与前宁人，同受休终哉！

王曰：若昔，朕其逝，朕言艰日思。

　　如我本意，则昔者已往矣。所以至今者，以言艰而日思之也。

若考作室，既厎法，厥子乃弗肯堂，矧肯构？

　　王以筑室喻也。父已准望高下、程度广狭以致法矣，子乃不肯为基，

　　矧肯构屋乎？

厥父菑，厥子乃弗肯播，矧肯获？

　　王又以农喻也。菑，耕也。播，种也。获，敛也。

厥考翼，其肯曰予有后，弗弃基？

　　父虽敬其事，而子不继其父，其肯曰我有后，不弃我基乎？

肆予曷敢不越卬敉宁王大命？

　　我其敢不及我身之存，以抚循宁王之大命乎？

若兄考，乃有友伐厥子，民养其劝弗救？

　　养，厮养也。父兄而与朋友伐其子，其家之民养，当助父兄欤？抑助

　　其子欤？其将相劝助其父兄，弗救其子也。今王与诸侯征伐四国，

　　如父兄与朋友伐其子尔，众人孰当助乎？

王曰：呜呼！肆哉。尔庶邦君，越尔御事。

　　肆，过也。过矣哉，尔众人也，不助父而助子。

爽邦由哲,亦惟十人,迪知上帝命。

> 邦之明,乃能用哲,今十人归我,而不助彼,则帝命可知矣。

越天棐忱,尔时罔敢易法,矧今天降戾于周邦,惟大艰人,诞邻胥伐于厥室? 尔亦不知天命不易。

> 及天之方辅,诚以助我,尔时我犹不敢不畏法度,矧今天降戾,使我大艰难之民,与强大之邻相伐于厥室? 邻室相攻,可谓急矣。汝犹不知天命不易,欲安而不问也。

予永念曰:天惟丧殷,若穑夫,予曷敢不终朕亩?

> 天使我丧殷,若农夫之去草,其敢不尽力乎?

天亦惟休于前宁人,予曷其极卜,敢弗于从? 率宁人有指疆土,矧今卜并吉? 肆朕诞以尔东征。天命不僭,卜陈惟若兹。

> 方是时,武王之旧臣,皆欲从王征伐,故王曰:天若欲休息此前宁人者,予何敢尽用卜,敢不从众而止乎? 今宁人指我,以疆域所至,不可坐受侵略,况今卜并吉,是天欲征而不欲休也。我其必往,盖卜之久矣。陈,久也。《盘庚》《大诰》皆违众自用者,所以藉口也。使盘庚不迁都,周公不摄政,天下岂有异议乎? 平居无事,变乱先王之政而民不悦,则以盘庚、周公自比,此王莽之所以作《大诰》也。

微子之命第十

成王既黜殷命,杀武庚,命微子启代殷后,作《微子之命》。

王若曰:猷,殷王元子,惟稽古,崇德象贤。

> 《礼》曰:"继世以立诸侯,象贤也。"用庶人之贤者,不如用世家之贤者,民服也。

统承先王,修其礼物。

> 用其正朔礼乐,使不失旧物也。

作宾于王家，

　　二王后，客礼。

与国咸休，永世无穷。呜呼！乃祖成汤，克齐圣广渊。

　　齐，肃也，《史记》"生而徇齐"。

皇天眷佑，诞受厥命，抚民以宽，除其邪虐。功加于时，德垂后裔。尔惟践修厥猷，旧有令闻，恪慎克孝，肃恭神人。予嘉乃德，曰笃不忘。上帝时歆，下民祇协。

　　予嘉乃德，曰：若厚而已。帝且歆之，民且归之。

庸建尔于上公，尹兹东夏。钦哉，往敷乃训，慎乃服命。

　　服，章；命，令也。

率由典常，以蕃王室，弘乃烈祖。

　　成汤也。

律乃有民，

　　律，法也。

永绥厥位，毗予一人。世世享德，万邦作式，俾我有周无斁。呜呼！往哉惟休，无替朕命。

　　方武庚叛后，而封微子，微子盖处可疑之地，而命之曰"上帝时歆"，又曰"弘乃烈祖"，又曰"万邦作式"，此三代之事，后世所不能及也。

唐叔得禾，异亩同颖，献诸天子。王命唐叔，归周公于东，作《归禾》。

　　成王弟唐叔虞也。禾各生一垄，而合为一穟。

周公既得命禾，旅天子之命，作《嘉禾》。

　　二篇，亡。

东坡书传卷十二

康诰第十一

成王既伐管叔、蔡叔,以殷余民封康叔,作《康诰》《酒诰》《梓材》。

> 康叔封,文王子,封为卫侯。

惟三月哉生魄,周公初基,作新大邑于东国洛,四方民大和会。侯、甸、男、邦、采、卫,百工播民和,见士于周。

> 百工,百官也。播民和,布法也。《周礼》:"正月之吉,始和,布治于邦国都鄙。"诸侯来朝,公行师从,故见士于周。

周公咸勤,

> 皆劳来之。

乃洪大诰治。

> 自"惟三月哉生魄"至此,皆《洛诰》文,当在《洛诰》"周公拜手稽首"之前。何以知之?周公东征,二年乃克管、蔡,即以殷余民封康叔,七年而复辟。营洛在复辟之岁,皆经文明甚,则封康叔之时,决未营洛。又此文终篇初不及营洛之事,知简编脱误也。

王若曰:孟侯,朕其弟,小子封。

> 孟,长也。康叔,成王叔父,而周公弟,谓之孟侯则可,谓之小子则不可,且谓武王为寡兄,此岂成王之言?盖周公虽以王命命康叔,而其实训诰皆周公之言也,故曰"朕其弟,小子封"。

惟乃丕显考文王,克明德,慎罚,不敢侮鳏寡,庸庸,祇祇,威威,显民。

用可用,敬可敬,刑可刑,以治显人。言敬鳏寡,而治强御也。

用肇造我区夏,越我一二邦以修。我西土惟时怙冒,

> 怙,恃也。冒,被也。

闻于上帝,帝休。天乃大命文王,殪戎殷。

> 殪,杀也。戎殷,比之戎虏也。

诞受厥命,越厥邦厥民,惟时叙。乃寡兄勖,肆汝小子封,在兹东土。

> 民与国皆叙,乃汝寡有之兄武王勖勉之。力言汝小子封,承文、武之泽,乃得列为诸侯也。

王曰:呜呼! 封,汝念哉! 今民将在祗遹乃文考,绍闻衣德言。

> 遹,循也。绍,继也。衣,服也。继其所闻,而服行其德言也。

往敷求于殷先哲王,用保乂民。汝丕远惟商耇成人,宅心知训,别求闻由古先哲王,用康保民。

> 文王与殷先哲王,及商耇成人之德,皆远而易法,有以居己而知训矣,则更求殷以前古先哲王之道,以安民也。

弘于天,若德裕乃身,不废在王命。

> 既求古圣贤以弘大汝天性,顺成其德,则汝身绰绰然有余裕矣。然终不废用天子之法令,此所谓虽有庇民之大德,而有事君之小心也。

王曰:呜呼! 小子封。恫瘝乃身,敬哉!

> 恫,痛也。瘝,疾也。常若有疾痛在身,不忘治也。

天畏棐忱,民情大可见,小人难保。往尽乃心,无康好逸豫,乃其乂民。

> 天威可畏也,然可恃以安者,辅诚也,诚则天与之者可必矣。民归有道,怀有德,其情大略可见也。然不可恃以安者,小人也,故尽心于诚,以求天辅;不可好逸豫,以远小人也。

我闻曰:怨不在大,亦不在小。惠不惠,懋不懋。

> 怨无大小,不顺不勉,皆足以致怨。

已,汝惟小子,乃服惟弘王,应保殷民。亦惟助王,宅天命,作新民。

> 服,事也。弘,广也。应者,观民设教也。作,治也。殷民,卫之旧民
> 也。武庚之乱,征伐之余,民流徙无常,居故康叔之国,有新民也。
> 新诛武庚,故命康叔曰:汝之事,在广天子之意,观民设教,以保安殷
> 民。又当助王宅天命,治新民也。方三监叛周之初,天命盖岌岌矣。
> 黜殷而封康叔,天命乃定。

王曰:呜呼! 封,敬民乃罚。人有小罪,非眚,乃惟终,自作不典,式
尔,有厥罪小,乃不可不杀。乃有大罪,非终,乃惟眚灾,适尔,既道
极厥辜,时乃不可杀。

> 近时学者解此书,其意以谓人有小罪,非过眚也,惟终成其恶,非诖
> 误也。乃惟自作不善,原其情,乃惟不以尔为典式,是人当杀之无
> 赦。乃有大罪,非能终成其恶也,乃惟过眚,原其情,乃惟适尔,非敢
> 不以尔为典式也,是人当赦之,不可杀。信如此言,周公虐刑,杀非
> 死罪,且教康叔以人之向背以为喜怒,而出入其生死也。法当死,原
> 情以生之可也;法不当死,而原情以杀之。可乎? 情之轻重,寄于有
> 司之手,则人人可杀矣。虽大无道嗜杀人之君,不立此法,而谓周公
> 为之欤! 吾尝问之知法者,曰:此假设法也。周公设为甲乙二人皆
> 犯死罪,而议其轻重也。甲之罪小于乙之谓也,非谓其罪不至死也。
> 然其罪乃非眚灾,而惟终之,乃惟自作不法,而曰法固当尔,如是者
> 当据法杀之,不可澨也。乙之罪虽大,然非终之者,乃惟眚灾适尔,
> 适尔者,适会其如此也。是则真可澨也。末世法坏,违经背礼,然终
> 无许有司,论杀小罪之法,况使诸侯自以向背为喜怒,而专杀非死罪
> 者欤? 以今世之法考之,谋杀已伤,虽未杀皆死,虽未伤而置人于必

死之地,亦死。斗杀故杀,虽已杀,而情可愍者,眚过失杀,虽已杀,
皆赎。夫以未伤未杀,而皆云既杀,岂非小罪杀而大罪赦乎? 岂可
以非死罪为不罪也? 所谓"既道极辜"者,是人之罪重情轻,尽道以
责备,则信有大罪矣,而以常情恕之,则不可杀。孟子曰:夫谓非其
有而取之为盗者,是充类至义之尽也。夫充类至义,则《书》之所谓
尽道也。予恐后世好杀者,以周公为口实,故具论之。

王曰:呜呼! 封,有叙。

> 如此则刑有叙也。

时乃大明服,

> 《春秋传》曰:"'乃大明服',己则不明,而杀人以逞,不亦难乎。"

惟民其敕懋和。

> 敕,正也。

若有疾,惟民其毕弃咎;若保赤子,惟民其康乂。非汝封刑人杀人,

> 刑人杀人者,法也,非汝意也。

无或刑人杀人非汝封。

> 虽非汝意,然生杀必听汝,不可使在人也。

又曰:劓刵人,无或劓刵人。

> 劓,割鼻;刵,割耳也。言非独生杀也,劓刵亦如此。其文略,盖因前
> 之辞也。

王曰:外事,汝陈时臬,

> 德为内,政为外。臬,阛也。凡政事,汝当陈此法,以为限节也。

司师兹殷罚有伦。

> 司,专也。专司此,则殷罚有伦矣。

又曰:要囚。服念五六日,至于旬时,丕蔽要囚。

> 要,狱辞也。服念至旬日,为囚求生道也。求之旬日而终无生道,乃

可杀。

王曰：汝陈时臬事罚，蔽殷彝。

　　汝陈此以限节事罚，以蔽殷之常法也。

用其义刑义杀，勿庸以次汝封。

　　次，就也。

乃汝尽逊曰时叙，惟曰未有逊事。

　　常自以为不足也。

已，汝惟小子，未其有若汝封之心。朕心朕德，惟乃知。

　　将有以深告之，故言我与汝相知如此。

凡民自得罪，寇攘奸宄，杀越人于货，暋不畏死。

　　越，颠越也。暋，强也。

罔弗憝。

　　憝，恶也。人无不恶之者。

王曰：封，元恶大憝，矧惟不孝不友？子弗祗服厥父事，大伤厥考
心。于父不能字厥子，乃疾厥子；于弟弗念天显，乃弗克恭厥兄；兄
亦不念鞠子哀，大不友于弟。惟吊兹不于我政，人得罪，天惟与我
民彝，大泯乱。曰：乃其速由文王作罚，刑兹无赦，不率大戛。

　　商纣之后，三监之世，殷人之父子兄弟，以相贼虐为俗。周公之意，
盖曰孝友，民之天性也，不孝不友必有以使之。子弟固有罪矣，而
父兄独无过乎？故曰凡民有自弃于奸宄者，此固为元恶大憝矣，政
刑之所治也。至于父子兄弟，相与为逆乱，则治之当有道，不可与寇
攘同法。我将诲其子曰：汝不服父事，岂不大伤父心？又诲其父曰：
此非汝子乎，何疾之深？又诲其弟曰：长幼天命也，其可不顺？又
诲其兄曰：此汝弟也，独不念先父母鞠养劬劳之哀乎？人非木石禽
犊，稍假以日月，须其善心油然而生，未有不为君子也。我独吊闵此

人,不幸而得罪于三监之世,不得罪于我政人之手。天与我民五常之性,而吏不知训,以大泯乱,乃迫而蹙之,曰:乃其速由文王作罚,刑兹无赦。则民将辟罪不暇,而父子兄弟益相忿疾,至于贼杀而已。后虽大戛击痛伤之,民不率也。舜命契为司徒,曰"敬敷五教,在宽",宽之言,缓也。五教所以复其天性,当缓而不当速也。

矧惟外庶子训人?

《礼》曰:"庶子之正于公族者,教之以孝弟睦友子爱,明父子之义、长幼之序。"言治之以峻急,虽国君不能,况庶子乎?

惟厥正人,越小臣诸节。

正人,官长也。诸节,诸有符节之吏也。

乃别播敷,造民大誉,弗念弗庸,瘝厥君,时乃引恶惟朕憝。

汝既不由此道,诸臣等又各出私意以布教令,要一切之誉,不念人之不庸,以病厥君。如是长恶,我亦恶之矣。

已,汝乃其速由兹义率杀,亦惟君惟长,不能厥家人。

汝若速用此道以率民,民不率则杀之,乃是汝为人君长,而不能治其家人也。

越厥小臣外正,惟威惟虐,大放王命,乃非德用义。

至于小臣皆为威虐,放弃王命,此速由兹义率杀之致也。

汝亦罔不克敬典,乃由裕民,惟文王之敬忌,乃裕民,曰:我惟有及。则予一人以怿。

居敬而行宽裕,先法文王之所敬畏,乃裕民,曰:我惟有及,缓之至也,欲速者,惟恐不及。

王曰:封,爽惟民,迪吉康。

明哉,民之迪于吉且安也。

我时其惟殷先哲王德,用康义,民作求。

作求者,为民所求也。王弼曰:"无者求有,有者不求所与;危者求安,安者不求所保。火有其炎,寒者附之;己苟安焉,则不宁方来矣。"是之谓作求。

矧今民罔迪不适,不迪,则罔政在厥邦。

适,从也。矧今民无有道之而不从者,若听其所为而莫之道,则是民为政也。

王曰:封,予惟不可不监,告汝德之说于罚之行。

德有说,说者其理之谓也。《易》曰"和顺于道德而理于义",作德而不知其所以然之理,则其德若假贷然,非已有也。己且不能有,安能移诸人?此罚所以不行也。

今惟民不静,未戻厥心,迪屡未同。爽惟天其罚殛我,我其不怨,惟厥罪无在大,亦无在多,矧曰其尚显闻于天。

同,从也。戻,止也。今殷民不静其心,无所止戻。道之而屡不从者,罪在我也,天其罚殛我明矣。我其敢怨,无曰我无罪,罪岂在大与多乎?言行之失,毫厘为千里,况其显闻于天者乎!

王曰:呜呼!封,敬哉。无作怨,勿用非谋非彝,蔽时忱,丕则敏德。

非谋,不与众谋者也;非彝,非故常者也。非谋非彝,事之危疑者也。忱,言所信者也。汝当以所信者决危疑,不当以危疑决所信也。

用康乃心,顾乃德,远乃猷,裕乃以民宁,不汝瑕殄。

汝惟宽裕,则民安,不汝瑕疵,亦不汝远绝也。

王曰:呜呼!肆汝小子封,惟命不于常,汝念哉,无我殄享。

无自绝天享也。

明乃服命,

明汝车服教令。

高乃听,

听于先王为高。

用康乂民。王若曰:往哉! 封。勿替敬典,听朕告汝,乃以殷民世享。

酒诰第十二

王若曰:明大命于妹邦,

　　妹,沫也。《诗》所谓"沫之乡矣,在朝歌以北"。俗化纣德,沉湎于
　　酒,故以酒戒。

乃穆考文王,

　　文王,于世次为穆。

肇国在西土,厥诰毖庶邦、庶士,越少正、御事。

　　少正,官之副贰也。

朝夕曰:祀兹酒。

　　朝夕敕之,惟祭祀则用酒。

惟天降命,肇我民,惟元祀。

　　酒行于天下,非小物细故也,故本之天。天始令民知作酒者,本为祭
　　祀而已。

天降威我民,用大乱丧德,亦罔非酒惟行。越小大邦用丧,亦罔非
酒惟辜。文王诰教小子,有正有事,无彝酒。

　　彝,常也。有正,有所绳治也。有事,有所兴作也。有正有事,无常
　　酒,容其饮于燕间也。

越庶国,饮惟祀,德将无醉。

　　因祭赐胙乃饮,犹曰以德自将,无醉也。

惟曰我民迪小子,惟土物爱,厥心臧,聪听祖考之彝训。越小大德,
小子惟一。妹土嗣尔股肱,纯其艺黍稷,奔走事厥考厥长,肇牵车

牛,远服贾。用孝养厥父母,厥父母庆,自洗腆,致用酒。庶士有
正,越庶伯君子,其尔典听朕教。尔大克羞耇惟君,尔乃饮食醉饱。
丕惟曰:尔克永观省,作稽中德。尔尚克羞馈祀,尔乃自介用逸。
兹乃允惟王正事之臣,兹亦惟天若元德,永不忘在王家。

> 纯,大也。"纯其艺黍稷"者,大修农事也。洗腆,逸乐之状也。羞,
> 进也。"羞耇惟君"者,犹曰寡君之老也。介,副也。惟曰我民迪于
> 小子之教,怀土安居,啬于用物,其心无恶,以听祖考之训。小大上
> 下,德我小子如一,如妹土之民,皆竭其股肱之力,以继其上之事。
> 或大修农事,或远服商贾,以养父母,父母洗腆自庆,则汝民可以饮
> 食醉饱也。汝小子封,能自观省,作稽中德,常有则于内,以察物至;
> 又有耇老贤臣,可以代汝进馈于庙者,则汝亦可以此人自副,而休逸
> 饮食醉饱。如此,则汝小子乃为王正事之臣,亦为天所顺予元德之
> 君,永世不忘矣。饮酒,人情之所不免,禁而绝之,虽圣人有所不能。
> 故独戒其沉湎之祸,而开其德饮之乐,则其法不废。圣人之禁人也,
> 盖如此!

王曰:封,我西土棐徂邦君、御事、小子,尚克用文王教,不腆于酒。

> 徂,往也。我西土邦君,辅武王同往伐纣者,下至于其御事、小子,皆
> 用文王教,不腆于酒。

故我至于今,克受殷之命。王曰:封,我闻惟曰:在昔殷先哲王,迪
畏天显小民。经德秉哲,自成汤咸至于帝乙,成王畏相,惟御事厥
棐有恭。不敢自暇自逸,矧曰其敢崇饮? 越在外服,侯、甸、男、卫
邦伯;越在内服,百僚、庶尹,惟亚惟服宗工。越百姓里居,罔敢湎
于酒。不惟不敢,亦不暇,惟助成王德显,越尹人祗辟。

> 崇,聚也。宗工,大臣也。我闻惟曰:殷之先王,畏天道,显民德,常
> 德秉哲,自成汤、太甲、太戊、祖乙、盘庚、武丁、帝乙七王,皆成德之

> 王,皆畏敬其辅相至于御事之臣,所以辅王者,皆恭敬不敢暇逸,况敢聚饮? 至于外服诸侯,内服百僚,皆服事其大臣。至于百姓大族,居于闾里者,皆不湎于酒。不惟不敢,亦不暇,惟以助王之显民德,及以助庶尹之祇厥辟也。

我闻亦惟曰:在今后嗣王酣身,厥命罔显于民,祇保越怨不易,诞惟厥纵淫泆于非彝,用燕丧威仪,民罔不尽伤心。惟荒腆于酒,不惟自息乃逸,厥心疾很,不克畏死。辜在商邑,越殷国灭无罹。弗惟德馨香,祀登闻于天,诞惟民怨。庶群自酒,腥闻在上。故天降丧于殷,罔爱于殷,惟逸。天非虐,惟民自速辜。

> 今后嗣王,纣也。祇,适也。尽,痛也。纣酣乐其身,命令不下行于民,本以求慢易之乐也,然其得,适足以为怨仇之保,未尝乐易也。纣燕丧其威仪,望之不似人君,民莫不痛其将亡也。而犹荒湎不少休息,其心为酒所使,忿疾强很,不复畏死。不醉而怒曰奰,明醉者常怒也。国君醉则杀人,士庶人则相杀,明酒之能使人怒也。纣之怒,至于杀其身而不畏,惟多罪逋逃,萃于商邑,上下沉湎。及殷之灭,此等皆无罹乎言,与纣俱死也。天不闻明德之馨,但闻刑戮之腥,故天之降丧于殷,无所爱愍者,皆以其逸耳。非天之虐,殷人自速其辜也。

王曰:封,予不惟若兹多诰,古人有言曰:人无于水监,当于民监。今惟殷坠厥命,我其可不大监抚于时?

> 抚,安也。

予惟曰:汝劼毖殷献臣,侯、甸、男、卫。

> 劼,固也,坚固汝心,敬畏殷贤臣之在侯、甸、男、卫者。

矧太史友、内史友?

> 当时二贤臣,封所友者。

越献臣百宗工，

> 及汝之贤臣，与凡大臣百执也。

矧惟尔事服休、服采？

> 休，德也。采，事也。服休，以德为事者也。服采，以事为事者也。

矧惟若畴圻父？

> 畴，谁也。司马主封圻，曰圻父，所以诃问寇敌者。贾谊曰："陈利兵
> 而谁何？"

薄违农父，

> 薄，近也。违，去也。司徒训农，敷五教，曰农父去民最近也。

若保宏父，

> 保，安也。宏，大也。司空斥大都邑，曰宏父，以保安民居者。

定辟，

> 诸侯以定位为难，故《春秋传》曰"厚问定君于石子"，又秦伯谓晋惠
> 公"入而未定列"。故周公戒康叔，敬畏众贤士，以定位也。

矧汝刚制于酒？

> 酒非刚者不能制。

厥或诰曰：群饮，汝勿佚，尽执拘以归于周，予其杀。

> "予其杀"者，未必杀也。犹今法曰"当斩"者，皆具狱以待命，不必
> 死也。然必立死法者，欲人畏而不敢犯也。"群饮"，盖亦当时之法，
> 有群聚饮酒、谋为大奸者，其详不可得而闻矣。如今之法有曰："夜
> 聚晓散者皆死罪。"盖聚而为妖逆者也。使后世不知其详而徒闻其
> 名，凡民夜相过者辄杀之，可乎？旧说以为群饮者，周人则杀之，殷
> 人则勿杀也。民同犯一罪，而杀其一，不杀其一，周人其肯服乎？民
> 群饮则死，公卿大夫群饮，可不诛乎？不诛吏，则无以禁民，吏民皆
> 诛，则桀、纣之虐，不至于此矣。皆事之必不然者，予不可以不论。

又惟殷之迪诸臣,惟工乃湎于酒,勿庸杀之,姑惟教之。有斯明享,乃不用我教辞,惟我一人弗恤,弗蠲乃事,时同于杀。

> 此谓凡湎于酒,而不为他大奸者也,不择殷、周,而周公特言殷者,盖为妹邦化纣之德,诸臣百工皆沉湎,而况民乎? 故凡湎于酒者,皆可教,不可杀,不分殷、周也。"有斯明享"者,哀敬之意达于民,如达于神也。如此,岂复有不用命者乎? 若我初不知恤此,不洁治其事,则是陷民于死,同于我杀之也。

王曰:封,汝典听朕毖,勿辩乃司,民湎于酒,

> 禁之难行者莫若酒,周公忧之深矣,故卒告之曰:汝既常听用我所畏慎者,又当专建一司,以察沉湎。若以泛责群吏而不辩其司,禁必不行矣。或曰:自汉武帝以来至于今,皆有酒禁,刑者有至流,赏或不赏,未尝以少纵而私酿,终不能绝也,周公独何以禁之? 曰:周公无所利于酒也,以正民德而已。甲乙皆笞其子,甲之子服,乙之子不服,何也? 甲笞其子而责之学,乙笞其子而夺之食,此周公所以能禁酒也。

东坡书传卷十三

梓材第十三

王曰：封，以厥庶民，暨厥臣，达大家；以厥臣达王，惟邦君。

> 大家者，如晋六卿、鲁三桓、齐诸田、楚昭、屈、景之类，此晋、鲁、齐、楚之所恃以为骨干者，无之则无以为国也。故曰："季氏亡，则鲁不昌。"然其擅威福，窃国命，则有之矣。古者国君驭此为难，孟子所谓"不得罪于巨室"者。周公教康叔曰：汝上不得罪于王，下不得罪于巨室，则国安矣。人君多疾恶于巨室，所恶于巨室者，恶其危国也。

> 周公曰：无庸疾也，汝得民与臣，而国自安，巨室何为乎？故曰"以厥庶民，暨厥臣，达大家，以厥臣达王"。上下情通谓之达。以尔臣民之心，达大家之心；以尔贤臣聘于周，以达王心，而国安矣。

汝若恒，越曰：我有师师。司徒、司马、司空、尹旅，曰：予罔厉杀人。亦厥君先敬劳，肆徂厥敬劳，肆往，奸宄，杀人历人宥。肆亦见厥君事，戕败人宥。王启监厥乱，为民，曰：无胥戕，无胥虐。至于敬寡，至于属妇，合由以容。王其效邦君，越御事，厥命曷以？引养引恬，自古王若兹监，罔攸辟。

> 自此以下，文多不类，古今解者皆随文附致，不厌人情，当以意求之乃得。盖当时卫有大家，得罪于卫，当诛而未决者，周公之意，以谓新杀武庚、管叔，刑不可遂，故教康叔以和缓治之。越，及也。汝当晏然如平常时，及曰此我之官师相师，不可去也。以至于三卿之正长，及其旅士，亦皆曰我非危杀人者也。君臣皆为宽辟，以逸罪人使

亡也。此大家之长,先为国君之所敬劳,今虽有罪,未可杀也。当徂
此敬劳者而已,盖使之去国也。然后治其余党,亦不可尽法也。往
者,流也。"肆往,奸宄,杀人历人宥"者,谓以流宥五刑也。历人者,
罪人之所过,律所谓知情藏匿赏给者。此杀人与历人,皆以流宥之
也。"肆亦见厥君事,戕败人宥"者,伤毁人四肢面目,汉律所谓痍
也,是人因为君干事,而痍伤人者,可以直宥也。于是王乃启监厥
乱,为民而宽慰之,曰:无相戕,无相虐。王又收恤此大家破亡之余
而镇抚之,礼敬其鳏寡,比次其妇女,使共由此道,以相容也。至矣,
王之仁也! 邦君御事,所当则效其命,令当何所用乎? 亦用此而已。
乱生于激,事不小忍,而求速决,则衅故横生,靡所不至。小引延之,
人静而乱自衰,使相容养,以至恬安,是谓"引养引恬"。古我先王,
未有不顺此者监,无所用杀也。

惟曰若稽田,既勤敷菑,惟其陈修,为厥疆畎。

稽,考也。敷,治也。菑,去草棘也。陈修,修旧也。疆,畔也。畎,垄也。

若作室家,既勤垣墉,惟其涂塈茨。

涂塈,墐饰之也。茨,苫盖也。

若作梓材,既勤朴斫,惟其涂丹雘。

梓,良材可为器者;丹雘,胶漆五采也。田既敷菑,室既垣墉,器既朴
斫,则当因旧守成而润色之,不当复有所建立。除,治也。以言康叔
既已立国定位,不当复有所斩艾。斫,削也。

今王惟曰:先王既勤用明德,怀为夹。

夹,近也,怀远为近也。

庶邦享,作兄弟,方来,亦既用明德。

享,朝享也。王谓诸侯为兄弟。凡言用德者,皆谓不用刑也。

后式典集,庶邦丕享。

后,今王也,亦用此常道以集天下也。

皇天既付中国民,越厥疆土于先王。

　　此言专言王惟不杀,则子孙万年享国,故以天付为言。

肆王惟德用,和怿先后迷民,

　　民迷失道,故先后之。

用怿先王受命。

　　不惟以悦民心,亦以悦天命也。

已若兹监,惟曰欲至于万年惟王,子子孙孙永保民。

　　《大诰》《康诰》《酒诰》《梓材》,其文皆奥雅,非世俗所能通,学者见
其书纷然若有杀罚之言,因为之说曰:《康诰》所戒,大抵先言杀罚。
盖卫地服纣成俗,小人众多,所以治之,先后、缓急当如此。予详考
四篇之文,虽古语渊奥,然皆粲有条理,反覆丁宁,以杀为戒,以不杀
为德,此《易》所谓“聪明睿智神武而不杀者”,故周有天下八百余
年。后之王者,以不杀享国,以好杀殃其身及其子孙者,多矣。天人
之际,有不可尽知者,至于杀不杀之报,一一若符契,可见也。而世
主不以为监,小人又或附会六经,酝酿镌凿以劝之杀,悲夫殆哉! 唐
末、五代之乱,杀人如饮食。周太祖叛汉,汉隐帝使开封尹刘铢屠其
家百口。太祖既克京师,夜召其故人知星者赵延义,问汉祚所以短
促者,延义答曰:“汉本未亡,以刑杀冤滥,故不及期而灭。”时太祖方
以兵围铢及苏逢吉第,且且灭其族,闻延义言,矍然贷之,诛止其身。
予读至此,未尝不流涕太息,故表其事于《书传》以救世云。

召诰第十四

成王在丰,

　　文王都丰,丰在京兆鄠县东。

欲宅洛邑,使召公先相宅,作《召诰》。

> 武王克商,迁九鼎于洛,则已有都洛之意;而周公、成王成之,且以殷余顽民为忧,故营洛而迁焉。太史公曰:洛邑,武王营之。成王使召公卜居,居九鼎焉,而周复都丰镐。至犬戎败幽王,周乃东迁洛邑,所谓周葬于毕,在鄠东南社中。明成王虽营洛,而不迁都,盖尝因巡狩而朝诸侯于洛邑云。

惟二月既望,越六日乙未,王朝步自周,则至于丰。

> 王自镐至丰,以营洛之事告文王庙。鄠,在上林,昆明北有镐池,去丰二十五里。

惟太保先周公相宅,越若来三月,惟丙午朏。

> 朏,明也,月二日明生之名。

越三日戊申,太保朝至于洛,卜宅。厥既得卜,则经营。越三日庚戌,太保乃以庶殷攻位于洛汭。越五日甲寅,位成。

> 庶殷,凡殷民也。位,朝市、宗庙、郊社之位。洛汭,洛水北。

若翼日乙卯,周公朝至于洛,则达观于新邑营。

> 遍观所营也。

越三日丁巳,用牲于郊,牛二。

> 帝及配者,各一牛。

越翼日戊午,乃社于新邑,牛一、羊一、豕一。

> 用太牢也。

越七日甲子,周公乃朝用书,命庶殷、侯、甸、男邦伯。

> 《春秋传》曰:"士弥牟营成周,计丈数,揣高卑,度厚薄,仞沟洫,物土方,议远迩,量事期,计徒庸,虑财用,书餱粮,以令役于诸侯。属役赋丈,书以授帅,而效诸刘子。"此之谓"书"。

厥既命殷庶,庶殷丕作。

言殷人悦而听命也。

太保乃以庶邦冢君出取币，乃复入，锡周公，曰：拜手稽首，旅王若公。

　　旅，读如"庭实旅百"之"旅"。诸侯之币，旅王而及公者，尊周公也。

诰告庶殷，越自乃御事。呜呼！皇天上帝，改厥元子，兹大国殷之命。惟王受命，无疆惟休，亦无疆惟恤。呜呼！曷其奈何弗敬？

　　庶殷诸侯皆在，故召公托为逊辞，曰：诰告汝御事以下也，言殷尝以元子嗣位，而帝改其命以授周。今王受命，虽无疆之福，亦无疆之忧，其可不敬乎？

天既遐终大邦殷之命，兹殷多先哲王在天，越厥后王后民，兹服厥命，厥终智藏瘝在。夫知保抱携持厥妇子，以哀吁天，徂厥亡出执。呜呼！天亦哀于四方民，其眷命用懋，王其疾敬德。

　　此所谓无疆之忧也。殷虽灭，其先哲王固在天也。其后王后民，至于今兹，犹服用其福禄，其心终不忘报怨以复国也。如武庚蓄谋以伺隙者多矣。其智藏于中，其病则在也。夫，夫人也，犹曰人人也。各抱持其妇子，以哀痛呼天，徂往其逃亡，解出其囚执，以叛我者，盖有之矣。王其可不大畏乎？天其哀我，民其亦眷命于勉德者，王其速敬德定天命也。召公之诰王也，庶殷皆在，而出此言，亦如《微子之命》有"上帝时歆，万邦作式"之语。古之人无所忌讳，忠厚之至也。

相古先民有夏，天迪从子保，面稽天若，今时既坠厥命。今相有殷，天迪格保，面稽天若。今时既坠厥命。今冲子嗣，则无遗寿耇，曰其稽我古人之德，矧曰其有能稽谋自天？

　　从子，与子也，尧、舜与贤，禹与子。面，向也。言我观夏、殷之世，天之迪夏也,迪其与子而保安之;其迪殷也,迪其能用伊尹格天之臣而保安之。夏、殷之哲王,皆能向天之所顺以考其意,而其后王皆以失道而坠厥命矣。今王其无弃老成人,以考古人之德,况能博谋于众,以求天心乎!

呜呼! 有王虽小,元子哉! 其丕能诚于小民,今休。

王虽幼,周之元子也,其大能以诚感民矣。当及今休其德。

王不敢后,

王疾敬德,不肯迟也。

用顾畏于民碞。

碞,险也。民犹水也,水能载舟,亦能覆舟,物无险于民者矣。

王来绍上帝,自服于土中。

服,事也。洛邑为天下中。

旦曰:其作大邑,其自时配皇天。毖祀于上下,其自时中乂。王厥有成命,治民今休。王先服殷御事,比介于我有周御事,节性,惟日其迈。王敬作所,不可不敬德。

王能训服殷之御事,使比附介副于我周御事矣,又当节文殷人之善性,使日进于善。作所者,所作政事也。既敬其事,又敬其德,则至矣。

我不可不监于有夏,亦不可不监于有殷。我不敢知曰,有夏服天命,惟有历年。我不敢知曰,不其延,惟不敬厥德,乃早坠厥命。我不敢知曰,有殷受天命,惟有历年。我不敢知曰,不其延,惟不敬厥德,乃早坠厥命。今王嗣受厥命,我亦惟兹二国命,嗣若功。

召公恐成王恃天命以自安,故又戒之曰:夏殷之所以多历年,与其所以不永延者,其受天命,皆非我所敢知也,所知者,惟不敬德以坠厥命也。今王亦监此二国,修人事而已。功,事也。

王乃初服。呜呼! 若生子,罔不在厥初生,自贻哲命。

习于上则智,习于下则愚。

今天其命哲,命吉凶,命历年。知今我初服,宅新邑,肆惟王其疾敬德。王其德之用,祈天永命。

惟德是用,不用刑也。

其惟王勿以小民淫用非彝,亦敢殄戮用乂民。若有功,其惟王位在德元。小民乃惟刑用于天下,越王显。

古今说者,皆谓召公戒王过用非常之法,又劝王亦须果敢殄灭杀戮以为治。呜呼!殄灭杀戮,桀纣之事。桀纣犹有所不果,而召公乃劝王,使果于殄戮而无疑?呜呼,儒者之叛道,一至于此哉!皋陶曰:"与其杀不辜,宁失不经。"人主之用刑,忧其不慎,不忧其不果也;忧其杀不辜,不忧其失不经也。今召公方戒王以慎罚,言未终,而又劝王以果于殄戮,则皋陶不当戒舜以"宁失不经"乎?季康子问孔子曰:"如杀无道就有道,何如?"孔子曰:"子为政,焉用杀?子欲善,而民善矣。君子之德风,小人之德草,草上之风必偃。"夫杀无道以就有道,为政者之所不免,其言盖未为过也。而孔子恶之如此,恶其恃杀以为政也。今予详考召公之言,本不如说者之意,盖曰:王勿以小民过用非法之故,亦敢于法外殄戮以治之,民自用非法,我自用法;民自过,我自不过,称罪作刑而已。民之有过,罪实在我;及其有功,则王亦有德。何也?王之位,民德之先倡也。如此,则法用于天下,王亦显矣。兵固不可弭也,而佳兵者必乱;刑固不可废也,而恃刑者必亡。痛召公之意为俗儒所诬,以启后世之虐政,故具论之。

上下勤恤,其曰我受天命,丕若有夏历年,式勿替有殷历年。欲王以小民受天永命。

君臣一心以勤恤民,庶几王受命历年如夏、殷,且以民心为天命也。

拜手稽首,曰:予小臣,敢以王之雠民,百君子,越友民,保受王威命明德。王末有成命，王亦显。我非敢勤，惟恭奉币，用供王能祈天永命。

> 庶殷虽已丕作，召公忧其间尚有反侧自疑者，故因其大和会而协同之。雠民，殷之顽民与三监叛者；友民，周民也；百君子者，殷、周之贤士大夫也。自今以往，殷人、周人与百君子，皆保受王之威德，王当终永天命，以显于后世。我非敢以此为勤劳也，奉币赞王，祈天永命而已。

洛诰第十五

召公既相宅，周公往营成周，使来告卜，作《洛诰》。

> 周人谓洛为成周，谓镐为宗周。此下有脱简，在《康诰》，自"惟三月哉生魄"至"洪大诰治"，下属"周公拜手稽首"之文。

周公拜手稽首，曰：朕复子明辟。

> 周公虽不居位称王，然实行王事。至此归政，则成王之德，始明于天下，故曰"复子明辟"。曰子者，叔父家人之辞。

王如弗敢及天基命定命，予乃胤保，大相东土，其基作民明辟。

> 基，始也。周公以营洛为定天命，何也？《易》曰："涣，亨，王假有庙。"言天下方涣散，而王乃有宗庙，则民心一。方汉之初定，萧何筑未央宫，东阙、北阙、武库、宫室，极壮丽，亦所以示天下不渝，而定民心也。周公言：我欲归政久矣，王之意，若有所不敢及天命之始而定命者，我所以少留胤行保佑之事，以卒营洛之功，为复辟之始也。

予惟乙卯，朝至于洛师，我卜河朔黎水，

> 今河朔黎阳也。周公营东都，本以处殷余民，民怀土重迁，故以都河朔为近便，卜不吉，然后卜洛也。

我乃卜涧水东、瀍水西，惟洛食。我又卜瀍水东，亦惟洛食。

卜必以墨,墨食乃兆,盖有龟不兆者。

伻来以图,及献卜。

伻,使也。

王拜手稽首,曰:公不敢不敬天之休,来相宅,其作周匹休。公既定宅,伻来,来视予卜休恒吉。我二人共贞。公其以予万亿年,敬天之休。拜手稽首诲言。

周公归政,王未敢当,欲与周公共政,若二君然。故曰:作周匹休,再卜皆吉。我二人当共正天下也。

周公曰:王肇称殷礼,祀于新邑,咸秩无文。

称,举也。殷礼,盛礼也。虽不在祀典者,皆次秩而祭之。

予齐百工,伻从王于周,予惟曰:庶有事。今王即命,曰:记功,宗以功,作元祀。惟命曰:汝受命笃,弼丕视功载,乃汝其悉自教工。孺子其朋,孺子其朋,其往,无若火,始焰焰,厥攸灼叙,弗其绝。厥若彝,及抚事如予,惟以在周工。往新邑,伻向即有僚,明作有功,惇大成裕,汝永有辞。

成王欲与周公共政如二君,周公不可,曰:汝用我言足矣,我整齐百官,使从汝于周者,将使办事也。今王肇称盛礼,祀于新邑,且命我曰:记功臣之尊者,使列于祭祀。又命曰:汝受命厚辅我,其重且严如此。今我大阅视尔功,赏载籍,而所用者,乃汝自受教之官,皆汝私人,非我所齐百工也。于是周公乃训责成王曰:孺子其有党乎?自今以往,孺子其以党为政乎?此虽小过,如火始作,不即扑灭,则其所灼烁者,渐不可绝矣。自今以往,凡处彝常及有所镇抚之事,当如我为政时,惟用周官,勿参以私人。今在新邑,使人有所向往,皆当即用旧僚,而明作其有功者,惇大汝心,裕广汝德,勿牵于私昵,则汝永有辞于天下矣。

公曰：已，汝惟冲子惟终，汝其敬识百辟享，亦识其有不享。享多仪，仪不及物，惟曰不享。惟不役志于享，凡民惟曰不享，惟事其爽侮。

> 享，朝享也。仪不及物，与不朝同。爽，失也。礼失而人慢也。小人以贿说人，必简于礼，故孔子曰："独飨于少施氏者，远小人也。"周公戒成王，责诸侯以礼不以币，恐其役志于物而不役志于礼，则诸侯慢而王室轻矣。此治乱之本，故周公特言之。《春秋传》曰：晋赵文子为政，薄诸侯之币而重其礼。谓鲁穆叔曰："自今以往，兵其少弭矣。"夫以列国之卿，轻币重礼，犹足以弭兵，王而好贿，则其致寇也必矣。唐之衰，君相皆可以贿取；方镇争贡羡余，行苞苴，而天子始失政，以至于亡。周公之戒，至矣哉！

乃惟孺子颁朕，

> 徒以高爵厚禄赐我而已。

不暇听朕教汝于棐民彝。

> 曾不暇听我教汝辅民之常道也。

汝乃是不蘉，乃时惟不永哉。

> 蘉，勉也。成王曰公其以予亿万年，公答以永年之道，如此，则不永也。

笃叙乃正父，罔不若予，不敢废乃命。

> 正父，诸正国之老，如圻父、农父、宏父之类。

汝往敬哉，兹予其明农哉。彼裕我民，无远用戾。

> 劝王修农事者，民有余裕则不去也。我不裕民，而彼或裕之，则无远而逝矣。

王若曰：公明保予冲子，公称丕显德，以予小子扬文、武烈，奉答天命，和恒四方民，和恒,常和也。

居师,

定民居也。

惇宗将礼,称秩元祀,咸秩无文。

惇宗,厚宗族也。将礼,秉礼也。称秩元祀,举大祀也。

惟公德明,光于上下,勤施于四方,旁作穆穆迓衡,不迷文、武勤教。

迓衡,导我于治平。

予冲子,夙夜毖祀。

祭则我冲子,政则周公。

王曰:公功棐迪笃,

公之功,辅我以道者厚矣。

罔不若时。王曰:公,与小子其退即辟于周,命公后。

成王许周公复辟之事,曰:我其退归宗周,而即辟焉,今当命伯禽为
公后。

四方迪乱,未定于宗礼,亦未克敉公功。

方以道济四方,凡宗庙之礼,所以镇抚公之元勋者,亦未定也。成王
盖有赐周公以天子礼乐之意。

迪将其后,监我士师工。

惟以伯禽为诸侯,以监临我士民及庶官也。

诞保文、武受民乱,为四辅。

保济文、武所受民,为周四方之辅也。

王曰:公定,予往已。

公留相我,我归宗周矣。

公功肃将祗欢。

祗,大也。公之功肃将,民心大得其欢。

公无困哉!

> 去我则困我也。

我惟无斁其康事。

> 不厌康民之事。

公勿替刑,四方其世享。

> 刑,仪刑也。

周公拜手稽首,曰:王命予来,承保乃文祖受命民,越乃光烈考武王,弘朕恭。

> 弘大成王之恭德。

孺子来相宅,其大惇典殷献民。

> 厚施典法于贤人。

乱为四方新辟,作周恭先。

> 后世言周之恭王者,以成王为先。古之言恭者,甚盛德不敢居也。《诗》曰:"自古在昔,先民有作,温恭朝夕,执事有恪。"

曰:其自时中乂,万邦咸休,惟王有成绩。予旦以多子,越御事,笃前人成烈,答其师,作周孚先。

> 多子,众贤也。后世言周之信臣者,以周公为先也。

考朕昭子刑,乃单文祖德。

> 考我所以明子之法,乃尽文王德也。

伻来毖殷,乃命,宁予以秬、鬯二卣,曰明禋,拜手稽首,休享。

> 秬,黑黍也。鬯,郁金香草也。卣,中尊也。以黑黍为酒,合以郁鬯,所以裸也。宗庙之礼,莫盛于裸。王使人来戒饰庶殷,且以秬鬯二卣,绥宁周公,拜手稽首而致之公。曰"明禋",曰"休享"者,何也?事周公如神明也。古者有大宾客,以享礼礼之。酒清,人渴而不饮;肉干,人饥而不食也。故享有体荐,岂非敬之至者,则其礼如祭

也欤!

予不敢宿,

　　周公不敢当此礼,即日致之文、武,不敢以王命宿于家。

则禋于文王、武王,惠笃叙,无有遘自疾。万年厌于乃德,殷乃引

考。王伻殷乃承叙万年,其永观朕子怀德。

　　周公以秬、鬯二卣,禋于文、武,且祝之曰:使我国家顺厚,以叙身其

　　康强,无有遇疾。子孙万年厌饱乃德,殷人亦永寿考。王使殷人承

　　叙万年,其永观法我孺子而怀其德。

戊辰,王在新邑,烝祭岁。

　　是岁始冬烝于洛。

文王骍牛一,武王骍牛一。

　　宗庙用太牢,此云牛一者,告立周公后,加之周尚赤,故骍牛。

王命作册,逸祝册,惟告周公其后。王宾、杀禋、咸格。

　　王宾诸侯,杀骍以禋,诸侯咸格。

王入太室,祼。

　　太室,清庙中央室也。祼,以圭瓒酌秬鬯以灌地求神也。

王命周公后,作册逸诰。

　　前告神,后告伯禽也。

在十有二月,惟周公诞保文、武受命,惟七年。

东坡书传卷十四

多士第十六

成周既成，迁殷顽民，周公以王命诰，作《多士》。

惟三月，周公初于新邑洛，用告商王士。

> 始于三月，冀王自迁也。商王士，有殷民在。

王若曰：尔殷遗多士，弗吊，旻天大降丧于殷。我有周佑命，将天明威，致王罚，

> 明威、王罚一也。在天，则明威；在人，则王罚。

敕殷命终于帝。肆尔多士，非我小国敢弋殷命。

> 敕，正也。不论势而论理，曰小国非有胜商之形，曰非敢，非有剪商之心。弋，取也。

惟天不畀允罔固乱，弼我，我其敢求位？

> 固，读如“推亡固存”之固。信哉，天之固治而不固乱也。不固乱，所以辅我，我岂敢求之哉？

惟帝不畀，惟我下民秉为，惟天明畏。

> 秉，持也。帝既不畀殷矣，则民皆持为此说曰：天将降威于殷也。人心不异乎天心，天心常导乎人心。

我闻曰：上帝引逸。

> 引，去也。故逸者则天命去之也。

有夏不适逸，则惟帝降格，向于时夏。

> 夏之先王，不往从放逸之乐，故上帝格向之。

弗克庸帝,大淫泆有辞,惟时天罔念闻。

> 此桀也,淫泆,且有辞饰非也。顺理则逸,从欲则危,虽有饰非之辞,
> 帝不听也。

厥惟废元命,降致罚,乃命尔先祖成汤,革夏,俊民甸四方。

> 甸,治也。

自成汤至于帝乙,罔不明德恤祀,亦惟天丕建保乂有殷,殷王亦罔
敢失帝,罔不配天其泽。在今后嗣王,诞罔显于天,矧曰其有听念
于先王勤家?诞淫厥泆,罔顾于天,显民祗。惟时上帝不保,降若
兹大丧。惟天不畀不明厥德,凡四方小大邦丧,罔非有辞于罚。

> 言天不畀纣,使不明于德,凡小大邦为纣所刑丧者,皆有辞于罚不
> 暇也。

王若曰:尔殷多士,今惟我周王,丕灵承帝事。

> 言我周文王、武王,皆继行大事。

有命曰:割殷,告敕于帝。

> 将有割殷之事,必先告正于天而后行,曰将有大正于商是也。

惟我事不贰适,惟尔王家我适。

> 我有事于四方,曷尝有再举而后定者乎?故曰“惟我事不贰适”。
> 贰适,再往也。惟于伐殷,则观政而归。已而再往。是我先王不忍
> 灭商之意也。故曰“惟尔王家我适”。不申言贰适者,因前之辞也。

予其曰:惟尔洪无度,我不尔动,自乃邑。予亦念天即于殷大戾,肆
不正。

> 今三监叛予,惟曰此乃汝大无法,非予尔动,变起于尔邑。予亦念天
> 命,不可不征,即于其首乱罪大者而诛之。谓杀武庚、管叔也。“肆
> 不正”者,言其余不尽绳治也。

王曰:猷告尔多士。予惟时其迁居西尔。

洛邑在故殷西南。

非我一人奉德不康宁，时惟天命。无违，朕不敢有后，无我怨。

既迁尔于洛，乃安居，无后命矣。

惟尔知，惟殷先人，有册有典，殷革夏命。

言汤之革夏，其故事皆在典册，尔所知也。

今尔又曰：夏迪简在王庭，有服在百僚。

夏臣之有道者，汤皆选用为近臣，在王庭，其可以任事者，则为百僚。

而今不然，以为怨。

予一人惟听用德，肆予敢求尔于天邑商？

我知用德而已，尔乃与三监叛我，岂敢求尔于商邑而用之乎？

予惟率肆矜尔，

循汤故事而矜赦汝则可。

非予罪，时惟天命。王曰：多士，昔朕来自奄，予大降尔四国民命。我乃明致天罚，移尔遐逖，比事臣我宗，多逊。

东征诛三监及奄，迁四国民于远，当此时，尔协比以事我宗臣，多逊不违也。

王曰：告尔殷多士，今予惟不尔杀，予惟时命有申。今朕作大邑于兹洛，予惟四方罔攸宾，亦惟尔多士，攸服奔走臣我，多逊。

我惟不忍尔杀，故申明此命尔。我所以营洛者，以四方诸侯至而无所容，亦为尔等服事奔走臣我多逊，而无所居故也。

尔乃尚有尔土，尔乃尚宁干止。

干，事也。止，居也。

尔克敬，天惟畀矜尔；尔不克敬，尔不啻不有尔土，予亦致天之罚于尔躬。今尔惟时宅尔邑，继尔居，尔厥有干有年于兹洛。尔小子乃兴，从尔迁。

汝能敬天安居,汝子孙其有兴者,非迁洛何从得之? 殷人之怨不在
王庭、百僚,故成王以此答其意也。

王曰:又曰时,予乃或言尔攸居。

王言尔子孙当有显者,殷人喜而记之。异日,王告之曰:及尔子孙之
显是时,我当复言之于尔所居。信其言以大慰之也。非一日之言,
故以"又曰"别之。

无逸第十七

周公作《无逸》。

周公曰:呜呼! 君子所其无逸,先知稼穑之艰难,乃逸,则知小人
之依。

旧说先知农事之艰难,乃谋逸豫,非也。周公方以逸为深戒,何其谋
逸之亟也? 盖曰王当先知稼穑之道为艰难,乃所以逸乐,则知小人
之所依怙以生者。知此,则不妨农时,不夺民利,不尽民力也。

相小人,厥父母勤劳稼穑,厥子乃不知稼穑之艰难,

虽农夫之子,生而饱暖,则不知艰难,而况王乎? 以训王无忘太王、
王季、文、武之勤劳王业也。

乃逸乃谚。既诞,否则侮厥父母曰:昔之人无闻知。

戏侮曰谚,大言曰诞。信哉,周公之言也! 曰昔之人无闻知,至于今
闾巷田里之民,有不令子弟,犹皆相师为此言。是虮虱蝼蚁,周公
何诛焉? 而载于书,曰以戒成王也。人君欲自恣于逸乐者,必先诋
娸先王,戏玩老成;而小人诪张为幻者,又劝成之。韩非之言曰:"尧
之有天下也,堂高三尺,采椽不斫,茅茨不剪。虽逆旅之宿,不勤于
此矣。冬日鹿裘,夏日葛衣,粢粝之食,藜藿之羹。饮土瓴,啜土铏,
虽监门之养,不觳于此矣。禹凿龙门,通大夏,疏九河,曲九防,决停

水,致之海。股无跋,胫无毛,手足胼胝,面目黎黑,遂以死于外,葬于会稽,虽臣虏之劳,不烈于此矣。然则天子所以贵于有天下者,岂欲苦形劳神,自取逆旅之宿、口食监门之养、手持臣虏之作哉!此不肖人之所勉,非贤者之所务也。"此其论,岂不出于昔之人无闻知也哉!其言至浅陋,而世主悦之,故韩非一言覆秦、杀二世如反掌。自汉以来学者,虽鄙申、韩不取,然世主心悦其言,而阴用之;小人之欲得君者,必私习其说,或诵言称举之。故其学至于今犹行也,予是以具论之。

周公曰:呜呼!我闻曰:昔在殷王中宗,严恭寅畏天命,自度,治民祗惧,不敢荒宁。肆中宗之享国,七十有五年。

中宗,太戊也。此《书》方论享国之长短,故先言享国之最长者,非世次也。

其在高宗,时旧劳于外,爰暨小人。作其即位,乃或亮阴,三年不言。其惟不言,言乃雍。

雍,和也。以其久不言之故,言则天下信之。

不敢荒宁,嘉靖殷邦,至于小大,无时或怨。肆高宗之享国,五十有九年。

高宗,武丁也。

其在祖甲,不义惟王,旧为小人。作其即位,爰知小人之依,能保惠于庶民,不敢侮鳏寡。肆祖甲之享国三十有三年。

祖甲,太甲也。

自时厥后立王,生则逸。生则逸,不知稼穑之艰难,不闻小人之劳,惟耽乐之从。自时厥后,亦罔或克寿。或十年,或七八年,或五六年,或三四年。周公曰:呜呼!厥亦惟我周太王、王季,克自抑畏。文王卑服,即康功田功。

康功,安人之功。田功,农功也。

徽柔懿恭,怀保小民,惠鲜鳏寡。

鲜,贫乏者。

自朝至于日中昃,不遑暇食,用咸和万民。文王不敢盘于游田,以庶邦惟正之供。

言不以庶邦贡赋,供私事也。

文王受命,惟中身,

文王九十七而终,即位之年四十七。

厥享国五十年。

令德之主,欲其长有天下以庇民,仁人之意,莫急于此,此周公所以身代武王也。人莫不好逸欲,而其所甚好者生也。以其所甚好,禁其所好,庶几必信。此《无逸》之所为作也。然犹不信者,以逸欲为未必害生也。汉武帝、唐明皇,岂无欲者哉!而寿如此矣。夫多欲而不享国者皆是也,汉武、明皇,十一而已,岂可望哉!饮酖、食野葛必死,而曹操独不死,亦可效乎?使人主不寿者五:一曰色,二曰酒,三曰便辟媟佞,四曰台榭游观,五曰田猎。此五者,《无逸》之所讳也。既困其身,又困其民,民怨咨吁天,此最害寿之大者。予欲以恶衣食,远女色,卑宫室,罢游田,夙兴勤劳,以此五物者,为人主永年之药石也。

周公曰:呜呼!继自今嗣王,则其无淫于观、于逸、于游、于田,以万民惟正之供。无皇曰:今日耽乐。乃非民攸训,非天攸若,时人丕则有愆。

以百日之忧,而开一日之乐,疑若可许也。然周公不许,防其渐也。

曰此非所以训民顺天也。言此者必有大咎。

无若殷王受之迷乱,酗于酒德哉!

酗者,用酒而怒,轻用兵刑也。

周公曰:呜呼! 我闻曰:古之人犹胥训告,胥保惠,胥教诲,民无或胥诪张为幻。此厥不听,人乃训之,乃变乱先王之正刑,至于小大。民否则厥心违怨,否则厥口诅祝。

> 诪,狂也。张,诞也。变名易实,以眩观者曰幻。古之人,相与训戒者,其言皆切近明白,世之所共知者也。若曰不杀为仁,杀为不仁,薄敛为有德,厚赋为无道。此古今不刊之语,先王之正刑也。及小人为幻,或师申、韩之学,或诵六经以文奸言,则曰多杀所以为仁也,厚敛所以为德也,高台深池、女色畋游,皆不害霸,此理之必不然。而其学之有师,言之有章,世主多喜之,此之谓幻。幻能害寿,以其能怨诅也。

周公曰:呜呼! 自殷王中宗,及高宗,及祖甲,及我周文王,兹四人迪哲。

> 古之哲王,莫不如此,而专言四人,此四人尤以此显于世也。

厥或告之曰:小人怨汝詈汝,则皇自敬德,厥愆,曰朕之愆。允若时,不啻不敢含怒。此厥不听,人乃或诪张为幻,曰:小人怨汝詈汝。则信之。则若时,不永念厥辟,不宽绰厥心,乱罚无罪,杀无辜,怨有同,是丛于厥身。

> 人不怨谗者,而怨听者。

周公曰:呜呼! 嗣王,其监于兹!

东坡书传卷十五

君奭第十八

召公为保，周公为师，相成王，为左右。

三公论道，左右相任事，周公、召公以师、保为左、右相。

召公不悦，周公作《君奭》。

旧说，或谓召公疑周公，陋哉，斯言也！方周公摄政，管、蔡流言，周公晏然不自疑，当时大臣亦莫之疑者，何独召公也？今已复子明辟，召公复何疑乎？然则何为不悦也？功成身退，天之道也，故伊尹既复政则告归，而周公不归，此召公所以不悦也。然则周公何以不归也？察成王之德，未可以舍而去也。周公齐百官以从王，而王之所用，悉其私人受教于王者，此其德岂能离师辅而弗反也哉？故召公之不悦，为周公谋也，人臣之常道也；而周公之不归，为周谋也，宗臣之深忧也。召公岂独欲周公之归哉！盖亦欲因复辟之初，而退老于厥邑，特以周公未归，故不敢也。何以知之？此书非独周公自言其当留，亦多留召公语，以此知召公欲去也。

周公若曰：君奭！弗吊，天降丧于殷，殷既坠厥命，我有周既受，我不敢知曰。厥基永孚于休，若天棐忱，我亦不敢知曰。其终出于不祥。呜呼！君已，曰：时我。我亦不敢宁于上帝，命弗永远；念天威，越我民，罔尤违惟人。

周公昔尝告召公曰：天其将使周室永孚于休欤？抑将终出于不祥欤？皆未可知也。于时召公答曰：是在我而已，我若能祗上帝命，不敢荒宁,则天永孚于休。若其以念我天威,及使我民无所尤违,则天将终出于不祥,此皆在人而已。今我不去,正为此耳。故举其昔言以喻之。

在我后嗣之孙,大弗克恭上下,遏佚前人光,在家不知。天命不易,天难谌,乃其坠命,弗克经历,嗣前人,恭明德。

此皆罪成王之言。在,察也。遏,绝也。佚,失也。经历,历年长久。言我察成王之德,大未能事天地,遏绝放失,前人之光明,盖生于深宫之中,不知天命不易。我若去之,其将弗永年矣。周公盖以丕视功载,知其如此。

在今予小子旦,非克有正迪,惟前人光,施于我冲子。

冲子之不正,吾亦安能正之哉?独示之以前人光明之德,使不习于下流。其为正也大矣。

又曰:天不可信,我道惟宁王德延。天不庸释于文王受命。

天命不常,我所以辅成王之道,惟以延武王之德,使天下不舍文王所受之命也。

公曰:君奭,我闻在昔,成汤既受命,时则有若伊尹,格于皇天。在太甲,时则有若保衡。

即伊尹也。

在太戊,时则有若伊陟、臣扈,格于上帝,

汤初克夏,欲迁夏社,作《臣扈》之篇。汤享国十三年。又七年而太甲立,太甲享国三十二年。又更四帝,乃至太戊,而臣扈犹在,岂非寿百余岁哉!

巫咸乂王家。在祖乙,时则有若巫贤。

贤,亦巫咸之子孙。

在武丁,时则有若甘盘。

殷有圣贤之君七,此独言五,下文云"殷礼陟配天",岂配祀于天者,
止此五王,而其臣皆配食于庙乎? 在武丁时,不言傅说,岂傅说不配
食于配天之王乎? 其详不可得而闻矣。

率惟兹有陈,保乂有殷,故殷礼陟配天,多历年所。

陈,久也。陟,升遐也。言此诸臣为政不久,则不能保乂有殷,且使
其王升遐则配天,致殷有天下,多历年所。此周公所以久留之意也。

天惟纯佑命,则商实百姓王人,罔不秉德明恤小臣,屏侯、甸,矧咸
奔走,惟兹惟德称,用乂厥辟。故一人有事于四方,若卜筮,罔不
是孚。

此明主、贤臣为政既久,则天乃为纯佑者是命。商之百族大姓,及王
臣之微者,实皆秉德明恤,以至于小臣,藩屏侯甸者,皆得其人。况
于奔走执事之臣,皆以此道此德举,用乂厥辟。以上下同德,故有事
于四方,则民信之若著龟然。此又周公久留之意也。

公曰:君奭,天寿平格,保乂有殷,有殷嗣天灭威。

天寿此中宗、高宗、祖甲,和平至道之王,使保乂有殷。此三王,皆能
继天灭威。灭威者,除害也。

今汝永念,则有固命,厥乱明我新造邦。

汝若忧思深长,则天命乃可坚固。汝其念有以济明我邦者。

公曰:君奭,在昔上帝,割申劝宁王之德,其集大命于厥躬。

宁王,武王也。天降割丧文王,申劝武王之德,而集天命也。

惟文王尚克修和我有夏。

诸夏也。

亦惟有若虢叔,

王季子,文王弟。

有若闳夭,有若散宜生,有若泰颠,有若南宫括。

五人,皆贤臣有道德者。不及太公望者,太公专治兵事功臣,非周公
所法也。

又曰:无能往来,兹迪彝教文王,蔑德降于国人。

此五人者,文王疏附,先后奔走御侮之友也。故曰:文王若不能与此
五人者往来,使以常道教文王,则无德以降于国人也。

亦惟纯佑,秉德迪知天威。乃惟时昭文王,迪见冒闻于上帝。惟时
受有殷命哉!

迪见者,以道显也。冒闻者,以德被天下闻也。

武王惟兹四人,

虢叔亡矣。

尚迪有禄。后暨武王,诞将天威,咸刘厥敌。惟兹四人,昭武王,惟
冒丕单称德。

凡周德之所被及者,其民尽称诵武王也。

今在予小子旦,若游大川。予往暨汝奭,其济小子,同未在位,诞无
我责。

游大川者,必济而后已。今予与汝奭同济,小子其可以中流而
止乎?

收罔勖不及,耇造德不降,我则鸣鸟不闻,矧曰其有能格。

周人以鸑鷟鸣于岐山,为文王受命之符,故其《诗》曰:"凤皇鸣矣,
于彼高冈。"我与汝奭皆文王旧臣,同闻鸣鸟者也。我与汝同闻见
受命之符,而今又同辅孺子,其可以不俟王业之大成,而言去乎?我
当收蓄成王不勉不及之心,又当留汝奭耇老成人以自助,汝若不降
意小留,则是天不欲我终王业、定天命也。天如不欲我终王业、定天
命,则当时必不使我与汝同闻鸣鸟矣。况能格于皇天乎?

公曰:呜呼! 君,肆其监于兹,我受命无疆惟休,亦大惟艰。告君乃

猷裕我，

　　谋广我意。

不以后人迷。公曰：前人敷乃心，乃悉命汝，作汝民极。曰，汝明勖偶王，在亶乘兹大命。惟文王德，丕承无疆之恤。

　　周公与召公同受武王顾命，辅成王，故周公曰：前人敷其心腹，以命汝，位三公，以为民极。且曰：汝当明勖孺子，如耕之有偶也。在于相信，如车之有驭也，并力一心，以载天命。念文考之旧德，以丕承无疆之忧。武王之言如此，而可以求去乎？

公曰：君，告汝朕允。

　　告汝以我诚心。

保奭，其汝克敬以予，监于殷丧大否。

　　殷之丧，其否塞大乱，至于如此，可不惧乎？

肆念我天威，予不允惟若兹诰。予惟曰：襄我二人。

　　襄，成也。予本不欲如此告也，予惟曰王业之成，在我与汝二人而已。

汝有合哉，言曰：在时二人，天休滋至，惟时二人弗戡。

　　汝闻我言，而心有合也，曰：信如我言，在我二人而已。然今，天方保周，王室日昌大，在我二人受此福乎？德胜福则安，福胜德则危。今天休滋至，恐二人德不能胜也。由此知召公之不悦，盖以满溢为忧也。

其汝克敬德，明我俊民在让，后人于丕时。

　　周公言，汝奭以满溢为忧乎？则当求俊民而显明之，他日让此后人，惟昌大之时而去，未晚也。

呜呼！笃棐时二人，我式克至于今日休。

　　以我二人厚辅之故，周室乃有今日之休。

我咸成文王功于不怠，丕冒海隅出日，罔不率俾。

我以今日之休为未足也，惟至于日月所照，莫不祗服乃已也。

公曰：君，予不惠若兹多诰，

惠若，言愿也。

予惟用闵于天越民。

予惟哀天命之不终及民之无辜也。

公曰：呜呼！君，惟乃知民德，亦罔不能厥初，惟其终，祗若兹，往敬用治。

蔡仲之命第十九

蔡叔既没，王命蔡仲践诸侯位，作《蔡仲之命》。

蔡叔死于囚，不得称“没”。仲为卿士，无囚父用子之理，盖释之矣。

仲践蔡叔之旧国，以鲜为始封之君，则周既赦其罪矣，故得称“没”。

惟周公位冢宰，正百工，群叔流言，乃致辟管叔于商；囚蔡叔于郭邻，

郭，虢也。《周礼》六遂，五家为邻。

以车七乘；降霍叔于庶人，三年不齿。

周公不以流言杀骨肉，若管叔不挟武庚以叛，亦不诛也。蔡叔因而不诛，至子乃封。霍叔降而不囚，三年复封之霍。此周公治亲之道也。

蔡仲克庸祗德，周公以为卿士。叔卒，乃命诸王，邦之蔡。

蔡叔未卒，仲无君国之理。蒯聩在而辄立，卫是以乱。孔子将为政于卫，必以正名为先，则周公封蔡仲，必在叔卒之后也。

王若曰：小子胡，惟尔率德改行，克慎厥猷。肆予命尔侯于东土。往即乃封，敬哉！尔尚盖前人之愆，惟忠惟孝。尔乃迈迹自身，

迈德自己,使人可以循迹而法汝也。

克勤无怠,以垂宪乃后。率乃祖文王之彝训,无若尔考之违王命。皇天无亲,惟德是辅;民心无常,惟惠之怀。为善不同,同归于治;为恶不同,同归于乱。尔其戒哉!慎厥初,惟厥终,终以不困。不惟厥终,终以困穷。懋乃攸绩,睦乃四邻,以蕃王室,以和兄弟。康济小民,率自中,无作聪明乱旧章。

> 中,情也。治国济民皆以情,不以伪也。中不足则必强诸外,故作聪
> 明。而实聪明者,未尝乱旧章也。

详乃视听,罔以侧言改厥度。

> 以一偏之言而改其常度,非其本心也,生于视听之不审尔。故患在
> 欲速,不在缓,缓则视听审,而事无不中矣。

则予一人汝嘉。王曰:呜呼!小子胡,汝往哉,无荒弃朕命。

成王东伐淮夷,遂践奄,作《成王政》。

> 践,灭也。

成王既践奄,将迁其君于蒲姑,周公告召公,作《将蒲姑》。

> 晏子谓齐景公:"古之居此者,有蒲姑氏。"乐安县北有蒲姑城。二
> 篇,亡。

多方第二十

成王归自奄,在宗周,诰庶邦,作《多方》。

> 自《大诰》《康诰》《酒诰》《梓材》《召诰》《洛诰》《多士》《多方》八
> 篇,虽所诰不一,然大略以殷人不心服周而作也。予读《泰誓》《牧
> 誓》《武成》,常怪周取殷之易。及读此八篇,又怪周安殷之难也。
> 《多方》所告不止殷人,乃及四方之士,是纷纷焉不心服者,非独殷人
> 也。予乃今知汤已下七王之德深矣。方纣之虐,人如在膏火中,归

周如流,不暇念先王之德。及天下粗定,人自膏火中出,即念殷先七
王如父母。虽以武王、周公之圣,相继抚之,而莫能禁也。夫以西汉
道德比之殷,犹珷玞之与美玉也,然王莽、公孙述、隗嚣之流,终不能
使人忘汉,光武之成功若建瓴然。使周无周公,则殷之复兴也必矣。
此周公之所以畏而不敢去也。

惟五月丁亥,王来自奄。至于宗周,周公曰:王若曰:猷告尔四国多
方,惟尔殷侯尹民,

　　周公以王命告诸侯及凡尹民者。

我惟大降尔命,尔罔不知。

　　大降尔命,谓诛三监,黜殷时也。

洪惟图天之命,弗永寅念于祀。

　　图天之命,犹曰徼福于天。小人之求福者,必以祭祀,念汝殷人。大
　　惟徼福于天,而不念敬祀,是求非望也。

惟帝降格于夏,有夏诞厥逸,不肯戚言于民。

　　帝非不降格于夏,而夏乃大厥逸,无忧民之言。虽无忧民之心,而有
　　其言,民犹不怒,天犹赦之,犹贤于初无言者。弃民之深也。

乃大淫昏,不克终日,劝于帝之迪。

　　桀未尝肯以一日之力,勉行顺天之道。

乃尔攸闻。厥图帝之命,不克开于民之丽。

　　丽,著也。奠民之居,王政之本。民不土著,虽尧舜不能使无乱。桀
　　之所以徼福于天者,皆非其道,未尝开衣食之源,以定民居也。

乃大降罚,崇乱有夏,因甲于内乱。

　　甲,始也。乱自内起。

不克灵承于旅,罔丕惟进之恭,洪舒于民。

　　古者谓大祭祀曰旅。言不能承祀天地鬼神,又不知进德之恭,而大

慢于民也。

亦惟有夏之民叨懫，日钦劓割夏邑。

> 叨，贪也。懫，忿也。尊用此人，使劓割夏邑。

天惟时求民主，乃大降显休命于成汤，刑殄有夏。惟天不畀纯，

> 不与桀者，亦大矣。

乃惟以尔多方之义民，不克永于多享。

> 义民，正人也。桀所害者皆正人，天以此故，不可使桀永年而多
> 享也。

惟夏之恭多士，大不克明保享于民。

> 桀之所尊用者，皆不能知保享于民之道也。

乃胥惟虐于民，至于百为，大不克开。

> 开，明也。

乃惟成汤，克以尔多方，简代夏作民主。

> 简，至也。

慎厥丽乃劝，厥民刑用劝。以至于帝乙，罔不明德慎罚，亦克用劝。
要囚，殄戮多罪，亦克用劝。开释无辜，亦克用劝。

> 自汤以来，皆谨土著之政，民既奠居，则刑罚可以劝，而况于赏乎。

今至于尔辟，弗克以尔多方，享天之命。呜呼！王若曰：诰告尔多
方，非天庸释有夏，非天庸释有殷，乃惟尔辟，以尔多方，大淫图天
之命，屑有辞。

> 屑，轻也。纣责命于天，轻出怨天之辞。

乃惟有夏图厥政，不集于享，天降时丧，有邦间之。

> 夏政不享于天，则其诸侯间而取之，亦如今殷之为周取也。

乃惟尔商后王，逸厥逸，图厥政，不蠲烝，天惟降时丧。

> 蠲，洁也。烝，升也。其升闻于天者，不洁也。

惟圣罔念作狂,惟狂克念作圣。

> 世未尝有自狂作圣、自圣作狂之人,而有自圣作狂、自狂作圣之道,在念不念之间耳。

天惟五年,须暇之子孙,诞作民主,罔可念听。

> 须,待也。暇,间也。武王服丧三年,还师二年,天佑殷之子孙,以此五年暇以待之。夫圣狂之间,如反覆手,而况五年之久,足以悔祸复天命矣。纣惟曰:我,民主也,其若我何? 其言无可念听者。

天惟求尔多方,大动以威,开厥顾天,惟尔多方,罔堪顾之。惟我周王,灵承于旅,克堪用德,惟典神天。天惟式教我用休,简畀殷命,尹尔多方。今我曷敢多诰? 我惟大降尔四国民命。尔曷不忱裕之于尔多方? 尔曷不夹介乂我周王,享天之命?

> 夹,辅也。介,助也。

今尔尚宅尔宅,畋尔田。尔曷不惠王熙天之命? 尔乃迪屡不静,尔心未爱。

> 道尔而数不静者,以尔心未仁也。

尔乃不大宅天命,尔乃屑播天命。

> 轻弃天命也。

尔乃自作不典,图忱于正。我惟时其教告之,我惟时其战要囚之。

> 我欲汝信于正,故教告之,不改则战恐要囚之。

至于再,至于三。乃有不用我降尔命,我乃其大罚殛之。非我有周秉德不康宁,乃惟尔自速辜。王曰:呜呼! 猷告尔有方多士,暨殷多士。今尔奔走臣我监五祀。

> 汝奔走事我,我监视汝所为,五年于此矣。

越惟有胥伯小大多正,尔罔不克臬。

> 伯,长也。汝自有相君、相长者,至于小大众正之人,皆汝所能作

止也。

自作不和,尔惟和哉！尔室不睦,尔惟和哉！尔邑克明,尔惟克勤乃事。

家不和则邑不明,虽勤于事,无益也。

尔尚不忌于凶德,亦则以穆穆在乃位,

服凶人,莫如和敬。

克阅于乃邑谋介。

简邑人以自介副。

尔乃自时洛邑,尚永力畋尔田。天惟畀矜尔,我有周惟其大介赍尔。

介,助也。

迪简在王庭,尚尔事,有服在大僚。王曰:呜呼！多士,尔不克劝忱我命,尔亦则惟不克享,凡民惟曰不享。

尔不我享,民亦不尔敬矣。

尔乃惟逸惟颇,大远王命。

迪简之命也。

则惟尔多方,探天之威,我则致天之罚,离逖尔土。

将远徙之。

王曰:我不惟多诰,我惟祗告尔命。又曰:时惟尔初,不克敬于和,则无我怨。

今既戒汝以和敬,汝不能用,则他日又举今言以告汝,无怨也。

东坡书传卷十六

立政第二十一

周公作《立政》。

周公若曰：拜手稽首，告嗣天子王矣。用咸戒于王曰：王左右常伯、常任、准人、缀衣、虎贲。周公曰：呜呼！休兹，知恤鲜哉！

> 周公率群臣进戒于王，赞曰：群臣皆再拜稽首，告天子：今王矣，不可以幼冲自待。则进戒曰：王左右有牧民之长，曰常伯；有任事之公卿，曰常任；有守法之有司，曰准人。此三事之外，则有掌服器者，曰缀衣；执射御者，曰虎贲。此亵御也。周公则戒之曰：非独三事者当择人，此亵御者亦当择人也。能知忧此者，美哉鲜矣！

古之人迪惟有夏，乃有室大竞，吁俊尊上帝。

> 夏后氏之世，王室所以大强者，以求贤为事天之实也。

迪知忧恂于九德之行，乃敢告教厥后曰：拜手稽首，后矣。曰：宅乃事，宅乃牧，宅乃准。兹惟后矣。

> 事则向所谓常任也，牧则向所谓常伯也，准则向所谓准人也。一篇之中，所论宅俊者，参差不齐，然大要不出是三者，其余则皆小臣百执事也。古今学者，解三宅三俊多不同，惟专以经训经，庶得其正。《书》曰"迪知忧恂于九德之行"，是九德为三俊也。皋陶之九德，则箕子三德之详者也。并三为一，则九德为三俊明矣。《书》曰："宅乃事，宅乃牧，宅乃准。"是事也，牧也，准也，为三宅，所以宅三俊也。《书》曰："流宥五刑，五流有宅，五宅三居。"又曰："兹乃三宅无义

民。"此三宅,所以宅五流也。人之有疾也,食而不药不可,药而不食亦不可,三宅、三俊,如药食之交相养,而不知食之养药耶? 药之养食耶? 所以宅三俊,及所以宅五流者,皆曰三宅。如此,而后经之言可通也。

谋面,用丕训德,则乃宅人,兹乃三宅无义民。

谋面,谋其耳目所及者。言自近及远,皆大训我德,则可以宅三俊之人。既宅三俊,然后可以宅五流,凡民之无义而有罪者。

桀德惟乃弗作往任,是惟暴德,罔后。

《书》曰"肆往奸宄",是古者谓"流"为"往"也。桀之所往者,无罪之人;所任者,皆小人残民者也。所往所任,皆出于暴德,是以无后。

亦越成汤陟,丕厘上帝之耿命,乃用三有宅,克即宅;曰三有俊,克即俊。严惟丕式,克用三宅三俊。其在商邑,用协于厥邑;其在四方,用丕式见德。

耿,光也。成汤既以升闻大治上帝之命,则以三宅去凶人。凶人各即其宅,然后宅俊其所谓俊者,皆真有德者也,故曰"三有俊,克即俊"。殷人去凶而后用贤,夏后氏用贤而后去凶,各从当时之宜。要之,二者相资而成也。《礼》曰:"夏后氏先禄而后威,先赏而后罚;殷人先罚而后赏。"盖缘《立政》之文而立此言。不知圣人之赏罚应物而作,无所先后也。汤惟严敬用宅俊,故能内协商邑,外以显德于四方也。

呜呼! 其在受德睯,惟羞刑暴德之人,同于厥邦。乃惟庶习逸德之人,同于厥政。帝钦罚之,乃伻我有夏,式商受命,奄甸万姓。

甸,治也。帝钦我而罚纣,使我有诸夏,法汤受命而治万姓也。

亦越文王、武王,克知三有宅心,灼见三有俊心,以敬事上帝,立民长伯。

君子、小人,各知其本心,去凶进贤,各得其实。

立政:任人、准夫、牧,作三事。

任人,常任也。准夫,准人也。牧,常伯也。此三事,皆大臣也。

虎贲缀衣,趣马小尹。

自此以下皆小臣,或其远外者。趣马,掌马也。小尹,小官之长也。

左右携仆。

执持器物者。

百司庶府,

府库,藏吏也。

大都小伯、

大都之伯,在牧人中矣,此其小伯也。

艺人、

执技以事上者。

表臣百司,

表,外也。有两百司,此其外者也。

太史、尹伯、庶常吉士,

太史,下大夫,掌六典之贰。尹伯、庶常吉士,皆当时小官。

司徒、司马、司空、亚旅,

六卿独数其三,不及冢宰、宗伯、司寇者,周公以师兼冢宰。周公谓
苏忿生为苏公,是苏公以公兼司寇也,而宗伯则召公兼之欤?亚其
贰也,旅其士也,卿在常任中矣。此言其亚旅而已。

夷微、卢烝,三亳阪尹。

蛮夷之民,微卢之众,及三亳阪险之地,皆有尹正。汤始都亳,其后
屡迁,所迁之地,皆有亳名,故曰亳。或曰蒙为北亳,谷熟为南亳,偃
师为西亳。历数此者,欲得其人也。

文王惟克厥宅心，

> 能知君子小人之心。

乃克立兹常事司牧人，以克俊有德。

> 常任、常伯，必以德选。不言准人者，容以才进也。

文王罔攸兼于庶言、庶狱、庶慎，惟有司之牧夫是训用违。庶狱、庶慎，文王罔敢知于兹。

> 文王不识不知，顺帝之则，其所知者，三宅三俊，去凶用贤之事而已。

> 至于庶言，有司所下教令也；庶狱，狱讼也；庶慎，国之禁戒储备也。

> 文王皆不敢下侵有司之事，惟使有司牧夫训治用命及违命者而已。

亦越武王，率惟敉功，不敢替厥义德，率惟谋从容德，以并受此丕丕基。

> 武王但抚存文王之功，不改其义德，而从其有容之德也。

呜呼！孺子王矣，继自今，我其立政、立事、准人、牧夫，我其克灼知厥若，丕乃俾乱。

> 其心如其言，是谓若。

相我受民，

> 助我所受民。

和我庶狱、庶慎，时则勿有间之。

> 既灼知其心而后用，既用则勿以流言谗间之。

自一话一言，我则末惟成德之彦，以乂我受民。

> 道隐于小成，言隐于荣华。一话一言，闻斯行之，则不胜其弊。以其不胜弊而举弃之，则所丧亦多矣。必受而绎之，末惟成德之彦，则不可以小道小言眩也。故一话一言，终必付之而后可。

呜呼！予旦已受人之徽言，咸告孺子王矣。

> 我受美言于人，不敢自有，而献之于王也。

继自今，文子文孙，其勿误于庶狱、庶慎，惟正是乂之。

> 心有邪正，事有是非，正心而求其理，未有不得也。

自古商人，亦越我周文王，立政、立事、牧夫、准人，则克宅之，克由绎之，兹乃俾乂。

> 人有临事而失其常，不如所期者，故已宅则复绎之者，绅绎其所已行之事也。

国则罔有立政，用憸人，不训于德，是罔显在厥世。继自今立政，其勿以憸人，其惟吉士，用劢相我国家。

> 劢，勉也。何谓憸人？贾谊赋曰："凤皇翔于千仞兮，览德辉而下之。见世德之憸微兮，遥增击而去之。"是之谓憸人。

今文子文孙，孺子王矣，其勿误于庶狱，惟有司之牧夫。

> 夫周公尤以狱为忧，故此篇之终，特以嘱司寇苏公也。

其克诘尔戎兵，以陟禹之迹。方行天下，至于海表，罔有不服。

> 罔有不服，则兵初不用也。然不可以不用，而不以时诘治之。

以觐文王之耿光，以扬武王之大烈。呜呼！继自今后，王立政，其惟克用常人。

> 人之才德长于此者，天下之所共推而不可易也。是之谓常人。如廷尉用张释之、于定国，吏部尚书用山涛，度支用刘晏，此非常人乎！

周公若曰：太史，司寇苏公，式敬尔由狱，以长我王国。兹式有慎，以列用中罚。

> 《春秋传》曰："昔武王克商，使诸侯抚封，苏忿生以温为司寇。"此言其能敬用狱，以长王国，是为三公也。列者，前后相比，犹今之言例也。以旧事为比，而用其轻重之中者也。呼太史而告之者，欲书之于史，以为后世法也。

周官第二十二

成王既黜殷命,灭淮夷,还归在丰,作《周官》。

> 殷未黜,淮夷未灭,则成王有所不暇。

惟周王抚万邦,巡侯甸,四征弗庭,绥厥兆民。六服群辟,罔不承德。归于宗周,董正治官。

> 《书》曰:侯、甸、男邦、采、卫,此周五服之名也。《禹贡》五服,通畿内;周五服,在王畿千里之外,并畿内为六服。董,督也。治官,治事之官也。

王曰:若昔大猷,制治于未乱,保邦于未危。曰:唐、虞稽古,建官惟百。内有百揆、四岳,外有州牧、侯伯,庶政惟和,万国咸宁。夏、商官倍,亦克用乂。

> 唐、虞官百而天下治,夏、商曷为倍之?德衰而政卑也。尧、舜官天下,无患失之忧,故任人而不任法。人得自尽也,故法简,官少而事省。夏、商家天下,惟恐失之,不敢以付人,人与法相持而行,故法烦,官多而事冗。后世德愈衰,政愈卑,人愈不信,而一付之法、吏,不敢任事,相倚以苟免,故法愈乱,官愈多而事不举。人主知此,则治矣。

明王立政,不惟其官,惟其人。

> 明王观唐、虞、夏、商之政,而知为国不在官多,而在得人,故官不必备也。

今予小子,祗勤于德,夙夜不逮,仰惟前代时若,训迪厥官。立太师、太傅、太保,兹惟三公。论道经邦,燮理阴阳。

> 师、傅、保,皆论道。国以道为经,以政事纬之,与刑无相夺伦,而阴阳和。

官不必备,惟其人。少师、少傅、少保,曰三孤。贰公弘化,寅亮天地,弼予一人。

孤,特也。此虽三公之贰,而非其属官,故曰"孤"以重之。

冢宰掌邦治,统百官,均四海。

政教礼刑,无所不掌,谓之邦治,而百官总己以听焉。故冢宰为天官,必三公兼之,余卿或兼或特命。

司徒掌邦教,敷五典,扰兆民。

司徒之职,如地之生物,富而能教之,故为地官。扰,驯也。

宗伯掌邦礼,治神人,和上下。司马掌邦政,统六师,平邦国。

王者以礼乐治天下,政所从出,本于礼而成于政。和如天之春,万物生焉,而盛于夏。故宗伯为春官,司马为夏官。

司寇掌邦禁,诘奸慝,刑暴乱。

如秋之肃杀万物,故司寇为秋官。

司空掌邦土,居四民,时地利。

民各有居室,如冬之盖藏,故司空为冬官。

六卿分职,各率其属,以倡九牧,

九州之牧也。

阜成兆民。六年,五服一朝。

一朝,毕朝也。朝以远近为疏数,六年而遍五服毕朝也。

又六年,王乃时巡,考制度于四岳,诸侯各朝于方岳,大明黜陟。

夏、商以来,人主奉养日侈,供卫日广,亦不能数巡守,故以五载为十二年也。

王曰:呜呼!凡我有官君子,钦乃攸司,慎乃出令。令出惟行,弗惟反。

令出不善,知而改之,犹贤于不反也。然数出数改,则民不复信上,虽有善令,不行矣。故教以善令,非教其遂非也。

以公灭私,民其允怀。学古入官,议事以制,政乃不迷。

> 《春秋传》曰:郑子产铸刑书,晋叔向讥之,曰:"昔先王议事以制,不为刑辟。"其言盖取诸此也。先王人法并任,而任人为多,故律设大法而已。其轻重之详,则付之人,临事而议,以制其出入,故刑简而政清。自唐以前治罪科条,止于今律令而已。人之所犯,日变无穷,而律令有限;以有限治无穷,不闻其有所阙。岂非人法兼行,吏犹得临事而议乎? 今律令之外,科条数万,而不足于用,有司请立新法者日益而不已。呜呼! 任法之弊,一至于此哉!

其尔典常作之师,无以利口乱厥官,

> 小人不利于用常法,常以利口乱政。

蓄疑败谋,

> 人主闻谗言,不即辨而藏之中,曰蓄疑。败谋害政,无大于此者。

怠忽荒政,不学墙面,莅事惟烦。戒尔卿士,功崇惟志,

> 未有志卑而功崇者。

业广惟勤,惟克果断,乃罔后艰。

> 偷于初,必艰于终。

位不期骄,禄不期侈,恭俭惟德,无载尔伪。

> 孟子曰:"恭俭,岂可以声音笑貌为哉!"

作德,心逸日休;作伪,心劳日拙。居宠思危,罔不惟畏。弗畏入畏,推贤让能,庶官乃和,不和政庞。

> 士无贤不肖,入朝见嫉。自有君臣以来病之矣。惟让为能和,是以贵之。

举能其官,惟尔之能。称匪其人,惟尔不任。王曰:呜呼! 三事,

> 三公也。

暨大夫,敬尔有官,乱尔有政,以佑乃辟。永康兆民,万邦惟无致。

成王既伐东夷,肃慎来贺,

> 东夷,淮夷也,在周之东。肃慎,东北远夷也。

王俾荣伯,作《贿肃慎之命》。

> 《国语》曰:"文王谘于蔡原,访于辛尹,重之以周、召、毕、荣。"岂此
> 荣伯也与?

周公在丰,将殁,欲葬成周。公薨,成王葬于毕,告周公,作
《亳姑》。

> 毕有文、武墓,葬公于毕,示不敢臣也。亳姑,蒲姑也。周公告召公,
> 作《将蒲姑》。至此,并告已迁欤? 二篇,亡。

君陈第二十三

周公既殁,命君陈分正东郊成周,作《君陈》。

> 君陈命于周公之后,毕公之前,必周之老臣也。郑玄以为周公子,
> 非也。毕公,成王之父师,弼亮四世,岂以周公之子先之? 周公迁
> 殷顽民于洛,不必迁旧人以宅新民也。洛人在内,殷人在郊,理必然
> 也。分正者,《毕命》所谓"旌别淑慝,表厥宅里""殊厥井疆,俾克畏
> 慕"也。

王若曰:君陈,惟尔令德孝恭,惟孝,友于兄弟,克施有政。命汝尹
兹东郊,敬哉! 昔周公师保万民,民怀其德。往慎乃司,兹率厥常,
懋昭周公之训,惟民其乂。我闻曰:至治馨香,感于神明。黍稷非
馨,明德惟馨。

> 物之精华,发越于外者,为声色臭味,是妙物也。故足以移人,亦足
> 以感鬼神。圣人以至治明德,比于馨香,有以也。夫荀悦有言:君子
> 以情用,小人以形用。荣辱者,赏罚之精华,故礼教荣辱以加君子,
> 化其情也;桎梏鞭朴以加小人,化其形也。君子不犯辱,况于刑乎?

> 小人不忌刑,况于辱乎? 若教化之废,推中人而坠于小人之域;教化
> 之行,引小人而纳于君子之涂。此之谓也。

尔尚式时周公之猷训,惟日孜孜,无敢逸豫。凡人未见圣,若不克
见。既见圣,亦不克由圣。尔其戒哉! 尔惟风,下民惟草。

> 岂独圣也? 凡有求而未得也,无所容其爱;既得则爱衰,此人之情
> 也。为人君者,不能显诸仁,藏诸用,凡所以治民之具,毕用而常
> 陈,则民狎而玩之矣。故教之曰尔惟风,下民惟草,德复有妙于风
> 者乎!

图厥政,莫或不艰,有废有兴,出入自尔师虞,庶言同则绎。

> 有所兴废出纳,皆咨于众以度之,众言同则绎之。孔子曰:"巽语之
> 言,能无悦乎? 绎之为贵。"

尔有嘉谋嘉猷,则入告尔后于内,尔乃顺之于外,曰:斯谋斯猷,惟
我后之德。呜呼! 臣人咸若时,惟良显哉!

> 臣谋之而君能行,此真君之德也。岂待其顺之于外云尔也哉? 成王
> 之言此者,非贪臣之功,实欲归功于臣,以来众言也。

王曰:君陈,尔惟弘周公丕训,无依势作威,无倚法以削,宽而有制,
从容以和,殷民在辟,予曰辟,尔惟勿辟;予曰宥,尔惟勿宥,惟厥
中。有弗若于汝政,弗化于汝训,辟以止辟,乃辟。

> 辟而不能止辟者,勿辟也。

狃于奸宄,败常乱俗,三细不宥。

> 狃,习也。常者,国之旧法。俗者,民之所安。而败乱之,害政之尤,
> 故此三者,所犯虽小,亦不可宥也。

尔无忿疾于顽,无求备于一夫,必有忍,其乃有济。有容,德乃大。

> 有残忍之忍,有容忍之忍。《春秋传》曰"州吁阻兵而安忍",此残忍
> 之忍。孔子曰"小不忍则乱大谋",此容忍之忍也。古今语皆然,不

可乱也。成王指言三细不宥,则其余皆当宥之。曰"必有忍其乃有济"者,正孔子所戒"小不忍则乱大谋"者也。而近世学者,乃谓"当断不可以不忍,忍所以为义",是成王教君陈果于刑杀,以残忍为义也。夫不忍人之心,人之本心也,故古者以不忍劝人。以容忍劝人也则有之矣,未有以残忍劝人者也。不仁之祸至六经而止,今乃析言诬经以助发之,予不可以不论。

简厥修,亦简其或不修;进厥良,以率其或不良。惟民生厚,因物有迁,违上所命,从厥攸好。尔克敬典,在德,时乃罔不变,允升于大猷。惟予一人,膺受多福,其尔之休,终有辞于永世。

东坡书传卷十七

顾命第二十四

成王将崩，命召公、毕公，率诸侯相康王，作《顾命》。

> 毕公高，周之同姓。

惟四月哉生魄，王不怿。

> 有疾不豫。

甲子，王乃洮颒水，

> 发大命，当齐戒沐浴。今有疾，不能洮，颒水而已。洮，盥也。短，颒
> 面也。

相被冕服，冯玉几。

> 相，相礼者，以衮冕服被王身也。大朝觐，设左右玉几。

乃同召太保奭、

> 召公为保，兼冢宰。

芮伯、

> 司徒。

彤伯、

> 宗伯。

毕公、

> 毕公，三公，亦兼司马。

卫侯、

> 《春秋传》：康叔为司寇。

毛公、

> 司空也。《史记》有毛叔郑。五人皆姬姓,惟彤伯姒姓。

师氏、

> 师氏,中大夫,居虎门之左。

虎臣,

> 虎贲氏。

百尹御事,王曰:呜呼! 疾大渐,惟几。

> 渐,进也。几,危也。

病日臻,既弥留,

> 臻,至也。弥,甚也。疾甚将去,而少留也。

恐不获誓言嗣,兹予审训命汝。昔君文王、武王,宣重光,奠丽陈教则肆,肆不违,用克达殷,集大命。

> 丽,土著也。文、武先定民居,乃教之,既教则集之。民既集、教、用命,乃能开达殷之丧否也。

在后之侗,

> 侗,愚也。杨雄曰:“倥侗颛蒙。”

敬迓天威,嗣守文武大训,无敢昏逾。今天降疾殆,弗兴弗悟。尔尚明时朕言,用敬保元子钊,

> 康王也。

弘济于艰难,柔远能迩,安劝小大庶邦。思夫人自乱于威仪,尔无以钊冒贡于非几。

> 恭敬可以济大难;但世以威仪为文饰而已,不知其为济难之具也。
> 故曰:自乱于威仪,几危也。非几者,安也,惟安为可畏,不可以冒进也。死生之际,圣贤之所甚重也。成王将崩之一日,被冕服以见百官,出经远保世之言,其不死于燕安妇人之手明矣,其致刑措宜哉!

兹既受命还,出缀衣于庭。

> 缀衣,幄帐也。群臣既出设幄帐于中庭,王反路寝之室也。

越翼日乙丑,王崩。太保命仲桓、南宫毛,俾爰齐侯吕伋,

> 伋,太公望子。爰,及也。《诗》曰:"爰及姜女。"

以二干戈、虎贲百人,逆子钊于南门之外。

> 成王之崩,子钊固在王所,今乃出之于路寝门外,而复逆之,盖所以
> 表异之也。

延入翼室,

> 路寝旁左右翼室也。成王丧在路寝,故子钊庐于翼室。

恤宅宗。

> 为忧居之主也。

丁卯,命作册度。

> 以法度作册也。

越七日癸酉,伯相命士须材。

> 自西伯入为相,召公也。须材,以供丧用。

狄设黼扆、缀衣,

> 狄,下士。扆,屏风为斧文也。

牖间南向,

> 户牖间也。

敷重篾席,

> 桃竹枝席也。

黼纯,

> 黼,黑白也。纯,缘也。

华玉仍几。

> 华玉,色玉也。仍,因也。《周礼》:吉事变几,凶事仍几,因生时所设

色玉,左右几也。此见群臣、觐诸侯之坐也。

西序东向,

东西厢谓之序。

敷重底席,

底,蒻席也。

缀纯,

缀杂采也。

文贝仍几。

以文贝饰几,此旦夕听事之坐也。

东序西向,敷重丰席,

丰,莞席也。

画纯,

绘缘也。

雕玉仍几。

以刻玉饰几,此养国老、享群臣之坐也。

西夹南向,

西厢夹堂。

敷重筍席,

筍,竹席也。

玄纷纯,

纷,绀也。以玄绀为缘。

漆仍几。

此亲属私燕之坐也。故几席质俭,无贝玉之饰,将传先王之顾命也。

不知神之所在于此乎? 于彼乎? 故兼设平生之坐也。

越玉五重,

及玉五重,谓弘璧、琬琰、大玉、夷玉、天球也。

陈宝,

　　谓赤刀以下众宝。

赤刀、大训、

　　虞、夏、商之《书》。

弘璧、

　　大璧也。

琬琰,在西序。大玉、夷玉、天球、河图,

　　八卦也。

在东序。胤之舞衣,

　　胤国所为舞者之衣。

大贝、鼖鼓,在西房。兑之戈,和之弓,

　　兑、和,古之巧人。

垂之竹矢,

　　垂,舜共工。

在东房。

　　舞衣、鼖鼓、弓、竹矢,皆以古物宝之,如后世宝孔子履也。

大辂在宾阶面,

　　大辂,玉辂。

缀辂在阼阶面,

　　缀辂,金辂。

先辂在左塾之前,

　　先辂,象辂。塾,夹门堂也。

次辂在右塾之前。

　　次辂,木辂也。革辂不陈。

二人雀弁,执惠,立于毕门之内。

> 雀弁,赤黑如雀头色。惠,三隅矛。毕门,路寝门。

四人綦弁,执戈上刃,夹两阶戺。

> 綦弁,青黑色。堂廉曰戺。

一人冕,执刘,立于东堂。

> 刘,钺属。

一人冕,执钺,立于西堂。一人冕,执戣,立于东垂。一人冕,执瞿,立于西垂。

> 戣、瞿,皆戟属。

一人冕,执锐,立于侧阶。

> 锐,当作"鈗",《说文》曰:"鈗,侍臣所执兵,从金,允声。《书》曰'一人冕执鈗',读若锐。"冕,大夫服;弁,士服。

王麻冕、黼裳,由宾阶隮。

> 麻冕,三十升,麻为冕,盖衮冕也。衮冕之裳四章,此独用黼者,以释丧服吉,示变也。王方自外入受命,传命者自阼阶升,则王当从宾阶也。

卿士、邦君,麻冕、蚁裳,入即位。

> 《礼》曰:"子张之丧,公明仪为志焉,褚幕丹质,蚁结于四隅。殷士也。"郑玄云:"画之四角,其文如蚁行往来相错。"殷之蚁结,似今蛇文画,岂蚁裳亦为此文欤? 君臣皆吉服,然皆有变。

太保、太史、太宗,皆麻冕、彤裳。

> 太宗,上宗,皆大宗伯也。彤,纁也,纁裳亦变也。

太保承介圭,上宗奉同、瑁,由阼阶隮。

> 介圭,大圭,尺有二寸,王所守也。同,爵名。瑁,四寸,王所执以朝诸侯。传顾命,授圭瑁,当阼阶升也。

太史秉书,由宾阶阼,御王册命。

> 书,册也。王在西阶上,故太史由此,以册御王。凡王所临所服用,
> 皆曰"御"。

曰:皇后冯玉几,道扬末命,命汝嗣训,临君周邦,率循大卞,燮和天
下,用答扬文、武之光训。

> 成王顾命之言书之册矣,此太史口陈者。卞,法也。

王再拜兴,答曰:眇眇予末小子,其能而乱四方,以敬忌天威?乃受
同、瑁,王三宿,三祭,三咤。上宗曰飨。

> 太保实三爵于王,王受而置之曰宿。祭先曰祭。至齿而不饮曰咤,
> 曰哜,示饮而实不忍也。"上宗曰飨",以嘏王也。

太保受同,降,盥以异同,

> 易爵而洗也。

秉璋以酢,

> 半珪曰璋,太保实此爵,以为王酢己也。

授宗人同拜。

> 宗人,小宗伯。

王答拜,太保受同,祭,哜。宅,授宗人同,拜。

> 宅,居其所也。

王答拜,太保降,收。

> 收,彻也。

诸侯出庙门俟。

> 此路寝门也,而谓之庙,以正殡在焉。

康王之诰第二十五

康王既尸天子,遂诰诸侯,作《康王之诰》。

王出，在应门之内，

> 出毕门，立应门内之中庭，南面。

太保率西方诸侯，入应门左；毕公率东方诸侯，入应门右。

> 二公为二伯，各率其所领诸侯，随其方为位，皆北面。成王之疾久
> 矣，岂西方、东方诸侯来问王疾者欤？

皆布乘黄朱。

> 陈四马，黄、朱鬣，

宾称奉圭兼币，

> 马所以先圭币。

曰：一二臣卫，敢执壤奠。

> 贽土所出。

皆再拜稽首。王义嗣德，答拜。

> 王义诸侯，不忘先王之德，故答拜。

太保暨芮伯咸进，相揖。

> 冢宰、司徒与群臣进戒。

皆再拜稽首，曰：敢敬告天子，皇天改大邦殷之命，惟周文、武，诞受
羑若，

> 文王出羑里之囚，天命自是始顺。周公记之，谓之羑若。犹管仲、鲍
> 叔愿齐桓公不忘在莒时也。康王生而富贵，故于其初即位，告以文、
> 武造邦之艰难，以忧患受命也。

克恤西土。惟新陟王，

> 陟，升遐也。成王未有谥，故称新陟王。

毕协赏罚，戡定厥功，用敷遗后人休。今王敬之哉！张皇六师，无
坏我高祖寡命。王若曰：庶邦侯、甸、男、卫，惟予一人钊报诰。昔
君文、武丕平富，不务咎，厎至齐信，用昭明于天下。

《诗》歌文王之德曰"陈锡哉周",言其布大利以赐天下,则天下相率而戴周。及其亡也,以荣夷公专利。今康王所谓"丕平富"者,岂非陈锡布利也欤? 所谓"不务咎"者,岂非不专利以消怨咎也欤? 即位而首言此,其与成王皆致刑措,宜也。

则亦有熊罴之士、不二心之臣,保乂王家。用端命于上帝,皇天用训厥道,付界四方。乃命建侯树屏,在我后之人。今予一二伯父,尚胥暨顾,绥尔先公之臣,服于先王。

言诸臣忠于我,所以安汝先人事先王者,如盘庚告教之意也。

虽尔身在外,乃心罔不在王室,用奉恤厥若。

使我虽宅忧,而人无不顺者。

无遗鞠子羞。

鞠子,稚子也。

群公既皆听命,相揖趋出,王释冕,反丧服。

成王崩未葬,君臣皆冕服,礼欤? 曰:非礼也。谓之变礼可乎? 曰:不可。礼变于不得已,嫂非溺,终不援也。三年之丧,既成服,释之而即吉,无时而可者。曰:先王之命,不可以不传,既传,不可以丧服受也。曰:何为其不可也? 曰:以丧冠者,虽三年之丧可也;既冠于次,入哭,踊者三乃出。孔子曰:"将冠子,未及期日,而有大功、齐衰之服,则因丧服而冠。"冠,吉礼也,犹可以丧服行之,受顾命、见诸侯,独不可以丧服乎? 太保使大史奉册,授王于次,诸侯入哭于路寝,而见王于次。王丧服受教戒谏,哭踊答拜。圣人复起,不易斯言也。始死方升,孝子释服离次,出居路门之外,受干戈、虎贲之逆,此何礼也? 汉宣帝以庶人入立,故遣宗正太仆奉迎,以显异之。康王,元子也,天下莫不知,何用此纷纷也?《春秋传》曰:郑子皮如晋,葬晋平公,将以币行,子产曰:"丧安用币?"子皮固请以行。既葬,诸侯之大夫欲因见新君,叔向辞之曰:"大夫之事毕矣,而又命孤,孤斩焉在衰绖之中,其以嘉服见,则丧礼未毕;其以丧服见,是重受吊也。大夫将若之何?"皆无辞以见。今康王既以嘉服见诸侯,又受乘黄、玉帛之币。曾谓盛德之王,不若衰世之侯,召、毕公不如子产、叔向乎?使周公在,必不为此。然则孔子何取于此一书也?曰:至矣,其父子君臣之间,教戒深切著明者,犹足以为后世法。孔子何为不取哉?然其失礼,则不可以不论。

东坡书传卷十八

毕命第二十六

康王命作册，毕公居里，成周郊，作《毕命》。

> 毕公弼亮四世，盖尝相文王也。至是耄矣，而犹勤小物，亦可谓盛德也哉！

惟十有二年，六月庚午，朏，越三日壬申，王朝步自宗周，至于丰，以成周之众，命毕公保厘东郊。

> 毕公盖尝相文王，故康王就丰文王庙命之。

王若曰：呜呼！父师，惟文王、武王敷大德于天下，用克受殷命。惟周公左右先王，绥定厥家，毖殷顽民，迁于洛邑。密迩王室，式化厥训。既历三纪，

> 十二年为一纪。

世变风移，四方无虞，予一人以宁。

> 方三监叛，天下骚动，天子亦不安。

道有升降，政由俗革，

> 子思子曰："昔吾先君子，道隆则从而隆，道污则从而污。伋则安能？"惟圣人为能与道升降、因俗立政也。

不臧厥臧，民罔攸劝。惟公懋德，克勤小物，

> 有道者不以小大变易，不忽小物，斯不难大事矣。

弼亮四世，正色率下，罔不祗师言。

> 虽正色不言而自服，然常敬众言也。

嘉绩多于先王，

> 自文、武时，已立功矣。

予小子，垂拱仰成。王曰：呜呼！父师，今予祗命公以周公之事，往哉。旌别淑慝，表厥宅里，彰善瘅恶，

> 瘅，病也。

树之风声。弗率训典，殊厥井疆，俾克畏慕。申画郊圻，慎固封守，以康四海。政贵有恒，辞尚体要，不惟好异。商俗靡靡，利口惟贤，余风未殄，公其念哉！

> 予以《书》考之，知商俗似秦俗，盖二世似纣也。张释之谏文帝："秦以任刀笔之吏，争以亟疾苛察相高，其弊徒文具，无恻隐之实，以故不闻其过。陵夷至于二世，天下土崩。今以啬夫口辩而超迁之，臣恐天下随风而靡，争为口辩，而无其实。"凡释之所论，则康王以告毕公者也。

我闻曰：世禄之家，鲜克由礼，以荡陵德，实悖天道。敝化奢丽，万世同流。

> 惟恶能及远，故秦之俗，至今犹在也。

兹殷庶士，席宠惟旧，

> 乘势胜物曰席。

怙侈灭义，服美于人。

> 用美物多，则为人所畏服。郑子产言伯有用物弘，而取精多，则生为人豪，死为厉鬼。

骄淫矜夸，将由恶终，虽收放心，闲之惟艰。资富能训，惟以永年。

> 富而能训，则可以久安其富。

惟德惟义，时乃大训。不由古训，于何其训？王曰：呜呼！父师，邦之安危，惟兹殷士。不刚不柔，厥德允修。惟周公克慎厥始，惟君

陈克和厥中,惟公克成厥终。三后协心,同底于道,道洽政治,泽润生民。四夷左衽,罔不咸赖。予小子永膺多福。

> 康王以为邦之安危在殷士,又以保厘之任为足以泽生民而服四夷。其言若过,然殷民至此,亦不能睥睨周室如三监时矣。然犹重其事如此。贾谊言:"秦俗妇乳其儿,与翁并踞;母取箕帚,立而谇语。"以此痛哭流涕大息,以为汉之所忧,无大于此者,正此意也。古之知治体者,其论安危盖如此。

公其惟时成周,建无穷之基,亦有无穷之闻。子孙训其成式,惟乂。呜呼!罔曰弗克,惟既厥心。罔曰民寡,惟慎厥事。

> 曰弗克者,畏其难而不敢为者也。曰民寡者,易其事以为不足为者也。

钦若先王成烈,以休于前政。

> 前政,谓周公、君陈也。

君牙第二十七

穆王命君牙,为周大司徒,作《君牙》。

> 穆王满,康王孙、昭王子。

王若曰:呜呼!君牙,惟乃祖乃父,世笃忠贞,服劳王家,厥有成绩,纪于太常。

> 《周礼》:司勋,凡有功者,铭书于王之太常,祭于大烝,日月为常。

惟予小子,嗣守文、武、成、康遗绪,亦惟先王之臣,克左右乱四方。心之忧危,若蹈虎尾,涉于春冰。今命尔予翼,作股肱心膂。缵乃旧服,无忝祖考。弘敷五典,式和民则。尔身克正,罔敢弗正;民心罔中,惟尔之中。夏暑雨,小民惟曰怨咨;冬祁寒,小民亦惟曰怨咨。厥惟艰哉,思其艰以图其易,民乃宁。

方周之盛,越裳氏来朝,曰:"久矣,天之无疾风暴雨也。中国其有圣
人乎?"方是时,四夷之民,莫不戴王,虽风雨天事非人力者,亦归德
于王;及其衰也,一寒一暑,亦惟王之怨。是故圣人以民心为存亡,
一失其心,无动而非怨者。赏则谓之私,罚则谓之虐。作德则谓之
伪,不作则谓之漫。出令而不信,无事而致谤,皆王之咎也。夏谚
曰:"吾王不游,吾何以休? 吾王不豫,吾何以助游?"豫且以为德,岂
复有风雨寒暑之怨乎?

呜呼! 丕显哉文王谟,丕承哉武王烈。启佑我后人,咸以正罔缺。
尔惟敬明乃训,用奉若于先王。对扬文、武之光命,追配于前人。
王若曰:君牙,乃惟由先正旧典时式。

先正,周、召、毕公之流。

民之治乱在兹。率乃祖考之攸行,昭乃辟之有乂。

呜呼,予读穆王之书一篇,然后知周德之衰,有以也。夫昭王南征而
不复,至齐桓公乃以问楚,是终穆王之世,君弑而贼不讨也。而王初
无愤耻之意,乃欲以车辙马迹,周于天下。今观《君牙》《伯冏》二
书,皆无哀痛恻怛之语,但曰"嗣先人,宅丕后"而已,足以见无道之
情。非祭公谋父以《祈招》之诗收王之放心,则王不复矣。《吕刑》
有哀敬之情,盖在感悔之后,时已耄矣。

冏命第二十八

穆王命伯冏为周太仆正,作《冏命》。

太仆正,太御,中大夫。

王若曰:伯冏,惟予弗克于德,嗣先人宅丕后。怵惕惟厉,中夜以
兴,思免厥愆。昔在文、武,聪明齐圣,小大之臣,咸怀忠良。其侍
御仆从,罔匪正人。以旦夕承弼厥辟,出入起居,罔有不钦。发号

施令,罔有不臧。下民祗若,万邦咸休。惟予一人无良,实赖左右前后有位之士,匡其不及。绳愆纠谬,格其非心,俾克绍先烈。今予命汝作大正,正于群仆侍御之臣。懋乃后德,交修不逮。慎简乃僚,无以巧言令色、便辟侧媚,其惟吉士。仆臣正,厥后克正;仆臣谀,厥后自圣。

至哉,此言! 可以补《说命》之缺也。孔子取于《君牙》《伯冏》二书者,独斯言欤!

后德惟臣,不德惟臣。尔无昵于憸人,充耳目之官,迪上以非先王之典。非人其吉,惟货其吉。若时瘝厥官,惟尔大弗克祗厥辟,惟予汝辜。

引小人以昵王,人臣不敬,莫大于此。

王曰:呜呼,钦哉! 永弼乃后于彝宪。

宪,典也。迪上以先王之典也。

东坡书传卷十九

吕刑第二十九

吕命,穆王训夏赎刑,作《吕刑》。

> 穆王命吕侯作此书,《史记》作"甫侯"。尧、舜之刑,至禹明备,后王德衰而政烦,故稍增重。积累世之渐,非一人之意也。至周公时,五刑之属各五百。周公非不能改以从夏,盖世习重法,而骤轻之,则奸民肆而良民病矣。及成、康刑措,穆王之末,奸益衰少,而后乃敢改也。周公之刑二千五百,穆王之三千,虽增其科条,而入墨劓者多,入宫辟者少也。赎者,疑赦之罚耳。然训刑必以赎者,非赎之锾数,无以为五刑轻重之率也。如今世徒、流皆折杖,非以杖数折,不知徒、流增减之率也。《吕刑》《孝经》《礼记》皆作《甫刑》,说者谓吕侯后封甫,《诗》之"申甫"是也。

惟吕命,王享国百年,耄荒度作刑,以诘四方。

> 刑必老者制之,以其更事而仁也。"耄荒度作刑"者,以耄年而大度作刑,犹禹曰"予荒度土功"。度,约也,犹汉高祖"约法三章"也。

王曰:若古有训,蚩尤惟始作乱,延及于平民,罔不寇贼鸱义,奸宄夺攘矫虔。

> 炎帝世衰,蚩尤作乱,黄帝诛之。自蚩尤以前,未有以兵强天下者。鸱义,以鸷杀为义,如后世所谓侠也。矫,诈;虔,刘也。凡民为奸者,皆祖蚩尤。

苗民弗用灵,制以刑,惟作五虐之刑曰法。杀戮无辜,爰始淫为劓、刵、椓、黥,越兹丽刑并制,罔差有辞。

> 蚩尤既倡民为奸,苗民又不用善,但过作劓鼻、刵耳、椓窍、黥面、杀戮五虐之刑,而谓之法。苟丽于法者,必刑之,并制无罪,不复以冤诉为差别。有辞无辞,皆刑之也。自苗民以前,亦未有作五虐之刑者,故举此二人以为乱始。

民兴胥渐,泯泯棼棼,罔中于信,以覆诅盟。

> 人无所诉,则诉于鬼神;德衰政乱,则鬼神制世。民相与反覆,诅盟而已。

虐威庶戮,方告无辜于上。上帝监民,罔有馨香德刑,

> 无德刑之香也。

发闻惟腥。皇帝哀矜庶戮之不辜,报虐以威,遏绝苗民,无世在下。

> 皇帝,尧也。分北三苗,迁其君于三危。

乃命重、黎,绝地天通,

> 民渎于诅盟祭祀,家为巫史,尧乃命重、黎授时劝农,而禁淫祀。人神不复相乱,故曰"绝地天通"。重、黎即羲、和也。

罔有降格。

> 虢之亡也,有神降于莘,盖此类也。

群后之逮在下,明明棐常,鳏寡无盖。

> 自诸侯以及其臣下,皆修明人事,而辅常道,故鳏寡无蔽塞之者。

皇帝清问下民,鳏寡有辞于苗。

> 国无政,天子欲闻民言,岂易得其实哉?故政清而后民可问也。

德威惟畏,德明惟明。

> 非德之威,所谓虐也;非德之明,所谓察也。

乃命三后,恤功于民。伯夷降典,折民惟刑。

> 失礼则入刑,礼、刑一物也。折,折衷也。

禹平水土,主名山川。稷降播种,农殖嘉谷。三后成功,惟殷于民。

殷,富也。

士制百姓于刑之中,以教祗德。

士,皋陶也。

穆穆在上,明明在下,灼于四方,罔不惟德之勤。故乃明于刑之中,率乂于民棐彝。典狱,非讫于威,惟讫于富;

讫,尽也。威,贵有势者。乘富贵之势以为奸,不可以不尽法。非尽于威则尽于富,其余贫贱者,则容有所不尽也。

敬忌,罔有择言在身。惟克天德,自作元命,配享在下。

修其敬畏,至于口无择言,此盛德之士也。何以贵之于典狱?曰:狱,贱事也,而圣人尽心焉。其德入人之深,动天地,感鬼神,无大于狱者。故盛德之士,皆屑为之。皋陶远矣,莫得其详,如汉张释之、于定国,唐徐有功,民皆自以为不冤,其不信之信,几于圣与仁者,岂非“口无择言、身无择行”之人哉!若斯人者,将与天合德,子孙其必有兴者。非“自作元命,配享在下”而何?汉杨赐辞廷尉之命,曰:“三后成功,惟殷于民,皋陶不与焉。”盖吝之也。《书》盖以为“惟克天德,自作元命”者,何吝之有?此俗儒妄论也,或然之,不可以不辨。

王曰:嗟,四方司政,典狱非尔,惟作天牧。

为天牧民,非尔而谁。

今尔何监,非时伯夷播刑之迪,其今尔何惩?惟时苗民,匪察于狱之丽。

丽于狱辄刑之,不复察也。

罔择吉人,观于五刑之中,惟时庶威夺货。

贵者以威乱政,富者以货夺法。

断制五刑,以乱无辜。上帝不蠲,降咎于苗。苗民无辞于罚,乃绝厥世。

> 言当以伯夷为监,苗民为戒也。

王曰:呜呼! 念之哉! 伯父、伯兄、仲叔、季弟、幼子、童孙,皆听朕言,庶有格命。

> 诸侯群臣,自其父行至于兄弟子孙,皆听朕言,庶以格天命。

今尔罔不由慰日勤,尔罔或戒不勤。

> 狱非尽心力,不得其实,故无狱不以勤为主。由,用也。尔当用狱吏
> 慰安之而日愈勤者,不当用戒敕之而终不勤者。

天齐于民,俾我一日非终,惟终在人。

> 刑狱非所恃以为治也,天以是整齐乱民而已。盖使我为一日之用,
> 非究竟要道也。可恃以终者,其惟得人乎。

尔尚敬逆天命,以奉我一人,虽畏勿畏,虽休勿休。

> 休,喜也。典狱者,不可以有所畏喜。

惟敬五刑,以成三德。一人有庆,兆民赖之,其宁惟永。

> 三德,《洪范》“三德”也。以刑成德,王有庆,民有利,则其安长久也。

王曰:吁,来。有邦有土,告尔祥刑。

> 祥,善也。

在今尔安百姓,何择非人? 何敬非刑? 何度非及?

> 罪非己造,为人所累曰及。秦、汉之间谓之逮。此最为政者所当慎,
> 故特立此法谓之及。因有大狱,狱吏以多杀为功,以不遗支党为忠;
> 胥史皂隶以多逮广系为利,故古者大狱有万人者。国之安危,运祚
> 长短,或寄于此,故曰“何度非及”,度其非同恶者,则勿逮可也。

两造具备,师听五辞。

> 讼者两至,则士听其辞。

五辞简孚,正于五刑。

简，核也。孚，审虑也。简孚而无辞，乃正五刑。

五刑不简，正于五罚。

罚，赎也。

五罚不服，正于五过。

过失，则当宥也。

五过之疵：惟官，惟反，惟内，惟货，惟来。其罪惟均，其审克之。

刑之而不服则赎，赎之而不服则宥，无不可者，但恐其有疵弊耳。官者，更为请求也。反者，报也，报德怨也。内，女谒也。货，鬻狱也。来，亲友往来者为言也。法当同坐，故曰其罪惟均。克，胜也，胜其非也。

五刑之疑有赦，五罚之疑有赦，其审克之。简孚有众，惟貌有稽。

既简且孚，众证之矣。口服而貌不服，此必有故，不可以不稽也。

无简不听，

初无核实之状，则此狱不当听也。

具严天威。

所以如此者，畏天威也。

墨辟疑赦，其罚百锾，阅实其罪。

刻其颡而涅之曰墨。六两曰锾。

劓辟疑赦，其罚惟倍，阅实其罪。

截鼻为劓。倍之，为二百锾。

剕辟疑赦，其罚倍差，阅实其罪。

刖足曰剕。倍之又半之，为五百锾。

宫辟疑赦，其罚六百锾，阅实其罪。

宫，淫刑也，男子腐，妇人闭。

大辟疑赦，其罚千锾，阅实其罪。

大辟,死刑也。五刑疑则入罚,不降相因,古之制也。所谓疑者,其
罪既阅实矣,而于用法疑耳。

墨罚之属千,劓罚之属千,剕罚之属五百,宫罚之属三百,大辟之罚
其属二百。

墨、劓、剕、宫、辟,皆真刑也。罚者,罚应赎者也。属,类也。凡五
刑、五罚之罪,皆分门而类别之也。

五刑之属三千。

《周礼》:五刑之属二千五百,而此三千,《孝经》据而用之,是孔子以
夏刑为正也。

上下比罪,

比,例也。以上下罪参验而立例也。

无僭乱辞,

僭,差也。乱辞,辞与情违者也。

勿用不行,

立法必用,众人所能者,然后法行。若责人以所不能,则是以不可行
者为法也。

惟察惟法,其审克之。

察,我心也。法,国法也。内合我心,外合国法,乃为得之。

上刑适轻,下服;下刑适重,上服。

世或谓大罪法重而情轻,则服下刑。此犹可也,不失为仁。若小罪
法轻情重,而服上刑,则不可。古之用刑者,有出于法内,无入于法
外。"与其杀不辜,宁失不经",故知此说之非也。请设为甲乙以解
此二言:甲初欲为强盗,既至其所,则不强而窃,当以窃法坐之。此
之谓"上刑适轻,下服"。乙初欲窃尔,既至其所,则强,当以强法坐
之,此之谓"下刑适重,上服"。刑贵称罪,报其所犯之功,不报其所

犯之意也。

轻重诸罚,有权。

一人同时而犯二罪,一罪应刵,一罪应劓,劓刵不并论,当以一重刵之而已。然是人所犯劓罪应刑,刵罪应赎,则刑之欤?抑赎之欤?盖当其劓罪,而赎其余,何谓余?曰:劓之罚二百锾,既刑之矣,则又赎三百锾,以足刵罚五百锾之数。以此为率,如权石之推移,以求轻重之详,故曰"轻重诸罚有权"。

刑罚世轻世重,惟齐非齐,有伦有要。

穆王复古而不是古,变今而不非今,厚之至也!曰各随世轻重而已。民有犯罪于改法之前,而论法于今日者,可复齐于一乎?旧法轻则从旧,今法轻则从今,任其不齐,所以为齐也。伦者,其例也。要者,其辞也。辞例相参考,必有以处之矣。

罚惩非死,人极于病。

时有议新法之轻,多罚而少刑,恐不足以惩奸者。故王言罚之所惩,虽非杀之也,而民出重赎,已极于病。言如是亦足矣。

非佞折狱,惟良折狱,罔非在中。

佞,口给也;良,精也。辩者服其口,不服其心也。

察辞于差,

事之真者,不谋而同;从其差者而诘之,多得其情。

非从惟从。

囹圄之中,何求而不得?固有畏吏甚者,宁死而不辩,故因之言,惟吏是从者,皆非其实,不可用也。

哀敬折狱,明启刑书胥占,咸庶中正。

律令当令狱囚及僚吏明见,相与占考之,庶几共得其中正也。

其刑其罚,其审克之。狱成而孚,输而孚。

　　　　输，不成也。囚无罪，如倾泻出之也。孚，审虑也。成与不成，皆当
　　　　与众审虑也。

其刑上备，有并两刑。

　　　　其上刑已有余罪矣，则并两刑从一重论。

王曰：呜呼！ 敬之哉，官伯、族姓，

　　　　呼其大官大族而戒之。

朕言多惧。

　　　　民命之存亡，天意之喜怒，国本之安危在焉，不得不惧。

朕敬于刑，有德惟刑。今天相民，作配在下，明清于单辞。民之乱，
罔不中听狱之两辞，

　　　　欲济民于险难者，当竭其中，以听两辞也。

无或私家于狱之两辞。狱货非宝，惟府辜功。报以庶尤，永畏惟
罚。非天不中，惟人在命。天罚不极，庶民罔有令政在于天下。

　　　　府，聚也。辜功，犹言罪状也。古者论罪有功、意。功，其迹状也。
　　　　言狱货非所以为宝也，但与汝典狱者聚罪状耳。我报汝以众罪，而
　　　　所当长畏者，天罚也。非天不中，惟汝罪在人命也。天既罚汝不中
　　　　之罪，则民皆咎我，我无复有善政在天下矣。

王曰：呜呼！ 嗣孙，今往何监？ 非德于民之中？ 尚明听之哉！

　　　　王耄矣，诸侯多其孙矣。自今当安所监，非以此德为民中乎？

哲人惟刑，

　　　　古之哲人，无不以刑作德。

无疆之辞，属于五极，咸中有庆。

　　　　无穷之闻，必由五刑，咸得其中则有庆。五极，五常也。

受王嘉师，监于兹祥刑。

　　　　嘉，善也。王所以能轻刑者，以民善故也。

东坡书传卷二十

文侯之命第三十

平王锡晋文侯秬鬯圭瓒，作《文侯之命》。

> 平王，幽王之子宜臼也。文侯仇，义和其字也。以圭为杓柄，曰圭瓒。

王若曰：父义和，丕显文、武，克慎明德，昭升于上，敷闻在下。惟时上帝，集厥命于文王。亦惟先正，克左右昭事厥辟，越小大谋猷，罔不率从，肆先祖怀在位。

> 怀，安也。

呜呼！闵予小子嗣，造天丕愆。

> 痛幽王犬戎之祸也。

殄资泽于下民，侵戎我国家纯。

> 殄，绝也。纯，大也。言无以资给惠利下民，民莫为用者，故为犬戎所侵害我国家者，亦大矣。

即我御事，罔或耆寿，俊在厥服，

> 西周之所以亡者，无人也。耆而俊者，皆不在位。《春秋传》曰：恶角犀丰满，而近顽童焉。

予则罔克。曰：惟祖惟父，其伊恤朕躬。

> 诸侯在我祖父行者，其谁恤我哉！

呜呼！有绩予一人，

> 有能致功予一人者乎？

永绥在位。父义和,汝克昭乃显祖。

> 谓唐叔也。

汝肇刑文、武,用会绍乃辟,追孝于前文人,

> 汝始法文、武之道,以和会绍接我,使得追孝于前文人,奉祭祀也。

汝多修,扞我于艰,

> 多所修完,扞卫我于艰难也。

若汝,予嘉。王曰:父义和,其归视尔师,宁尔邦。用赉尔秬鬯一卣,彤弓一,彤矢百;卢弓一,卢矢百;

> 赐弓矢,使得征伐。

马四匹。父往哉! 柔远能迩,惠康小民,无荒宁。简恤尔都,

> 简,阅其士;惠,恤其民。

用成尔显德。

> 予读《文侯》篇,知东周之不复兴也。宗周倾覆,祸败极矣,平王宜若卫文公、越句践然。今其书乃施施焉,与平康之世无异。《春秋传》曰:"厉王之祸,诸侯释位以间王政,宣王有志而后效官。"读《文侯》之篇,知平王之无志也。唐德宗奉天之难,陆贽为作制书,武夫悍卒皆为出涕,唐是以复兴。呜呼! 平王独无此臣哉!

费誓第三十一

鲁侯伯禽宅曲阜,徐夷并兴,东郊不开,作《费誓》。

> 伯禽,周公子。费,在东海郡,后为季氏邑,非鲁近郊,盖当时治兵于费。

公曰:嗟! 人无哗,听命!

> 哗,欢也。

徂兹淮夷、徐戎并兴。

成王征淮夷,灭奄,盖此徐州之戎及淮浦之夷,叛已久矣。及伯禽就国,则并起攻鲁,故曰"徂兹淮夷、徐戎并兴"。徂并者,犹云往者云尔。

善敹乃甲胄,敿乃干,无敢不吊。备乃弓矢,锻乃戈矛,砺乃锋刃,无敢不善。

敹、敿、锻、砺,皆修治也。吊,精至也。

今惟淫舍牿牛马,

牿,所以械牛马者。今当用之于战,故大释其牿。淫,大也。

杜乃擭,敜乃穽,无敢伤牿。牿之伤,汝则有常刑。

擭,机槛也。敜,塞也。恐伤此释牿之牛马,此令军所在居民也。

马牛其风,臣妾逋逃,勿敢越逐,祗复之,我商赉汝;乃越逐,不复,汝则有常刑。

军乱生于动,故军以各居其所不动为法。若牛马风逸,臣妾逋逃,而听其越逐,则军或以乱,亦恐奸人规乱我军。故窃牛马、诱臣妾以发之,禁其主,使不得捕逐,则军自定。得此风逃者,当敬复其主,我当商度有以赐汝。若其越逐与其得而不复者,皆有常刑。

无敢寇攘,逾垣墙,窃马牛,诱臣妾,汝则有常刑。甲戌,我惟征徐戎,峙乃糇粮,无敢不逮,汝则有大刑。鲁人三郊三遂,峙乃桢干。甲戌,我惟筑。

糇,精也,师远行则用之。桢、干,皆木也,所以筑者。徐戎、淮夷近在鲁东郊,不伐之于郊,而载糇粮远征其国,既以甲戌筑,又以甲戌行,何也?古来未有知其说者。以予考之,伯禽初至鲁,鲁人未附,韩信所谓"非素拊循士大夫,驱市人而战"者,若伐之于东郊,鲁人自战其地,易以败散。筑城而守之,徐夷必争,使土功不得成。故以是日筑,亦以是日行。徐夷方空国寇鲁,鲁侯乃以大兵往,攻其巢穴。师兴之日,东郊之围自解,所谓攻其必救,筑者亦得成功也。《费誓》言征言筑,而终不言战,盖妙于用兵。周公之子,盖亦多材艺耳。

无敢不供,汝则有无余刑,非杀。

汝敢不供桢、榦,则吾之刑汝,不遗余力矣。特不杀而已。糗粮刍茭不供,则军饥,故皆用大刑。大刑,死刑也。桢、榦不供,比刍粮差缓,故用无余刑而非杀。近时学者,乃谓无余刑,孥戮其妻子,非止杀其身而已。夫至于杀而犹不止,谁忍言之?伯禽,周公子也,而至于是哉!

鲁人三郊三遂,峙乃刍茭,无敢不多,汝则有大刑。

言鲁人以别之,知当时有诸侯之师也。桢、榦、刍、茭皆重物,故独使鲁人供之。三郊、三遂,南西北方,郊、遂之人。东郊以备寇,不供也。徐夷作难久矣,鲁国受其害,而以宅伯禽,知周公不私其子。伯禽生而富贵安佚,始侯于鲁,遇难而能济,达于政,练于兵,皆见于《费誓》,见周公教子之有方也。孔子叙《书》,盖取此也。

秦誓第三十二

秦穆公伐郑,

秦穆公任好。

晋襄公帅师,

襄公欢,文公子。

败诸崤,还归,作《秦誓》。

秦穆公违蹇叔,以贪勤民,为晋所败,不杀孟明,而复用之。悔过自誓,孔子盖有取焉。崤,在弘农渑池县西。

公曰:嗟!我士,听无哗!予誓告汝群言之首。

此篇首要言也。

古人有言曰：民讫自若是，多盘。

　　孔子曰："人之言曰，予无乐乎为君，惟其言而莫予违也。"孔子盖以
　　为一言而丧邦者，此言也。"民讫自若是"，民尽顺我，而不我违，乐
　　则乐矣，不几于游盘无度，以亡其国，如夏太康乎！

责人斯无难，惟受责俾如流，是惟艰哉！

　　人知声色之害己也，然终好之，知药石之寿己也，然终恶之。岂好死
　　而恶生哉？私欲胜也。夫惟少私寡欲者，为能受责而不责人，是以
　　难也。

我心之忧，日月逾迈，若弗云来。

　　已犯之恶，既成而不可追；未迁之善，未成而不可补。日月逝而不复
　　反，我心皇皇，若无明日，悔之至也。

惟古之谋人，则曰未就予忌。惟今之谋人，姑将以为亲。

　　我视在朝之谋人，未见可以就问使我敬畏如古人者，故且用今之流
　　亲己者而已。

虽则云然，尚猷询兹黄发，则罔所愆。

　　虽不免且用孟明，然必访诸黄发，如蹇叔之流也。

番番良士，旅力既愆，我尚有之。

　　番番老者，虽旅力既愆，我犹庶几得而用之。

仡仡勇夫，射御不违，我尚不欲。

　　仡仡勇者，虽射御不违，我犹庶几疏而远之。

惟截截善谝言，俾君子易辞，我皇多有之。

　　谝，巧也。皇，暇也。仡仡勇夫，且不欲而巧言令色，使君子变志易
　　辞者，我何暇复多有之哉！

昧昧我思之。如有一介臣，断断猗，无他技，其心休休焉，其如有

容。人之有技，若己有之；人之彦圣，其心好之。不啻如自其口出，
是能容之，以保我子孙黎民，亦职有利哉！

> 我昧旦而起，则思之矣。曰：安得是人哉，得是人而付之子孙黎民，
> 我无恨矣。

人之有技，冒疾以恶之；人之彦圣，而违之，俾不达。是不能容，以
不能保我子孙黎民，亦曰殆哉。

> 至哉！穆公之论此二人也。前一人似房玄龄，后一人似李林甫。后
> 之人主，鉴此足矣。

邦之杌陧，

> 不安也。

曰由一人；邦之荣怀，亦尚一人之庆。

> 怀，安也。

论语说

论语说叙录

　　《论语说》作于苏轼贬官黄州期间。据苏轼《与王定国书（一一）》《黄州上文潞公书》和苏辙《亡兄子瞻端明墓志铭》，苏轼在黄州即完成了《易传》和《论语说》两部。其《黄州上文潞公书》说："到黄州……因先子（洵）之学，作《易传》九卷，又自以意作《论语说》五卷。穷苦多难，寿命不可期，恐此书一旦复沦没不传，意欲写数本留人间。念新以文字得罪，人必以为凶衰不祥之书，莫肯收藏。又自非一代伟人，不足托以必传者，莫若献之明公。而《易传》文多，未有力装写，独致《论语说》五卷。"他在黄州不仅完成了《论语说》五卷的写作，还钞正一本送与文彦博。另据苏辙《论语拾遗引》所言，苏辙少年时也曾作《论语略解》，苏轼贬官赴黄州时，"尽取以往"，《略解》许多观点即被苏轼采纳，"今见于（轼）书者十二三也"。可见，《论语说》也包含了苏辙的观点。既而绍圣绍述，苏轼贬惠州，再迁儋州，期间苏轼还对《易传》《论语说》有所修改，《论语说》最后定稿应在海南。其《答李端叔（三）》云："所喜者，海南了得《易》《书》《论语》传数十卷。"即指此而言。建中靖国元年（1101），苏轼渡海北归，他在《书合浦舟行》中写道："所撰《书》《易》《论语》皆以自随，而世未有别本。"将至虔州，修书《答苏伯固（四）》说："《论语说》，得暇当录呈。"后辗转至常州，一病不起，苏轼把三书托付于好友钱济明："某前在海外了得

《易》《书》《论语》三书，今尽以付子。"①

　　苏轼对包括《论语说》在内的三部学术著作很珍视，在《答苏伯固（三）》中有"抚视《易》《书》《论语》三书，即觉此生不虚过"之说。苏辙《亡兄子瞻端明墓志铭》也说他"复作《论语说》，时发孔氏之秘……既成三书，抚之叹曰：'今世要未能信，后有君子，当知我矣。'"从南宋朱熹至金元诸儒，后人对《论语说》的引用和称道，更是不绝于书。

　　是书卷数，晁公武《郡斋读书志》卷一上、马端临《文献通考·经籍考》均作"《东坡论语解》十卷"。陈振孙《直斋书录解题》卷三亦作"十卷"，书名作《东坡论语传》；尤袤《遂初堂书目》作《苏文忠论语传》，不载卷数；《宋史·艺文志》、朱彝尊《经义考》卷二一三作《论语解》"四卷"；明人曹学佺《蜀中广记》卷九一作"五卷"；《国史经籍志》又作"十卷"。但是，据苏轼《黄州上文潞公书》："又自以意作《论语说》五卷。"则书名当以《论语说》为正，卷数当以"五卷"为准。其作"十卷"，或为南宋以来流传版本分卷不同；而"四卷"之本，当为后来有所残缺。

　　明朝前期修《文渊阁书目》著录"《论语东坡解》一部二册"，傅维麟《明书·经籍志》亦有著录，作"二册"。《文渊阁书目》，杨士奇等编于正统六年（1441），是清点当时明皇室内阁藏书的记录，其时苏轼《论语说》尚存。同时的叶盛《菉竹堂书目》卷一著录："《论语东坡解》二册。"反映的都是明朝前期情况。后此一百五十六年当万历二十五年（1597），焦竑刻《两苏经解》时，已不见有《论语说》了。焦氏《两苏经解序》称："子瞻《论语解》卒佚不

_____

① "某前在海外了得《易》《书》《论语》三书"二句：语出何薳《春渚纪闻》卷六。

传。"可见此书在明万历时期已经难觅了,因此《两苏经解》中没有苏轼《论语说》。

清初钱曾《述古堂藏书目》卷一载有"《东坡论语拾遗》一卷,钞",不知是苏轼《论语说》辑本,还是误苏辙《论语拾遗》为东坡《论语说》,已无法详考。不过,《论语》注称《拾遗》者乃苏辙所著,《文渊阁书目》等书目都在苏轼《论语说》外,著录苏辙《论语拾遗》一册(或一卷)。钱曾书目只有《东坡论语拾遗》,而无苏辙《论语拾遗》。钱谦益《绛云楼书目》等又只有《苏子由论语拾遗》一卷,而无题名为《东坡论语拾遗》的书。因此我们怀疑钱曾著录的《东坡论语拾遗》乃苏辙《论语拾遗》之误,大概是因为苏辙《论语拾遗》所拾的乃是东坡《论语说》之"遗"。朱彝尊著《经义考》也称《论语解》"未见",表明明末清初学人已经看不到苏轼《论语说》原稿了。

清末张佩纶《涧于日记》丁亥卷载:"东坡先生说《论语》已佚,今从《栾城集·论语拾遗》辑三条,《朱子集注》辑九条,宋余允文《尊孟续辨》中有'辨坡《论语说》'八条(自注:王若虚《滹南遗老集》有《孟子辨惑》一卷,云:'苏氏解《论语》与《孟子》辨者八,其论差胜,亦皆失其本旨。'即余所辨之八条也),益以文集所载,如《刚说》《思堂记》之类,略见一斑矣。"可见张氏曾有《论语说》辑本,但这个辑本不见于诸家书目,也许并未流传下来。

20世纪90年代初,四川大学卿三祥、马德富两位先生分别对苏轼《论语说》有辑佚补苴工作,卿氏《苏轼〈论语说〉钩沉》辑得八十七条,载于《孔子研究》1992年第2期。马氏《苏轼〈论语说〉钩沉》辑得五十条,载于《四川大学学报》同年第4期。两种辑本是目前可见苏轼《论语说》佚文最集中的辑录。

　　此次整理,系在卿、马二氏辑本基础上,复广稽宋金文献,得苏轼《论语》之说四十余条,加卿、马二氏所辑,已达一百三十余条,每条或注明"卿辑",或注明"马有"或"马辑",本人新得遗说则注明"舒补",以示区别。近有青年学人谷建、许家星续有补辑①,兹一并予以采录,各著姓氏,以不没其善。此外,本书据阮元校刊《十三经注疏》本《论语》,收录《论语》原文,将辑得的苏轼《论语》说散于各条之下,以便查考阅读。

---

① 按,此指谷建作《苏轼〈论语说〉辑佚补正》,载《孔子研究》2008年第3期。许家星作《苏轼〈论语说〉拾遗》,载《兰台世界》2012年5月。二书对上述辑佚成果有所补充和校正。

论语说卷一

学而篇第一

子曰:"学而时习之,不亦说乎? 有朋自远方来,不亦乐乎? 人不知而不愠,不亦君子乎?"

有子曰:"其为人也孝弟,而好犯上者,鲜矣;不好犯上,而好作乱者,未之有也。君子务本,本立而道生。孝弟也者,其为仁之本与!"

子曰:"巧言令色,鲜矣仁!"

曾子曰:"吾日三省吾身,为人谋而不忠乎? 与朋友交而不信乎? 传不习乎?"

子曰:"道千乘之国,敬事而信,节用而爱人,使民以时。"

子曰:"弟子入则孝,出则悌,谨而信,泛爱众,而亲仁。行有余力,则以学文。"

孝、弟、仁、信,本也。"行有余力,则以学文",此孔子所以教人也。盖曰不贤者自是以寡过,而贤者自是以无所不至也。故曰"下学而上达",虽孔子亦然。今之教人者不亦异乎! 引之极高,示之极深,未尝养之于学、游之于艺也,而遽告之矣。教者未必能,而学者未必信,则亦妄相从而已。少而习之,长而行之,务以诞相胜也。风俗之坏,必自此始矣。(朱熹《论语或问》卷一,下引此书称"《或问》"。卿辑,马有)

泛爱众而亲仁。仁者之为亲,则是孔子不兼爱也。(《苏轼文集》卷四

《韩愈论》。卿辑）

子夏曰："贤贤易色；事父母，能竭其力；事君，能致其身；与朋友交，言而有信。虽曰未学，吾必谓之学矣。"

子曰："君子不重则不威，学则不固。主忠信，无友不如己者，过则勿惮改。"

世之陋者，乐以不己若者为友，则自足而日损，故以此戒之。是谓不以文害辞，不以辞害意。如必胜己而后友，则胜己者亦不吾友矣。

（《或问》卷一。卿辑，马有）

曾子曰："慎终追远，民德归厚矣。"

略于丧祭，则背死忘生者众，而俗薄矣。（《或问》卷一。卿辑，马有）

子禽问于子贡曰："夫子至于是邦也，必闻其政。求之与？抑与之与？"子贡曰："夫子温、良、恭、俭、让以得之。夫子之求之也，其诸异乎人之求之与！"

子曰："父在，观其志；父没，观其行。三年无改于父之道，可谓孝矣。"

可改者不待三年。（《延平答问》。卿辑）

君子之丧亲，常若见之。虽欲变之，而其道无由，是之谓无改父之道。（王若虚《滹南遗老集》卷四，以下简称"《滹南集》"。卿辑）

有子曰："礼之用，和为贵。先王之道，斯为美，小大由之。有所不行，知和而和，不以礼节之，亦不可行也。"

有子曰："信近于义，言可复也；恭近于礼，远耻辱也。因不失其亲，亦可宗也。"

子曰："君子食无求饱，居无求安，敏于事而慎于言，就有道而正焉，可谓好学也已。"

子贡曰："贫而无谄，富而无骄，何如？"子曰："可也。未若贫而乐，

富而好礼者也。"子贡曰："《诗》云：'如切如磋，如琢如磨。'其斯
之谓与？"子曰："赐也，始可与言《诗》已矣！告诸往而知来者。"

> 磋者，切之至者也。磨者，琢之详者也。切之可矣，而复磋之；琢之
> 可矣，而复磨之。君子之学也，欲其见可而不止也。往者，其已言者
> 也；来者，其未言者也。子贡言："贫而无谄，富而无骄。"此之所谓可
> 者，盖贫则防其谄也，富而防其骄也，纷纷乎自防之不给。孔子曰：
> "贫而乐，富而好礼。"夫贫而乐，虽欲谄不可得也；富而好礼，虽欲骄
> 亦不可得也。岂不贤于彼二言哉。然亦未可以为至也。自是而上，
> 见可而不止，则必有至焉者矣。子贡得是二言而识其所未言者，故
> 孔子予之。(《或问》卷一。卿辑，马有)

子曰："不患人之不己知，患不知人也。"

为政篇第二

子曰："为政以德，譬如北辰，居其所而众星共之。"
子曰："《诗三百》，一言以蔽之，曰：'思无邪。'"

> 《易》称："无思无为，寂然不动，感而遂通天下之故。"凡有思者，皆
> 邪也，而无思则土木也。何能使有思而无邪，无思而非土木乎？此
> 孔子之所尽心也。作诗者未必有意于是，孔子取其有会于吾心者
> 耳。孔子之于《诗》，有断章之取也。如必以是说施之于《诗》，则彼
> 所谓"无致""无疆"者，当何以说之？此近时学者之蔽也。(《潭南集》
> 卷四。卿辑)

> 夫子之于《诗》，取其会于吾心者，断章而言之。颂鲁侯者，未必有
> 意于是也。(《延平答问》。又见《古今图书集成》经籍典卷二七〇。马辑)

> 嗟夫，余天下之无思虑者也。遇事则发，不暇思也。未发而思之，则

未至;已发而思之,则无及。以此终身,不知所思。言发于心而冲于口,吐之则逆人,茹之则逆余。以为宁逆人也,故卒吐之。君子之于善也,如好好色;其于不善也,如恶恶臭。岂复临事而后思,计议其美恶而避就之哉!是故临义而思利,则义必不果,临战而思生,则战必不力。若夫穷达得丧,死生祸福,则吾有命矣。少时遇隐者曰:"孺子近道,少思寡欲。"曰:"思与欲,若是均乎?"曰:"甚于欲。"庭有二盎以畜水,隐者指之曰:"是有蚁漏。""是日取一升而弃之,孰先竭?"曰:"必蚁漏者。"思虑之贼人也,微而无间。隐者之言,有会于余心,余行之。且夫不思之乐,不可名也。虚而明,一而通,安而不懈,不处而静,不饮酒而醉,不闭目而睡。将以是记思堂,不亦缪乎?虽然,言各有当也。万物并育而不相害,道并行而不相悖。以质夫之贤,其所谓思者,岂世俗之营营于思虑者乎?《易》曰:"无思也,无为也。"我愿学焉。《诗》曰:"思无邪。"质夫以之。(《苏轼文集》卷一一《思堂记》。舒补)

子曰:"道之以政,齐之以刑,民免而无耻。道之以德,齐之以礼,有耻且格。"

《论语》曰:"有耻且格。"格,改过也。(《东坡书传》卷四《益稷》。舒补)

舜之言曰:"……格则承之庸之,否则威之。""格"之言改也。《论语》曰:"有耻且格。"(《苏轼文集》卷一一《南安军学记》。舒补)

子曰:"吾十有五而志于学,三十而立,四十而不惑,五十而知天命,六十而耳顺,七十而从心所欲,不逾矩。"

孟懿子问孝。子曰:"无违。"樊迟御,子告之曰:"孟孙问孝于我,我对曰,无违。"樊迟曰:"何谓也?"子曰:"生,事之以礼;死,葬之以礼,祭之以礼。"

孟武伯问孝。子曰:"父母惟其疾之忧。"

子游问孝。子曰："今之孝者,是谓能养。至于犬马,皆能有养。不敬,何以别乎?"

子夏问孝。子曰："色难。有事,弟子服其劳;有酒食,先生馔。曾是以为孝乎?"

子曰："吾与回言终日,不违,如愚。退而省其私,亦足以发,回也不愚。"

子曰："视其所以,观其所由,察其所安。人焉廋哉?人焉廋哉?"

　　见其所为者诚善矣,则未知其所自为之者果善乎?所自为之者果善矣,则未知其能久而安之乎?恶亦如之。至于久而安之,则其为善恶也决矣。小人有幸而中于善,君子有不幸而入于恶,然终不可以易其人者,所自为之者非也。(《或问》卷二。卿辑,马有)

子曰："温故而知新,可以为师矣。"

子曰："君子不器。"

子贡问君子。子曰："先行其言,而后从之。"

子曰："君子周而不比,小人比而不周。"

子曰："学而不思则罔,思而不学则殆。"

子曰："攻乎异端,斯害也已。"

子曰："由,诲女知之乎?知之为知之,不知为不知,是知也!"

子张学干禄。子曰："多闻阙疑,慎言其余,则寡尤;多见阙殆,慎行其余,则寡悔。言寡尤,行寡悔,禄在其中矣。"

　　子张学干禄,将以自售也。孔子言禄在其中,教之以不求而自至者也。(《淳南集》卷四。卿辑)

哀公问曰："何为则民服?"孔子对曰："举直错诸枉,则民服;举枉错诸直,则民不服。"

季康子问:"使民敬、忠以劝,如之何?"子曰:"临之以庄,则敬;孝慈,则忠;举善而教不能,则劝。"

或谓孔子曰:"子奚不为政?"子曰:"《书》云:'孝乎惟孝,友于兄弟,施于有政。'是亦为政,奚其为为政?"

子曰:"人而无信,不知其可也。大车无輗,小车无軏,其何以行之哉!"

> "人而无信",车之与马牛本两物,以輗軏交乎其间,而引重致远,无所不至焉。物与我未合,亦二物,以信行乎其间,则物我一致矣,夫然后行。(《朱熹集》卷三九《答范伯崇》。舒补)

子张问:"十世可知也?"子曰:"殷因于夏礼,所损益可知也;周因于殷礼,所损益可知也。其或继周者,虽百世可知也。"

子曰:"非其鬼而祭之,谄也。见义不为,无勇也。"

八佾篇第三

孔子谓季氏,"八佾舞于庭,是可忍也,孰不可忍也?"

> 《宋书·乐志》:宋文帝元嘉十三年,给彭城王义康伎,相承给三十六人。太常傅隆以为《左传》"诸侯用六",杜预以为三十六人,非是。舞所以节八音,故必以八人为列。自天子至士,降杀以两。两者,减其二列尔。若如预言,至士止有四人,岂复成乐?服虔注《左传》与隆同。又《春秋》:晋悼公纳郑女乐二八,晋以一八赐魏绛。此乐以八人为列也。予按《说文》:佾从人,肖声。肖,音许讫切。肖,肉八声,其解云:振也。八无缘为"肖"之声,疑古字从八从肉。(《东坡志林》卷七《八佾说》。舒补)

三家者以《雍》彻。子曰:"'相维辟公,天子穆穆',奚取于三家之堂?"

子曰：“人而不仁，如礼何？人而不仁，如乐何？”

林放问礼之本，子曰：“大哉问！礼，与其奢也宁俭；丧，与其易也宁戚。”

> 忠、质、文，谓当初亦未有那质，只因后来文，便称为质。（黎靖德编《朱子语类》卷二五。舒补）

子曰：“夷狄之有君，不如诸夏之亡也。”

季氏旅于泰山。子谓冉有曰：“女弗能救与？”对曰：“不能。”子曰：“呜呼！曾谓泰山不如林放乎？”

子曰：“君子无所争，必也射乎！揖让而升，下而饮。其争也君子。”

子夏问曰：“‘巧笑倩兮，美目盼兮，素以为绚兮’，何谓也？”子曰：“绘事后素。”曰：“礼后乎？”子曰：“起予者商也，始可与言《诗》已矣。”

子曰：“夏礼，吾能言之，杞不足征也；殷礼，吾能言之，宋不足征也。文献不足故也，足则吾能征之矣。”

子曰：“禘自既灌而往者，吾不欲观之矣。”

或问禘之说。子曰：“不知也。知其说者之于天下也，其如示诸斯乎！”指其掌。

祭如在，祭神如神在。子曰：“吾不与祭，如不祭。”

> 神不可知，而祭者之心，以为如其存焉，则是孔子不明鬼也。（《苏轼文集》卷三《韩愈论》。卿辑）

王孙贾问曰：“与其媚于奥，宁媚于灶，何谓也？”子曰：“不然！获罪于天，无所祷也。”

子曰：“周监于二代，郁郁乎文哉！吾从周。”

子入太庙，每事问。或曰：“孰谓鄹人之子知礼乎？入太庙，每事问。”子闻之，曰：“是礼也。”

子曰："射不主皮,为力不同科,古之道也。"

子贡欲去告朔之饩羊。子曰："赐也! 尔爱其羊,我爱其礼。"

子曰："事君尽礼,人以为谄也。"

定公问："君使臣,臣事君,如之何?"孔子对曰："君使臣以礼,臣事君以忠。"

> 君以利使臣,则其臣皆小人也。幸而得其人,亦不过健于才而薄于德者也。君以礼使臣,则其臣皆君子也,不幸而非其人,犹不失廉耻之士。其臣皆君子,则事治而民安。士有廉耻,则临难不失其守。小人反是。故先王谨于礼。礼以钦为主,宜若近于弱,然而服暴者,莫若礼也;礼以文为饰,宜若近于伪,然而得情者,莫若礼也。定公问:……不有爵禄刑罚也乎? 何为其专以礼使臣也! 以爵禄而至者,贪利之人也,利尽则逝矣。以刑罚而用之者,畏威之人也,威之所不及则解矣。故莫若以礼。礼者,君臣之大义也,无时而已也。汉高祖以神武取天下,其得人可谓至矣。然恣慢而侮人,洗足箕踞,溺冠跨项,可谓无礼矣。故陈平论其臣皆嗜利无耻者,以是进取可也,至于守成则殆矣。高帝晚节不用叔孙通、陆贾,其祸岂可胜言哉! 吕后之世,平、勃背约而王诸吕,几危刘氏,以廉耻不足故也。武帝踞厕而见卫青,不冠不见汲黯。青虽富贵,不改奴仆之姿;而黯社稷臣也,武帝能礼之而不能用,可以太息矣。(《三苏先生文粹》卷一七《论语解·君使臣以礼》。卿辑)

子曰："《关雎》,乐而不淫,哀而不伤。"

哀公问社于宰我,宰我对曰："夏后氏以松,殷人以柏,周人以栗,曰使民战栗。"子闻之,曰："成事不说,遂事不谏,既往不咎。"

> 公与宰我谋诛三桓,而为隐辞以相语。(《或问》卷三。马辑)

> 或曰:建国各以其土之所宜木为社,而宰我不知,故孔子非之。曰:

信其然也,孔子亦告之以不然而已,何必曰"成事不说,遂事不谏,既往不咎"者? 有所不可追悔者,何哉? 昔者哀公患三桓之逼,欲以越去之,谓孟武伯曰:"予及死乎?"武伯不对。由是观之,哀公未尝斯须忘三桓也。古者戮人于社,哀公之问社,有意于诛也。宰我答以战栗,劝之诛也。盖相与为隐焉耳。三桓之盛,自宣公以来,而至于此极矣。释政而授之,弃民而予之,五世而不知取也。一朝而欲诛之,可乎? 昭公之亡,哀公之出,皆三桓之祸也。故曰"成事不说,遂事不谏,既往不咎",以为自修而三桓服,无庸诛之也。(《历代名贤确论》卷一六谷建《苏轼〈论语说〉辑佚补正》,下称"谷补",《孔子研究》2008年第3期)

子曰:"管仲之器小哉!"或曰:"管仲俭乎?"曰:"管氏有三归,官事不摄,焉得俭!""然则管仲知礼乎?"曰:"邦君树塞门,管氏亦树塞门;邦君为两君之好,有反坫,管氏亦有反坫。管氏而知礼,孰不知礼?'"

自修身、正家以及于国,则其本深,其及者远,是谓大器。扬雄所谓"大器犹规矩准绳,先自治而后治人"者是也。管仲三归、反坫,桓公内嬖六人,而霸天下,其本固已浅矣。管仲死,桓公薨,天下不复宗齐。(朱熹《论语集注》卷二,下引此书称《集注》。又见蔡节《论语集说》卷二节引。卿辑,马有)

子语鲁大师乐,曰:"乐其可知也:始作,翕如也;从之,纯如也,皦如也,绎如也,以成。"

仪封人请见,曰:"君子之至于斯也,吾未尝不得见也。"从者见之。出,曰:"二三子,何患于丧乎? 天下之无道也久矣! 天将以夫子为木铎。"

天使夫子东西南北,未尝宁居,如木铎之徇于道路。(《或问》卷三。卿

辑,马有)

或曰:"木铎所以徇于道路,言天使夫子失位,周流四方,以行其教,

如木铎之徇于道路也。"(《集注》卷二,赵顺孙《四书纂疏·论语纂疏》卷二

引或问谓以"丧为失位之说",乃"刘侍读之说而苏氏因之",则此或为苏氏之说

也。下引此书不再著录作者。许家星《苏轼〈论语说〉拾遗》,下称"许拾",《兰

台世界》2012年5月下旬)

子谓《韶》"尽美矣,又尽善也"。谓《武》"尽美矣,未尽善也"。

子曰:"居上不宽,为礼不敬,临丧不哀,吾何以观之哉?"

里仁篇第四

子曰:"里仁为美。择不处仁,焉得知?"

子曰:"不仁者不可以久处约,不可以长处乐。仁者安仁,知者
利仁。"

子曰:"唯仁者能好人,能恶人。"

子曰:"苟志于仁矣,无恶也。"

子曰:"富与贵,是人之所欲也;不以其道得之,不处也。贫与贱,是
人之所恶也;不以其道得之,不去也。君子去仁,恶乎成名?君子
无终食之间违仁,造次必于是,颠沛必于是。"

子曰:"我未见好仁者,恶不仁者。好仁者,无以尚之;恶不仁者,其
为仁矣,不使不仁者加乎其身。有能一日用其力于仁矣乎?我未
见力不足者。盖有之矣,我未之见也。"

仁之可好,甚于美色;不仁之可恶,甚于恶臭。而人终不知所趋避

者,物欲蔽塞之也。解其蔽,达其塞,不用力可乎?故又曰:"自胜者

强。"又曰:"克己复礼为仁。"(《或问》卷四。卿辑,马有)

子曰:"人之过也,各于其党。观过,斯知仁矣。"

自孔安国以下,解者未有得其本指者也。《礼》曰:"与仁同功,其仁未可知也;与仁同过,然后其仁可知也。"闻之于师曰:"此《论语》之义疏也。"请得以论其详。人之难知也,江海不足以喻其深,山谷不足以配其险,浮云不足以比其变。扬雄有言:"有人则作之,无人则辍之。"夫苟见其作而不见其辍,虽盗跖为伯夷可也。然古有名知人者,其效如影响,其信如蓍龟,此何道也? 故彼其观人也,亦多术矣。委之以利以观其节,乘之以猝以观其量,伺之以独以观其守,惧之以敌以观其气。故晋文公以壶飧得赵衰,郭林宗以破甑得孟敏,是岂一道也哉? 夫与仁同功而谓之仁,则公孙之布被与子路之缊袍何异,陈仲子之螬李与颜渊之箪瓢何辨,何则? 功者人所趋也,过者人所避也。审其趋避,而真伪见矣。古人有言曰:"钼麑违命也,推其仁可以托国。"斯其为观过知仁也欤!(《三苏先生文粹》卷一七《论语解·观过斯知仁矣》。卿辑)

子曰:"朝闻道,夕死可矣。"

未闻道者,得丧之际,未尝不失其本心,而况死生乎。(《淳南集》卷四。卿辑)

子曰:"士志于道,而耻恶衣恶食者,未足与议也。"

子曰:"君子之于天下也,无适也,无莫也,义之与比。"

子曰:"君子怀德,小人怀土;君子怀刑,小人怀惠。"

怀,安也。君子安其所必安,小人之所安有不安者矣。德之可安也固于土,法之可安也久于惠。利在耳目之前,而患在岁月之后者,小人不知也。(《或问》卷四。卿辑,马有)

君子安于德义,如小人安于居处;君子安于法度,如小人之安于惠利。心之所安一也,所以用其心不同耳。(《朱熹集》卷四一《答程允夫》。

舒补)

子曰:"放于利而行,多怨。"

子曰:"能以礼让为国乎? 何有! 不能以礼让为国,如礼何?"

子曰:"不患无位,患所以立;不患莫己知,求为可知也。"

子曰:"参乎! 吾道一以贯之。"曾子曰:"唯。"子出。门人问曰:
"何谓也?"曾子曰:"夫子之道,忠恕而已矣。"

"一以贯之"者,难言也。虽孔子莫能名之,故曾子"唯"而不问,知
其不容言也。虽然,论其近似,使门人庶几知之,不亦可乎? 曰:非
门人之所及也,非其所及而告之,则眩而失其真矣。然则盍亦告之
以非其可及乎? 曰:不可。门人将自鄙其所得而劳心于其所不及,
思而不学,去道益远。故告之以忠恕,此曾子之妙也。(《涪南集》卷
四。卿辑)

师弟子答问,未尝不"唯",而曾子之"唯"独记于《论语》。一"唯"
之外,口耳俱丧,而门人方欲问其所谓,此系风捕影之流也,何足实
告哉!(《经进东坡文集事略》卷五七《辩曾参说》。舒补)

颜渊死,弟子无可与微言者。性与天道,自子贡不得闻,惟曾子信
道,笃学不仕,从孔子最久。师弟子答问,未尝不"唯"者。而曾子
之"唯",独记于《论语》,吾是以知孔子之妙传于一"唯"。枘凿相
应,间不容发,一"唯"之外,口耳皆丧,而门人区区方欲问其所谓,
此乃系风捕影之流,不足以实告者,悲夫!(《苏轼文集》卷六六《跋荆溪
外集》。舒补)

子曰:"君子喻于义,小人喻于利。"

子曰:"见贤思齐焉,见不贤而内自省也。"

子曰:"事父母,几谏,见志不从,又敬不违,劳而不怨。"

子曰:"父母在,不远游,游必有方。"

子曰："三年无改于父之道,可谓孝矣。"

子曰："父母之年,不可不知也。一则以喜,一则以惧。"

子曰："古者,言之不出,耻躬之不逮也。"

子曰："以约失之者鲜矣!"

子曰："君子欲讷于言而敏于行。"

子曰："德不孤,必有邻。"

子游曰："事君数,斯辱矣;朋友数,斯疏矣。"

公冶长篇第五

子谓公冶长,"可妻也,虽在缧绁之中,非其罪也!"以其子妻之。

子谓南容,"邦有道,不废;邦无道,免于刑戮。"以其兄之子妻之。

子谓子贱,"君子哉,若人!鲁无君子者,斯焉取斯?"

　　称人之善,必本其父兄、师友,厚之至也。(《集注》卷三。卿辑,马有)

子贡问曰:"赐也何如?"子曰:"女,器也。"曰:"何器也?"曰:"瑚琏也。"

或曰:"雍也,仁而不佞。"子曰:"焉用佞? 御人以口给,屡憎于人。不知其仁,焉用佞?"

子使漆雕开仕。对曰:"吾斯之未能信。"子说。

子曰:"道不行,乘桴浮于海。从我者,其由与?"子路闻之喜。子曰:"由也好勇过我,无所取材。"

孟武伯问:"子路仁乎?"子曰:"不知也。"又问。子曰:"由也,千乘之国,可使治其赋也,不知其仁也。""求也何如?"子曰:"求也,千室之邑,百乘之家,可使为之宰也,不知其仁也。""赤也何如?"子曰:"赤也,束带立于朝,可使与宾客言也,不知其仁也。"

子谓子贡曰："女与回也孰愈？"对曰："赐也何敢望回？回也闻一以知十，赐也闻一以知二。"子曰："弗如也。吾与女弗如也。"

宰予昼寝。子曰："朽木不可雕也，粪土之墙不可杇也。于予与何诛？"子曰："始吾于人也，听其言而信其行；今吾于人也，听其言而观其行。于予与改是。"

> 昼居于内，非有疾不可。予盖好内而怀安者。（《淮南集》卷五。卿辑）

子曰："吾未见刚者。"或对曰："申枨。"子曰："枨也欲，焉得刚？"

> 有志而未免于欲者，其志尝屈于欲。惟无欲者能以刚自遂。（《或问》卷五。卿辑）

> 夫子未见刚之思难得如此，而世乃曰大刚则折，士患不刚耳，长养成就犹恐不足，宁忧其大刚而惧之以折耶？折不折天也，非刚之罪也。

> （周宗建《论语商》卷上，下引此书不再著录作者。舒补）

子贡曰："我不欲人之加诸我也，吾亦欲无加诸人。"子曰："赐也，非尔所及也。"

子贡曰："夫子之文章，可得而闻也；夫子之言性与天道，不可得而闻也。"

> 故孔子罕言命，则为知者少也。子贡曰：……夫性命之说，自子贡不得闻，而今之学者，耻不言性命，此可信也哉！今士大夫至以佛老为圣人，鬻书于市者，非庄老之书弗售也，读其文，浩然无当而不可穷；观其貌，超然无着而不可捉，此岂真能然哉！盖中人之性，安于放而乐于诞耳。使天下之士，能如庄周齐死生，一毁誉，轻富贵，安贫贱，则人主之名器爵禄，所以砺世磨钝者，废矣。（《经进东坡文集事略》卷二九《议学校贡举状》。舒补）

子路有闻，未之能行，唯恐有闻。

子贡问曰："孔文子何以谓之文也？"子曰："敏而好学，不耻下问，是以谓之文也。"

孔文子使太叔疾出其妻而妻之。疾通于初妻之娣,文子怒,将攻之,访于仲尼,仲尼不对,命驾而行。疾奔宋,文子使疾弟遗室孔姞。其为人如此,而谥曰"文",此子贡之所以疑而问也。孔子不没其善,言能如此,亦足以为"文"矣。非经天纬地之"文"也。(《集注》卷三,又见《论语集说》卷三、《四书大全·论语》卷五。卿辑,马有)

子谓子产:"有君子之道四焉:其行己也恭,其事上也敬,其养民也惠,其使民也义。"

此言未得子产之实。盖子产虽未能兴先王之教,然亦有礼法以将其爱,不可谓全无教也。(王步青《四书朱子本义汇参·论语》卷五。卿辑)

子曰:"晏平仲善与人交,久而敬之。"

子曰:"臧文仲居蔡,山节藻棁,何如其知也。"

子张问曰:"令尹子文三仕为令尹,无喜色;三已之,无愠色。旧令尹之政,必以告新令尹。何如?"子曰:"忠矣。"曰:"仁矣乎?"曰:"未知,焉得仁?"

"崔子弑齐君,陈文子有马十乘,弃而违之。至于他邦,则曰:'犹吾大夫崔子也。'违之。之一邦,则又曰:'犹吾大夫崔子也。'违之。何如?"子曰:"清矣。"曰:"仁矣乎?"曰:"未知,焉得仁?"

季文子三思而后行,子闻之,曰:"再,斯可矣。"

再愈于一,而况三乎?(《淮南集》卷六。舒补)

子曰:"甯武子,邦有道,则知;邦无道,则愚。其知可及也,其愚不可及也。"

子在陈,曰:"归与!归与!吾党之小子狂简,斐然成章,不知所以裁之。"

子曰:"伯夷、叔齐,不念旧恶,怨是用希。"

夷、齐之事远矣,《传》失其辞。意其出也,父子之间有间言焉,若申

生之事与? 不若是,则又何恶之可念哉?(《或问》卷五。卿辑,马有)

子曰:"孰谓微生高直? 或乞醯焉,乞诸其邻而与之。"

　　高,古之过直人也。乞醯以应求,非孔子之所谓不直,而高平日之所

谓不直也。凡人情之所安者,皆高之所不可。至其重违人之求,而

乞以与之,虽高不免。此之谓不继。孔子因其不继而讥之耳。(《潭

南集》卷五。卿辑)

子曰:"巧言,令色,足恭,左丘明耻之,丘亦耻之。匿怨而友其人,

左丘明耻之,丘亦耻之。"

颜渊、季路侍。子曰:"盍各言尔志?"子路曰:"愿车马衣轻裘,与

朋友共,敝之而无憾。"颜渊曰:"愿无伐善,无施劳。"子路曰:"愿

闻子之志。"子曰:"老者安之,朋友信之,少者怀之。"

子曰:"已矣乎,吾未见能见其过而内自讼者也。"

子曰:"十室之邑,必有忠信如丘者焉,不如丘之好学也。"

雍也篇第六

子曰:"雍也,可使南面。"

仲弓问子桑伯子。子曰:"可也,简。"仲弓曰:"居敬而行简,以临

其民,不亦可乎? 居简而行简,无乃大简乎?"子曰:"雍之言然!"

哀公问:"弟子孰为好学?"孔子对曰:"有颜回者,好学,不迁怒,不

贰过。不幸短命死矣。今也则亡,未闻好学者也。"

子华使于齐,冉子为其母请粟。子曰:"与之釜。"请益。曰:"与之

庾。"冉子与之粟五秉。子曰:"赤之适齐也,乘肥马,衣轻裘。吾

闻之也:君子周急不继富。"

原思为之宰，与之粟九百，辞。子曰："毋！以与尔邻里乡党乎。"

子谓仲弓，曰："犂牛之子骍且角。虽欲勿用，山川其舍诸？"

此其论仲弓云尔，非与仲弓言也。（《或问》卷六，又见《论语集说》卷三。

卿辑，马有）

子曰："回也，其心三月不违仁，其余则日月至焉而已矣。"

子曰："回也，其心三月不违仁，其余则日月至焉而已矣。"孔子曰："吾之于人也，谁毁谁誉？如有所誉，必有所试。"其于颜渊，试之也熟而观之也审矣。盖尝默而察之，阅三月之久，而其颠沛造次，无不一出于仁者，是以知其终身弗叛也。君子之观人也，必于其所不虑焉观之[①]。此其所虑者容有伪也，虽终身不得其真。故三月之久，则必有备虑之所不及者。伪之与真无以异，而君子贱之，何也？有利害临之，则败也。孟子曰："尧、舜，性之也；汤、武，身之也；五霸，假之也。久假而不归，安知其非有也？"假之与性，其本亦异矣，岂论其归与不归哉？使孔子观之，不终日而决，不待三月也，何不知之有？

（邵博《邵氏闻见后录》卷一一，下引此书称《闻见后录》。又见余允文《尊孟续辨》卷下。下引此二书不再著录作者。卿辑，马有）

季康子问："仲由可使从政也与？"子曰："由也果，于从政乎何有？"曰："赐也可使从政也与？"曰："赐也达，于从政乎何有？"曰："求也可使从政也与？"曰："求也艺，于从政乎何有？"

季氏使闵子骞为费宰。闵子骞曰："善为我辞焉！如有复我者，则吾必在汶上矣。"

伯牛有疾，子问之，自牖执其手，曰："亡之，命矣夫！斯人也，而有斯疾也！斯人也，而有斯疾也！"

---

① 所不虑：《邵氏闻见后录》作"所虑"，据《尊孟续辨》改。

子曰:"贤哉,回也! 一箪食,一瓢饮,在陋巷,人不堪其忧,回也不改其乐。贤哉,回也!"

昔夫子以箪食瓢饮贤颜子,而韩子乃以为哲人之细事,何哉? 苏子曰:古之观人也,必于其小焉观之,其大者容有伪焉。人能碎千金之璧,不能无失声于破釜;能搏猛虎,不能无变色于蜂虿。孰知箪食瓢饮不为哲人之大事乎? 乃作《颜乐亭诗》以遗孔君,正韩子之说以自警云。(《历代名贤确论》卷二六。许拾。又见《东坡诗集注》卷二八《颜乐亭诗并叙》)

冉求曰:"非不说子之道,力不足也。"子曰:"力不足者,中道而废,今女画。"

子谓子夏曰:"女为君子儒,无为小人儒。"

子游为武城宰。子曰:"女得人焉耳乎?"曰:"有澹台灭明者,行不由径,非公事,未尝至于偃之室也。"

子曰:"孟之反不伐,奔而殿,将入门,策其马,曰:'非敢后也,马不进也。'"

子曰:"不有祝鮀之佞,而有宋朝之美,难乎免于今之世矣。"

祝鮀治宗庙,孔子谓卫多君子,灵公虽无道,而不丧者,子鱼与数君子之力也。《左氏》亦记其贤,决非佞人。盖古者以佞为才智之称,故自贬则云"不佞"。宋公子朝预于南子之乱,非其意也。使其不从,必不免于祸。故孔子哀其不幸,曰:"有子鱼之智而后免。"子鱼之智,史不得其详矣,然吾观臧武仲之所以免齐侯之难,意其若此也欤。(《历代名贤确论》卷二〇。谷补)

祝鮀,卫子鱼,贤者也? 佞才也? 以为佞人,盖流俗之误。(《苏轼文集》卷五二《与王定国(三五)》。舒补)

子曰:"谁能出不由户? 何莫由斯道也?"

子曰:"质胜文则野,文胜质则史。文质彬彬,然后君子。"

初亦未有那质,只因后来文,便称为质①。(胡广等《四书大全·论语》卷三。卿辑)

子曰:"人之生也直,罔之生也,幸而免。"

罔,不直也。天之生物必直,其曲必有故,非生之理也。木之曲也,或抑之;水之曲也,或碍之。水不碍,木不抑,未尝不直也。凡物皆然,而况于人乎! 故生之理直。不直而生者,幸也,非正也。(《或问》卷六。卿辑,马有)

子曰:"知之者不如好之者,好之者不如乐之者。"

子曰:"中人以上,可以语上也;中人以下,不可以语上也。"

樊迟问知。子曰:"务民之义,敬鬼神而远之,可谓知矣。"问仁。曰:"仁者先难而后获,可谓仁矣。"

孔子之言常中弟子之过。樊迟问崇德,孔子答以"先事后得",则须也有苟得之意也与? 其问智也,曰:"务民之义,敬鬼神而远之。"教之以专修人事,而不求侥幸之福也。其问仁也,曰:"仁者先难而后获。"教之以修德进业,而不贪无故之利也。(《或问》卷六。卿辑,马有)

子曰:"知者乐水,仁者乐山;知者动,仁者静;知者乐,仁者寿。"

子曰:"齐一变,至于鲁;鲁一变,至于道。"

子曰:"觚不觚,觚哉! 觚哉!"

夫有是物必有是则。苟失其则,实已非矣,其得有其名乎? 名存而实亡者众,故夫子因觚而发叹耳。(《论语集说》卷三。卿辑)

舒按:蔡节《论语集说》此节前有:"集曰:觚,或曰酒器,或曰木简,皆器之有棱者。上'觚'语其器,下'觚'语其制。'觚哉觚哉'叹器

---

①按:此段文字始出《朱子语类》卷二五,云:"忠、质、文,谓当初亦未有那质,只因后来文,便称为质。"

之失其制也。"后又有双行夹注:"晦庵朱氏、南轩张氏、东坡苏氏。"谓此说采自三人。张栻《论语解》卷三:"子曰:'觚不觚,觚哉觚哉!'觚而失所以为觚之制,其得谓之觚乎? 故有是物必有是则,苟失其则,实已非矣,其得谓是名哉? 故凡言君不君、臣不臣、父不父、子不子,皆以失其则故也。至于人生于天地之中,其所以名为人者,以天之降衷,善无不备也。失其所以为人之道,则虽名为人也,而实何如哉? 圣人重叹于觚,意盖深远矣。"朱熹《集注》卷三:"觚,棱也。或曰酒器,或曰木简,皆器之有棱者也。'不觚'者,盖当时失其制而不为棱也。'觚哉觚哉',言不得为觚也。"可见,蔡氏解自"觚或曰酒器"至"失其制也"引自朱子《集注》;自"夫有是物必有是则"至"其得有其名乎"引自张栻《论语解》;余下"名存而实亡者众,故夫子因觚而发叹耳"当即东坡之说。当然,也有可能东坡之说实与朱、张二氏相重合,或者说朱、张二氏实袭苏氏之说。

宰我问曰:"仁者,虽告之曰:'井有仁焉。'其从之也?"子曰:"何为其然也? 君子可逝也,不可陷也;可欺也,不可罔也。"

> 拯溺,仁者之所必为也。杀其身,无益于人,仁者之所必不为也。惟君父在险,则臣子有从之之道。然犹挟其具,不徒从也。事迫而无具,虽徒从可也。其余,则使人拯之,要以穷力所至而已。(《或问》卷六。卿辑,马有)

子曰:"君子博学于文,约之以礼,亦可以弗畔矣夫!"

子见南子,子路不说。夫子矢之曰:"予所否者,天厌之! 天厌之!"

子曰:"中庸之为德也,其至矣乎! 民鲜久矣。"

子贡曰:"如有博施于民而能济众,何如? 可谓仁乎?"子曰:"何事于仁,必也圣乎! 尧、舜其犹病诸! 夫仁者,己欲立而立人,己欲达而达人。能近取譬,可谓仁之方也已。"

述而篇第七

子曰:"述而不作,信而好古,窃比于我老彭。"

　　自生民以来至于孔子,作者略备矣,特未有折衷者耳,故述而不作。

　　《或问》卷七。卿辑,马有)

子曰:"默而识之,学而不厌,诲人不倦,何有于我哉!"

子曰:"德之不修,学之不讲,闻义不能徙,不善不能改,是吾忧也。"

子之燕居,申申如也,夭夭如也。

子曰:"甚矣,吾衰也!久矣,吾不复梦见周公!"

子曰:"志于道,据于德,依于仁,游于艺。"

　　志者,无求无作,志于心而已,孟子所谓心勿忘。据者,可求可作之谓也。依者,未尝须臾离。而游者,出入可也。君子志于道,则物莫能留;而游于艺,则道德有自生矣。(《闻见后录》卷一一。卿辑,马有)

子曰:"自行束脩以上,吾未尝无诲焉。"

子曰:"不愤不启,不悱不发,举一隅不以三隅反,则不复也。"

子食于有丧者之侧,未尝饱也。子于是日哭,则不歌。

子谓颜渊曰:"用之则行,舍之则藏,唯我与尔有是夫!"子路曰:"子行三军,则谁与?"子曰:"暴虎冯河,死而无悔者,吾不与也。必也临事而惧,好谋而成者也。"

　　使好谋而不成,不如无谋。……先定其规模而后从事。先定者,可以谋人。不先定者,自谋常不给,而况于谋人乎!(《经进东坡文集事略》卷一一《思治论》。卿辑)

子曰:"富而可求也,虽执鞭之士,吾亦为之。如不可求,从吾所好。"

　　凡物之可求者,求则得,不求则不得也。仁义未有不求而得之,亦未有求而不得者,是以知其可求也。故曰:"仁远乎哉,我欲仁,斯仁至矣。"富贵有求而不得者,有不求而得者,是以知其不可求也。故曰①:"富而可求也,虽执鞭之士,吾亦为之。如不可求,从吾所好。"圣人之于利,未尝有意于求也。岂问其可不可哉?然将直告之以不求,则人犹有可得之心,特迫于圣人而止耳。夫迫于圣人而止,则其止也有时而作矣②,故告之以不可求者,曰:使其可求,虽吾亦将求之。以为高其闰闳,固其扃镝,不如开门发箧而示之无有也。而孟子曰:"食色,性也,有命焉,君子不谓性也。仁义,命也,有性焉,君子不谓命也。"君子之教人,将以其实,何谓不谓之有③?夫以食色为性,则是可求而得也,而君子禁之④。以仁义为命,则是不可求而得也,而君子强之。禁其可求者,强其不可求者,天下其孰能从之?故仁义之可求,富贵之不可求,理之诚然者也。如以可为不可⑤,以不可为可,虽圣人不能。(《闻见后录》卷一二,又见《尊孟续辨》卷下,《或问》卷七亦节引。卿辑,马有)

圣人未尝有意于求富也,岂问其可不可哉?为此语者,特以明其决不可求尔。(《四书纂疏·论语纂疏》卷四节引。舒补)

教人以勿求,则人犹有可得之心,特迫于圣人而止,迫于圣人而止则亦有时而作矣,故告之以不可求者,以为高其闰闳,固其扃镝,不如开门发箧而示之无有也。(刘因《四书集义精要》卷一三节引。下引此书不再著录作者。舒补)

子之所慎:斋,战,疾。

子在齐闻《韶》,三月不知肉味,曰:"不图为乐之至于斯也。"

---

①曰:原本无,据《尊孟续辨》卷下补。
②"有时":《尊孟续辨》卷下作"将有时"。
③谓不谓:原本无前一"谓"字,据《尊孟续辨》卷下补。
④而:原无,据《尊孟续辨》卷下补。
⑤如:原无,据《尊孟续辨》卷下补。

孔子之于乐,习其音,知其数,得其志,知其人。其于文王也,见其穆然而深思,见其高望而远志,见其黝然而黑,颀然而长。其于舜也可知。是以三月不知肉味。(《或问》卷七。卿辑,马有)

冉有曰:"夫子为卫君乎?"子贡曰:"诺,吾将问之。"入,曰:"伯夷、叔齐,何人也?"曰:"古之贤人也。"曰:"怨乎?"曰:"求仁而得仁,又何怨?"出,曰:"夫子不为也。"

卫君,辄也。与其父争国,而子路助之,故冉有疑而问焉。闻伯夷、叔齐之不怨,何以知夫子之不为辄也? 曰:夷齐之事远矣,传失其详。意其出也,父子之间有间言焉,若申生之事也欤? 故曰"伯夷、叔齐不念旧恶",不如是,何恶之可念? 皋落之役,申生若从梁馀子养之言,逃而去之,则复一伯夷也。(《历代名贤确论》卷七。谷补)

伯夷、叔齐之出也,父子之间必有间言焉,而能脱身以远于乱,安于丧亡,不以旧恶为怨,故凡言伯夷之不怨,以让国言之也。(真德秀《四书集编·论语集编》卷四。下引此书不再著录作者。按,此引与上引可互补。舒补)

子曰:"饭疏食,饮水,曲肱而枕之,乐亦在其中矣。不义而富且贵,于我如浮云。"

子曰:"加我数年,五十以学《易》,可以无大过矣。"

子所雅言,《诗》《书》、执礼,皆雅言也。

叶公问孔子于子路,子路不对,子曰:"女奚不曰:其为人也,发愤忘食,乐以忘忧,不知老之将至云尔。"

实言则不让,贬言则非实,故常略言之,而天下之美莫能加焉。(《朱子语类》卷三四。舒补)

子曰:"我非生而知之者,好古,敏以求之者也。"

子不语怪、力、乱、神。

子曰："三人行,必有我师焉:择其善者而从之,其不善者而改之。"

子曰："天生德于予,桓魋其如予何!"

子曰："二三子,以我为隐乎? 吾无隐乎尔。吾无行而不与二三子者,是丘也。"

子以四教:文,行,忠,信。

子曰："圣人,吾不得而见之矣;得见君子者,斯可矣。"子曰："善人,吾不得而见之矣;得见有恒者,斯可矣。亡而为有,虚而为盈,约而为泰,难乎,有恒矣。"

子钓而不纲,弋不射宿。

子曰："盖有不知而作之者,我无是也。多闻,择其善者而从之;多见而识之;知之次也。"

互乡难与言,童子见,门人惑。子曰："与其进也,不与其退也,唯何甚? 人絜己以进,与其絜也,不保其往也。"

子曰："仁远乎哉? 我欲仁,斯仁至矣。"

陈司败问:"昭公知礼乎?"孔子曰："知礼。"孔子退,揖巫马期而进之,曰:"吾闻君子不党,君子亦党乎? 君取于吴,为同姓,谓之吴孟子。君而知礼,孰不知礼?"巫马期以告。子曰："丘也幸,苟有过,人必知之。"

子与人歌而善,必使反之,而后和之。

子曰："文,莫吾犹人也,躬行君子,则吾未之有得。"

子曰："若圣与仁,则吾岂敢? 抑为之不厌,诲人不倦,则可谓云尔已矣。"公西华曰："正惟弟子不能学也。"

子疾病,子路请祷。子曰："有诸?"子路对曰："有之。诔曰:'祷尔于上下神祇。'"子曰："丘之祷久矣。"

子曰："奢则不孙,俭则固。与其不孙也,宁固。"

子曰:"君子坦荡荡,小人长戚戚。"

子温而厉,威而不猛,恭而安。

泰伯篇第八

子曰:"泰伯,其可谓至德也已矣。三以天下让,民无得而称焉。"

泰伯断发文身,示不可用,使民无得而称之,有让国之实而无其名,故乱不作。彼宋宣、鲁隐,皆存其实而取其名者也,是以宋、鲁皆被其祸。(《栾城三集》卷七《论语拾遗》。卿辑,马有)

让国,盛德之事也。然存其实而取其名者,乱之所由起。故泰伯为此,所以使名、实俱亡,而乱不作也。(《或问》卷八。卿辑)

逊国,盛德之事也。然非其人,鲜不为乱。宋宣公舍与夷而立穆公,乱者三世。隐、桓之相贼,子哙之失国,皆存其实而取其名。名实存,乱之所由起也。泰伯断发文身,示不可用,使民无得而称之。名实俱亡,乱何自生哉? 非孔子,孰能知其为至德乎!(《历代名贤确论》卷二一。谷补)

子曰:"恭而无礼则劳,慎而无礼则葸,勇而无礼则乱,直而无礼则绞。君子笃于亲,则民兴于仁;故旧不遗,则民不偷。"

曾子有疾,召门弟子曰:"启予足! 启予手!《诗》云:'战战兢兢,如临深渊,如履薄冰。'而今而后,吾知免夫! 小子!"

曾子有疾,孟敬子问之。曾子言曰:"鸟之将死,其鸣也哀;人之将死,其言也善。君子所贵乎道者三:动容貌,斯远暴慢矣;正颜色,斯近信矣;出辞气,斯远鄙倍矣。笾豆之事,则有司存。"

曾子曰:"以能问于不能,以多问于寡;有若无,实若虚,犯而不校。昔者,吾友尝从事于斯矣。"

曾子曰："可以托六尺之孤,可以寄百里之命,临大节而不可夺也。君子人与?君子人也!"

曾子曰："士不可以不弘毅,任重而道远。仁以为己任,不亦重乎?死而后已,不亦远乎?"

子曰："兴于《诗》,立于《礼》,成于《乐》。"

子曰："民可使,由之;不可使,知之。"

子曰："好勇疾贫,乱也;人而不仁,疾之已甚,乱也。"

子曰："如有周公之才之美,使骄且吝,其余不足观也已。"

子曰："三年学,不至于谷,不易得也。"

子曰："笃信好学,守死善道。危邦不入,乱邦不居。天下有道则见,无道则隐。邦有道,贫且贱焉,耻也;邦无道,富且贵焉,耻也。"

子曰："不在其位,不谋其政。"

子曰："师挚之始。《关雎》之乱,洋洋乎盈耳哉!"

子曰："狂而不直,侗而不愿,悾悾而不信,吾不知之矣。"

> 天之生物,气质不齐。其中材以下,有是德则有是病,有是病必有是德。故马之蹄啮者必善走,其不善者必驯。有是病而无是德,则天下之弃才也。(《集注》卷四,又见《四书大全·论语》卷八。卿辑,马有)

子曰："学如不及,犹恐失之。"

子曰："巍巍乎,舜、禹之有天下也而不与焉!"

子曰："大哉,尧之为君也! 巍巍乎! 唯天为大,唯尧则之。荡荡乎,民无能名焉。巍巍乎,其有成功也! 焕乎,其有文章!"

> 此论其德之辞也。(《东坡书传》卷一《尧典》。舒补)

舜有臣五人而天下治。武王曰："予有乱臣十人。"孔子曰："才难,不其然乎? 唐虞之际,于斯为盛。有妇人焉,九人而已。三分天下有其二,以服事殷。周之德,其可谓至德也已矣。"

古今传十人，为文母、周公、太公、召公、毕公、荣公、太颠、闳夭、散宜生、南宫括。孔子曰："有妇人焉，九人而已。"（《东坡书传》卷九《泰誓中》。舒补）

以文王事殷为至德，则武王非至德明矣。（陈天祥《四书辨疑》卷五。下引此书不再著录作者。卿辑）

文王只是依本分做，诸侯自归之。又：三分天下有其二，文王只是不管他。（《朱子语类》卷三五。舒补）

子曰："禹，吾无间然矣。菲饮食，而致孝乎鬼神；恶衣服，而致美乎黻冕；卑宫室，而尽力乎沟洫。禹，吾无间然矣。"

子罕篇第九

子罕言利与命与仁。

达巷党人曰："大哉孔子，博学而无所成名。"子闻之，谓门弟子曰："吾何执？执御乎，执射乎？吾执御矣。"

子曰："麻冕，礼也；今也纯，俭，吾从众。拜下，礼也；今拜乎上，泰也。虽违众，吾从下。"

欲事之易成，则先治其所以信服天下者。天下之事，不可以力胜，力不可胜，则莫若从众。从众者，非从众多之口，而从其所不言而同然者，是真从众也。众多之口，非果众也，特闻于吾耳而接于吾前，未有非其私说者也。于吾为众，于天下为寡。彼众之所不言而同然者，众多之口举不乐也。以众多之口所不乐，而弃众之所不言而同然，则乐者寡而不乐者众矣。古之人常以从众得天下之心，而世之君子常以从众失之。不知夫古之人，其所从者，非从其口，而从其所同然也。……从其所同然而行之，若犹有言者，则可以勿恤矣。（《经

进东坡文集事略》卷——《思治论》。卿辑）

子绝四：毋意，毋必，毋固，毋我。

子畏于匡，曰："文王既没，文不在兹乎？天之将丧斯文也，后死者不得与于斯文也；天之未丧斯文也，匡人其如予何？"

大宰问于子贡曰："夫子圣者与？何其多能也？"子贡曰："固天纵之将圣，又多能也。"

子闻之，曰："大宰知我乎！吾少也贱，故多能鄙事。君子多乎哉？不多也！"

牢曰："子云：'吾不试，故艺。'"

子曰："吾有知乎哉？无知也。有鄙夫问于我，空空如也，我叩其两端而竭焉。"

> 世无孔子，莫或叩之，故使鄙夫得挟其空空以欺世取名，此可笑也。

（《苏轼文集》卷六六《跋荆溪外集》。舒补）

子曰："凤鸟不至，河不出图，吾已矣夫！"

子见齐衰者、冕衣裳者与瞽者，见之，虽少，必作；过之，必趋。

颜渊喟然叹曰："仰之弥高，钻之弥坚。瞻之在前，忽焉在后。夫子循循然善诱人，博我以文，约我以礼，欲罢不能。既竭吾才，如有所立卓尔，虽欲从之，末由也已。"

子疾病，子路使门人为臣。病间，曰："久矣哉，由之行诈也！无臣而为有臣。吾谁欺？欺天乎！且予与其死于臣之手也，无宁死于二三子之手乎！且予纵不得大葬，予死于道路乎？"

子贡曰："有美玉于斯，韫椟而藏诸？求善贾而沽诸？"子曰："沽之哉！沽之哉！我待贾者也。"

子欲居九夷。或曰："陋，如之何？"子曰："君子居之，何陋之有？"

> 公山不狃、佛肸召，欲往而不往也。九夷，欲居而不居也。（胡炳文《四

书通·论语》卷五。下引此书不再著录作者。许拾）

子曰："吾自卫反鲁，然后乐正，《雅》《颂》各得其所。"

子曰："出则事公卿，入则事父兄，丧事不敢不勉，不为酒困，何有于我哉。"

子在川上曰："逝者如斯夫，不舍昼夜！"

子曰："吾未见好德如好色者也。"

> 夫子之言，《论语》不著其所为。如"鲁卫之政兄弟也"，为哀公、出公发也，司马迁知之。"齐桓公正而不谲"，为哀姜发也，邹阳知之。若此者非一也。夫子之言，将有为而发，记失其传而并失其指者为不少也，可胜叹哉！（《四书通·论语》卷五。许拾）

子曰："譬如为山，未成一篑，止，吾止也。譬如平地，虽覆一篑，进，吾往也。"

子曰："语之而不惰者，其回也与？"

子谓颜渊曰："惜乎！吾见其进也，未见其止也！"

子曰："苗而不秀者有矣夫！秀而不实者有矣夫！"

子曰："后生可畏，焉知来者之不如今也？四十、五十而无闻焉，斯亦不足畏也已。"

子曰："法语之言，能无从乎？改之为贵。巽与之言，能无说乎？绎之为贵。说而不绎，从而不改，吾末如之何也已矣。"

子曰："主忠信，毋友不如己者，过则勿惮改。"

子曰："三军可夺帅也，匹夫不可夺志也。"

子曰："衣敝缊袍，与衣狐貉者立，而不耻者，其由也与。'不忮不求，何用不臧？'"子路终身诵之。子曰："是道也，何足以臧？"

子曰："岁寒然后知松柏之后凋也！"

子曰："知者不惑，仁者不忧，勇者不惧。"

子曰："可与共学，未可与适道；可与适道，未可与立；可与立，未可与权。"

"唐棣之华，偏其反而。岂不尔思，室是远而"，子曰："未之思也，夫何远之有？"

思贤而不得之诗。（《朱子语类》卷三七。舒补）

乡党篇第十

孔子于乡党，恂恂如也，似不能言者。其在宗庙、朝廷，便便言，唯谨尔。

朝，与下大夫言，侃侃如也；与上大夫言，訚訚如也。君在，踧踖如也，与与如也。

君召使摈，色勃如也，足躩如也。揖所与立，左右手，衣前后，襜如也。趋进，翼如也。宾退，必复命曰："宾不顾矣。"

入公门，鞠躬如也，如不容。立不中门，行不履阈。过位，色勃如也，足躩如也，其言似不足者。摄齐升堂，鞠躬如也，屏气似不息者。出，降一等，逞颜色，怡怡如也。没阶，趋进，翼如也。复其位，踧踖如也。

执圭，鞠躬如也，如不胜。上如揖，下如授。勃如战色，足蹜蹜如有循。享礼，有容色。私觌，愉愉如也。

君子不以绀緅饰，红紫不以为亵服。当暑，袗绤绤，必表而出之。缁衣，羔裘；素衣，麑裘；黄衣，狐裘。亵裘长，短右袂。必有寝衣，长一身有半。狐貉之厚以居。去丧，无所不佩。非帷裳，必杀之。羔裘玄冠不以吊。吉月必朝服而朝。

此孔氏遗书，杂记曲礼，非特孔子事也。（《四书纂疏·论语纂疏》卷五。

　　舒补）

齐,必有明衣,布。齐必变食,居必迁坐。

食不厌精,脍不厌细。

食饐而餲,鱼馁而肉败,不食。色恶,不食。臭恶,不食。失饪,不食。不时,不食。割不正,不食。不得其酱,不食。

肉虽多,不使胜食气。唯酒无量,不及乱。沽酒市脯不食。不撤姜食,不多食。

> 王介甫多思而喜凿,时出一新说,已而悟其非也,则又出一说以解之。是以其学多说。常与刘原父食,辍箸而问曰:"孔子不撤姜食,何也?"原父曰:"《本草》:生姜多食损智。道非明民,将以愚之。孔子以道教人者也,故不撤姜食,将以愚之也。"介甫欣然而笑,久之,乃悟其戏己也。原父虽戏言,然王氏之学实大类此。庚辰三月十一日,食姜粥,甚美,叹曰:"无怪吾愚,吾食姜多矣。"因并贡父言记之,以为后世君子一笑。(《东坡志林》卷五《刘贡父戏介甫》。舒补)

祭于公,不宿肉。祭肉不出三日。出三日,不食之矣。

食不语,寝不言。

虽蔬食菜羹,瓜祭,必齐如也。

席不正,不坐。

乡人饮酒,杖者出,斯出矣。

乡人傩,朝服而立于阼阶。

问人于他邦,再拜而送之。

康子馈药,拜而受之。曰:"丘未达,不敢尝。"

厩焚。子退朝,曰:"伤人乎?"不问马。

君赐食,必正席先尝之;君赐腥,必熟而荐之;君赐生,必畜之。侍食于君,君祭,先饭。

疾,君视之,东首,加朝服,拖绅。

君命召,不俟驾行矣。入太庙,每事问。

朋友死,无所归,曰:"于我殡。"

朋友之馈,虽车马,非祭肉,不拜。

寝不尸,居不容。

见齐衰者,虽狎,必变。见冕者与瞽者,虽亵,必以貌。凶服者式之,式负版者。

有盛馔,必变色而作。迅雷风烈必变。

升车,必正立执绥。车中不内顾,不疾言,不亲指。

色斯举矣,翔而后集,曰:"山梁雌雉,时哉时哉!"子路共之,三嗅而作。

> 山梁雌雉,子路以馈孔子。孔子知子路将不得其死,雉亦好斗,斗丧其生,故曰"色斯举矣,翔而后集"。若此雉,岂时之罪哉?其余义尽于文,初无注解焉,或留意少试。(《苏轼文集》卷五二《与王定国(三五)》。舒补)

论语说卷二

先进篇第十一

子曰:"先进于礼乐,野人也;后进于礼乐,君子也。如用之,则吾从先进。"

> 孔子之世,其诸侯卿大夫视先王之礼乐,犹方圆冰炭之不相入也。进而先之以礼乐,其不合必矣。是人也,以道言之,则圣人;以世言之,则野人也。若夫君子之急于有功者则不然,其未合也,先之以世俗之所好,而其既合也,则继以先王之礼乐。其心则然,然其进不正,未有能继以正者也。故孔子不从。(《东坡集》卷二一《学士院试孔子从先进论》。卿辑)

子曰:"从我于陈、蔡者,皆不及门也。"

德行:颜渊、闵子骞、冉伯牛、仲弓。言语:宰我、子贡。政事:冉有、季路。文学:子游、子夏。

子曰:"回也,非助我者也,于吾言无所不说。"

子曰:"孝哉,闵子骞!人不间于其父母昆弟之言。"

南容三复白圭,孔子以其兄之子妻之。

季康子问:"弟子孰为好学?"孔子对曰:"有颜回者好学,不幸短命死矣,今也则亡。"

颜渊死,颜路请子之车以为之椁。子曰:"才不才,亦各言其子也。鲤也死,有棺而无椁。吾不徒行以为之椁。以吾从大夫之后,不可徒行也。"

> 古者行礼，视其所有而已。遇其有，则脱骖于旧馆人；及其无，不舍
> 车于颜渊。(《淖南集》卷六。卿辑)

颜渊死。子曰："噫！天丧予！天丧予！"

颜渊死，子哭之恸。从者曰："子恸矣！"曰："有恸乎？非夫人之为
恸而谁为？"

颜渊死，门人欲厚葬之，子曰："不可。"门人厚葬之。子曰："回也
视予犹父也，予不得视犹子也。非我也，夫二三子也！"

季路问事鬼神。子曰："未能事人，焉能事鬼？"曰："敢问死。"曰：
"未知生，焉知死？"

闵子侍侧，訚訚如也；子路，行行如也；冉有、子贡，侃侃如也，子乐。
"若由也，不得其死然。"

鲁人为长府。闵子骞曰："仍旧贯，如之何？何必改作？"子曰："夫
人不言，言必有中。"

子曰："由之瑟，奚为于丘之门？"门人不敬子路。子曰："由也升堂
矣，未入于室也。"

子贡问："师与商也孰贤？"子曰："师也过，商也不及。"曰："然则师
愈与？"子曰："过犹不及。"

> 孔子曰："过犹不及。"学者因是以谓"中者，过与不及之间之谓也"。
> 陋哉，斯言也！聩者之言，不粗则微，何也？耳之官废，则粗微之制
> 不在我也。聪者之言无粗微，岂复择粗微之间而后言乎？中则极，
> 极则中，中、极一物也。学者知此，则几矣。(《东坡书传》卷十《洪范》。
> 舒补)

季氏富于周公，而求也为之聚敛而附益之。子曰："非吾徒也，小子
鸣鼓而攻之，可也。"柴也愚，参也鲁，师也辟，由也喭。

子曰:"回也其庶乎,屡空。赐不受命,而货殖焉,亿则屡中。"

子张问善人之道。子曰:"不践迹,亦不入于室。"

子曰:"论笃是与,君子者乎? 色庄者乎?"

子路问:"闻斯行诸?"子曰:"有父兄在,如之何其闻斯行之?"冉有问:"闻斯行诸?"子曰:"闻斯行之。"公西华曰:"由也问闻斯行诸,子曰'有父兄在';求也问闻斯行诸,子曰'闻斯行之'。赤也惑,敢问。"子曰:"求也退,故进之;由也兼人,故退之。"

子畏于匡,颜渊后。子曰:"吾以女为死矣!"曰:"子在,回何敢死!"

季子然问:"仲由、冉求,可谓大臣与?"子曰:"吾以子为异之问,曾由与求之问。所谓大臣者,以道事君,不可则止。今由与求也,可谓具臣矣。"曰:"然则从之者与?"子曰:"弑父与君,亦不从也。"

子路使子羔为费宰。子曰:"贼夫人之子。"子路曰:"有民人焉,有社稷焉,何必读书,然后为学。"子曰:"是故恶夫佞者。"

子路、曾皙、冉有、公西华侍坐。子曰:"以吾一日长乎尔,毋吾以也。居则曰:'不吾知也!'如或知尔,则何以哉?"子路率尔而对曰:"千乘之国,摄乎大国之间,加之以师旅,因之以饥馑。由也为之,比及三年,可使有勇,且知方也。"夫子哂之。"求! 尔何如?"对曰:"方六七十,如五六十,求也为之,比及三年,可使足民。如其礼乐,以俟君子。""赤! 尔何如?"对曰:"非曰能之,愿学焉。宗庙之事,如会同,端章甫,愿为小相焉。""点! 尔何如?"鼓瑟希,铿尔,舍瑟而作,对曰:"异乎三子者之撰。"子曰:"何伤乎? 亦各言其志也。"曰:"莫春者,春服既成,冠者五六人,童子六七人,浴乎沂,风乎舞雩,咏而归。"夫子喟然叹曰:"吾与点也!"三子者出,曾皙后。曾皙曰:"夫三子者之言何如?"子曰:"亦各言其志也已矣。"曰:"夫子何哂由也?"曰:"为国以礼,其言不让,是故哂之。""唯求则非邦也与?""安见方六七十如五六十而非邦也者?""唯赤则非邦也与?""宗庙会同,非诸侯而何? 赤也为之小,孰能为之大?"

颜渊篇第十二

颜渊问仁,子曰:"克己复礼为仁。一日克己复礼,天下归仁焉。为仁由己,而由人乎哉!"颜渊曰:"请问其目。"子曰:"非礼勿视,非礼勿听,非礼勿言,非礼勿动。"颜渊曰:"回虽不敏,请事斯语矣。"

　　夫视听期于聪明而已,何与于礼? 非礼勿视,非礼勿听,是礼也,何与于仁? 曰:视听不以礼,则聪明之害物也甚于聋瞽。何以言之? 明之过也,则无所不视,掩人之私,求人之所不及;聪之过也,则无所不听,浸润之谮,肤受之愬,或行焉。此其害,岂特聋瞽而已哉! 故圣人一之于礼,君臣上下,各视其所当视,各听其所当听,而仁不可胜用也。(《苏轼文集》卷六《视远惟明听德惟聪》。舒补)

　　孔子曰:"非礼勿视,非礼勿听,非礼勿言,非礼勿动。"一出于礼,而仁不可胜用矣。舜、禹、皋陶之微言,其传于孔子者盖如此。(《东坡书传》卷三《大禹谟》。舒补)

仲弓问仁。子曰:"出门如见大宾,使民如承大祭。己所不欲,勿施于人。在邦无怨,在家无怨。"仲弓曰:"雍虽不敏,请事斯语矣。"

司马牛问仁。子曰:"仁者,其言也讱。"曰:"其言也讱,斯谓之仁已乎?"子曰:"为之难,言之得无讱乎?"

司马牛问君子。子曰:"君子不忧不惧。"曰:"不忧不惧,斯谓之君子已乎?"子曰:"内省不疚,夫何忧何惧?"

司马牛忧曰：“人皆有兄弟，我独亡！”子夏曰：“商闻之矣，死生有命，富贵在天。君子敬而无失，与人恭而有礼。四海之内皆兄弟也，君子何患乎无兄弟也？”

子张问明，子曰：“浸润之谮，肤受之愬，不行焉。可谓明也已矣。浸润之谮，肤受之愬，不行焉，可谓远也已矣。”

> 谮、愬之言常行于偏暗而隘迫者，盖一有所闻，而忿心应之也。明且远者，虚以察之，则不旋踵而得其情矣。（《或问》卷一二。卿辑，马有）
>
> 太甲之复辟也，伊尹戒之曰：“视远惟明，听德惟聪。”何谓远？何谓德？孔子曰：“文武之道，未坠于地，在人，贤者识其大者，不贤者识其小者。”夫惟小之为知，又乌能及远哉？探夜光于东海者，不为鲵桓而回网罗；求合抱于邓林者，不以径寸而枉斧斤。苟志于远，必略近矣。故子张问明，孔子既告之以明，又告之以远。由此观之，视不及远者，不足为明也。（《苏轼文集》卷六《视远惟明听德惟聪》。舒补）
>
> 孔子曰：“浸润之谮，肤受之愬，不行焉，可谓明也已矣。”巧言之人入人，如水之渐渍，如病之自肌理入也，是之谓肤。今汝聒聒以险肤之言起信于人，将谁讼乎？（《东坡书传》卷八《盘庚上》。舒补）

子贡问政。子曰：“足食。足兵。民信之矣。”子贡曰：“必不得已而去，于斯三者何先？”曰：“去兵。”子贡曰：“必不得已而去，于斯二者何先？”曰：“去食。自古皆有死，民无信不立。”

> 孟子较礼、食之轻重，礼重而食轻则去食，食重而礼轻则去礼。惟色亦然。而孔子去食存信，曰：“自古皆有死，民无信不立。”不复较其重轻，何也？曰：“礼、信之于食、色，如五谷之不杀人。”今有问者曰：“吾恐五谷杀人，欲禁之如何？”必答曰：“吾宁食五谷而死，不禁也。”此孔子去食存信之论也。今答曰：“择其杀人者而禁之，其不杀人者勿禁也。”五谷安有杀人者哉？此孟子礼、食轻重之论也。礼，所以

使人得妻也,废礼而得妻者皆是,缘礼而不得妻者,天下未尝有也。信,所以使人得食也,弃信而得食者皆是,缘信而不得食者,天下未尝有也。今立法不从天下之所同,而从其所未尝有,以开去取之门,使人以为礼有时而可去也,则将各以其私意权之,其轻重岂复有定物?由孟子之说,则礼废无日矣。或曰:"舜不告而娶,则以礼,则不得妻也。"曰:此孟子之所传,古无是说也。凡舜之事,涂廪、浚井、不告而娶,皆齐鲁间野人之语,考之于《书》,舜之事父母,盖烝烝焉,不至于奸,无是说也。使不幸而有之,则非人理之所期矣。自舜已来,如瞽叟者盖亦有之,为人父而不欲其子娶妻者,未之有也。故曰缘礼而不得妻者,天下无有也。或曰嫂叔不亲授,礼也。嫂溺而不援,曰礼不亲授,可乎?是礼有时而去取也。曰嫂叔不亲授,礼也。嫂溺援之以手,亦礼也。何去取之有?(《闻见后录》卷一一,又见《尊孟续辨》卷下。卿辑,马有)

棘子成曰:"君子质而已矣,何以文为?"子贡曰:"惜乎,夫子之说君子也,驷不及舌。文犹质也,质犹文也。虎豹之鞟犹犬羊之鞟。"

哀公问于有若曰:"年饥,用不足,如之何?"有若对曰:"盍彻乎?"曰:"二,吾犹不足,如之何其彻也?"对曰:"百姓足,君孰与不足?百姓不足,君孰与足?"

子张问崇德辨惑。子曰:"主忠信,徙义,崇德也。爱之欲其生,恶之欲其死;既欲其生,又欲其死,是惑也。'诚不以富,亦只以异。'"

齐景公问政于孔子。孔子对曰:"君君、臣臣、父父、子子。"公曰:"善哉!信如君不君、臣不臣、父不父、子不子,虽有粟,吾得而食诸?"

子曰:"片言可以折狱者,其由也与?"子路无宿诺。

子曰:"听讼,吾犹人也,必也使无讼乎!"

子张问政。子曰："居之无倦,行之以忠。"

子曰："博学于文,约之以礼,亦可以弗畔矣夫!"

子曰："君子成人之美,不成人之恶。小人反是。"

季康子问政于孔子。孔子对曰:"政者,正也。子帅以正,孰敢不正?"

季康子患盗,问于孔子。孔子对曰:"苟子之不欲,虽赏之不窃。"

> 乃知上不尽利,则民有以为生,苟有以为生,亦何苦而为盗?其间凶残之党,乐祸不悛,则须救法以峻刑,诛一以警百。今中民以下,举皆阙食,冒法而为盗则死,畏法而不盗则饥,饥寒之与弃市,均是死亡,而赊死之与忍饥,祸有迟速,相率为盗,正理之常。虽日杀百人,势必不止。(《苏轼文集》卷二六《论河北京东盗贼状》。舒补)

季康子问政于孔子曰:"如杀无道,以就有道,何如?"孔子对曰:"子为政,焉用杀?子欲善,而民善矣。君子之德风,小人之德草。草上之风,必偃。"

> 虽尧、舜在上,不免于杀无道,然君子终不以杀劝其君。尧、舜之民,不幸而自蹈于死则有之,吾未尝杀也。孟子言:"以生道杀民,虽死不怨杀者。"使后世暴君污吏皆曰:"吾以生道杀之。"故孔子不忍言之。(《闻见后录》卷一二,又见《尊孟续辨》卷下。卿辑,马有)

> 夫杀无道以就有道,为政者之所不免,其言盖未为过也,而孔子恶之如此,恶其恃杀以为政也。(《东坡书传》卷一三《召诰》。舒补)

> 夫杀无道就有道,先王之所不免也,孔子讳之。然则杀者,君子之所难言也。(《苏轼文集》卷六《以佚道使民以生道杀民》。舒补)

子张问:"士何如斯可谓之达矣?"子曰:"何哉,尔所谓达者?"子张对曰:"在邦必闻,在家必闻。"子曰:"是闻也,非达也。夫达也者,质直而好义,察言而观色,虑以下人。在邦必达,在家必达。夫闻也者,色取仁而行违,居之不疑。在邦必闻,在家必闻。"

樊迟从游于舞雩之下,曰:"敢问崇德,修慝,辨惑。"子曰:"善哉问! 先事后得,非崇德与? 攻其恶,无攻人之恶,非修慝与? 一朝之忿,忘其身,以及其亲,非惑与?"

樊迟问仁。子曰:"爱人。"问知。子曰:"知人。"樊迟未达。子曰:"举直错诸枉,能使枉者直。"樊迟退,见子夏曰:"乡也吾见于夫子而问知,子曰'举直错诸枉,能使枉者直',何谓也?"子夏曰:"富哉言乎! 舜有天下,选于众,举皋陶,不仁者远矣。汤有天下,选于众,举伊尹,不仁者远矣。"

子贡问友。子曰:"忠告而善道之,不可则止,毋自辱焉。"

曾子曰:"君子以文会友,以友辅仁。"

子路篇第十三

子路问政。子曰:"先之,劳之。"请益,曰:"无倦。"

> 凡民之行,以身先之,则不令而行;凡民之事,以身劳之,则虽勤不怨。(《集注》卷七,又见《四书辨疑》卷七。卿辑,马有)

仲弓为季氏宰,问政。子曰:"先有司,赦小过,举贤才。"曰:"焉知贤才而举之?"子曰:"举尔所知,尔所不知,人其舍诸?"

> 有司既立,则责有所归。然常赦其小过,则贤才可得而举也。惟庸人与奸人为无小过,张禹、胡广、李林甫、卢杞是也。若小过不赦,则贤者避罪不暇,而此等出矣。(《或问》卷一三。许拾)

子路曰:"卫君待子而为政,子将奚先?"子曰:"必也正名乎!"子路曰:"有是哉,子之迂也! 奚其正?"子曰:"野哉,由也! 君子于其所不知,盖阙如也。名不正,则言不顺;言不顺,则事不成;事不成,则礼乐不兴;礼乐不兴,则刑罚不中;刑罚不中,则民无所错手足。故君子名之必可言也,言之必可行也。君子于其言,无所苟而已矣。"

孔子曰:"必也正名乎!"儒者之患,患在于名实之不正。故亦有以文王为称王者,是以圣人为后世之僭君急于为王者也。天下虽乱,有王者在,而己自王,虽圣人不能以服天下。(《苏轼文集》卷三《周公论》。舒补)

昔者子路问孔子所以为政之先,子曰:"必也正名乎!"故《春秋》之法,尤谨于正名,至于一鼎之微而不敢忽焉,圣人之用意盖深如此。(《苏轼文集》卷三《论取郜大鼎于宋》。舒补)

孔子曰:"名之必可言,言之必可行。"是之谓名言。名之以仁,固仁矣。名之以义,固义矣。是谓名言兹在兹。及其念之至也,不待名言,而情实皆仁义也。(《东坡书传》卷三《大禹谟》。舒补)

樊迟请学稼。子曰:"吾不如老农。"请学为圃。曰:"吾不如老圃。"樊迟出。子曰:"小人哉!樊须也。上好礼,则民莫敢不敬;上好义,则民莫敢不服;上好信,则民莫敢不用情。夫如是,则四方之民襁负其子而至矣,焉用稼?"

有大人之事,有小人之事。愈大则身愈逸而责愈重,愈小则身愈劳而责愈轻。綦大而至天子,綦小而至农夫,各有其分,不可乱也。责重者不可以不逸,不逸则无以任天下之重。责轻者不可以不劳,不劳则无以逸夫责重者。二者譬如心之思虑于内,而手足之动作步趋于外也。是故不耕而食,不蚕而衣,君子不以为愧者,所职大也。自尧、舜以来,未之有改。后世学衰而道弛,诸子之智不足以见其大,而窃见其小者之一偏,以为有国者皆当恶衣粝食,与农夫并耕而治,一人之身而自为百工。盖孔子之时则有是说矣。夫樊迟亲受业于圣人,而犹惑于是说,是以区区焉欲学稼于孔子。孔子知是说之将蔓延于天下也,故极言其大而深折其词,以为:"上好礼则民莫敢不敬,上好义则民莫敢不服,上好信则民莫敢不用情。夫如是,则四方之民襁负其子而至矣,安用稼?"而解者以为:礼、义与信,足以成德。夫樊迟之所为汲汲于学稼者,何也? 是非以谷食不足而民有苟且之心以慢其上为忧乎? 是非以人君独享其安荣而使民劳苦独贤为忧乎? 是非以人君不身亲之则空言不足劝课百姓为忧乎? 是三忧者,皆世俗之私忧过计也。君子以礼治天下之分,使尊者习为尊,卑者安为卑,则夫民之慢上者非所忧也。君子以义处天下之宜,使禄之一国者不自以为多,抱关击柝者不自以为寡,则夫民之劳苦独贤者又非所忧也。君子以信一天下之惑,使作于中者必形于外,循其名者必得其实,则夫空言不足以劝课者又非所忧也。此三者足以成德矣,故曰:三忧者,皆世俗之私忧过计也。(《苏轼文集》卷二《礼义信足以成德论》。卿辑)

子曰:"诵《诗》三百,授之以政,不达;使于四方,不能专对;虽多,亦奚以为?"

子曰:"其身正,不令而行;其身不正,虽令不从。"

子曰:"鲁、卫之政,兄弟也。"

按《世家》,当是时,鲁哀公之七年,卫出公之五年也。孔子知二君皆失志无常、弃国野死之君,故讥之云尔。卒之哀公孙邾,出公奔宋,皆死于越。(《或问》卷一三。卿辑,马有)

卫之政,父不父,子不子;鲁之政,君不君,臣不臣。(《四书朱子本义汇参·论语》卷一三。卿辑)

是岁鲁哀公七年,卫出公五年也。卫之政,父不父,子不子;鲁之政,君不君,臣不臣。卒之哀公孙于邾,而死于越;出公奔宋,而亦死于

越。其不相远如此。（《四书通·论语》卷七。许拾）

子谓卫公子荆："善居室。始有，曰：'苟合矣。'少有，曰：'苟完矣。'富有，曰：'苟美矣。'"

子适卫，冉有仆。子曰："庶矣哉！"冉有曰："既庶矣，又何加焉？"曰："富之。"曰："既富矣，又何加焉？"曰："教之。"

子曰："苟有用我者，期月而已可也，三年有成。"

子曰："'善人为邦百年，亦可以胜残去杀矣。'诚哉是言也！"

子曰："如有王者，必世而后仁。"

子曰："苟正其身矣，于从政乎何有？不能正其身，如正人何？"

冉子退朝。子曰："何晏也？"对曰："有政。"子曰："其事也，如有政，虽不吾以，吾其与闻之。"

定公问："一言而可以兴邦，有诸？"孔子对曰："言不可以若是其几也。人之言曰：'为君难，为臣不易。'如知为君之难也，不几乎一言而兴邦乎？"曰："一言而丧邦，有诸？"孔子对曰："言不可以若是其几也。人之言曰：'予无乐乎为君，唯其言而莫予违也。'如其善而莫之违也，不亦善乎？如不善而莫之违也，不几乎一言而丧邦乎？"

> 孔子盖以为一言而丧邦者，此言也。民讫自若是，民尽顺我，而不我违，乐则乐矣，不几于游盘无度，以亡其国，如夏太康乎！（《东坡书传》卷二十《秦誓》。舒补）

叶公问政。子曰："近者说，远者来。"

子夏为莒父宰，问政。子曰："无欲速，无见小利。欲速则不达，见小利则大事不成。"

> 君子之所以大过人者，非以其智能知之，强能行之也。以其功兴而民劳，与之同劳，功成而民乐，与之同乐，如是而已矣。富贵安逸者，

天下之所同好也,然而君子独享焉。享之而安,天下以为当然者,何也? 天下知其所以富贵安逸者,凡以庇覆我也。贫贱劳苦者,天下之所同恶也,而小人独居焉。居之而安,天下以为当然者,何也? 天下知其所以贫贱劳苦者,凡以生全我也。夫然,故独享天下之大利而不忧,使天下为己劳苦而不怍,耳听天下之备声,目视天下之备色,而民犹以为未也,相与祷祠而祈祝曰:"使吾君长有吾国也。"又相与咏歌而称颂之,被于金石,溢于竹帛,使其万世而不忘也。鸣呼,彼君子者,独何修而得此于民哉? 岂非始之以至诚,中之以不欲速,而终之以不懈欤? 视民如视其身,待其至愚者如其至贤者,是谓至诚。至诚无近效,要在于自信而不惑,是谓不欲速。不欲速则能久,久则功成,功成则易懈,君子济之以恭,是谓不懈。行此三者,所以得之于民也。三代之盛,不能加毫末于此矣。(《苏轼文集》卷二《既醉备五福论》。卿辑)

孔子曰:"无欲速,无见小利。"颜渊曰:"无伐善,无施劳。"其语不同,此所谓立言者也。譬之药石米粟,天下后世,其皆以藉口。今傅说之言,皆散而不一,一言一药皆足以治天下之公患,岂独以训武丁哉? 人至于今诵之也。(《东坡书传》卷八《说命中》。舒补)

叶公语孔子曰:"吾党有直躬者,其父攘羊,而子证之。"孔子曰:"吾党之直者异于是,父为子隐,子为父隐。直在其中矣。"

樊迟问仁。子曰:"居处恭,执事敬,与人忠。虽之夷狄,不可弃也。"

子贡问曰:"何如斯可谓之士矣?"子曰:"行己有耻,使于四方,不辱君命,可谓士矣。"曰:"敢问其次?"曰:"宗族称孝焉,乡党称弟焉。"曰:"敢问其次。"曰:"言必信,行必果,硁硁然小人哉! 抑亦可以为次矣。"

立然诺以为信,犯患难以为果,此固孔子之所小也。孟子因之,故曰:"大人者,言不必信,行不必果。"此则非孔子之所谓大人也。大人者,不立然诺,而言未尝不信;不犯患难,而行未尝不果。今也以"不必信"为大,是开废信之渐,非孔子去兵、去食之意。(《闻见后录》卷一二,又见《尊孟续辨》卷下。卿辑,马有)

曰:"今之从政者何如"? 子曰:"噫! 斗筲之人,何足算也?"

此有谓而言,不知其谓谁。子贡之问必有所指,不然,从政之人非一,而举以为斗筲,可乎?(《溥南集》卷六。卿辑)

子曰:"不得中行而与之,必也狂狷乎? 狂者进取,狷者有所不为也。"

古之所谓中庸者,尽万物之理而不过,故亦曰皇极。夫极,尽也。后之所谓中庸者,循循焉为众人之所能为,斯以为中庸矣,此孔子、孟子之所谓乡原也。一乡皆称原人焉,无所往而不为原人,同乎流俗,合乎污世,曰:古之人何为踽踽凉凉,生斯世也,为斯世也,善斯可矣。谓其近于中庸而非,故曰"德之贼也"。孔子、孟子恶乡原之贼夫德也,欲得狂者而见之,狂者又不可得见,欲得狷者而见之,曰:"狂者进取,狷者有所不为也。"今日之患,惟不取于狂者、狷者,皆取于乡原,是以若此靡靡不立也。孔子,子思之所从受中庸者也;孟子,子思之所授以中庸者也。然皆欲得狂者、狷者而与之,然则淬励天下而作其怠惰,莫如狂者、狷者之贤也。(《苏轼文集》卷八《策略四》。舒补)

子曰:"南人有言曰:'人而无恒,不可以作巫医。'善夫!""不恒其德,或承之羞。"子曰:"不占而已矣。"

子曰:"君子和而不同,小人同而不和。"

子贡问曰:"乡人皆好之,何如?"子曰:"未可也。""乡人皆恶之,何如?"子曰:"未可也。不如乡人之善者好之,其不善者恶之。"

此未足以为君子也,为问者言也,以为贤于问者而已。君子之居乡也,善者以劝,不善者以耻。夫何恶之有?(《淳南集》卷六。卿辑)

乡人皆好之,何如? 曰:"未可也。"乡人皆恶之,何如? 曰:"未可也。不如乡人之善者好之,其不善者恶之。""善者好之,不善者恶之,足以为君子乎?"曰:"未也。"孔子为问者言也,以为贤于所问者而已。君子之居乡也,善者以劝,不善者以耻,夫何恶之有。君子不恶人,亦不恶于人。子夏之于人也,可者与之,其不可者拒之。子张曰:"君子尊贤而容众,嘉善而矜不能。我之大贤欤,于人何所不容? 我之不贤欤,人将拒我,如之何其拒人也?"(《苏轼文集》卷一〇《文与可字说》。舒补)

子曰:"君子易事而难说也。说之不以道,不说也;及其使人也,器之。小人难事而易说也。说之虽不以道,说也;及其使人也,求备焉。"

子曰:"君子泰而不骄,小人骄而不泰。"

子曰:"刚、毅、木、讷近仁。"

孔子曰:"刚、毅、木、讷近仁。"又曰:"巧言令色,鲜矣仁。"所好夫刚者,非好其刚也,好其仁也;所恶夫佞者,非恶其佞也,恶其不仁也。吾平生多难,常以身试之,凡免我于厄者,皆平日可畏人也;挤我于险者,皆异时可喜人也。吾是以知刚者之必仁,佞者之必不仁也。

(《苏轼文集》卷一〇《刚说》。卿辑)

子路问曰:"何如斯可谓之士矣?"子曰:"切切偲偲,怡怡如也,可谓士矣。朋友切切偲偲,兄弟怡怡。"

子曰:"善人教民七年,亦可以即戎矣。"

子曰:"以不教民战,是谓弃之。"

宪问篇第十四

宪问耻,子曰:"邦有道,谷;邦无道,谷,耻也。""克伐怨欲不行焉,可以为仁矣?"子曰:"可以为难矣,仁则吾不知也。"

> 好胜之谓克,治民而求胜民者必亡,治病而求胜病者必杀人。(《东坡书传》卷十《洪范》。舒补)

子曰:"士而怀居,不足以为士矣。"

> 苏氏引管仲之言曰:"畏威如疾,民之上也。从怀如流,民之下也。"(《或问》卷一四。卿辑)

子曰:"邦有道,危言危行;邦无道,危行言孙。"

子曰:"有德者必有言,有言者不必有德;仁者必有勇,勇者不必有仁。"

> 孔子曰:"有德者必有言。"非有言也,德之发于口者也。又曰:"我战则克,祭则受福。"非能战也,德之见于怒者也。(《苏轼文集》卷一〇《范文正公文集叙》。舒补)

南宫适问于孔子曰:"羿善射,奡荡舟,俱不得其死然。禹、稷躬稼而有天下。"夫子不答。南宫适出,子曰:"君子哉若人! 尚德哉若人!"

子曰:"君子而不仁者有矣夫,未有小人而仁者也。"

子曰:"爱之,能勿劳乎? 忠焉,能勿诲乎?"

> 爱而勿劳,禽犊之爱也;忠而勿诲,妇寺之忠也。爱而知劳之,则其为爱也深矣;忠而知诲之,则其为忠也大矣。(《集注》卷七。卿辑,马有)

子曰:"为命,裨谌草创之,世叔讨论之,行人子羽修饰之,东里子产润色之。"

或问子产。子曰:"惠人也。"

子产为郑作封洫,立谤政,铸刑书;其死也,教太叔以猛。其用法深,其为政严,有及人之近利,而无经国之远猷。故浑罕、叔向皆讥之,而孔子以为"惠人",不以为仁,盖小之也。孟子曰:子产以乘舆济人于溱洧,"惠而不知为政"。盖因孔子之言而失之也。子产之于政,整齐其民赋,完治其城郭、道路,而以时修其桥梁,则有余矣。岂以乘舆济人者哉?《礼》曰:"子产,人之母也,能食之而不能教。"此又因孔子之言而失之也①。(《闻见后录》卷一二,又见《尊孟续辨》卷下。卿辑,马有)

有及人之近利,无经世之远图。(《朱子语类》卷五七。舒补)

问子西。曰:"彼哉!彼哉!"

或谓楚子西,非也。昭王之失国,微子西,楚不国矣。(《滹南集》卷六。卿辑)

问管仲。曰:"人也。夺伯氏骈邑三百,饭疏食,没齿无怨言。"

管仲勋烈之在人者多矣,而独言此者,夺邑而人不怨。功之至者也。吾尝以为北伐山戎、南服强楚易,而服伯氏之心难。管仲之于伯氏,诸葛孔明之于李平、廖立,盖古今二人而已。(《四书朱子本义汇参·论语》卷一四。卿辑)

管仲北伐山戎、南服强楚易,而服伯氏之心难,古今惟管仲之于伯氏,孔明之于李平、廖立,此非德之至者,何以能服人心至此?故夫子深有味乎其为人而言之。(《论语商》卷下。舒补)

子曰:"贫而无怨难,富而无骄易。"

子曰:"孟公绰为赵、魏老则优,不可以为滕、薛大夫。"

子路问成人。子曰:"若臧武仲之知,公绰之不欲,卞庄子之勇,

---

① 孔:《尊孟续辨》卷下作"孟"。

冉求之艺，文之以礼乐，亦可以为成人矣。"曰："今之成人者何必然？见利思义，见危授命，久要不忘平生之言，亦可以为成人矣。"

子问公叔文子于公明贾曰："信乎？夫子不言、不笑、不取乎？"公明贾对曰："以告者过也。夫子时然后言，人不厌其言；乐然后笑，人不厌其笑；义然后取，人不厌其取。"子曰："其然！岂其然乎！"

> 凡事之因物而中理者，人不知其有是也。饮食未尝无五味也，而人不知者，以其适宜而中度也。饮食而知其有五味，必其过者也。此文子所以得"不言、不笑、不取"之名也。（《或问》卷一四。卿辑，马有）

子曰："臧武仲以防求为后于鲁，虽曰不要君，吾不信也。"

子曰："晋文公谲而不正，齐桓公正而不谲。"

> 权以济事曰谲，邹阳曰："齐桓公杀哀姜于夷，孔子曰'正而不谲'。"阳之时，师传盖云尔。以此推之，晋文公谲而不正，盖纳辰嬴之过也。哀姜亲也，齐虽不诛，君子不以罪桓公。故曰"正而不谲"，以为桓公可以谲而犹正，盖甚之也。秦穆公，贤君也，文公虽辞辰嬴，不害其反国；纵使害其反国，君子亦不以是乱男女之别，故曰"谲而不正"，以为文公可以正而犹谲，盖罪之也。（《历代名贤确论》卷二三。谷补）

子路曰："桓公杀公子纠，召忽死之，管仲不死。"曰："未仁乎？"子曰："桓公九合诸侯，不以兵车，管仲之力也。如其仁！如其仁！"

> 以管仲为仁，则召忽为不仁乎？曰：量力而行之，度德而处之。管仲不死，仁也。召忽死之，亦仁也。伍尚归死于父，孝也。伍员逃之，亦孝也。时有大小耳。（《淖南集》卷六。卿辑）

> 大哉，管仲之相桓公也。辞子华之请，而不违曹沫之盟，皆盛德之事也。齐可以王矣。恨其不学道，不自诚意正身以刑其国，使家有三归之病，而国有六嬖之祸，故桓公不王，而孔子小之。然其予之也

亦至矣,曰:"桓公九合诸侯,不以兵车,管仲之力也。如其仁,如其仁。"曰:"仲尼之徒,无道桓、文之事者。"孟子盖过矣。(《苏轼文集》卷五《论管仲》。舒补)

子贡曰:"管仲非仁者与? 桓公杀公子纠,不能死,又相之。"子曰:"管仲相桓公,霸诸侯,一匡天下,民到于今受其赐。微管仲,吾其被发左衽矣。岂若匹夫匹妇之为谅也,自经于沟渎而莫之知也。"

公叔文子之臣大夫僎与文子同升诸公。子闻之,曰:"可以为'文'矣!"

子言卫灵公之无道也,康子曰:"夫如是,奚而不丧?"孔子曰:"仲叔圉治宾客,祝鉈治宗庙,王孙贾治军旅。夫如是,奚其丧?"

子曰:"其言之不怍,则为之也难。"

陈成子弑简公。孔子沐浴而朝,告于哀公曰:"陈恒弑其君,请讨之。"公曰:"告夫三子。"孔子曰:"以吾从大夫之后,不敢不告也。君曰'告夫三子'者。"之三子告,不可。孔子曰:"以吾从大夫之后,不敢不告也。"

孔子以哀公十六年卒。十四年,陈常弑其君。孔子沐浴而朝,告于哀公,请讨之。吾是以知孔子之欲治列国之君臣如《春秋》之法者,至于老且死而不忘也。或曰:"孔子知哀公与二三子之必不从,而以礼告也欤?"曰:否! 孔子实欲伐齐。孔子既告公,公曰:"鲁为齐弱久矣,子伐之,将若之何?"对曰:"陈常弑其君,民之不予者半。以鲁之众加齐之半,可克也。"此岂礼告而已哉! 哀公患三家之逼,尝欲以越伐鲁而去之矣。夫以蛮夷伐国,民不予也。皋如、出公之事断可见也。岂若从孔子而伐齐乎? 如从孔子而伐齐,则凡所以胜齐之道,孔子任之有余矣。既克田氏,则鲁之公室自张,三家不治而自服也。此孔子之志也。(《经进东坡文集事略》卷一三《孔子论》。卿辑)

哀公患三桓之逼,常欲以越伐鲁而去之。以越伐鲁,岂若从孔子而伐齐? 既克田氏,则鲁公室自张,三桓将不治而自服,此孔子之志也。(《栾城三集》卷七《拾遗》。卿辑,马有)

子路问事君。子曰:"勿欺也,而犯之。"

子曰:"君子上达,小人下达。"

子曰:"古之学者为己,今之学者为人。"

蘧伯玉使人于孔子,孔子与之坐而问焉,曰:"夫子何为?"对曰:"夫子欲寡其过而未能也。"使者出,子曰:"使乎! 使乎!"

子曰:"不在其位,不谋其政。"曾子曰:"君子思不出其位。"

子曰:"君子耻其言而过其行。"

子曰:"君子道者三,我无能焉:仁者不忧,知者不惑,勇者不惧。"

子贡曰:"夫子自道也。"

子贡方人。子曰:"赐也,贤乎哉? 夫我则不暇。"

子曰:"不患人之不己知,患其不能也。"

子曰:"不逆诈,不亿不信,抑亦先觉者,是贤乎!"

微生亩谓孔子曰:"丘何为是栖栖者与? 无乃为佞乎?"孔子曰:"非敢为佞也,疾固也。"

子曰:"骥不称其力,称其德也!"

才难强而德易勉。(《或问》卷一四。许拾)

或曰:"以德报怨,何如?"子曰:"何以报德? 以直报怨,以德报德。"

子曰:"莫我知也夫!"子贡曰:"何为其莫知子也?"子曰:"不怨天,不尤人,下学而上达。知我者其天乎!"

公伯寮愬子路于季孙。子服景伯以告,曰:"夫子固有惑志于公伯寮,吾力犹能肆诸市朝。"子曰:"道之将行也与,命也;道之将废也与,命也。公伯寮其如命何!"

子曰:"贤者辟世,其次辟地,其次辟色,其次辟言。"子曰:"作者七人矣。"

子路宿于石门。晨门曰:"奚自?"子路曰:"自孔氏。"曰:"是知其不可而为之者与?"

子击磬于卫,有荷蒉而过孔氏之门者,曰:"有心哉,击磬乎!"既而曰:"鄙哉,硜硜乎,莫己知也,斯己而已矣。深则厉,浅则揭。"子曰:"果哉! 末之难矣。"

子张曰:"《书》云:'高宗谅阴,三年不言。'何谓也?"子曰:"何必高宗,古之人皆然。君薨,百官总己以听于冢宰三年。"

子曰:"上好礼,则民易使也。"

子路问君子。子曰:"修己以敬。"曰:"如斯而已乎?"曰:"修己以安人。"曰:"如斯而已乎?"曰:"修己以安百姓。修己以安百姓,尧、舜其犹病诸!"

原壤夷俟。子曰:"幼而不孙弟,长而无述焉。老而不死,是为贼!"以杖叩其胫。

圣人责人,未有若是之怒者。(《或问》卷一四。卿辑)

阙党童子将命。或问之曰:"益者与?"子曰:"吾见其居于位也,见其与先生并行也,非求益者也,欲速成者也。"

卫灵公篇第十五

卫灵公问陈于孔子。孔子对曰:"俎豆之事,则尝闻之矣;军旅之事,未之学也。"明日遂行。

在陈绝粮,从者病,莫能兴。子路愠见,曰:"君子亦有穷乎?"子曰:"君子固穷,小人穷斯滥矣。"

子曰:"赐也,女以予为多学而识之者与?"对曰:"然。非与?"曰:"非也。予一以贯之。"

昔者仲尼自卫反鲁,网罗三代之旧闻,盖经礼三百,曲礼三千,终年不能究其说。夫子谓子贡曰:"赐,尔以吾为多学而识之者与? 非也,予一以贯之。"天下苦其难而莫之能用也,不知夫子之有以贯之也。是故尧、舜、禹、汤、文、武、周公之法度、礼乐、刑政,与当世之贤人君子百氏之书,百工之技艺,九州之内,四海之外,九夷八蛮之事,荒忽诞谩而不可考者,杂然皆列于胸中,而有卓然不可乱者,此固有以一之也。是以博学而不惑,非天下之至精,其孰能与于此? 盖尝求之于六经。至于《诗》与《春秋》之际,而后知圣人之道始终本末各有条理。(《经进东坡文集事略》卷六《孟轲论》。卿辑)

子曰:"由,知德者鲜矣。"

子曰:"无为而治者,其舜也与? 夫何为哉? 恭己正南面而已矣。"

子张问行。子曰:"言忠信,行笃敬,虽蛮貊之邦行矣。言不忠信,行不笃敬,虽州里行乎哉? 立,则见其参于前也;在舆,则见其倚于衡也,夫然后行。"子张书诸绅。

子曰:"直哉史鱼! 邦有道,如矢;邦无道,如矢。君子哉蘧伯玉! 邦有道,则仕;邦无道,则可卷而怀之。"

子曰:"可与言而不与之言,失人;不可与言而与之言,失言。知者不失人,亦不失言。"

子曰:"志士仁人,无求生以害仁,有杀身以成仁。"

子贡问为仁。子曰:"工欲善其事,必先利其器。居是邦也,事其大夫之贤者,友其士之仁者。"

颜渊问为邦。子曰:"行夏之时,乘殷之辂,服周之冕,乐则《韶》

《舞》。放郑声，远佞人，郑声淫，佞人殆。”

> 郑声之害与佞人等。而孟子曰“今乐犹古乐”，何也？使孟子为政，岂能存郑声而不去也哉？其曰“今乐犹古乐”，特因王之所悦而人其言耳。非独此也，好色、好货、好勇，是诸侯之三疾也，而孟子皆曰无害。从吾之说，百姓惟恐王之不好也。譬之于医，以药之不可口也，而以其所嗜为药，可乎？使声色与货而可以王，则利亦可以进仁义，何独拯梁王之深乎[1]？此岂非失其本心也哉？（《闻见后录》卷一二，又见《尊孟续辨》卷下。卿辑，马有）

> 孔子曰：“行夏之时。”自舜以前必有以建子、建丑为正者。有扈氏不用夏之服色、正朔，是叛也。（《东坡书传》卷六《甘誓》。舒补）

子曰：“人无远虑，必有近忧。”

> 人之所履者，容足之外，皆为无用之地，而不可废也。故虑不在千里之外，则患在几席之下矣。（《集注》卷八，又见《四书辨疑》卷七。卿辑，马有）

子曰：“已矣乎！吾未见好德如好色者也。”

子曰：“臧文仲其窃位者与？知柳下惠之贤，而不与立也。”

子曰：“躬自厚而薄责于人，则远怨矣。”

子曰：“不曰‘如之何，如之何’者，吾末如之何也已矣。”

> 如之何如之何者，熟思而审处之辞也。不如是而妄行，虽圣人亦无如之何矣。（《集注》卷八。舒补）

> 按，《或问》卷一五：“范、侯、尹氏用旧说，谢氏为一说，《集注》又有两说，而其一近苏氏。苏氏曰云云。”说明朱熹此说从苏氏而来。

子曰：“群居终日，言不及义，好行小慧，难矣哉！”

---

[1] 何独拯梁王之深乎：《尊孟续辨》卷下作“何拒梁惠之深乎”。

子曰："君子义以为质，礼以行之，孙以出之，信以成之。君子哉！"

子曰："君子病无能焉，不病人之不己知也。"

子曰："君子疾没世而名不称焉。"

子曰："君子求诸己，小人求诸人。"

子曰："君子矜而不争，群而不党。"

子曰："君子不以言举人，不以人废言。"

子贡问曰："有一言而可以终身行之者乎？"子曰："其恕乎？己所不欲，勿施于人。"

> 周公曰："平易近民，民必归之。"孔子曰："有一言而可以终身行之者，其恕矣乎？"夫以忠恕为心，而以平易为政，则上易知而下易达，虽有卖国之奸，无所投其隙，仓卒之变，无自发焉。(《苏轼文集》卷五《论始皇汉宣李斯》。舒补)

子曰："吾之于人也，谁毁谁誉。如有所誉者，其有所试矣。斯民也，三代之所以直道而行也。"

子曰："吾犹及史之阙文也。有马者，借人乘之，今亡矣夫。"

> 史之不阙文与马之不借人也，岂有损益于世也哉？然且识之，以为世之君子长者日以远矣，后生不复见其流风遗俗，是以日趋于智巧便佞而莫之止。是二者虽不足以损益，而君子长者之泽在焉，则孔子识之，而况其足以损益于世者乎？(《苏轼文集》卷一〇《凫绎先生诗集叙》。卿辑)

子曰："巧言乱德。小不忍，则乱大谋。"

> 孔子曰："小不忍则乱大谋。"此容忍之"忍"也。(《东坡书传》卷一六《君陈》。舒补)

子曰："众恶之，必察焉；众好之，必察焉。"

子曰："人能弘道，非道弘人。"

子曰:"过而不改,是谓过矣。"

子曰:"吾尝终日不食,终夜不寝,以思,无益,不如学也。"

由是观之,废学而徒思者,孔子之所禁,而今世之所尚也。(《东坡全集》卷三五《大悲阁记》。舒补)

子曰:"君子谋道不谋食。耕也,馁在其中矣;学也,禄在其中矣。君子忧道不忧贫。"

子曰:"知及之,仁不能守之,虽得之,必失之。知及之,仁能守之,不庄以涖之,则民不敬。知及之,仁能守之,庄以涖之,动之不以礼,未善也。"

子曰:"君子不可小知而可大受也;小人不可大受而可小知也。"

子曰:"民之于仁也,甚于水火。水火,吾见蹈而死者矣,未见蹈仁而死者也!"

子曰:"当仁,不让于师。"

子曰:"君子贞而不谅。"

子曰:"事君,敬其事而后其食。"

子曰:"有教无类。"

子曰:"道不同,不相为谋。"

子曰:"辞,达而已矣。"

夫言止于达意,即疑若不文,是大不然。求物之妙,如系风捕影,能使是物了然于心者,盖千万人而不一遇也,而况能使了然于口与手者乎! 是之谓辞达。辞至于能达,则文不可胜用矣。(《苏轼文集》卷四九《与谢民师推官书》。卿辑)

师冕见,及阶,子曰:"阶也。"及席,子曰:"席也。"皆坐,子告之曰:"某在斯,某在斯。"师冕出,子张问曰:"与师言之道与?"子曰:"然,固相师之道也。"

季氏篇第十六

季氏将伐颛臾。冉有、季路见于孔子曰："季氏将有事于颛臾。"孔子曰："求，无乃尔是过与？夫颛臾，昔者先王以为东蒙主，且在邦域之中矣，是社稷之臣也。何以伐为？"冉有曰："夫子欲之，吾二臣者皆不欲也。"孔子曰："求，周任有言曰：'陈力就列，不能者止。'危而不持，颠而不扶，则将焉用彼相矣？且尔言过矣，虎兕出于柙，龟玉毁于椟中，是谁之过与？"冉有曰："今夫颛臾，固而近于费，今不取，后世必为子孙忧。"孔子曰："求，君子疾夫舍曰欲之而必为之辞。丘也闻，有国有家者，不患寡而患不均，不患贫而患不安。盖均无贫，和无寡，安无倾。夫如是，故远人不服，则修文德以来之；既来之，则安之。今由与求也相夫子，远人不服，而不能来也；邦分崩离析，而不能守也；而谋动干戈于邦内。吾恐季孙之忧，不在颛臾，而在萧墙之内也。"

上富而下贫，则不均矣；君臣相忌，则不和矣；民不信其上，则不安矣。有无相通谓之均，君臣相悦谓之和，上下相保谓之安。又曰：旧说以萧墙之忧为阳虎之难。以吾考之，定公五年，阳虎始专季氏、囚桓子，至九年，欲杀桓子，不克而出奔齐。前此者，季氏之所为，惟虎之听，非二子之罪也。定公五年，孔子年四十有七，冉有少孔子二十有九岁，盖年十八而已，未能相季氏也。定公十二年，子路为季氏宰，哀公十一年，冉求为季氏宰。皆见于《春秋》。则伐颛臾，非阳虎出奔之前，其在季康子之世欤？哀公七年，季康子伐邾以召吴寇，故曰"远人不服而不能来也"。十五年，公孙宿以成叛，故曰"邦分崩离析，而不能守也"。公患三桓之侈也，而欲以越去之，故曰"吾恐季孙之忧，不在颛臾，而在萧墙之内也"。（《或问》卷一六。马辑）

孔子曰："天下有道，则礼乐征伐自天子出；天下无道，则礼乐征伐自诸侯出。自诸侯出，盖十世希不失矣；自大夫出，五世希不失矣；陪臣执国命，三世希不失矣。天下有道，则政不在大夫；天下有道，则庶人不议。"

> 古者士传言，庶人谤，有大事谋及庶人，而曰"庶人不议"，非此之谓也。天下无道，政在大夫，至其极也，则在陪臣。阳虎起于陪臣，而执国命。当是时，盖有奸民处士袭虎之余风，设为谗言殄行，以动摇人主，倾覆世臣者，故曰"天下有道，则庶人不议"，为是类发也。《史记》孔子相鲁，诛鲁大夫乱政者少正卯，少正卯若大夫也，必书于《春秋》，其不书，盖微者也，微而闻政，阳虎之类也欤？（《历代名贤确论》卷一六。谷补）

孔子曰："禄之去公室五世矣，政逮于大夫四世矣。故夫三桓之子孙微矣。"

> 鲁自平王东迁，隐公始专征伐；至昭公十世，而大夫逐诸侯；自宣公失政，季氏始专鲁；至定公五世，而家臣囚大夫。定公之初，平子之时，季氏用事盖四世矣。阳虎事平子，至桓子而亡，历昭公、定公盖二世，而曰三世者，孔子于其未亡也言之与？以为不过是也。是时齐、晋皆失政，高、国、鲍、晏、范、中行之徒，皆相继破灭。盖礼乐征伐自诸侯、大夫出者，其丧败世数大约不远是矣。礼乐征伐自诸侯出，宜诸侯之强也；而齐、晋及鲁皆以失政。政逮于大夫，宜大夫之强也，而三桓以微，何也？强生于安，安生于上下之分定。今诸侯、大夫皆凌其上，而无以令其下矣，故诸侯专不过十世，而大夫取之；大夫专不过五世，而家臣取之。在《易·履》之六三："说而应乎乾，则履虎尾不咥人，亨。"去乾而自用，则履虎尾咥人凶，其是之谓乎？或曰：田常、三晋何以不失？曰：孔子之所言，无其德而用其事者也。

苟有其德,虽汤、武以诸侯用天子之事犹可。若田常、三晋虽不足言,然其所以有国者,岂徒然哉? 非季氏之比也。(《历代名贤确论》卷一六。谷补)

虽有君子不人之言,亦有不磷不缁之说,是或一道也。子路知其一,不知其二,然而二者举非也,孔子之意则有在矣。(《历代名贤确论》卷二五。谷补)

或谓田常、三晋何以不失,曰:孔子之言无其德而用其事者也。苟有其德,虽汤、武以诸侯用天子之事犹可;若田常、三晋虽不足言,然其所以有国者,岂徒然哉! 非季氏之比也。(《或问》卷一六。卿辑,马有)

孔子曰:"益者三友,损者三友。友直,友谅,友多闻,益矣。友便辟,友善柔,友便佞,损矣。"

孔子曰:"益者三乐,损者三乐。乐节礼乐,乐道人之善,乐多贤友,益矣。乐骄乐,乐佚游,乐宴乐,损矣。"

孔子曰:"侍于君子有三愆:言未及之而言谓之躁,言及之而不言谓之隐,未见颜色而言谓之瞽。"

孔子曰:"君子有三戒:少之时,血气未定,戒之在色;及其壮也,血气方刚,戒之在斗;及其老也,血气既衰,戒之在得。"

孔子曰:"君子有三畏:畏天命,畏大人,畏圣人之言。小人不知天命而不畏也,狎大人,侮圣人之言。"

孔子曰:"生而知之者上也,学而知之者次也;困而学之,又其次也;困而不学,民斯为下矣。"

孔子曰:"君子有九思:视思明,听思聪,色思温,貌思恭,言思忠,事思敬,疑思问,忿思难,见得思义。"

孔子曰:"见善如不及,见不善如探汤。吾见其人矣,吾闻其语矣。隐居以求其志,行义以达其道。吾闻其语矣,未见其人也。"

齐景公有马千驷,死之日,民无德而称焉。伯夷、叔齐饿于首阳之下,民到于今称之。其斯之谓与?

陈亢问于伯鱼曰:"子亦有异闻乎?"对曰:"未也。尝独立,鲤趋而过庭。曰:'学《诗》乎?'对曰:'未也。''不学《诗》,无以言。'鲤退而学《诗》。他日,又独立,鲤趋而过庭。曰:'学《礼》乎?'对曰:'未也。''不学《礼》,无以立。'鲤退而学《礼》。闻斯二者。"陈亢退而喜曰:"问一得三,闻《诗》,闻《礼》,又闻君子之远其子也。"

不学《诗》而言,则其言皆直情,无礼义之文也。(《或问》卷一六。卿辑,马有)

邦君之妻,君称之曰夫人,夫人自称曰小童;邦人称之曰君夫人,称诸异邦曰寡小君;异邦人称之亦曰君夫人。

阳货篇第十七

阳货欲见孔子,孔子不见,归孔子豚。孔子时其亡也,而往拜之。遇诸涂。谓孔子曰:"来! 予与尔言。"曰:"怀其宝而迷其邦,可谓仁乎?"曰:"不可!""好从事而亟失时,可谓知乎?"曰:"不可!""日月逝矣,岁不我与。"孔子曰:"诺,吾将仕矣。"

拒之则今日罹其害,从之则他日与其祸。故夫子莫之拒也,而示不从之意焉。(《四书通·论语》卷九。许拾)

舒按:东坡原注已佚,据朱熹说是"皆以利害言之",是"尚权谋"之论。《朱熹集》卷三〇《答汪尚书》:"至若苏氏之言,高者出入有无而曲成义理,如《易》说性命阴阳,《书》之人心道心,《古史》之中一性善,《老子》之道器中和。下者指陈利害而切近人情,苏氏此等议论不可殚举。且据

《论语》,则东坡之论见阳货,子由之论彼子西,皆以利害言之也。**其智识才辨,谋为气概,又足以震耀而张皇之,使听者欣然而不知倦,非王氏之比也。然语道学则迷大本,**如前注中性命诸说,多出私意,杂佛老而言之。性命之说尤可笑……**论事实则尚权谋,**如阳货、子西事,乃以此论圣人,可见其底蕴矣。炫浮华,忘本实,贵通达,贱名检,此其害天理、乱人心、妨道术、败风教,亦岂尽出王氏之下也哉?"

子曰:"性相近也,习相远也。"

子曰:"惟上知与下愚不移。"

性可乱也,而不可灭,可灭非性也。人之叛其性,至于桀、纣、盗跖至矣。然其恶必自其所喜怒,其所不喜怒,未尝为恶也。故木之性上,水之性下。木抑之,可使轮困下属①,抑者穷,未尝不上也。水激之,可使潏涌上达,激者衰,未尝不下也。此孟子之所见也。孟子有见于性而离于善。《易》曰:"一阴一阳之谓道。继之者善也,成之者性也。"成道者性,而善继之耳,非性也。性如阴阳,善如万物。万物无非阴阳者,而以万物为阴阳则不可,故阴阳者视之不见,听之不闻,而非无也。今以其非无即有而命之,则凡有者皆物矣,非阴阳也。故天一为水,而水非天一也;地二为火,而火非地二也。人性为善②,而善非性也。使性而可以谓之善,则孔子言之矣。苟可以谓之善,亦可以谓之恶。故荀卿之所谓性恶者,盖生于孟子;而扬雄之所谓善恶混者,盖生于二子也。性其不可以善恶命之,故孔子之言曰"性相近也,习相远也"而已。夫苟相近,则上智与下愚曷为不可移也?曰:有可移之理,无可移之资也。若夫吾弟子由之论也,曰:"雨于天者,水也;流于江河,蓄于坎井,亦水也;积而为泥涂者,亦水

————————

① 下属:《闻见后录》原无,据《尊孟续辨》卷下补。

② 人性:《闻见后录》原无,据《尊孟续辨》卷下补。

也。指泥涂而告人曰：'是有水之性。'可也。曰：'吾将使其清而饮之①。'则不可。"是之谓上智与下愚不移也。苏东坡云："予为《论语说》，与孟子辩者八。"②（《闻见后录》卷一二，又见《尊孟续辨》卷下。卿辑，马有）

昔之为性论者多矣，而不能定于一。始孟子以为善，而荀子以为恶，扬子以为善恶混。而韩愈者又取夫三子之说，而折之以孔子之论，离性以为三品，曰："中人可以上下，而上智与下愚不移。"以为三子者，皆出乎其中，而遗其上下。而天下之所是者，于愈之说为多焉。嗟夫，是未知乎所谓性者，而以夫才者言之。夫性与才相近而不同，其别不啻若白黑之异也。圣人之所与小人共之，而皆不能逃焉，是真所谓性也。而其才固将有所不同。今夫木，得土而后生，雨露风气之所养，畅然而遂茂者，是木之所同也，性也。而至于坚者为毂，柔者为轮，大者为楹，小者为桷。桷之不可以为楹，轮之不可以为毂，是岂其性之罪邪？天下之言性者，皆杂乎才而言之，是以纷纷而不能一也。孔子所谓中人可以上下，而上智与下愚不移者，是论其才也。而至于言性，则未尝断其善恶，曰"性相近也，习相远也"而已。（《苏轼文集》卷四《扬雄论》。舒补）

孔子曰："惟上智与下愚不移。"而《书》曰："惟圣罔念作狂，惟狂克念作圣。"此二言者，古今所不能一，而学者之所深疑也。请试论之。滥觞可以稽天，东海可以桑田，理有或然者，此狂圣念否之说也。江湖不可以徒涉，尺水不可以舟行，事有必然者，此愚智必然之辨也。

---

① 使：《尊孟续辨》作"俟"。

② "苏东坡"三句：《尊孟续辨》卷下作"吾为《论语说》，与孟子辩者八。吾非好辩也，以孟子为近于孔子也。世衰道微，老、庄、杨、墨之徒，皆同出于孔子，而乖离之极，至于胡越。今与老、庄、杨、墨辩，虽胜之，去孔子尚远也。故必与孟子辩。辩而胜，则达于孔子矣"。按，"辩"与"辨"古通用。

夫言各有当也,达者不以失一害一,此之谓也。(《苏轼文集》卷六《惟圣

周念作狂惟狂克念作圣》。舒补)

子之武城,闻弦歌之声。夫子莞尔而笑,曰:"割鸡焉用牛刀?"子
游对曰:"昔者,偃也闻诸夫子曰:'君子学道则爱人,小人学道则易
使也。'"子曰:"二三子! 偃之言是也。前言戏之耳。"

公山弗扰以费畔,召,子欲往。子路不说,曰:"末之也已,何必公山
氏之之也?"子曰:"夫召我者,而岂徒哉? 如有用我者,吾其为东
周乎?"

　　孔子之不助畔人,天下之所知也。畔而召孔子,其志必不在于恶矣。
　　故孔子因其有善心而收之,使不自绝而已。弗扰之不能为东周亦明
　　矣,然而用孔子则有可以为东周之道。故子欲往者,以其有是道也;
　　卒不往者,知其必不能也。(《或问》卷一七。卿辑,马有)

子张问仁于孔子。孔子曰:"能行五者于天下为仁矣。"请问之。
曰:"恭、宽、信、敏、惠。恭则不侮,宽则得众,信则人任焉,敏则有
功,惠则足以使人。"

佛肸召,子欲往。子路曰:"昔者,由也闻诸夫子曰:'亲于其身为
不善者,君子不入也。'佛肸以中牟畔,子之往也,如之何?"子曰:
"然,有是言也。不曰坚乎,磨而不磷;不曰白乎,涅而不缁。吾岂
匏瓜也哉? 焉能系而不食?"

子曰:"由也,女闻六言六蔽矣乎?"对曰:"未也。""居,吾语女。好
仁不好学,其蔽也愚;好知不好学,其蔽也荡;好信不好学,其蔽也
贼;好直不好学,其蔽也绞;好勇不好学,其蔽也乱;好刚不好学,其
蔽也狂。"

子曰:"小子何莫学夫《诗》?《诗》,可以兴,可以观,可以群,可以
怨。迩之事父,远之事君。多识于鸟兽草木之名。"

子谓伯鱼曰:"女为《周南》《召南》矣乎？人而不为《周南》《召南》,其犹正墙面而立也与!"

子曰:"礼云礼云,玉帛云乎哉？乐云乐云,钟鼓云乎哉？"

子曰:"色厉而内荏,譬诸小人,其犹穿窬之盗也与!"

子曰:"乡原,德之贼也。"

> 以其似中庸而非也,故曰"德之贼"。孟子曰:"一乡皆称原人,无往而不为原人。"与中庸相近,必与狂狷相远。狂者进取,狷者有所不为。乡原者,未尝进取,而无所不为者也。狂狷与中庸相远,而孔子取其志之强,可以引而进于道也。乡原与中庸相近,而夫子恶之,恶其安于陋而不可与有为也。(《或问》卷一七。卿辑,马有)

> 古之所谓中庸者,尽万物之理而不过,故亦曰"皇极"。夫极,尽也。后之所谓中庸者,循循焉为众人之所能为,斯以为中庸矣,此孔子、孟子之所谓乡原也。"一乡皆称原人焉,无所往而不为原人。""同乎流俗,合乎污世。"曰:"古之人何为踽踽凉凉？生斯世也,为斯世也,善斯可矣。"谓其近于中庸而非,故曰"德之贼也"。(《苏轼文集》卷八《策略四》。卿辑)

子曰:"道听而涂说,德之弃也。"

子曰:"鄙夫可与事君也与哉？其未得之也,患不得之[①];既得之,患失之。苟患失之,无所不至矣。"

> "患得之"当云"患不得之",阙文也。鄙夫止于营私,其害至于亡国。李斯之立胡亥,张禹之右王氏,其谋皆始于患失,故孔子深畏之。曰"无所不至"者,言其必至于亡国也。(《或问》卷一七注。卿辑,马有)

---

①患不得之:宋以来传本《论语》皆无"不"字。苏轼谓当作"患不得之","阙文也",历代学者讲说不一,今从苏轼说。详参下文所述。

"患得之"当作"患不得之"，予观退之《王承福传》云："其贤于世之患不得之而患失之，以济其生之欲者。"则古本必如是。（吴昌宗《四书经注集证·论语》卷九，又见《漳南集》卷七。卿辑）

孔子曰："鄙夫可与事君也欤？其未得之也，患不得之[①]；既得之，患失之。苟患失之，无所不至矣。"臣始读此书，疑其太过，以为鄙夫之患失，不过备位而苟容。及观李斯忧蒙恬之夺其权，则立二世以亡秦；卢杞忧李怀光之数其恶，则误德宗以再乱。其心本生于患失，而其祸乃至于丧邦。孔子之言，良不为过。（《苏轼文集》卷二五《上神宗皇帝书》。舒补）

李斯之立胡亥，张禹之右王氏，其谋皆始于患失。（《四书集义精要》卷二四。舒补）

李斯忧蒙恬之夺其权，则立二世以亡秦；卢杞惧李怀光之数其恶，则误德宗以再乱。其心本生于患失，其祸乃至于丧邦，乃知圣人之言良不为过，亦名辞也。（《四书集编·论语集编》卷九。舒补）

子曰："古者民有三疾，今也或是之亡也。古之狂也肆，今之狂也荡；古之矜也廉，今之矜也忿戾；古之愚也直，今之愚也诈而已矣。"

子曰："巧言令色，鲜矣仁。"

子曰："恶紫之夺朱也，恶郑声之乱雅乐也，恶利口之覆邦家者。"

子曰："予欲无言。"子贡曰："子如不言，则小子何述焉？"子曰："天何言哉？四时行焉，百物生焉。天何言哉？"

天子法天恭己，正南面，守法度，信赏罚而天下治，三代令王，莫不由此。若天下大事，安危所系，心之精微，法令有不能尽，则天子乃言，在三代为训诰誓命，自汉以下为制诏，皆所以鼓舞天下，不轻用也。

[①]患不得之：原本作"患得之"。按宋以来传本《论语》无"不"字。东坡则认为当有"不"字。《文集》所载无"不"字，似与其意不符。

若每行事立法之外,必以王言随而丁宁之,则是朝廷自轻其法,以为不丁宁则未必行也。言既屡出,虽复丁宁,人亦不信。(《苏轼文集》卷二七《论每事降诏约束状》。舒补)

孺悲欲见孔子,孔子辞以疾。将命者出户,取瑟而歌,使之闻之。

宰我问:"三年之丧,期已久矣。君子三年不为礼,礼必坏;三年不为乐,乐必崩。旧谷既没,新谷既升,钻燧改火,期可已矣。"子曰:"食夫稻,衣夫锦,于女安乎?"曰:"安!""女安则为之。夫君子之居丧,食旨不甘,闻乐不乐,居处不安,故不为也。今女安,则为之。"宰我出。子曰:"予之不仁也!子生三年,然后免于父母之怀。夫三年之丧,天下之通丧也。予也有三年之爱于其父母乎?"

子曰:"饱食终日,无所用心,难矣哉!不有博奕者乎?为之,犹贤乎已。"

子路曰:"君子尚勇乎?"子曰:"君子义以为上。君子有勇而无义为乱,小人有勇而无义为盗。"

子贡曰:"君子亦有恶乎?"子曰:"有恶。恶称人之恶者,恶居下流而讪上者,恶勇而无礼者,恶果敢而窒者。"曰:"赐也,亦有恶乎?""恶徼以为知者,恶不孙以为勇者,恶讦以为直者。"

子曰:"惟女子与小人为难养也。近之则不孙,远之则怨。"

孔子曰:"惟女子与小人为难养也。"使与闻外事且不可,曰"牝鸡之晨,惟家之索",而况可使摄位而临天下乎?女子为政而国安,惟齐之君王后,吾宋之曹、高、向也,盖亦千一矣。自东汉马、邓,不能无讥;而汉吕后、魏胡武灵、唐武氏之流,盖不胜其乱。王莽、杨坚遂因以易姓。(《苏轼文集》卷五《论鲁隐公》。舒补)

子曰:"年四十而见恶焉,其终也已。"

此亦有为而言,不知其为谁也。(《集注》卷九。卿辑)

微子篇第十八

微子去之，箕子为之奴，比干谏而死。孔子曰："殷有三仁焉。"

箕子常欲立微子，帝乙不从而立纣。故箕子告微子曰："我旧云刻子，王子不出，我乃颠跻。"是以二子或去或囚。盖居可疑之地，虽谏不见听，故不复谏。比干则无所嫌，故谏而死。（《延平答问·论语》。卿辑，马有）

夫道一而已，君子之出处语默，所以不同者，其居异也。今三子之于纣，非父则兄，其位则太师、少师也。其居不相远，其责宜若同。然或去之，或囚焉，或谏而死，孔子皆曰仁，何也？微子，纣之庶兄也，箕子欲立之，帝乙不从，而立纣，故《书》曰："我旧云刻子，王子不出，我乃颠跻。"刻，害也。我旧之所云者害子，子若不去，并我得祸也。魏文帝之于陈王植，晋武帝之于齐王攸，自中主以下，皆所不能容，而况于纣乎？故微子之所以出奔，箕子之所以佯狂为奴者，皆以居可疑之地，而犯必死之怨也。二者虽有言，纣岂复信之？故不谏而去，或囚者，其势然也。至于比干，亲则诸父，位则少师也，而无所嫌，谏而不听，犹冀万一焉，虽继之以死可也。使二子无刻子之嫌者，吾知其与比干俱死矣。（《历代名贤确论》卷五。谷补）

柳下惠为士师，三黜。人曰："子未可以去乎？"曰："直道而事人，焉往而不三黜？枉道而事人，何必去父母之邦？"

齐景公待孔子曰："若季氏，则吾不能；以季、孟之间待之。"曰："吾老矣，不能用也。"孔子行。

齐人归女乐，季桓子受之，三日不朝，孔子行。

卫灵公未受命者，故可；季桓子已受命者，故不可。（《栾城三集》卷七《拾遗》。卿辑）

楚狂接舆歌而过孔子曰："凤兮凤兮,何德之衰? 往者不可谏,来者犹可追。已而,已而! 今之从政者殆而!"孔子下,欲与之言,趋而辟之,不得与之言。

长沮、桀溺耦而耕,孔子过之,使子路问津焉。长沮曰："夫执舆者为谁?"子路曰："为孔丘。"曰："是鲁孔丘与?"曰："是也。"曰："是知津矣。"问于桀溺。桀溺曰："子为谁?"曰："为仲由。"曰："是鲁孔丘之徒与?"对曰："然。"曰："滔滔者天下皆是也,而谁以易之? 且而与其从辟人之士也,岂若从辟世之士哉!"耰而不辍。子路行以告。夫子怃然曰："鸟兽不可与同群,吾非斯人之徒与而谁与? 天下有道,丘不与易也。"

子路从而后,遇丈人,以杖荷蓧。子路问曰："子见夫子乎?"丈人曰："四体不勤,五谷不分,孰为夫子?"植其杖而芸。子路拱而立。止子路宿,杀鸡为黍而食之,见其二子焉。明日,子路行,以告。子曰："隐者也。"使子路反见之。至,则行矣。子路曰："不仕无义。长幼之节,不可废也;君臣之义,如之何其废之? 欲洁其身,而乱大伦。君子之仕也,行其义也。道之不行,已知之矣。"

逸民:伯夷、叔齐、虞仲、夷逸、朱张、柳下惠、少连。子曰："不降其志,不辱其身,伯夷、叔齐与!"谓柳下惠、少连,"降志辱身矣。言中伦,行中虑,其斯而已矣"。谓虞仲、夷逸,"隐居放言,身中清,废中权。我则异于是,无可无不可"。

大师挚适齐,亚饭干适楚,三饭缭适蔡,四饭缺适秦,鼓方叔入于河,播鼗武入于汉,少师阳、击磬襄入于海。

周公谓鲁公曰："君子不施其亲,不使大臣怨乎不以。故旧无大故,则不弃也。无求备于一人。"

周有八士:伯达、伯适、仲突、仲忽、叔夜、叔夏、季随、季骃。

子张篇第十九

子张曰:"士见危致命,见得思义,祭思敬,丧思哀,其可已矣。"

子张曰:"执德不弘,信道不笃,焉能为有? 焉能为亡?"

子夏之门人问交于子张。子张曰:"子夏云何?"对曰:"子夏曰:'可者与之,其不可者拒之。'"子张曰:"异乎吾所闻。君子尊贤而容众,嘉善而矜不能。我之大贤与,于人何所不容? 我之不贤与,人将拒我,如之何其拒人也?"

> 君子不恶人,亦不恶于人。……子张之意,岂不曰与其可者,而其不可者自远乎? 使不可者而果远也,则其为拒也甚矣。而子张何恶于拒也? 曰:恶其有意于拒也。夫苟有意于拒,则天下相率而去之,吾谁与居? 然则孔子之于孺悲也,非拒欤? 曰:孔子以不屑教诲为教诲者也,非拒也。夫苟无意于拒,则可者与之,虽孔子、子张皆然。
>
> (《苏轼文集》卷一〇《文与可字说》。卿辑)

子夏曰:"虽小道,必有可观者焉,致远恐泥,是以君子不为也!"

> 道体无大小,方术技艺总是一理,神而明之皆足以通神明之德,类万物之情者,但其用则有分矣。大者,自一身而达之天下、国家,无远弗届。小者,内不足以成己,外不足以成物。仅仅取给于一事一物之济而已,何致远之能? 是以君子不为也。君子学务其大,谓即大以该小,而未尝以小病大也。(《论语学案》卷一〇。舒补)

子夏曰:"日知其所亡,月无忘其所能,可谓好学也已矣。"

> 古之学者,其所亡与其所能,皆可以一二数而日月见也。如今世之学,其所亡者果何物? 而所能者果何事欤?(《四书朱子本义汇参·论语》卷一九。卿辑)

子夏曰:"博学而笃志,切问而近思,仁在其中矣。"

博学而志不笃，则大而无成。泛问远思，则劳而无功。（《集注》卷一
〇。卿辑）

子夏曰："百工居肆以成其事，君子学以致其道。"

道可致而不可求。孔子曰："君子学以致其道。"莫之求而至，斯以
为致。（《四书朱子本义汇参·论语》卷一九。卿辑）

道可致而不可求。何谓致？孙武曰："善战者致人，不致于人。"子夏
曰："百工居肆以成其事，君子学以致其道。"莫之求而自至，斯以为
致也欤？南方多没人，日与水居也。七岁而能涉，十岁而能浮，十五
而能浮没矣。夫没者岂苟然哉！必将有得于水之道者。日与水居，
则十五而得其道。生不识水，则虽壮，见舟而畏之。故北方之勇者，
问于没人，而求其所以没，以其言试之河，未有不溺者也。故凡不学
而务求道，皆北方之学没者也。（《苏轼文集》卷六四《日喻》。卿辑）

子夏曰："小人之过也，必文。"

子夏曰："君子有三变：望之俨然，即之也温，听其言也厉。"

子夏曰："君子信而后劳其民；未信，则以为厉己也。信而后谏；未
信，则以为谤己也。"

子夏曰："大德不踰闲，小德出入可也。"

子游曰："子夏之门人小子，当洒扫、应对、进退，则可矣。抑末也，
本之则无，如之何？"子夏闻之，曰："噫！言游过矣。君子之道，孰
先传焉？孰后倦焉？譬诸草木，区以别矣。君子之道，焉可诬也？
有始有卒者，其唯圣人乎！"

中有以受之。……子夏所谓"焉可诬"者，专自教者而言。……教
者既欺其徒，则受教者以欺应之。（《或问》卷一九。卿辑）

子夏曰："仕而优则学，学而优则仕。"

子游曰："丧致乎哀而止。"

子游曰："吾友张也,为难能也,然而未仁。"

曾子曰："堂堂乎张也,难与并为仁矣。"

曾子曰："吾闻诸夫子:人未有自致者也,必也亲丧乎!"

曾子曰："吾闻诸夫子:孟庄子之孝也,其他可能也;其不改父之臣与父之政,是难能也。"

> 闻孟献子之孝,不闻庄子也。(《淠南集》卷七。卿辑)

孟氏使阳肤为士师,问于曾子。曾子曰:"上失其道,民散久矣。如得其情,则哀矜而勿喜。"

子贡曰:"纣之不善,不如是之甚也。是以君子恶居下流,天下之恶皆归焉。"

> 子贡言此者,盖不许武王伐纣之事。(《淠南集》卷七。卿辑)

> 予乃今知之,祖伊之谏尽言不讳,汉唐中主所不能容者。纣虽不改而终不怒,祖伊得全,则后世人主有不如纣者多矣。(《东坡书传》卷八《西伯戡黎》。舒补)

子贡曰:"君子之过也,如日月之食焉。过也人皆见之,更也人皆仰之。"

> 圣贤举动,明白正直,不当如是耶? 所用之人,有邪有正;所作之事,有是有非。是非邪正,两言而足:正则用之,邪则去之;是则行之,非则破之。此理甚明,犹饥之必食,渴之必饮,岂有别生义理,曲加粉饰,而能欺天下哉!(《苏轼文集》卷二五《再上皇帝书》。舒补)

卫公孙朝问于子贡曰:"仲尼焉学?"子贡曰:"文武之道,未坠于地,在人。贤者识其大者,不贤者识其小者,莫不有文武之道焉。夫子焉不学,而亦何常师之有?"

叔孙武叔语大夫于朝曰:"子贡贤于仲尼。"子服景伯以告子贡。

子贡曰:"譬之宫墙,赐之墙也及肩,窥见室家之好。夫子之墙数刣,不得其门而入,不见宗庙之美,百官之富。得其门者或寡矣。夫子之云,不亦宜乎!"

叔孙武叔毁仲尼。子贡曰:"无以为也! 仲尼不可毁也。他人之贤者,丘陵也,犹可逾也;仲尼,日月也,无得而逾焉。人虽欲自绝,其何伤于日月乎? 多见其不知量也。"

陈子禽谓子贡曰:"子为恭也,仲尼岂贤于子乎?"子贡曰:"君子一言以为知,一言以为不知,言不可不慎也! 夫子之不可及也,犹天之不可阶而升也。夫子之得邦家者,所谓立之斯立,道之斯行,绥之斯来,动之斯和。其生也荣,其死也哀,如之何其可及也?"

尧曰篇第二十

尧曰:"咨! 尔舜! 天之历数在尔躬,允执其中。四海困穷,天禄永终。"舜亦以命禹。曰:"予小子履敢用玄牡,敢昭告于皇皇后帝:有罪不敢赦。帝臣不蔽,简在帝心。朕躬有罪,无以万方;万方有罪,罪在朕躬。"周有大赉,善人是富。"虽有周亲,不如仁人。百姓有过,在予一人。"谨权量,审法度,修废官,四方之政行焉。兴灭国,继绝世,举逸民,天下之民归心焉。所重:民、食、丧、祭。宽则得众,信则民任焉,敏则有功,公则说。

子张问于孔子曰:"何如斯可以从政矣?"子曰:"尊五美,屏四恶,斯可以从政矣。"子张曰:"何谓五美?"子曰:"君子惠而不费,劳而不怨,欲而不贪,泰而不骄,威而不猛。"子张曰:"何谓惠而不费?"子曰:"因民之所利而利之,斯不亦惠而不费乎? 择可劳而劳之,又谁怨? 欲仁而得仁,又焉贪? 君子无众寡,无小大,无敢慢,斯不亦泰而不骄乎? 君子正其衣冠,尊其瞻视,俨然人望而畏之,斯不亦威而不猛乎?"子张曰:"何谓四恶?"子曰:"不教而杀谓之虐,不戒视成谓之暴,慢令致期谓之贼,犹之与人也,出纳之吝谓之有司。"

孔子曰:"不知命,无以为君子也;不知礼,无以立也;不知言,无以知人也。"

此章杂取《大禹谟》《汤诰》《太誓》《武成》之文,而颠倒失次,不可复考。由此推之,《论语》盖孔子之遗书,简编绝乱,有不可知者。如周八士,周公语鲁公,邦君夫人之称,非独载孔子与弟子之言行也。

(《或问》卷二○,又见《潏南集》卷七、《四书集义精要》卷二五。卿辑,马有)